LA BÊTE NOIRE

Collection dirigée par Glenn Tavennec

L'AUTEUR

Daniel Cole, 35 ans, a été ambulancier dans une vie antérieure. Guidé par un besoin irrépressible de sauver des vies, il a également été membre actif de la *Royal Society for the Prevention of Cruelty to Animals*, l'équivalent anglais de notre SPA. Plus récemment il a travaillé pour la *Royal National Lifeboat Institution*, une association dédiée au sauvetage en mer le long des côtes britanniques. Cet altruisme est-il la manifestation de sa mauvaise conscience quant au nombre de personnes qu'il assassine dans ses écrits ? Il vit sous le soleil de Bournemouth, et on le rencontre souvent sur la plage alors qu'il devrait être en train d'écrire son troisième roman.

DANIEL COLE

LES LOUPS

Traduit de l'anglais (Royaume-Uni)
par Pierre Szczeciner

LA BÊTE NOIRE
Robert Laffont

Ce livre est une œuvre de fiction. Les personnages, les faits et les lieux cités sont des inventions de l'auteur et visent à conférer de l'authenticité au récit.

Toute ressemblance avec des situations, des lieux et des personnes existants ou ayant existé ne peut être que fortuite.

Titre original : ENDGAME

ISSN 2431-6385
ISBN 978-2-221-19781-3
(éd. originale : ISBN 978-1-4091-6886-7, Orion Books, an imprint of The Orion Publishing Group Ltd, an Hachette UK company, Londres, 2020)
Dépôt légal : octobre 2019

« Je ne suis pas un héros…
Je serais prêt à massacrer la terre entière
pour te sauver. »

PROLOGUE

Lundi 4 janvier 2016,
11 h 13

— IL FUT UN TEMPS, oui… Mais c'est du passé, désormais.

Sous son manteau de neige, la banlieue pavillonnaire défilait derrière les vitres crasseuses, tandis qu'un soleil timide s'efforçait de réchauffer l'habitacle. Ils étaient presque arrivés à destination.

— Mais c'est bien vous, non ? insista l'homme assis au volant. Le fameux William Fawkes ?

— Si ça vous fait plaisir, soupira Wolf avec dans la voix un regret sincère.

Dans le rétroviseur, des yeux marron le fixaient, se détournant une fois de temps en temps pour surveiller la route.

— C'est juste là, sur la gauche, ajouta-t-il.

Avec un toussotement de moteur, le taxi noir s'arrêta devant l'allée d'une maison.

Wolf paya le chauffeur en liquide – non que cela eût encore la moindre importance – puis il sortit dans la rue silencieuse. Il n'eut pas le temps de fermer sa portière que la voiture redémarra en trombe dans une gerbe de neige fondue, pour disparaître au carrefour suivant. Trempé, Wolf regretta instantanément d'avoir laissé un pourboire à ce mouchard trop curieux, puis il songea que ce n'était de toute façon pas avec 1,34 livre qu'il aurait pu acheter son silence. Il essuya son pantalon avec la manche du long manteau noir qui avait jadis appartenu à Lethaniel Masse – le tueur de l'affaire Ragdoll –, un souvenir d'une vie passée, à la fois un trophée et un rappel de tous les gens pour qui il aurait dû être là.

Alors qu'il achevait de transformer les éclaboussures sur ses vêtements en longues traînées boueuses, il se rendit compte qu'il était observé. Il avait beau avoir perdu plus de dix kilos et s'être laissé pousser une longue barbe broussailleuse, sa taille imposante et ses yeux d'un bleu perçant étaient facilement reconnaissables pour qui était un minimum attentif. Sur le trottoir d'en face, une femme l'épiait tout en s'affairant au-dessus d'un landau. Elle sortit un téléphone portable et l'approcha de son oreille.

Après lui avoir adressé un sourire un peu triste, il se retourna et poussa le portail derrière lui. Dans l'allée de gravier trônait une voiture qu'il ne connaissait pas – un coup d'œil à l'insigne qui dépassait de la neige accumulée sur le capot lui indiqua qu'il s'agissait d'une Mercedes. La maison (qu'il connaissait bien, elle) s'était encore agrandie depuis sa dernière visite. Devinant que la porte d'entrée ne serait pas verrouillée – elle ne l'était jamais –, il ne prit même pas la peine de frapper et tapa simplement ses chaussures pleines de neige avant de pénétrer dans la pénombre lugubre qui régnait dans le vestibule, malgré le ciel sans nuage.

— Maggie ? appela Wolf d'une voix étranglée.

Il se sentait fébrile rien que de se trouver dans cette maison et d'en humer l'odeur de vieux livres, de fleurs, de café moulu et de mille autres choses qui réveillaient en lui les souvenirs d'une époque heureuse où tout était plus simple. Car cette maison était l'endroit au monde où il se sentait le mieux, l'unique constante sur laquelle il avait pu se reposer depuis qu'il avait emménagé dans la capitale.

— Maggie ? appela-t-il de nouveau.

Un grincement à l'étage brisa le silence.

Alors qu'il commençait à gravir l'escalier, il entendit des petits pas pressés au-dessus de sa tête.

— Maggie ?

Une porte s'ouvrit.

— Will ?... Will !

Wolf avait à peine posé le pied sur la dernière marche que Maggie lui sauta au cou, et il s'en fallut de peu que leur embrassade ne se termine un étage plus bas.

— Oh, Will ! C'est vraiment toi !

Elle le serrait si fort qu'il avait du mal à respirer. Quand Wolf referma à son tour ses bras sur Maggie, elle fondit en larmes.

— Je savais que tu viendrais, sanglota-t-elle. Je n'arrive pas à croire qu'il n'est plus là. Comment vais-je faire sans lui ?

Wolf se dégagea de l'étreinte de Maggie et l'attrapa par les épaules. Elle qu'il avait toujours connue tirée à quatre épingles faisait pour une fois ses cinquante-cinq ans, avec ses vêtements d'un noir terne et son maquillage qui avait coulé. Il nota par ailleurs que ses boucles brunes d'ordinaire ramenées en une coiffure rétro étaient restées détachées.

— Je n'ai pas beaucoup de temps. Où… où est-ce qu'il était ? demanda Wolf, conscient qu'il s'agissait là de la première d'une longue série de questions gênantes pour lesquelles il allait avoir besoin de réponses.

D'une main tremblante, elle indiqua un chambranle de porte brisé, à un endroit où la moquette de l'étage avait été retirée. Wolf acquiesça et embrassa Maggie sur le front, puis il pénétra seul dans la pièce vide qui constituait la dernière extension de la maison. Il ne put s'empêcher de ressentir de la fierté devant le travail minutieux de son ami : le niveau de finition était incroyable. Il s'agissait de la future chambre des petits-enfants, avec qui il espérait passer un peu plus de temps à présent qu'il était à la retraite.

Au centre de la pièce, une chaise en bois retournée ne parvenait pas à dissimuler l'énorme tache cramoisie qui avait pénétré les lames poreuses du parquet.

Wolf s'était répété qu'une fois sur place, il parviendrait à rester impassible, à traiter les lieux avec la même froideur professionnelle que n'importe quelle scène de crime… Évidemment, il s'était trompé.

— Il t'aimait, tu sais, dit Maggie depuis l'encadrement de la porte.

Incapable de retenir plus longtemps ses larmes, Wolf s'essuya les yeux. C'est alors qu'il entendit des pas sur le gravier, à l'extérieur.

— Il faut que tu y ailles, le pressa Maggie, ignorant le toc-toc poli à la porte d'entrée. Tu entends, Will ?

Les gonds grincèrent, et elle se précipita vers l'escalier pour intercepter l'intrus, mais ses traits se détendirent aussitôt lorsqu'elle reconnut l'homme aux cheveux blonds et à la face de rat qui gravissait déjà les marches.

— Jake ! s'exclama-t-elle avec un soupir de soulagement. J'ai cru que c'était… Peu importe.

Wolf les regarda avec méfiance se prendre dans les bras comme deux vieux amis.

— Je t'ai apporté deux ou trois bricoles, annonça le nouveau venu en tendant des cabas à Maggie.

Puis, faisant voler en éclats le prétexte de la simple visite de courtoisie, il ajouta :

— Est-ce que tu veux bien me laisser seul avec lui une minute ?

— C'est bon, Maggie, intervint Wolf.

Mal à l'aise, elle descendit l'escalier et disparut en direction de la cuisine, les sacs à la main.

— Saunders, dit Wolf au moment où son ex-collègue pénétrait dans la pièce.

— Wolf. Ça fait un bail.

— J'avais besoin d'un peu de temps pour moi, plaisanta-t-il.

Dehors, une voiture s'arrêta devant la maison.

— Je ne savais pas que vous vous connaissiez, avec Maggie, poursuivit-il.

— On ne se connaissait pas avant… avant tout ça, soupira Saunders en prenant soin de garder ses distances. Écoute, je suis désolé pour Finlay. Vraiment.

Wolf le remercia d'un hochement de tête, puis ses yeux se posèrent de nouveau sur la tache sombre du plancher.

— Qu'est-ce que tu fais là ? demanda abruptement Saunders.

— Il fallait que je voie par moi-même.

— Que tu voies quoi ?

Wolf baissa la voix de peur que Maggie ne l'entende.

— La scène de crime, répondit-il.

— La scène de crime ? répéta Saunders en se frottant le visage. J'étais là, tu sais. On l'a retrouvé seul… dans une pièce verrouillée de l'intérieur… allongé à côté du pistolet.

— Finlay ne se serait jamais suicidé.

Saunders lui adressa un regard chargé de commisération.

— Parfois, même les gens qu'on croit connaître nous surprennent.

— À ce propos, t'as pas mis longtemps pour débarquer…

— J'étais en chemin quand… quand on a reçu l'appel.

Wolf n'avait jamais vraiment apprécié ce policier grande gueule du temps où ils travaillaient ensemble, mais il commençait à le voir sous un nouveau jour.

— Merci de t'occuper d'elle, dit-il.

— C'est normal.

— Et du coup, vous êtes venus à combien ? fit Wolf du même ton que s'il avait demandé l'heure.

L'atmosphère dans la pièce changea instantanément. Saunders hésita un instant, puis annonça :

— Deux à l'avant. Deux à l'arrière. Un avec Maggie et, normalement, un dernier à un mètre de nous derrière cette cloison.

Il se tourna vers l'entrée de la pièce et lança :

— T'es bien là, collègue ?

En guise de réponse, le bruit d'un chargeur de fusil semi-automatique qu'on actionne retentit sur le palier. Saunders gratifia Wolf d'un sourire gêné et sortit une paire de menottes de sa poche.

— Je leur ai assuré que tu n'essaierais pas de t'enfuir. Je t'en prie, ne me fais pas passer pour un imbécile.

Wolf hocha la tête et se mit lentement à genoux. Puis il leva les bras, croisa les mains derrière la tête et regarda par la fenêtre au rebord recouvert de neige – la toute dernière chose qu'avait dû voir son mentor…

— Je suis vraiment désolé, dit Saunders en lui passant les menottes, avant de lancer à la cantonade : Suspect appréhendé !

— Will ? s'écria Maggie depuis la cuisine alors que sa maison était investie par des policiers en armes.

On entendit de lourdes bottes marteler l'escalier, puis les pas de Maggie, plus légers.

— Je peux vous demander un service ? fit Wolf à Maggie et Saunders, alors que le dernier policier à franchir le chambranle fracturé aboyait des ordres au reste de ses collègues. Ne lui dites pas tout de suite que je suis de retour.

— Mais…, commença Maggie, en larmes, incapable de mettre un pied dans la pièce où on avait retrouvé son mari.

— Ça va aller, Maggie, tâcha de la rassurer Wolf. Ne t'en fais pas… J'ai fini de courir.

1

Lundi 4 janvier 2016,
11 h 46

DEBOUT DEVANT LA TÉLÉVISION dont il avait coupé le son, Thomas Alcock se préparait une tasse de thé.

— Merde ! jura-t-il entre ses dents lorsque de l'eau bouillante se renversa sur le plan de travail, pour goutter quelques instants plus tard sur sa main. Mais quel con ! ajouta-t-il avec une grimace de douleur, sans quitter l'écran des yeux.

Sur les images diffusées par Sky News, trois hélicoptères tournoyaient autour du chantier qui défigurait depuis deux semaines le centre de Londres, leur ombre noire glissant sur l'amas de débris en contrebas – des vautours surveillant une nouvelle carcasse.

Apparemment, l'interdiction de survoler la ville (qui avait occasionné des perturbations terribles pendant la période des fêtes) avait été levée, permettant au monde entier de découvrir l'étendue des dégâts.

Une catastrophe évitée de justesse, mais non sans conséquence.

L'explosion du 22 décembre, circonscrite à des toilettes souterraines au niveau de Ludgate Hill, avait déclenché l'évacuation de tous les bâtiments voisins le temps que des ingénieurs effectuent les vérifications de sécurité nécessaires. Quand un touriste particulièrement observateur avait repéré de nouvelles fissures sur la façade ouest de la cathédrale Saint-Paul, on avait lancé en urgence des travaux de restauration. Hélas, avant même que le premier échafaudage soit posé, le clocher nord s'était écroulé. Puis, au cours des trois jours suivants, les colonnes étaient tombées les unes après les autres sous le poids de l'énorme portique, jusqu'à ce que ce dernier s'effondre à son tour – un monument historique à l'agonie, mortellement blessé.

L'image était surréaliste : un puzzle avec une pièce manquante.

Il fallut un moment à Thomas pour comprendre que la bordure colorée qui entourait le site était en fait une montagne de fleurs déposée contre la barrière, un hommage émouvant (bien que périssable) à ceux qui avaient perdu la vie dans la station de métro Piccadilly Circus, à l'agent de police Kerry Coleman, ainsi qu'à toutes les victimes de Times Square.

Il but une gorgée de son thé.

Des lumières clignotantes se reflétaient sur l'écran de télévision, lui rappelant que son sapin était toujours là, dans la pièce d'à côté, faisant pleuvoir ses épines sur la pile de cadeaux encore emballés. Thomas caressa distraitement Echo et se perdit pour la énième fois dans des pensées égoïstes : le soulagement qu'aucune de ses connaissances ne fasse partie des victimes, la gratitude que sa petite amie lui soit revenue en un seul morceau. D'ailleurs, il avait honte de l'admettre, mais il espérait en secret que toutes les horreurs qu'elle avait vécues au cours du mois précédent (horreurs couronnées par la mort d'un ami cher) suffiraient à la convaincre de laisser toute cette vie derrière elle.

Le téléphone portable de Baxter se mit à vibrer bruyamment sur la table de la cuisine.

Thomas traversa la pièce en un éclair, décrocha et murmura d'un ton irrité :

— Emily n'est pas là… Non, elle dort encore. Est-ce que je peux lui transmettre un… Mercredi… 9 heures… Je lui dirai… Très bien. Au revoir.

Il déposa le portable sur une manique, au cas où il se remettrait à vibrer.

— C'était qui ? demanda Baxter, le faisant sursauter.

Elle se tenait dans l'encadrement de la porte, vêtue d'un pantalon de pyjama à motif écossais et d'un pull d'homme trop grand pour elle, un accoutrement qui changeait de sa tenue habituelle d'inspecteur principal – ce qui n'était pas pour déplaire à Thomas. Ce dernier réprima un frisson en voyant le lourd tribut que la femme qu'il aimait avait payé à son travail. Elle avait la lèvre supérieure suturée, un bras en écharpe pour ménager son épaule endolorie, deux doigts maintenus en place par une attelle, et ses cheveux bruns ébouriffés dissimulaient la majorité des croûtes et des griffures qui zébraient encore son visage.

Il se força à sourire.

— Tu veux petit-déjeuner ?

— Non.

— Même pas si je te fais une omelette ?

— Non. C'était qui, au téléphone ? répéta-t-elle en défiant son petit ami du regard, consciente qu'il ferait tout pour éviter le conflit.

— Ton boulot, soupira-t-il, fâché contre lui-même.

Elle attendit qu'il développe.

— Un certain Mike Atkins qui voulait te dire que tu avais rendez-vous avec lui et le FBI mercredi matin.

— Oh, fit-elle avec un air hébété tout en grattant la tête d'Echo, qui avait sauté sur le plan de travail pour s'approcher d'elle.

Thomas ne supportait pas de la voir si fragile et démoralisée. Il traversa la pièce pour l'embrasser, mais elle était tellement léthargique qu'il se demanda si elle s'était rendu compte qu'il l'avait prise dans ses bras.

— Est-ce que Maggie a appelé ? demanda-t-elle.

Il s'écarta.

— Pas encore.

— Je vais y passer... un peu plus tard.

— Je pourrais t'emmener en voiture, proposa Thomas. Si tu veux, je resterai au volant ou j'irai prendre un café pendant que...

— Je me débrouillerai.

Son ton cassant eut le mérite de remonter un peu le moral de Thomas. Sous la surface abîmée, cette hargne qui la caractérisait n'avait pas disparu.

La femme qu'il aimait était toujours là. Elle avait simplement besoin de temps.

— D'accord, acquiesça-t-il avec un sourire sincère.

— En attendant, je... (Elle désigna l'escalier plutôt que de terminer sa phrase.) Mais ça va, marmonna-t-elle en s'éloignant dans le couloir, Echo dans son sillage. Ça va.

*

La haie aurait paru tout ce qu'il y a de plus ordinaire, n'était la tignasse rousse qui apparaissait et disparaissait derrière à intervalles réguliers.

Pour sa première mission en tant que détective privé, Alex Edmunds avait commencé par une modeste filature qui l'avait mené en face du supermarché Sainsbury's de son quartier, dans un terrain vague qui faisait également office de cimetière pour caddies. À présent qu'il avait sa cible bien en vue et que la seule issue était bloquée par le reste de son équipe, il sentit monter en lui l'adrénaline de la traque.

Il passa à l'action…

Vive comme l'éclair, la cible bondit et fonça droit vers le piège qu'il lui avait tendu.

— Équipe 2 ! hurla-t-il dans son talkie-walkie Toys'R'Us. Équipe 2, interception imminente !

— C'est vraiment obligé ?

— Allez ! haleta Edmunds en regardant son plan s'exécuter comme une chorégraphie parfaitement répétée, sa fiancée apparaissant comme par miracle pour bloquer la route avec son landau.

Perturbée, la cible s'arrêta, parut hésiter pendant quelques instants, puis changea de direction et monta se percher au sommet d'un arbre immense, faisant tomber de la neige au passage.

— Et merde ! jura Edmunds, une main sur les côtes.

— Équipe 1, apparemment, les furets savent grimper aux arbres, l'informa la voix déformée de Tia.

Elle le rejoignit avec le landau dans lequel dormait Leila.

— Et maintenant ? demanda-t-elle sans se servir du talkie-walkie.

— Ça va aller, déclara Edmunds, comme pour se rassurer. Il est pris au piège.

— Ah oui ?

Tia récupéra la boîte de transport pour chat sous le landau et la posa sur le sol gelé.

— Bon, je vais monter, annonça Edmunds.

Il s'attendait à ce qu'elle proteste, mais elle n'en fit rien.

— Tout en haut de cet arbre immense, précisa-t-il.

Elle acquiesça.

— Très bien. Dans ce cas, recule un peu, au cas où je tombe… et que je me brise la nuque.

— Ça te va, si je recule jusqu'à la maison ?

— … Comme tu préfères.

Il haussa les épaules, un peu surpris du manque d'intérêt de sa fiancée. Il s'avança jusqu'à l'arbre et se saisit d'une grosse branche au-dessus de sa tête.

— C'est quand même sympa, non, de passer un peu de temps ensemble… ?

Tia ne répondit rien.

— Je disais… (Après avoir glissé lamentablement le long du tronc, il attrapa de nouveau la grosse branche.) Ah, mince, elle est partie… En tout cas, moi, je trouve ça sympa, marmonna-t-il avant de lever la tête vers la cime. Et maintenant, à nous deux, monsieur Grignote !

*

Wolf ronflait comme un tracteur.

Il avait passé plus de trois heures dans une salle d'interrogatoire du commissariat de Hornsey, dont les deux dernières à profiter du sommeil réparateur qui lui faisait défaut depuis des semaines. Une porte claqua dans le couloir et le réveilla en sursaut. Brièvement désorienté, il recouvra ses esprits lorsqu'il entendit le cliquetis des menottes contre la chaise métallique à laquelle il était attaché. S'il en voulait un peu au claqueur de porte, il se rendait surtout compte qu'il avait deux besoins urgents à satisfaire : se soulager et rétablir l'afflux sanguin dans sa fesse gauche.

Alors qu'il pliait et dépliait la jambe pour tenter de faire passer l'engourdissement, il perçut un bruit de talons dans le couloir. La porte s'ouvrit et un homme d'une cinquantaine d'années pénétra dans la pièce, son élégant costume sur mesure jurant quelque peu avec les murs à la peinture écaillée.

— Oh, fit Wolf en examinant le nouveau venu. J'ai cru que vous étiez une femme…

Des rides se dessinèrent sur le front tanné de l'homme aux cheveux gris – visiblement, il était perplexe.

— … mais en fait, non, ajouta Wolf, comme si la précision était nécessaire.

L'homme esquissa un sourire d'une blancheur éclatante.

— Et moi qui avais peur que votre longue absence ait affecté vos talents de détective.

Il tira une chaise et s'assit.

— À ce propos, dit Wolf, je ne veux pas paraître mesquin, mais il me restait deux semaines de congé à prendre quand toute cette… histoire avec Masse a commencé. Vous pensez que peut-être je pourrais… ?

Mais il s'interrompit devant l'air stupéfait de son interlocuteur.

— Ouais, vous avez sûrement raison, ajouta-t-il. On verra ça une autre fois.

S'ensuivit un long silence que Wolf brisa en dégonflant bruyamment ses joues.

— Vous ne me reconnaissez donc pas, Will ?

— Euuuh…

— Il s'agit de Christian Bellamy, notre *commissioner*[1], annonça depuis la porte une voix que, pour le coup, Wolf aurait préféré ne pas reconnaître.

1. Directeur de la Metropolitan Police, un des plus hauts rangs de la police anglaise. *(Toutes les notes sont du traducteur.)*

La *commander*[1], Geena Vanita, pénétra dans la pièce exiguë. Pour une fois, elle portait une tenue plutôt sobre : une veste noire qui dissimulait un nombre raisonnable de couches de vêtements aux couleurs plus criardes les unes que les autres. Peut-être était-ce parce qu'il avait trop regardé la télévision ces derniers temps, ou peut-être était-ce à cause des circonstances, mais la première chose à laquelle pensa Wolf en la voyant fut : on dirait un Télétubbie qui se rend à un enterrement.

Vanita était toujours en train de parler.

— Désolé, vous avez dit quoi ? l'interrompit Wolf, qui n'avait rien écouté, trop plongé qu'il était dans sa réflexion passionnante : « Tinky Winky, décédé d'une overdose d'héroïne. »

— Je disais, ce n'était qu'une question de temps avant qu'on ne vous attrape, répéta Vanita.

— Vous êtes au courant que c'est moi qui me suis rendu, non ?

Vanita haussa les épaules – de toute évidence, elle avait déjà tourné dans sa tête le communiqué de presse annonçant l'arrestation de son illustre subalterne.

— C'est bonnet blanc et…

— Propagande éhontée ? suggéra Wolf.

— Écoutez, Will, nous ne sommes pas vos ennemis, intervint Christian pour mettre un terme à la prise de bec.

Mais devant l'intensité du combat de regards des deux autres, il se sentit obligé de rectifier :

— Je ne suis pas votre ennemi.

Wolf laissa échapper un ricanement moqueur.

---

1. Équivalent d'un chef de brigade dans la police criminelle en France. Travaille sous les ordres du *commissioner*.

— Vous savez, poursuivit Christian, nous nous sommes déjà rencontrés, vous et moi. Je le reconnais, c'était il y a très longtemps… (Pour la première fois depuis le début de l'entretien, l'aimable quinquagénaire semblait perdre son sang-froid.) Mais ne croyez pas que vous soyez le seul à avoir perdu un ami, cette semaine.

Wolf le dévisagea, sceptique.

— Bon…, intervint Vanita. William Oliver Layton-Fawkes, maintenant que vous avez été arrêté…

— Que je me suis rendu, rectifia Wolf.

— … une jolie peine de prison vous attend. Vous allez payer pour toutes les fautes que vous avez commises.

Wolf vit que Christian lançait à Vanita un regard désapprobateur, mais elle poursuivit, imperturbable :

— Dissimulation de preuves, parjure, refus de comparaître, tentative d'homicide…

— Coups et blessures, à la rigueur, argua Wolf.

— Et j'en oublie sûrement, conclut Vanita en croisant les bras, visiblement satisfaite. Pendant des années, vous avez réussi à échapper aux conséquences de vos actes, mais c'est terminé, à présent. Alors, est-ce que vous avez quelque chose à répondre ?

— Oui.

Elle attendit.

— Ça vous dérangerait de me gratter le nez ? demanda-t-il.

— Pardon ?

— Mon nez, répéta Wolf en faisant tinter les menottes dans son dos. Vous pourriez me le gratter ?

Vanita croisa le regard de Christian et s'esclaffa.

— Avez-vous seulement écouté un mot de ce que je viens de dire, Fawkes ?

La démangeaison était telle que Wolf en avait les larmes aux yeux.

— Vous allez moisir en prison pendant un sacré bout de temps !

— S'il vous plaît ! insista Wolf qui essayait en vain de se frotter le nez contre l'épaule.

— Je n'ai pas le temps pour ces bêtises, dit Vanita.

Elle se leva mais n'avait pas atteint la porte que Wolf déclara :

— Léo Antoine Dubois.

Vanita se retourna lentement.

— Qu'est-ce que vous avez sur lui ?

— D'abord, mon nez.

— Non ! Qu'est-ce que vous avez sur Dubois ?

— Désolé de vous interrompre, intervint Christian, mais de qui parlez-vous ?

— Léo Dubois, souffla Vanita en repensant au fiasco conjoint de plusieurs organismes qu'elle avait passé des années à essayer d'oublier. C'était une énorme affaire pour nos services : meurtre, trafic d'êtres humains, trafic de drogue. Évidemment, comme Fawkes s'en est mêlé, ça s'est terminé en eau de boudin.

Puis elle se tourna de nouveau vers Wolf, qui bâilla bruyamment.

— Je répète donc ma question : qu'est-ce que vous avez sur Dubois ?

— Noms, photos et localisation de tous les membres de son réseau, numéros de comptes, nom du bateau qui fait route vers nos côtes avec à son bord une armée de prostituées en devenir…

Inconsciemment, Vanita fit un pas vers lui.

— … cartes grises de tous ses véhicules, détails de ses activités de blanchiment d'argent…, poursuivit Wolf. Ah, et je suis presque sûr qu'il n'a pas payé son abonnement Netflix.

Vanita secoua la tête.

— Des promesses désespérées de la part d'un homme qui s'est fait capturer, répliqua-t-elle.

— D'un homme qui s'est rendu, lui rappela Wolf.

Si Christian ne fit aucune remarque, il n'en nota pas moins le changement d'attitude chez sa collègue.

— Mon pauvre Fawkes, je me rends compte que je me suis complètement trompée sur votre compte. Méfiante comme je suis, je partais du principe que vous vous étiez volatilisé parce que vous aviez fait appel aux services d'un tueur en série et que vous saviez que ça vous coûterait la prison. Alors qu'en fait, pendant tout ce temps, vous vous atteliez seul à faire tomber un criminel de la pire espèce !

Après avoir ri à sa propre plaisanterie, elle ajouta :

— C'est ridicule, Fawkes ! Vous ne vous attendez tout de même pas à ce que quiconque croie ce que…

— Je pense que vous me croirez quand je vous dirai que dès l'instant où j'ai quitté cette salle de tribunal, j'ai commencé à glaner toutes les informations qui me permettraient de retrouver ma vie d'avant. Ça fait des mois que je prépare cette conversation que nous sommes en train d'avoir, des mois que je mets en place une offre que vous ne pourrez pas refuser.

— Vous allez voir ce que j'en fais, de votre offre, explosa Vanita, oubliant visiblement que des trois personnes qui se trouvaient dans la salle, ce n'était pas elle la plus gradée. Vous voulez me faire croire que Dubois ne vous a pas reconnu, alors que vous aviez passé des mois à essayer de lui mettre le grappin dessus avant de prendre la fuite ? Vous voulez me faire croire qu'il ne s'est pas méfié ?

— Oh si, il s'est méfié. Mais c'est plus facile de faire croire qu'on est pourri quand tous les journaux le disent... Maintenant, j'aimerais vraiment que vous me grattiez le nez.

Vanita ouvrit la bouche pour refuser, mais Christian ne lui en laissa pas l'opportunité.

— Faites ce qu'il vous demande ! aboya-t-il.

Sans masquer son indignation, la *commander* sortit un élégant stylo de sa poche et s'exécuta.

— Un peu plus à droite, demanda Wolf. Encore un peu. Ouais, là, c'est parfait. Si vous voulez mon avis, vous vous êtes trompée de vocation !

Il laissa passer quelques secondes, avant d'ajouter avec un grand sourire :

— Et je ne dis pas ça par rapport à vos talents de gratteuse de nez.

Humiliée, Vanita lâcha son stylo préféré sur la table.

— Qu'est-ce que vous voulez, Fawkes ? demanda-t-elle, la mâchoire serrée.

— Pas de prison.

Elle s'esclaffa.

— Tout le monde est au courant de ce que vous avez fait, en tout cas dans les grandes lignes. Le mieux que vous puissiez espérer, c'est qu'on ne vous colle pas en cellule avec un tueur de flics !

— Parce que c'est de l'opinion publique, que vous avez peur ? Je comprends mieux maintenant pourquoi j'ai fait l'objet d'une chasse à l'homme aussi acharnée, dit Wolf. Et par « acharnée », vous aurez compris que je voulais bien sûr dire « inexistante ».

Vanita se raidit.

— Un mois dans une prison à sécurité minimale, proposa-t-il.

— Un an, répliqua Vanita, qui n'avait pourtant pas autorité pour mener ce genre de négociations, mais Christian la laissa faire.

— Deux mois.

— Six.

— Trois… sous certaines conditions.

— Je vous écoute.

— Personne à part moi n'annonce à Baxter que je suis de retour.

Vanita était tellement contente à l'idée de s'épargner une interaction avec son inspecteur principal qu'elle envisagea une seconde de retirer une semaine de détention à Wolf pour le remercier ; au lieu de quoi elle acquiesça avec une moue dédaigneuse.

— Ah oui…, ajouta-t-il. Je pense que c'est le moment de vous avouer que lorsque j'étais infiltré dans l'équipe de Dubois, j'ai un peu participé à tabasser un de ses rivaux, qui a fini à l'hôpital en état d'urgence absolue.

— Bon sang, Fawkes !

— Mais il s'en est tiré sans séquelles, s'empressa de préciser Wolf.

— Bon. J'imagine qu'on pourra maquiller ça.

— Du coup, on y est retourné et on l'a abattu.

— Autre chose ? grogna Vanita, à bout de patience.

— Oui. Je vais avoir besoin d'un sursis avant l'application de ma peine, annonça Wolf avec un air grave.

— Ben tiens ! Et on peut savoir combien de temps ?

— Le temps qu'il faudra.

— Mais encore ?

— J'ai une dernière affaire à résoudre, dit-il.

Il n'y avait plus la moindre impertinence dans sa voix.

— Vous me faites perdre mon temps, Fawkes, soupira Vanita en se levant de nouveau pour partir.

— Attendez, intervint Christian.

Vanita fusilla son supérieur du regard avant de se rasseoir.

— De quelle affaire parlez-vous, Will ?

Wolf se tourna vers le *commissioner*.

— Du meurtre du *sergeant* Finlay Shaw, répondit-il.

Le silence se fit. Puis, au moment où Vanita s'apprêtait à réagir, Christian s'éclaircit la voix et leva la main.

— C'était un suicide, Will, vous le savez… Je suis navré, mais il n'y a pas d'enquête à mener.

— Vous étiez son ami ?

— Son meilleur ami, déclara fièrement Christian.

— Dans ce cas, répondez à cette question : est-ce que vous êtes capable d'imaginer Finlay abandonner volontairement Maggie ?

Comprenant qu'elle n'avait plus sa place dans la conversation, Vanita se contenta d'écouter. Elle ne savait même pas que Finlay était marié.

Christian poussa un profond soupir et secoua la tête.

— Non, reconnut-il. Mais les preuves sont… formelles.

— Si vous étiez son meilleur ami, vous ne verrez aucun inconvénient à ce que je m'en assure par moi-même, pas vrai ? Ensuite, je vous promets que je me rendrai sans faire d'histoires.

Christian semblait partagé.

— Attendez ! s'exclama Vanita. Vous envisagez vraiment d'accepter ?

— Taisez-vous, vous voulez bien ? répliqua Christian avant de reporter son attention sur Wolf. Will, vous êtes vraiment prêt à infliger cette épreuve supplémentaire à Maggie ?

— Si c'est moi, elle comprendra.

Christian n'avait toujours pas l'air convaincu.

— Qu'est-ce que vous avez à perdre ? insista Wolf. Je confirme que c'était un suicide, et je vous livre Dubois sur un plateau.

Le *commissioner* sembla peser le pour et le contre.

— Très bien, finit-il par déclarer. C'est d'accord.

Vanita se leva d'un bond et sortit de la pièce en claquant la porte derrière elle, laissant les deux hommes terminer seuls leur discussion.

— Je vous ferai parvenir le dossier ainsi qu'une copie signée de notre petit accord, annonça Christian avec un sourire.

Puis, comme l'aurait fait Finlay, il donna à Wolf une affectueuse tape dans le dos qui manqua de lui déplacer une vertèbre.

— Alors, ajouta le *commissioner*, par où on commence ?

— On ?

— Vous croyez peut-être que je vais vous laisser enquêter seul ? C'est de Fin qu'il est question !

Wolf sourit. Il sentit qu'il allait bien s'entendre avec le vieil ami de son mentor.

— Alors, par où on commence ? répéta Christian.

— Par le commencement.

2

Lundi 5 novembre 1979,
Guy Fawkes Night[1]
17 h 29

CHRISTIAN OUVRIT LES YEUX pour être aussitôt ébloui par le néon qui pendait du plafond en tôle ondulée. Lorsqu'il essaya de se mettre sur le flanc, il sentit le sol ployer sous son poids. Il porta alors la main à sa mâchoire endolorie, avant de se donner un coup au visage avec son épais gant de boxe. Bribe par bribe, il finit par reconstituer ce qui s'était passé : un combat d'entraînement contre son équipier, une tentative d'uppercut pour se tirer d'une situation délicate, mais son adversaire avait esquivé et armé un crochet du gauche… Après ça, le trou noir.

Le visage de Finlay apparut au-dessus de lui. L'Écossais de vingt-quatre ans était bâti comme un chêne, et son crâne

1. Fête anglaise célébrant l'attentat raté contre le Parlement perpétré en 1605 par des conspirateurs catholiques, parmi lesquels Guy Fawkes. Cette fête est l'occasion de nombreux feux de joie et feux d'artifice.

rasé avait l'aspect noueux et irrégulier de l'écorce. Quant à son nez écrasé, il avait tendance à changer de direction à chaque passage à la salle de boxe.

— Debout, mauviette ! railla-t-il avec un fort accent de Glasgow.

Christian poussa un grognement et s'assit au milieu du ring.

— T'es censé m'entraîner, pas me tabasser…

Finlay haussa les épaules, ce qui fit bouger les muscles sous sa peau, un mouvement qui rappela à Christian comment la jeune collègue avec qui il avait couché la veille avait remué sous la couverture lorsqu'il s'était éclipsé au milieu de la nuit.

— C'est comme ça qu'on apprend, rétorqua Finlay avec un sourire. La prochaine fois, tu esquiveras.

— T'es vraiment un sale con, t'es au courant, non ?

Finlay ricana et aida son équipier à se relever.

— Ça va, ma tête ? demanda Christian d'un ton inquiet, car il comptait bien remettre le couvert avec la jeune agente quelques jours plus tard, lorsqu'il serait de repos.

— C'est parfait. Tu commences à me ressembler.

— Merde, t'aurais dû m'achever, dit Christian, ce qui lui valut un ultime coup de poing dans les côtes.

Les deux partenaires – et meilleurs amis – avaient beau avoir presque le même âge (Finlay avait seulement trois ans de plus que Christian), ils n'auraient pas pu être plus différents. Séducteur et très populaire, Christian avait de longs cheveux blonds qui lui arrivaient à l'épaule, comme les vedettes qu'on voyait à la télévision. Il était intelligent mais paresseux, et préférait courir après les filles qu'après les criminels. Néanmoins, les deux hommes se retrouvaient sur trois points : un père militaire, une aptitude extraordinaire à s'attirer des ennuis, et une profonde aversion pour leur nouveau chef.

— Viens, on prend notre service dans une heure, marmonna Finlay en défaisant la fermeture de son gant avec les dents. Allons voir quelle couillonnerie le patron nous a encore réservée pour ce soir.

★

— Je sais que vous allez encore dire que ça sent la couillonnerie, commença l'inspecteur principal au milieu de la nappe de fumée qui flottait dans la pièce et qui n'était pas sans rappeler l'épais brouillard qui enveloppait la capitale écossaise, de l'autre côté de la vitre.

La colonne de cendre qui ployait au bout de sa cigarette finit par se briser pour atterrir sur son pantalon.

— Peut-être que si ça sent la couillonnerie, c'est parce que c'est une couillonnerie ? suggéra Christian.

Milligan étala la cendre en une traînée grise et se tourna vers Finlay.

— Qu'est-ce qu'il a dit ?

Finlay haussa les épaules, et Milligan reporta son attention sur Christian.

— On comprend rien à ce que tu racontes, petit… C'est toujours pareil, avec les étrangers !

— Eh, je viens de l'Essex, pas du Texas ! s'indigna Christian.

Milligan le regarda avec méfiance pendant un long moment, avant de poursuivre :

— Bon, les deux abrutis de service, ce soir, vous êtes affectés à la surveillance du chantier naval.

— Vous ne pouvez pas plutôt demander à French et Wick ? protesta Finlay.

— Non, rétorqua Milligan avec agacement. Pour la simple et bonne raison que French et Wick surveilleront le relais routier.

— Là où la transaction doit avoir lieu, commenta Christian, dépité.

Soit Milligan n'avait pas compris ce qu'il avait dit, soit il choisit d'ignorer la remarque.

— C'est une perte de temps, soupira Finlay.

— Auquel cas, vous aurez été payés à dormir dans une bagnole. Alors de quoi vous vous plaignez, bande de fainéants ? Allez, dégagez.

— Mais…

— J'ai dit, dégagez !

★

Il était 19 h 28 lorsque Finlay se gara devant une des entrées secondaires du chantier naval, le capot de la voiture à quelques centimètres du grillage. De là, ils avaient une vue imprenable. Des entrepôts illuminés, un mur de containers multicolores qui faisaient penser à un assemblage de briques Lego, un transpalette solitaire abandonné pour la nuit et, en toile de fond, la Clyde et ses reflets mouvants.

Les premières gouttes s'abattirent sur le pare-brise, mélangeant les couleurs et déformant les contours – on aurait dit une aquarelle dont la peinture aurait coulé. Alors que l'averse se transformait en un véritable déluge, ils attaquèrent leur hamburger de chez Wimpy et descendirent leur première bière tiède de la soirée – le menu traditionnel lors des planques. Il faut dire que les choses évoluaient peu, dans la police. D'ailleurs, après onze ans de bons et loyaux services, la Ford Cortina banalisée dans laquelle ils se trouvaient devait être aussi reconnaissable qu'une voiture de patrouille roulant toutes sirènes hurlantes, mais ce n'était pas comme s'ils pouvaient remettre en question l'immense sagesse de leurs supérieurs.

— Comment ça se fait que c'est toujours à nous qu'on refile les boulots les plus pourris ? demanda Christian entre deux bouchées.

— C'est de la politique. Dans ce métier, il faut savoir manier la brosse à reluire. Tu l'apprendras bien assez vite… En plus, je suis convaincu que Milligan est un gros raciste.

— Je viens de l'Essex !

Finlay changea de sujet.

— Comment ça se passe avec ta petite coiffeuse ? demanda-t-il.

— Elle a découvert l'existence de la masseuse.

— Mince. Une de ses clientes ?

— Une de ses sœurs…

— Aïe ! Du coup, comment ça se passe avec ta masseuse ?

— Elle a appris que je voyais une collègue à nous, et elle ne l'a pas très bien pris.

— Forcément. Et comment ça se passe avec…

— Ça se passe bien, répondit Christian. On doit se revoir jeudi. Je pensais l'emmener au cinéma, je crois que *Mistress of the Apes* est encore à l'affiche.

Finlay haussa un sourcil mais s'abstint de faire le moindre commentaire sur le très mauvais choix que constituait ce navet érotique. Au lieu de quoi il glissa deux doigts dans sa poche de chemise et en tira fièrement une cassette audio.

— Oh non, je t'en supplie ! s'exclama Christian. Pas Status Quo ! J'en peux plus de Status Quo !

Le mécanisme avala la cassette et un prélude de grésillements s'échappa des enceintes.

Status Quo.

Une heure s'était écoulée.

— Sean Connery ? proposa Christian en entrouvrant sa fenêtre pour ne pas mourir asphyxié par la fumée des cigarettes qu'ils allumaient les unes après les autres depuis le début de la soirée.

— N'importe quoi ! Ça n'a strictement aucun rapport !

— Qu'est-ce que j'y peux, moi, si toutes tes imitations se ressemblent ?

Finlay prit un air outré.

— Je te signalerai que tout le monde dit que j'ai une excellente oreille pour discerner les accents.

— Les discerner, c'est une chose, les reproduire, c'en est une autre !

— Bon, un dernier, alors…

Christian ferma les yeux pour écouter l'interprétation de son collègue. Finlay prit le temps d'articuler chaque syllabe.

— … Sean Connery ?

— Va te faire foutre !

Les fines aiguilles de l'horloge du tableau de bord indiquaient 21 heures lorsque les premiers feux d'artifice illuminèrent le ciel.

— Je vois quelque chose qui commence par la lettre… F.

— Feu d'artifice ? suggéra Finlay d'un ton blasé.

— Ouais, soupira Christian en fouillant la boîte à gants en quête d'autre chose à faire. C'était bien feu d'artifice.

— À mon tour, alors, dit Finlay en observant les alentours. Je vois quelque chose qui commence par…

Il n'eut pas le temps d'achever sa phrase qu'un gros boum sur le toit de la voiture les fit sursauter. Aussitôt après, des pas martelèrent la fine couche de métal au-dessus de leurs têtes, puis une grande silhouette descendit sur le capot avant de se mettre à escalader le grillage. Bouche bée, Finlay et Christian regardèrent l'homme à la coupe mulet faire une pirouette pour atterrir de l'autre côté de l'enceinte, puis sortir un coupe-boulon de son sac à dos. L'intrus brisa alors la chaîne du portail et ouvrit en grand les deux battants.

D'un coup, la pluie parut scintiller – deux phares s'étaient allumés derrière Finlay et Christian. Ils prirent conscience qu'ils risquaient d'attirer l'attention et se recroquevillèrent sur leur siège, juste à temps pour voir passer cinq silhouettes sombres à quelques centimètres de la vitre passager, suivies de près par une camionnette noire qui entra au pas dans le chantier naval, le bruit de son moteur étouffé par le fracas de la pluie.

À l'aveugle, Finlay se saisit de la radio. Par-dessus le tableau de bord, il vit le petit groupe se déployer pour approcher l'entrepôt le plus imposant. Il approcha le combiné de sa bouche.

— Crystal ? murmura-t-il. (Plus tôt dans la soirée, il avait reconnu sur les ondes la voix de son opératrice d'urgence préférée.) Crystal ?

Un crissement de pneus perça le vacarme de la pluie, et ils virent la camionnette accélérer sur l'asphalte mouillé en direction de l'entrepôt. Quelques secondes après, le véhicule ouvrit une brèche dans la porte coulissante, brèche par laquelle s'engouffrèrent aussitôt le reste des hommes dans un concert de coups de feu.

La radio émit un grésillement.

— C'est toi, Fin ?

— Affirmatif. On est au chantier naval Govan et on a besoin de renforts fissa !

Une explosion retentit, quelque part à l'intérieur de l'entrepôt. De toute évidence, le micro l'avait captée, car la voix affable de l'opératrice se fit soudain professionnelle.

— Renforts en chemin. Terminé.

Finlay venait de reposer le combiné quand une seconde explosion secoua le bâtiment. L'homme à la coupe mulet se retrouva soufflé par une fenêtre du premier étage et atterrit sur le bitume en un tas informe éclairé par les projecteurs.

— Eh ben ! s'esclaffa Christian, qui répétait déjà dans sa tête l'histoire qu'il allait pouvoir raconter aux collègues.

C'est alors que, contre toute attente, le corps remua, puis se releva. L'homme ramassa son arme dans une flaque et retourna dans l'entrepôt en boitillant.

— Motivé, le gars ! commenta Christian avant d'enfourner la dernière bouchée de son hamburger.

— Comment tu peux bouffer dans un moment pareil ? tonna Finlay.

Christian se contenta de hausser les épaules.

— Bon, on y va, du coup ? suggéra-t-il.

— Allez, pourquoi pas ? répondit Finlay.

Il baissa sa vitre pour poser le gyrophare magnétique sur le toit. Au loin, les feux d'artifice continuaient à illuminer la ville. Il remit le contact et la chanson « Rockin' All Over the World » de Status Quo reprit là où elle s'était arrêtée. Enfin, il alluma la sirène et accéléra en direction de l'entrepôt.

Ils n'avaient pas de plan, seulement l'espoir que les hommes armés voient la présence d'une voiture de police solitaire comme le signe d'une arrivée imminente de renforts.

— Coupe mulet est de retour ! prévint Christian.

En effet, l'homme était sorti du bâtiment en titubant et il se mit à tirer sur la Ford Cortina banalisée qui approchait.

— Accélère, putain ! hurla encore Christian lorsque les premières balles percèrent la carrosserie.

— Je suis déjà à fond ! cria Finlay en braquant le volant.

La voiture partit en dérapage incontrôlé et percuta le tireur. Le corps inerte se mit à rouler vers le fleuve pour s'immobiliser au bout de quelques mètres. La Ford Cortina finit par s'arrêter, elle aussi, baignant dans le faisceau de son seul phare encore intact le cadavre de l'homme au mulet. Le souffle court, Christian et Finlay se regardèrent, prenant conscience que sur ce coup-là, ils avaient peut-être eu les yeux plus gros que le ventre. Alors que les gouttes continuaient à s'abattre sur le capot enfoncé, ils virent la silhouette dégingandée se remettre à bouger, une fois de plus.

— Sérieusement ? souffla Christian, estomaqué. Ce type est increvable.

Les bras tremblants, l'homme au mulet se redressa jusqu'à se retrouver à quatre pattes. Finlay fit rugir le moteur.

— Finis-le ! l'exhorta Christian.

Malgré un bras cassé qui formait un angle répugnant, l'inconnu se releva et fixa les deux visages ébahis derrière le pare-brise fissuré. Puis, sans l'ombre d'une hésitation, il se retourna et plongea dans le fleuve.

— Eh ben ! dit Finlay, les yeux rivés à la surface de l'eau. Je ne sais pas combien ils le payent, ce type, mais ils devraient envisager une augmentation !

Ils sortirent de la voiture et coururent vers le trou béant dans la porte coulissante.

La première chose qu'ils remarquèrent en entrant fut le silence inquiétant qui s'était emparé des lieux. La camionnette noire était toujours visible au milieu des débris sur le quai de chargement, ses roues arrière tournant dans le vide à une trentaine de centimètres du sol. Au fond du hangar se dressait un escalier métallique.

— J'ai l'impression qu'il n'y a plus personne, murmura Christian.

Il se fit une queue-de-cheval rapide et avança vers la camionnette. Un coup d'œil à l'intérieur lui suffit à voir qu'on avait coincé un bâton contre la pédale d'accélérateur pour la maintenir enfoncée. Il fit signe à Finlay de le rejoindre.

— On monte ? suggéra ce dernier.

— On monte.

Ils gravirent les marches jusqu'à une robuste porte ovale munie d'un hublot en verre qui aurait davantage eu sa place dans un sous-marin. Un filet d'air froid s'échappait en sifflant d'un trou causé par une balle.

— Un sas, commenta Finlay en remuant la main devant le courant d'air.

Il força pour ouvrir la porte et en entendit une autre se fermer en claquant, quelque part dans les entrailles du bâtiment. Dans l'espèce de couloir d'hôpital dans lequel ils venaient de pénétrer, deux corps étaient avachis contre le mur, face à face. L'un faisait visiblement partie de l'équipe qui avait donné l'assaut, l'autre était vêtu d'une combinaison de protection intégrale.

— Reste derrière moi, ordonna Finlay.

Après avoir récupéré l'arme sur le premier cadavre, il se mit à avancer doucement vers le courant d'air, vérifiant chaque pièce comme on le lui avait appris lors de sa formation. Il y avait là des balances industrielles, des compteuses de billets, ainsi que des sortes de chariots à bagages.

Ils étaient encore en pleine exploration lorsqu'une explosion étouffée retentit quelque part sous leurs pieds. Ils s'immobilisèrent.

— Ça ne me dit rien qui vaille, murmura Christian.

Finlay secoua la tête.

— Finissons-en, pressa-t-il.

Au bout du couloir, ils trouvèrent une seconde porte identique à la première. Finlay saisit l'imposante poignée et poussa péniblement le battant. Déséquilibré par la dépressurisation soudaine, Christian dut se courber pour franchir l'obstacle, puis Finlay se glissa à son tour par l'interstice avant de laisser la lourde porte se refermer en claquant derrière lui.

— T'en fais pas pour moi, je me débrouille très bien tout seul, ironisa-t-il.

Son équipier ne releva pas le sarcasme, trop ébahi qu'il était par sa découverte : d'un côté, des sacs transparents remplis d'une poudre blanchâtre entassés sur un mètre cinquante de hauteur, de l'autre des piles de liasses de billets. Finlay confia l'arme à Christian, s'approcha et fit une petite ouverture dans un des sacs. Puis il se lécha le doigt avant de cracher par terre.

— Héroïne, annonça-t-il.

— Quelle quantité, à ton avis ? demanda Christian, dont la plus grosse saisie jusque-là devait avoisiner le kilo.

— Je ne sais pas… Plusieurs tonnes je dirais.

Un autre bruit sourd résonna à l'étage du dessous. Finlay remarqua alors la lueur qui semblait danser contre le mur. Il s'approcha d'une porte cabossée et mal fermée dont émanait une chaleur intense. Par le hublot, il vit une passerelle en métal qui traversait tout l'entrepôt. Il poussa sans mal le battant et hésita avant de se diriger vers le rugissement caractéristique d'un incendie incontrôlable.

À la seconde où il posa le pied sur la passerelle, il dut plisser les yeux pour se protéger de la chaleur insoutenable du brasier en contrebas. Ce qui ressemblait à un laboratoire dernier cri n'était à présent plus qu'un assortiment de cuves et de bonbonnes qui s'embrasaient tour à tour, incinérant au passage les nombreux cadavres qui jonchaient le sol : scientifiques en combinaison, mercenaires armés, ainsi que quelques agents de sécurité.

Quand il se rendit compte que ses semelles avaient commencé à fondre, Finlay se dépêcha de regagner la pièce où se trouvait son collègue et referma comme il put la porte cassée.

— Un problème ? demanda Christian, visiblement inquiet.

— Y a le feu.

— Ça a l'air sérieux ?

— Quand même.

— Merde.

— On dirait qu'on est passés à côté d'une sacrée fusillade. Tout le monde est mort.

Les deux équipiers se tournèrent vers la découverte qui pourrait lancer leur carrière.

— Quelle est la priorité, à ton avis ? demanda Christian à son supérieur. La drogue ou l'argent ?

Finlay hésitait. Derrière lui, le mur commençait à cloquer.

— La drogue, finit-il par trancher. On prend la drogue.

Christian semblait sur le point de protester, mais un bruit de verre cassé l'en dissuada.

— J'ai repéré un chariot, dans une des pièces de tout à l'heure, dit-il.

Finlay acquiesça, avant de foncer vers la porte pressurisée. Non sans mal, il parvint à l'entrouvrir juste assez pour laisser passer Christian. Un courant d'air provenant de l'incendie s'engouffra derrière lui, si chaud qu'il en avait les yeux tout secs. Quelques secondes plus tard, Christian reparut avec un chariot sur lequel il avait entreposé un des cadavres, dont la main inanimée traînait sur le sol.

— C'était un trafiquant de drogue ! argua-t-il devant l'air réprobateur de son équipier. Et maintenant, c'est un cale-porte !

Sans plus de cérémonie, Christian balança le corps dans l'ouverture et tâcha d'ignorer le craquement horrible qui retentit lorsque Finlay lâcha le battant. Les deux hommes se mirent au travail dans la pièce qui s'apparentait de plus en plus à une fournaise et, quatre-vingt-dix secondes plus tard, le visage dégoulinant de transpiration, ils posèrent le dernier sac sur le chariot.

— On décroche ! On décroche ! hurla Finlay en voyant Christian jeter un dernier regard en direction de la montagne de billets baignée d'une lueur orangée.

*

Quand leurs premiers collègues arrivèrent sur les lieux, Christian et Finlay se trouvaient devant l'entrepôt en flammes, crachant des glaires noirâtres. Après s'être assurés que les sacs de drogue étaient suffisamment éloignés du brasier, ils s'étaient assis sur le bitume détrempé pour regarder les feux d'artifice illuminer le ciel au-dessus de leur propre feu de joie. Lorsqu'il avait remarqué que son équipier avait les mains qui tremblaient, Finlay n'avait rien dit et s'était contenté de s'occuper de sa brûlure au bras gauche.

Une portière claqua.

— Ça va être à nous, annonça l'Écossais en se relevant.

Quelques instants plus tard, les deux hommes posaient de part et d'autre de leur saisie record, pouces levés et sourires étincelants, tandis que derrière eux le toit de l'entrepôt s'effondrait. La photo en noir et blanc ferait le lendemain la une des journaux nationaux – un triomphe médiatique pour la section en charge du grand banditisme et pour la police de Strathclyde dans son ensemble… et la preuve que la race des héros n'avait pas disparu.

3

Mercredi 6 janvier 2016,
9 h 55

— SURPRISE, SURPRISE ! s'exclama Wolf avec un sourire forcé.

Le silence se prolongea, et il commença à avoir mal à la mâchoire. Une odeur de renfermé flottait toujours dans la pièce, bien que l'agent de liaison ait laissé la porte ouverte en sortant. Assise en face de lui à la table d'interrogatoire, Baxter le dévisageait fixement, et malgré son air impassible, ses grands yeux noirs trahissaient les émotions contradictoires qui se bousculaient dans sa tête. C'était comme attendre que les rouleaux d'une machine à sous s'arrêtent de tourner.

Mal à l'aise, Wolf remua sur sa chaise, puis il écarta la mèche de cheveux qu'il avait devant les yeux et saisit le dossier sur ses genoux. Les menottes cliquetèrent sur la table métallique lorsqu'il le posa devant lui.

*

En relative sécurité derrière le miroir sans tain, Saunders et Vanita observaient la scène.

— Cinq livres qu'elle le frappe, lança Saunders.

Coincée entre les trois plus gros emmerdeurs qu'elle avait été amenée à croiser dans sa carrière, Vanita ferma les yeux et marmonna quelque chose en hindi.

— Laisse tomber, dit-elle.

*

Wolf attrapa sur la table le micro relié à la cabine de surveillance et l'éteignit.

— Je, euh..., murmura-t-il. Je me doute que je ne suis pas ta personne préférée, là, tout de suite, mais tu peux pas savoir à quel point je suis content de te voir.

Il jeta un regard assassin en direction du miroir, comme pour exiger quelques instants d'intimité.

— Je me suis fait tellement de souci, avec... avec tout ce qui s'est passé, bafouilla-t-il. J'aurais dû... Peut-être que j'aurais pu faire quelque chose.

Baxter n'avait toujours pas bougé le moindre muscle.

L'ancien inspecteur en chef s'éclaircit la voix avant d'enchaîner :

— Je suis passé voir Maggie.

Cette fois, Baxter cilla.

— Il ne faut pas lui en vouloir, s'empressa-t-il d'ajouter. Je lui ai fait promettre de ne rien te dire. Mais bref, si je suis là aujourd'hui, c'est parce que j'ai passé un accord avec... avec le *commissioner*. Il a accepté de me laisser bosser sur une dernière enquête. *Ma* dernière enquête. Je vais choper le type qui a fait ça à Finlay.

La respiration de Baxter s'était accélérée. Wolf vit qu'elle avait les yeux humides.

— Je sais ce qu'ils disent tous, poursuivit-il prudemment. J'ai épluché le dossier et je comprends leurs conclusions. De l'extérieur, tout concorde. Mais toi comme moi, on sait que c'est faux.

D'une voix chargée d'émotion, il ajouta :

— Il n'aurait jamais abandonné Maggie. Il ne t'aurait jamais abandonnée, toi… Il ne nous aurait jamais abandonnés.

De grosses larmes roulaient à présent sur les joues de Baxter.

Wolf poussa le dossier vers elle. Sur la première page photocopiée, on avait inscrit à la main :

Exemplaire de Baxter

— Je voudrais que tu examines le dossier, dit-il d'une voix douce.

— Je ne peux pas, murmura Baxter, qui ouvrait la bouche pour la première fois.

Alors qu'elle se levait, Wolf parcourut rapidement les feuillets jusqu'à une page annotée.

— Mais regarde, ici, il y a écrit que…

— Je ne peux pas ! le coupa-t-elle sèchement avant de se précipiter hors de la pièce.

Wolf se frotta le visage et referma le dossier. Après quoi il se leva et le lâcha dans la corbeille derrière lui. Enfin, il retourna à la table et ralluma le micro avant de se tourner vers l'immense miroir.

— Au cas où vous auriez pas saisi, elle a dit non.

*

Baxter sortit de la station de métro et entra dans une supérette Tesco Express.

Sur Wimbledon High Street, quelques plaques de neige faisaient encore de la résistance, au pied des réverbères gelés et dans les coins qui étaient restés à l'ombre. Lorsqu'elle atteignit l'entrée de son immeuble, elle choisit sur son trousseau de clés celle de la maison de Thomas, un réflexe révélateur de l'endroit qu'elle considérait désormais comme « chez elle ». Après avoir gravi l'escalier armée de ses deux gros sacs de courses, elle s'arrêta net sur le palier. La porte de son appartement était grande ouverte. Elle posa les cabas et s'approcha à pas prudents, quand une femme aux cheveux courts fit soudain irruption dans le hall. Son manteau ouvert révélait une blouse de vétérinaire.

— Holly ! s'exclama Baxter, soulagée.

— Emily ! répliqua la femme avec enthousiasme, mais elle se garda bien de prendre dans ses bras son ancienne camarade d'école, réputée pour son côté farouche. Je ne savais pas que tu devais passer.

— Ce n'était pas prévu. Et toi, tu n'étais pas censée venir que ce soir, normalement ?

— Si, mais j'avais un peu de temps avant le début de mon service, alors…

— Tu veux boire un café ? proposa Baxter, qui venait d'en acheter.

— Ça aurait été avec plaisir, mais je suis en retard. On se voit plus tard ?

— Ça marche.

Baxter s'écarta pour laisser passer son amie, puis elle ramassa les cabas et pénétra dans l'appartement. Elle s'attendait presque à voir Echo débouler du salon pour se frotter contre sa jambe, quand elle se rappela que le chat était chez Thomas, avec le reste de ses affaires.

C'était étrange, pour elle, d'être de retour ici.

Il flottait dans le vestibule une odeur d'hôpital : un parfum de désinfectant pour couvrir la puanteur de la chair infectée. Un assortiment de pansements et de bandages divers jonchait le plan de travail de la cuisine, en compagnie de plusieurs boîtes de médicaments entamées. Elle s'approchait du réfrigérateur pour y ranger les provisions qu'elle avait achetées quand un bruit sourd résonna depuis la chambre.

Baxter s'immobilisa, un plat préparé étiqueté « Couscous aux légumes variés » à la main.

Avec un grincement, la porte de la chambre s'ouvrit au ralenti.

Baxter fit un pas en arrière sans quitter le couloir des yeux.

Soudain, un homme a l'air affamé s'avança vers elle en titubant, les bras écartés malgré le bandage qui lui enserrait l'épaule. Un mot qu'elle connaissait bien était tailladé en travers de son torse nu. Aux endroits où la peau refusait de cicatriser, les lettres avaient formé de répugnantes croûtes jaunâtres.

— Charmant, commenta Baxter en faisant glisser vers lui un paquet de Maltesers.

— Apparemment, il faut que ça respire, expliqua Rouche en déchirant avidement le sachet de billes chocolatées. Merci, au fait ! ajouta-t-il comme un enfant qui vient de se rappeler les bonnes manières.

— Je pensais que tu serais endormi, dit Baxter.

Gémissant de douleur à chaque pas, Rouche fit le tour du plan de travail pour la rejoindre.

— Oh non ! Pas encore le couscous aux légumes variés ! se plaignit-il lorsqu'il vit la barquette qu'elle tenait toujours à la main.

— Arrête de geindre ! C'est bon pour ce que t'as !

Elle s'accroupit pour ranger la boîte au frigo et profita de ce que Rouche ne pouvait pas voir son visage pour effacer son sourire de façade. L'état de son ami avait encore empiré. Sa peau cireuse luisait de transpiration, le moindre de ses mouvements semblait lui coûter terriblement, et les cernes qu'il avait sous les yeux suggéraient qu'il avait passé une nouvelle nuit blanche à cause de la douleur. Quant à ses cheveux poivre et sel, ils paraissaient encore un peu plus sel que la veille.

Le sourire de nouveau figé sur son visage, Baxter se releva.

— Comment ça s'est passé, avec Holly ? demanda-t-elle.

La nuit du blizzard, elle avait hurlé contre Rouche pour qu'il ne perde pas connaissance, puis elle l'avait forcé à se relever pour quitter la scène de crime qu'il avait lui-même provoquée. À moins de vingt mètres du corps de l'homme qu'il avait exécuté, sous un saule pleureur qui étendait ses branches sur la rive du lac de St James's Park, il s'était écroulé sans que les secours, pourtant en nombre ce soir-là, ne le remarquent dans la tempête.

Baxter n'avait pu retourner sur place que plusieurs heures plus tard, accompagnée d'un Thomas paniqué mais déterminé à aider. Une fois Rouche hissé sur la banquette arrière de la Range Rover (ce qui n'avait pas été sans mal), Baxter s'était occupée des premiers soins pendant que Thomas les conduisait vers Wimbledon.

Ne voyant pas qui d'autre appeler, Baxter avait pris le risque de contacter une amie assistante vétérinaire au London Animal Hospital, à qui elle n'avait plus parlé depuis près d'un an, lorsqu'elle avait décliné une invitation à un enterrement de vie de jeune fille. Malgré le peu d'informations à sa disposition, Holly n'avait pas hésité une seconde et avait passé la nuit au chevet de Rouche, à nettoyer du mieux possible ses innombrables plaies.

— Quoi ? demanda Rouche, la bouche pleine.

— Je te demandais comment ça s'était passé, avec Holly.

— Elle dit que les antibiotiques ne font pas effet et qu'à ce rythme-là, je serai mort dans deux semaines, déclara-t-il gaiement, sûrement drogué par le sucre des Maltesers. Et toi, comment ça s'est passé avec le FBI ?

— Ils veulent ta tête.

Rouche cessa de mâcher et avala sa bouchée.

— Tu penses qu'ils sont prêts à attendre deux semaines ?

Baxter sourit à la plaisanterie, mais le cœur n'y était pas.

— Ils n'arrêteront pas tant qu'ils ne m'auront pas retrouvé, ajouta-t-il, plus sérieux.

— Je sais.

— Écoute, Baxter, je…

— N'y pense même pas, l'interrompit-elle.

— S'ils me trouvent ici…

— Ils ne te trouveront pas.

— Mais dans l'éventualité où…

— Ils ne te trouveront pas ! aboya-t-elle. On a déjà eu cette conversation. Alors maintenant, tu retournes te coucher, et moi je te fais réchauffer le couscous aux légumes variés. Ça t'apprendra à dire des conneries !

Elle posa sur lui un regard affectueux, tandis qu'il regagnait la chambre en traînant les pieds. Elle ouvrit la porte du réfrigérateur, hésita, puis secoua la tête et attrapa une barquette de poulet tikka masala.

★

De retour chez Thomas, Baxter entendit claquer la porte d'entrée.

Ses efforts pour faire sortir la fumée par la fenêtre de la cuisine étant vains, elle balança carrément la poêle dans le rosier. Comme la plupart de ses plans, ces derniers temps, son grand projet de préparer un dîner-surprise pour Thomas était tombé à l'eau.

— Bonsoir ! lança celui-ci depuis l'entrée.

Il traversa le salon et jeta un regard circonspect en direction de la pauvre brindille qui faisait office de sapin de Noël, qui en profita pour lâcher une dizaine d'aiguilles.

— Ça sent…, commença-t-il avant de s'interrompre pour tousser. Ça sent bon ! Qu'est-ce qu'on mange ?

— Couscous aux légumes variés, répondit-elle en croisant les doigts pour que le micro-ondes ne se mette pas à biper.

Thomas eut l'air déçu.

Le micro-ondes bipa.

— Comment s'est passée ta réunion avec les « fédéraux » ? demanda-t-il, mais son utilisation du jargon policier n'arracha même pas un sourire à Baxter.

— Pas terrible.

— Oh… Et Rouche, comment allait-il, aujourd'hui ?

— Pas terrible.

— Mince. Et le reste de ta journée ? insista-t-il, plein d'espoir.

Dans sa tête, Baxter se fit le résumé en image : Wolf menotté, elle pleurant dans les toilettes, la puanteur de l'infection qui rongeait le corps de son ami, Maggie qu'elle était allée consoler dans l'après-midi…

— Pas terrible, répéta-t-elle, de nouveau au bord des larmes.

Thomas laissa tomber sa sacoche par terre et se précipita pour la prendre dans ses bras. Elle posa la tête contre sa poitrine. La sonnerie du micro-ondes retentit une seconde fois.

— Ça te dit qu'on se fasse un *fish and chips* ce soir ? demanda-t-il d'une voix douce.

— Je veux bien.

Après une dernière pression, il relâcha son étreinte et se dirigea vers la porte.

— Ouvre une bouteille, dit-il. Je serai de retour dans un quart d'heure.

Baxter sourit et le suivit jusqu'au salon, où les aiguilles de sapin continuaient de tomber en pluie sur les cadeaux. Thomas s'arrêta au milieu du couloir et se retourna.

— Je sais que c'était difficile, aujourd'hui, dit-il. Mais c'est fini, maintenant. C'est fini, pas vrai ?

— Oui. C'est fini.

Thomas la regarda en souriant.

Une fois la porte refermée derrière lui, Baxter retourna à la cuisine et se servit un verre de vin. Après quoi elle s'assit à la table, sortit de son sac le dossier froissé qu'elle avait récupéré dans la corbeille de la salle d'interrogatoire et se mit à lire.

C'était *presque* fini.

4

Jeudi 7 janvier 2016,
8 h 08

ASSIS DEVANT LE BUREAU de l'ancien inspecteur principal Simmons au département *Homicide and Serious Crime*[1], Wolf tâchait d'ignorer les messes basses et les regards en coin dont il faisait l'objet. Plus il observait la plaque fixée sur la porte, plus y lire le nom de Baxter lui paraissait aberrant – comme une blague dont Finlay et lui auraient été capables, à l'époque.

Qu'est-ce qui avait pris à la direction ?

Qu'est-ce qui avait pris à Baxter ?

— Bonjour William ! le salua Janet, la femme de ménage. Il fait froid, dehors, hein ?

Wolf acquiesça, un peu surpris. Visiblement, elle n'était pas du tout au courant qu'il était en cavale depuis dix-huit mois. Il décida de faire durer cet éphémère moment de

1. Nom du service des affaires criminelles de la Metropolitan Police, ou Met, la police de Londres.

normalité et dissimula ses poignets menottés du mieux qu'il put pendant qu'elle changeait un sac-poubelle.

— Comment va Gary ? demanda-t-il le plus naturellement du monde. Ça se passe bien, à l'université ?

— Oh, il est gay, maintenant ! répondit-elle, enjouée.

— C'est super ! Qu'est-ce qu'il étudie, déjà ? enchaîna-t-il pour alimenter la conversation, mais elle n'eut pas le temps de répondre que la porte du bureau s'ouvrit et que Wolf fut invité à entrer.

Vanita s'était approprié le fauteuil de Baxter. Vêtu d'un costume sur mesure différent de celui de la fois précédente, Christian avait déjà regagné sa chaise. Il adressa un clin d'œil à Wolf quand celui-ci prit place à côté de lui.

— Les informations que vous nous avez données se sont révélées pertinentes, commença Vanita. À l'heure qu'il est, une opération est en cours pour appréhender Dubois et sa bande. Apparemment, les gardes-côtes français ont déjà intercepté leur navire. Ce qui signifie que notre accord reste valable.

— Dans ce cas, on pourrait peut-être lui enlever ces fichus bracelets, non ? suggéra Christian.

À contrecœur, Vanita lui tendit la clé. Sitôt libéré de ses entraves, Wolf menotta discrètement le sac à main violet de son ancienne patronne à un des pieds du bureau, pendant que le *commissioner* feignait une quinte de toux pour dissimuler son fou rire.

— On est en train de faire les papiers pour officialiser la chose, annonça la *commander* à un Wolf à l'air angélique. Normalement, vous pourrez les signer demain. Par ailleurs, j'attends de votre part deux rapports quotidiens, un le matin et un l'après-midi. Enfin, étant donné que ce petit arrangement ne peut pas se poursuivre indéfiniment, je vous impose un délai de cinq jours pour trouver quelque chose de concluant.

Wolf voulut protester, mais elle ne lui en laissa pas l'occasion.

— Ça me fait vraiment mal de le dire, mais vous êtes un excellent flic, Fawkes. Si vous n'avez rien trouvé d'ici cinq jours, c'est qu'il n'y a rien à trouver.

Wolf se tourna vers Christian. Assumant le rôle de sage qui incombait auparavant à Finlay, le *commissioner* acquiesça.

— Cinq jours, accepta Wolf.

*

Alors que le ciel blanc menaçait de déverser à nouveau ses flocons, Baxter s'avança vers le cabanon de jardin. Elle portait pour l'occasion son ridicule bonnet à pompon et une paire de gants assortie. Lorsqu'elle frappa à la porte, la pancarte branlante qui y était fixée se décrocha pour atterrir sur l'herbe humide. Un fracas retentit à l'intérieur, puis le visage surpris d'Edmunds apparut par la porte entrouverte – de toute évidence, il ne s'attendait pas à recevoir de la visite.

— Baxter ! s'exclama-t-il en prenant son amie dans ses bras.

— C'est Tia qui m'a ouvert, expliqua-t-elle avant de pénétrer dans le centre névralgique de la firme « Alex Edmunds – Détective privé ».

Edmunds ramassa le tabouret qu'il avait renversé et l'invita à s'asseoir.

— Je t'aurais bien proposé un café, dit-il, mais le tuyau d'arrosage est gelé depuis une semaine. Tu veux qu'on aille à l'intérieur ?

— Non, ne t'en fais pas… Bon, si je suis là aujourd'hui, c'est pour une raison officielle.

— Tu n'es pas censée être en arrêt de travail ?

— Si, si. Pendant deux semaines.

Sur le mur, des photos d'un furet visiblement très mécontent étaient épinglées au-dessus de plans de Manhattan et de photos d'une scène de crime où l'on voyait une voiture calcinée et deux silhouettes fantomatiques encore assises à l'intérieur. Baxter réprima un haut-le-cœur et détourna les yeux.

— Et toi, où en es-tu de ta première grande affaire ? demanda-t-elle. Tu as réussi à appréhender monsieur Grignote ?

— Malheureusement, non. L'individu est toujours en fuite… Mais je finirai par l'avoir, affirma-t-il en frottant l'énorme bleu qu'il avait à la cuisse. Et si tu m'en disais un peu plus sur cette fameuse raison officielle qui t'amène ici ? ajouta-t-il pour ne pas avoir à s'étendre sur son incapacité à capturer un petit mammifère. Tu es là pour m'arrêter ?

— Non, répondit Baxter en lui tendant le dossier froissé. Je suis là pour te recruter.

⋆

Après avoir retiré leurs chaussures dans le vestibule, Wolf, Christian et Saunders eurent droit à l'inévitable bise au rouge à lèvres rose de Maggie.

Au début, Wolf n'avait pas été ravi d'apprendre qu'il allait devoir supporter pendant plusieurs jours la présence de Saunders, sous prétexte que ce dernier avait participé à l'enquête initiale. Puis il s'était souvenu que l'horripilant policier avait été là pour Maggie après la mort de Finlay, et il avait mis de l'eau dans son vin.

Il ôta son manteau et le posa sur le dossier d'une des chaises de la cuisine, pendant que Maggie leur servait à boire et s'efforçait d'alimenter une conversation qui manquait de naturel. Lorsque Christian et Saunders se dirigèrent vers l'escalier, Wolf resta en retrait.

— Si tu as besoin de quoi que ce soit, tu nous appelles et on descendra, lui dit-il. Aujourd'hui, je préfère que tu restes en bas.

Elle acquiesça et il la serra dans ses bras, mais c'était surtout lui qui en avait besoin. Après quoi il pressa le pas pour rattraper ses collègues. En approchant du chambranle de porte brisé, il découvrit que deux visages familiers l'attendaient déjà à l'intérieur.

— Qu'est-ce tu fous ici ? demanda Saunders avec la délicatesse qui le caractérisait.

— On ne jure pas dans la maison ! s'écria Maggie depuis le rez-de-chaussée. Elle m'a fait promettre de ne rien vous dire !

Wolf vit un sourire fugace se dessiner sur les lèvres de Baxter.

— J'étais sûr que tu viendrais, dit-il, mais elle ne répondit pas et il se tourna vers le second invité-surprise. Edmunds, lança-t-il, glacial.

— Wolf, répliqua l'autre sur le même ton.

— Edmunds, je te présente le *commissioner* Christian Bellamy, un vieil ami de Finlay, déclara Baxter. Christian, voici Alex Edmunds, détective privé.

Les deux hommes se serrèrent la main.

— Et moi, c'est Saunders, fit Saunders en tendant la sienne à Edmunds.

— Je sais, répondit ce dernier, confus. On se connaît.

Saunders fronça les sourcils.

— On a travaillé ensemble pendant six mois…, précisa Edmunds. L'affaire Ragdoll.

Comme Saunders n'avait pas l'air plus avancé, Edmunds abandonna et lui serra la main.

— Bon, Saunders, dit Wolf en s'écartant pour le laisser passer. On t'écoute !

L'inspecteur à face de rat sortit son calepin de sa poche puis, après un instant d'hésitation, il se dirigea vers la porte abîmée et la ferma.

— Le 1er janvier, à 00 h 35, l'inspecteur Blake et moi-même recevons l'ordre par radio de porter assistance à un certain agent Randle sur les lieux d'un possible suicide. À notre arrivée sur place à 00 h 56, nous découvrons… (il s'éclaircit la voix) le corps d'un homme de soixante ans positionné face contre terre au centre de la pièce, une unique blessure par balle au niveau de la tempe gauche, un pistolet de calibre neuf millimètres sur le sol à côté de lui.

Dans la pièce vide où la tache sombre sur le parquet semblait prendre toute la place, personne n'osa parler.

Saunders tourna la page.

— Une fois toutes les photos prises, l'arme a été placée dans un sac plastique inviolable et ajoutée aux éléments de preuve. D'après les conclusions du légiste, les seules empreintes retrouvées sur le pistolet sont celles de la main gauche de la victime, et l'expert en balistique a confirmé que la balle avait bien été tirée par l'arme retrouvée sur les lieux. Lorsqu'il est arrivé sur place, l'agent Randle a été contraint de forcer la porte d'entrée. Une fois à l'intérieur, il a découvert à l'étage une porte verrouillée, qu'il a elle aussi forcée, provoquant les dégâts apparents sur le chambranle.

Saunders tourna une autre page et poursuivit :

— Le corps a été découvert dans une pièce fermée de l'intérieur, dont l'unique fenêtre était également close… Conclusion : suicide.

Wolf s'approcha de la fenêtre et constata que le plastique de protection se trouvait toujours sur le mécanisme de fermeture, signe que ce dernier n'avait même jamais été actionné.

— Pas de lettre ? demanda-t-il.

— Non, répondit Saunders. Comme dans sept cas de suicide sur dix.

— Où se trouvait Maggie à ce moment-là ? demanda Edmunds, qui n'avait pas eu le temps de parcourir l'intégralité du dossier.

— Chez des amis, dit Saunders. Une fête dans le quartier de Hampstead.

— Finlay détestait le Nouvel An, déclarèrent en même temps Wolf et Baxter.

Wolf sourit. Pas Baxter.

— Du coup, qui a donné l'alerte ? s'enquit Edmunds.

— Finlay lui-même. Il a utilisé le téléphone fixe de l'entrée à… (Saunders consulta ses notes) 00 h 07. Le protocole « appel sans objet » a été déclenché et une unité dépêchée sur place.

— Il n'a rien dit ?

— Non. Mais j'ai du mal à imaginer l'état mental dans lequel il devait se trouver à ce moment-là, ajouta Saunders avant de lancer un regard interrogateur en direction du *commissioner*.

— Quand je l'ai vu, je n'ai rien remarqué d'anormal, intervint Christian avec un sourire triste. J'étais avec lui, un peu plus tôt dans la soirée. On a ouvert une bouteille de whisky, qu'on a bien attaquée.

Baxter repensa aux photos de la scène de crime, la bouteille de médiocre qualité renversée sur le sol – son cadeau de départ à la retraite.

— De quoi avez-vous parlé ? demanda Edmunds. Si ce n'est pas indiscret…

— Ce dont parlent tous les vieux amis lorsqu'ils se retrouvent, j'imagine. On s'est remémoré nos aventures, qui était sorti vainqueur de telle ou telle bagarre, les filles qui nous avaient brisé le cœur… (Il sourit.) J'ai raté un appel de lui un peu après minuit – je ne me le pardonnerai jamais. Quelques minutes plus tard, je recevais ça…

Christian tourna l'écran de son téléphone portable vers les autres.

Prends soin d'elle pour moi

— J'étais complètement paniqué… J'ai sauté dans un taxi et je suis revenu ici aussi vite que j'ai pu. Quand je suis arrivé, ça faisait à peine quelques minutes qu'ils avaient forcé la porte, conclut-il, les yeux rivés vers le sol, comme s'il pouvait encore y voir le corps de Finlay.

— Il utilise son portable pour vous appeler, commença Edmunds, circonspect. Il vous envoie un texto. Mais il descend pour appeler les secours depuis le fixe… Pourquoi ?

— À mon avis, il ne voulait pas que ce soit Maggie qui le trouve, répondit Christian d'une voix qui trahissait son émotion.

— Un appel est toujours plus facile à localiser depuis une ligne fixe, ajouta Saunders. Finlay le savait forcément.

— Parle-moi un peu de cette porte, Saunders, dit Wolf en examinant les morceaux de plâtre arrachés tout autour du chambranle.

— Cette pièce était censée devenir la chambre des petits-enfants, donc il n'y avait pas de verrou sur la porte.

— Mais tu as dit…

— Je sais ce que j'ai dit. La porte était scellée à l'enduit. Il en avait mis tout autour. C'est pour ça que l'agent n'arrivait pas à entrer. Écoute, Wolf, avec tout le respect que je te dois, tu fais fausse route. On l'a retrouvé dans une pièce fermée de manière quasi hermétique, l'arme qui l'a tué à quelques centimètres de sa main. C'est un suicide, c'est tout.

— Ce ne sera pas un suicide tant que je n'aurai pas dit que c'était un suicide, cracha Wolf en pensant à Maggie, à l'étage du dessous.

Saunders regarda les autres en haussant les sourcils.

— Mais tu entends ce que tu dis, Wolf ? intervint Baxter. T'es devenu complètement taré !

Certes, c'était pour l'agresser, mais au moins, elle lui avait adressé la parole.

— Il s'est foutu en l'air, insista Saunders, ragaillardi de ce soutien. Je sais encore faire mon boulot…

Wolf se tourna vers son collègue, prêt à en découdre.

— Will ! intervint Christian avec le même ton que prenait Finlay pour le calmer.

Après quelques secondes de tension supplémentaires, Wolf fit un pas en arrière et tourna le dos à Saunders, avant de lui lancer :

— Si tu n'as pas envie d'être là, personne ne te retient.

Piqué au vif, Saunders poussa Wolf dans le dos – un réflexe malavisé.

— Tu crois que je m'en fous, c'est ça ? hurla-t-il. Tu crois pas que je préférerais me tromper ?

Quand Wolf fit volte-face, il y avait dans ses yeux une lueur dangereuse.

— Finlay et mon père bossaient ensemble, poursuivit Saunders. Tu le savais pas, ça, hein ? Quand mes parents se sont séparés et que mon père n'a rien trouvé de mieux à faire que de s'enfermer dans le garage avec le moteur de la voiture qui tournait, devine qui est venu m'annoncer la nouvelle ! Devine qui a passé toute la nuit avec moi, à me répéter que ce n'était pas ma faute… Alors non, je ne m'en fous pas !

Wolf s'excusa d'un hochement de tête compatissant.

— Désolée de poser une question aussi basique, intervint Baxter, mais à qui appartenait le pistolet ?

Saunders ramassa son carnet, qu'il avait laissé tomber par terre.

— Pas la moindre idée, répondit-il. Beretta 92. Numéro de série effacé à la lime. Comme je l'ai déjà dit, les seules empreintes étaient celles de Finlay. J'ai parlé à un gars du contre-terrorisme qui m'a dit que l'arme avait au moins trente ans. Elle a déjà servi plusieurs fois, et il restait trois balles dans le chargeur. Impossible comme ça de dire d'où elle vient.

— Et pourtant, pour une raison inconnue, Finlay l'avait gardée depuis toutes ces années, déclara Edmunds, qui réfléchissait à voix haute.

— Ça reste entre nous, dit Christian, mais Finlay et moi, on fait partie de la génération qui gardait quelques souvenirs... À l'époque, tout n'était pas aussi méticuleusement consigné qu'aujourd'hui.

Un silence pesant s'installa, alors que tous cherchaient un moyen d'éviter le cul-de-sac vers lequel ils se dirigeaient.

— Il y a un dernier élément qu'il faut que j'aborde, annonça Saunders, visiblement mal à l'aise. L'autopsie... Les résultats ont montré quelques petits pépins de santé, mais rien d'anormal pour une personne de son âge.

Les regards se tournèrent naturellement vers le doyen de la pièce, Christian.

— Qu'est-ce qu'il y a ? demanda ce dernier.

— Aucune blessure, continua Saunders, à l'exception de quelques contusions attribuables aux travaux manuels qu'il effectuait. Cause du décès : tir à la tête. La balle a été récupérée dans la boîte crânienne. Du coup, on commence par où ?

Dans le bref silence qui s'ensuivit, ils entendirent Maggie s'affairer dans la cuisine, sûrement occupée à remplir leurs verres.

— Ils ne remettront pas le corps tant qu'on n'aura pas clos le dossier, dit Baxter. Pour résumer, plus on traîne, plus ce sera difficile pour Maggie.

— Ça prendra le temps qu'il faudra, marmonna Wolf.

Baxter secoua la tête.

— Le pistolet, ajouta-t-il. D'une manière ou d'une autre, c'est lui qui apportera les réponses à nos questions. Si Finlay l'a gardé pendant tout ce temps, ce n'est pas par hasard. Ne nous reste plus qu'à découvrir pourquoi.

— Tu as un plan ? demanda Saunders.

— Toi, tu récupères l'arme et la balle retrouvée à l'autopsie et tu demandes à ce que soient faits tous les examens possibles et imaginables. La moindre information peut nous être utile. Baxter, tu te concentres sur Maggie. Elle acceptera de se confier à toi. Tu connais la chanson : est-ce qu'elle avait remarqué un changement d'attitude, même infime, chez Finlay ? Est-ce qu'il était stressé ? Préoccupé par d'anciennes affaires, peut-être ? Mais le plus important, c'est que tu découvres où il cachait cette arme depuis tout ce temps.

Elle acquiesça.

— De mon côté, j'ai déjà commencé à éplucher les vieux dossiers de Finlay, mais j'aurais besoin d'un coup de main, ajouta-t-il en se tournant vers Edmunds.

Ce dernier interrogea Baxter du regard, mais elle ne semblait rien avoir à redire à la logique organisationnelle de son ancien supérieur hiérarchique. Wolf se tourna alors vers le *commissioner*.

— Quant à vous, Christian, en plus de vous tenir au courant de l'évolution de l'enquête, on viendra peut-être aussi vous trouver afin que vous nous aidiez à combler les trous qu'il pourrait y avoir dans les rapports officiels. Si vous n'y voyez pas d'inconvénient, bien sûr.

— Tout ce que vous voudrez.

— Il y a forcément une ancienne affaire de Finlay où il manque l'arme du crime, dit Wolf. À nous de découvrir laquelle.

5

Mercredi 7 novembre 1979,
17 h 49

— SUR TA GAUCHE, FIN ! souffla Christian. Non, l'autre gauche !

Les deux hommes approchèrent sans bruit de la porte décrépite de l'appartement 19 et découvrirent une serrure flambant neuve qui ornait le bois vermoulu à la peinture écaillée. Dans la bâtisse tout entière flottait une odeur d'urine et de poubelles. Même la lumière du jour semblait hésiter à s'infiltrer par le carreau brisé au bout du couloir.

Finlay prit appui sur son bras brûlé et poussa un juron, ce qui lui valut un regard exaspéré de la part de Christian.

— Il faut que tu te décides à montrer ça à un médecin, murmura ce dernier. Fais voir un peu.

— Là, tout de suite ? chuchota Finlay en retour. Pourquoi est-ce qu'il faut tout le temps que tu fasses ça ?

— Que je fasse quoi ?

— Que tu te sentes obligé de donner des conseils médicaux à tous les gens que tu rencontres.

— Quels gens ?

— Tous les gens ! Sans exception !

Christian approcha la main de la manche courte de son équipier.

— Me touche pas ! siffla Finlay en lui donnant une petite tape sur les doigts, avant de remarquer la montre qui ornait le poignet de Christian. C'est nouveau ?

— Qu'est-ce que tu veux que je te dise, fit Christian d'un air triomphant. Fallait bien fêter ça !

Autant Christian semblait décidé à profiter pleinement de la gloire éphémère dont il faisait l'objet, autant Finlay avait hâte que les choses reviennent à la normale et préférait balayer les compliments par des plaisanteries teintées de modestie.

— Qu'est-ce que tu avais besoin d'acheter un truc aussi clinquant ? demanda Finlay. Regarde la mienne, je l'ai achetée au supermarché et elle fonctionne très bien !

— Elle retarde de quatre minutes.

— Oh, fit Finlay en retirant sa main.

— Ce n'est pas Oscar Wilde qui a dit : « L'heure est bien la dernière chose qu'un gentleman attend de sa montre » ?

Finlay le dévisagea, interdit.

— Je… j'ai aucune idée de ce que ça veut dire, admit-il.

— Moi non plus, reconnut Christian, et les deux hommes étouffèrent un ricanement.

— Bon, on y va ? suggéra Finlay.

Deux jours plus tôt, au moment où l'entrepôt du chantier naval partait en fumée, un homme s'était fait agresser et voler sa Ford Princess dans le district voisin de Whiteinch par un individu blessé dont la description correspondait à celle du suspect à la coupe mulet. La voiture en question avait été retrouvée quelques heures plus tard à Mathieson Terrace, dans le quartier de Gorbals, avec assez de sang et d'empreintes dans l'habitacle pour maintenir les gars du labo occupés pendant plusieurs semaines. En attendant, la proximité du véhicule avec quelques adresses bien connues des services de police avait au moins permis à Finlay et Christian de commencer à mener l'enquête.

Grâce à des sources on ne peut moins officielles, ils avaient rapidement retrouvé la trace de leur suspect dans un squat de Cumberland Street, une énorme bâtisse nommée Brendall Towers qui faisait office de mouroir pour junkies et de lieu de travail pour prostituées.

Christian se posta devant la porte, puis il secoua les bras et s'étira la nuque.

— En un seul coup, promit-il à Finlay, dont le regard fit des allers et retours entre la porte et son équipier.

— Et moi, je parie que tu vas devoir t'y reprendre au moins à trois fois. Le perdant paye la tournée de ce soir ?

— Ça marche, dit Christian avant de prendre une profonde inspiration. Police ! hurla-t-il.

Il donna alors un coup de pied magistral au niveau de la serrure, mais la porte ne broncha pas. Ignorant Finlay qui feignait de trouver le temps long, il se prépara pour un deuxième assaut.

— Police ! Saloperie..., gémit-il avant de s'affaler contre le mur.

— Tu penses qu'il t'a entendu, cette fois ? railla Finlay avant de s'avancer vers la porte, la matraque prête à l'emploi.

Au moment où il allait à son tour tenter de jouer les béliers de fortune, il fut pris d'une idée lumineuse. Il saisit la poignée, l'actionna, et la porte s'ouvrit.

— Pas de commentaire ! aboya Christian avant d'emboîter le pas à son collègue.

Étalé sur le ventre au beau milieu de la pièce, un couteau de chasse planté dans le dos, le cadavre au superbe mulet ne contribuait pas à améliorer l'odeur de pourriture qui flottait dans l'air confiné.

— Quel dommage ! soupira Finlay d'un ton qui manquait de sincérité, avant de se lancer dans l'inspection du minuscule studio.

Les meubles défoncés et les morceaux de verre qui jonchaient le sol témoignaient d'une lutte violente. Dans la kitchenette, des mouches bourdonnaient autour d'une poêle noircie.

— Comme quoi, il n'était pas immortel, commenta Christian, visiblement déçu.

— De toute évidence.

Finlay fouilla le cadavre et extirpa un portefeuille de sa poche revolver.

— Ruben de Wees, lut-il sur le permis de conduire étranger, avant de rejoindre Christian près de la fenêtre pour profiter de la vue imprenable sur les poubelles et sur la brigade d'un restaurant en pleine pause cigarette. Apparemment, il était hollandais…

Christian fit une moue désintéressée.

— … jusqu'à ce que quelqu'un lui fasse passer le goût de la mimolette, ajouta Finlay.

Christian secoua la tête en réprimant un fou rire.

— Bon, finit-il par dire. Allons appeler le bureau pour prévenir que…

Il s'interrompit, avant de reprendre :

— Euh… Quand tu lui as fait les poches, est-ce que tu en as profité pour prendre son pouls ?

Finlay se retourna.

Le cadavre avait disparu. Des traces de sang menaient à la porte d'entrée.

— Mais… il avait un énorme couteau planté dans le dos ! s'exclama Finlay.

Les deux hommes sortirent en hâte du studio et suivirent les taches de sang dans le couloir, puis dans l'escalier. Alors qu'ils dévalaient les marches, Christian, qui se réjouissait visiblement de la situation, se tourna vers Finlay.

— Je me disais, dit-il d'une voix haletante. La prochaine fois, on n'aura qu'à essayer avec un pieu en bois !

Quelque part en contrebas, une lourde porte claqua.

Dix secondes plus tard, l'immeuble miteux recrachait les deux policiers, qui ne furent que trop ravis de retrouver le gris éblouissant de l'extérieur. Leur indestructible suspect avait une vingtaine de mètres d'avance sur eux et titubait en direction du boulevard, le couteau de chasse toujours planté dans le dos.

— Ruben ? appela Christian. Je suis désolé de vous le dire, mais c'est la pire tentative de fuite que j'aie jamais vue !

Malgré son état, le Hollandais trouva la force de se retourner pour leur adresser un bras d'honneur avant de repartir vers le boulevard.

— Mais quel malpoli ! s'esclaffa Finlay.

Voyant que l'homme s'affaiblissait à chaque pas, les deux collègues cessèrent de courir. Sur le trottoir, les passants poussaient des hurlements d'effroi devant ce monstre qui progressait comme un zombie. Finlay et Christian décidèrent qu'il était temps d'intervenir.

— Reculez, messieurs dames !

— Laissez-nous passer !

— Est-ce que quelqu'un pourrait appeler une ambulance ?

Quelques mètres plus loin, leur suspect se mit à ramper vers la chaussée en traînant son bras cassé derrière lui, sous le regard indifférent des automobilistes. Le Hollandais s'immobilisa au moment où la montre numérique de Finlay bipait pour annoncer qu'il était 18 heures (passées de quatre minutes).

— À toi l'honneur, dit l'Écossais en désignant le suspect.

Mais alors que Christian s'approchait de lui, l'homme se remit à genoux et tâtonna à l'aveugle jusqu'à ce que sa main se referme sur la poignée du couteau de chasse.

— Je le laisserais en place, si j'étais vous ! suggéra Christian sans voir le sourire en coin de Finlay provoqué par ce nouveau conseil d'ordre médical.

Centimètre par centimètre, l'homme retira la lame en poussant des hurlements de douleur.

— Stop ! Stop ! hurla Christian en se précipitant vers le malheureux.

Trop tard. Le Hollandais fit volte-face avec son couteau, tandis que son mulet lui claquait le visage, et Christian s'écroula sur le trottoir en se tenant le ventre à deux mains, grièvement blessé.

— Ne bouge surtout pas, Christian ! lança Finlay alors que l'homme s'était remis à marcher en titubant, malgré le filet de sang qui lui coulait en continu du coin de la bouche.

Finlay brandit sa matraque.

— Restez où vous êtes ! avertit le Hollandais.

Un coup d'œil en direction du boulevard lui permit de comprendre qu'il avait le temps de traverser avant que le bus numéro 7 n'atteigne son arrêt…

… malheureusement, il n'avait pas anticipé la 2 CV qui doublait le poids lourd.

Il y eut un crissement de freins, puis un bruit abominable lorsque le corps du Hollandais se retrouva pris entre le pneu et le passage de roue.

Il fallut à Finlay plusieurs secondes pour analyser la situation. Puis il brancha le pilote automatique et s'avança sur la chaussée pour interrompre la circulation avant d'escorter le malheureux conducteur de la Citroën jusqu'au trottoir. Enfin, il s'accroupit auprès de son équipier.

— Tu es toujours avec nous ? demanda-t-il.

— Ouais, ça va aller, affirma Christian, tout pâle.

Finlay lui donna une grande tape dans le dos avant de retourner à la voiture. Là, il plongea la main sous le châssis et menotta un des bras tout tordus au pare-chocs métallique.

— Qu'est-ce que tu fais ? demanda Christian. Tu vois bien qu'il est mort, cette fois ! Il a la tête tournée à 180 degrés !

Finlay revint s'asseoir à côté de lui. Il alluma une cigarette et garda les yeux rivés sur le corps sans vie de leur suspect tandis qu'au loin, les sirènes approchaient.

— Je sais, répondit-il. Mais je préfère ne pas prendre de risque.

*

Finlay frémit en regardant le médecin recoudre Christian. La façon dont la peau se tendait chaque fois que l'aiguille courbée la perçait avait quelque chose d'à la fois hypnotisant et répugnant.

— Semaine chargée pour vous deux, commenta le médecin sous sa moustache broussailleuse. Bon, ça devrait faire l'affaire, ajouta-t-il après avoir coupé le dernier fil. Magnifique.

Christian évalua les dégâts. Visiblement, « magnifique » signifiait avoir une voie ferrée miniature sur le ventre.

— Merci, docteur, dit-il, dépité.

— À vous, maintenant, lança l'urgentiste à Finlay.

Avec une grimace, il retira le pansement crasseux que ce dernier avait appliqué sur sa brûlure deux jours plus tôt et qu'il n'avait pas retiré depuis.

— La prochaine fois que vous vous faites une brûlure au troisième degré, pensez peut-être à passer nous voir…

— Promis.

L'homme à la moustache retira ses gants et inscrivit quelques mots sur un document.

— Je vais demander à une infirmière de venir nettoyer ça, annonça-t-il en désignant les points de suture de Christian. Et je lui dirai de faire aussi quelque chose pour ça, ajouta-t-il avec un regard désapprobateur pour Finlay.

Christian baissa les yeux vers son impressionnante blessure.

— Ça va me faire une sacrée cicatrice ! s'exclama-t-il avec un grand sourire.

— C'est le plus beau jour de ta vie, pas vrai ? s'esclaffa Finlay.

C'est alors que le rideau s'ouvrit et qu'apparut une jeune et jolie infirmière, un plateau à la main.

Finlay se trouva subjugué. Ces longues boucles châtaines qui s'échappaient de la coiffe blanche, ces lèvres roses, ces yeux d'un bleu scintillant… il avait l'impression qu'une nymphe venait de pénétrer dans la pièce. Christian essaya d'adresser à son équipier un regard approbateur, mais ce dernier était trop captivé pour le remarquer.

— Lequel d'entre vous est Finlay ? demanda-t-elle.

Elle avait le même accent que la reine d'Angleterre.

— Ce n'est pourtant pas une question piège ! plaisanta-t-elle. Alors… ? Finlay ?

— Oui. Je… C'est moi, répondit l'intéressé en s'efforçant de gommer son accent écossais, ce qui fit hausser les sourcils à Christian.

L'infirmière ramassa ce dont elle avait besoin sur son plateau, puis elle adressa à Finlay un sourire affectueux, avant de lui donner une pichenette derrière l'oreille.

— Aïe ! s'exclama-t-il.

— C'est le médecin qui m'a demandé de le faire, répliqua-t-elle sans l'once d'un remords. À l'avenir, n'attendez pas avant de venir à l'hôpital. Ça nous complique la tâche.

— Eh ben putain ! jura-t-il, se demandant toujours comment elle avait réussi à lui faire aussi mal.

— Et pas de gros mots ! ajouta-t-elle. Ça, c'est moi qui vous le demande.

Lorsqu'elle s'assit sur le lit à côté de lui, son parfum senteur fraise et chocolat vint lui chatouiller les narines, et il se mit à renifler comme s'il avait un rhume.

— Vous ne nous reconnaissez pas ? demanda Christian alors qu'elle tamponnait le bras de Finlay.

— Je devrais ?

— Je ne sais pas. Après tout, ce n'est pas comme si c'était la plus grosse saisie de drogue de toute l'histoire de l'Écosse…

Elle jeta un regard interrogateur à Finlay, lequel se contenta de retenir sa respiration en se maudissant d'avoir mangé un friand fromage-oignons pour le déjeuner.

— L'incendie au chantier naval, dit-elle enfin. J'ai vu ça dans le *Herald*. L'équivalent de cinq ans de production d'héroïne récupéré en un quart d'heure, c'est bien ça ?

— Les journalistes exagèrent toujours, déclara modestement Christian.

— Ah bon ?

— Oui… En fait, ça nous a pris dix minutes ! lâcha-t-il, et elle éclata de rire.

Finlay ne la quittait pas des yeux. Il n'avait jamais vu une fille aussi belle. Après avoir fini de changer son bandage, elle leva la tête vers lui.

— C'est un sacré numéro, votre ami, observa-t-elle.

— À qui le dites-vous…, grommela-t-il, soupçonnant qu'ils n'avaient pas tout à fait la même définition de ce que constituait un « sacré numéro ».

— Très bien, Fin. C'est terminé.

Elle porta son attention sur Christian, lequel s'empressa de s'allonger sur le lit et s'exclama :

— Je suis tout à vous !

— Ce… ce fut un plaisir ! bredouilla Finlay. De vous rencontrer, je veux dire.

Si l'infirmière parut surprise de se voir proposer une poignée de main formelle, elle retira néanmoins ses gants en caoutchouc et l'accepta volontiers, ignorant les soupirs d'impatience de Christian dans son dos.

— Et pour moi, un honneur ! répondit-elle avec une lueur espiègle dans le regard. Je m'appelle Maggie.

6

Jeudi 7 janvier 2016,
14 h 21

WOLF LAISSA ÉCHAPPER UN PETIT BRUIT à mi-chemin entre la toux et le gloussement.

Edmunds jeta un coup d'œil par-dessus le dossier qu'il était en train d'examiner. Au bout de quelques secondes, il reprit sa lecture, mais Wolf se remit à ricaner – il avait entre les mains le rapport officiel sur la mort à rebondissements de Ruben de Wees et de son abominable coupe de cheveux. Edmunds se tourna de nouveau vers Wolf et le gratifia d'un regard blasé qui aurait rendu Baxter très fière.

— Désolé, dit Wolf. Je ne sais pas combien de fois Finlay m'a raconté cette histoire, mais ça me fait toujours autant marrer !

Edmunds leva les yeux au ciel avant de retourner à ses pages jaunies, pendant que Wolf s'accordait un étirement bruyant qui résonna dans la salle de réunion de l'*Homicide and Serious Crime*. Les deux montages photographiques terrifiants qui représentaient les victimes de l'affaire Ragdoll n'étaient plus au mur depuis longtemps mais, à part ça, peu de choses avaient changé. Même les fissures dans le verre dépoli de la paroi étaient toujours là.

— Je ne me suis jamais excusé de vous avoir ouvert le crâne, si ? demanda Wolf.

Avec un soupir, l'autre laissa tomber le dossier sur la table.

— Non, répondit-il. Jamais.

Wolf ouvrit la bouche… puis se contenta de hausser les épaules.

Edmunds eut un rire sans joie.

— Bon, eh bien allez-y, dit Wolf en faisant pivoter son fauteuil pour accorder toute son attention à son ancien collègue. Dites-moi à quoi vous pensez !

Il regarda Edmunds tourner sept fois sa langue dans sa bouche.

— Vous vous dites que je suis un sale type ? Bosser avec moi vous pose un dilemme moral ? énuméra Wolf, même s'il n'était pas sûr que l'adjectif « moral » soit très approprié. Alors certes, j'ai sollicité par mégarde les services d'un tueur en série un peu taré. Je l'avoue. Est-ce que j'ai délibérément entravé votre enquête dans le but de me protéger ? Eh bien oui… Ça aussi, je le reconnais. Est-ce que j'ai failli étrangler de mes mains le tueur en série en question alors qu'il ne représentait pas une menace directe ? Tout à fait. En revanche… Ah, zut, où est-ce que je voulais en venir, déjà ?

Edmunds secoua la tête et reprit son dossier.

— Si ça peut vous rassurer, ajouta Wolf, Vanita me fera arrêter à la seconde où nous en aurons terminé avec cette enquête. Le méchant expiera ses péchés.

— Ce n'est pas ça, marmonna Edmunds.

— Pardon ?

— J'ai dit : ce n'est pas ça ! Enfin, si. Je pense que vous êtes une ordure qui mérite de moisir en prison jusqu'à la fin de ses jours… mais ce n'est pas ça.

Wolf n'en revenait pas d'à quel point Edmunds lui faisait penser à Baxter.

Le détective privé ferma les yeux et expira bruyamment.

— L'affaire Ragdoll, c'était moi, expliqua-t-il, un peu gêné. C'est moi qui ai épluché les archives à la recherche d'anciennes victimes de Masse. Moi qui ai prouvé que les meurtres faustiens étaient bien réels. Moi qui ai deviné qui vous étiez vraiment… C'est moi qui ai tout fait.

Wolf écoutait patiemment.

— Vous, vous avez eu votre grande affaire, continua Edmunds. Ça s'est terminé comme ça s'est terminé, certes, mais au moins, vous avez traqué et capturé le Tueur Crématiste. Masse, l'affaire Ragdoll, c'était pour moi… et vous m'avez volé mon moment de gloire.

Edmunds sentit qu'on lui retirait un poids. C'était la première fois qu'il admettait qu'il y avait dans sa colère quelque chose d'égoïste.

Wolf hocha la tête. Il n'avait pas l'air surpris outre mesure.

— Vous êtes le plus intelligent d'entre nous, fit-il remarquer.

— Épargnez-moi votre condescendance.

— … parce que vous êtes parti, poursuivit Wolf. Ce boulot, c'est… ça laisse des traces. C'est une drogue, une addiction dont on sait qu'elle peut nous tuer à tout moment. On devient tellement obsédé qu'on ne se rend pas compte que ça détruit peu à peu tous les autres aspects de notre vie, jusqu'à ce qu'il ne reste plus rien.

Les deux hommes restèrent silencieux quelques secondes. Ce que venait de dire Wolf les ramenait à Finlay et à la certitude que son métier avait joué un rôle dans sa mort prématurée, qu'il s'agisse d'un homicide ou d'un suicide.

— Je regrette de ne pas avoir eu le courage de partir tant qu'il en était encore temps, conclut Wolf. Maintenant, c'est trop tard.

— Facile à dire quand on n'a pas pour première mission de courir comme un crétin après un furet sur le parking d'un supermarché.

— Et pour deuxième mission d'enquêter sur le possible meurtre d'un ancien collègue, lui rappela Wolf.

Mais son visage s'assombrit – il venait de repenser à Finlay et au dossier qui l'avait fait pouffer quelques minutes auparavant.

Edmunds avait passé si longtemps – dix-huit mois, exactement – à s'imaginer traquer Wolf, retrouver sa trace et le traîner devant les tribunaux sous les acclamations de la police et des médias, qu'il avait fini par l'ériger au rang de véritable mythe. Mais à présent qu'il le regardait chercher en vain une explication à la mort de son ami et chasser des démons probablement inexistants, il se rendait compte qu'il avait sous les yeux un homme qui avait tout perdu.

— Quoi ? demanda Wolf lorsqu'il surprit le regard d'Edmunds posé sur lui.

— Rien.

Ils se remirent au travail.

— … Désolé pour votre tête, marmonna Wolf.

— Pas de problème.

*

Saunders s'efforçait de respirer par la bouche.

Il flottait toujours dans le laboratoire du légiste une odeur de métal et de mort. Les ustensiles rutilants et le carrelage désinfecté à la Javel avaient l'air un peu trop immaculés, comme si on venait de finir de nettoyer un bain de sang.

— Merde ! jura Joe, l'expert médico-légal au crâne rasé, lorsqu'il renversa un peu de café sur lui. Je vais avoir une tache, maintenant…

Saunders le regarda essuyer la minuscule trace sur son tablier maculé de sang séché et d'autres matières indéfinissables. Visiblement, l'homme ne s'était toujours pas rendu compte qu'il avait de la visite.

— Bordel ! rugit Joe en apercevant enfin Saunders.

— Bien le bonjour à vous aussi.

— Désolé. J'espérais voir arriver l'insaisissable Emily Baxter. Si j'avais su, j'aurais gardé ma vieille blouse.

Saunders préférait ne pas imaginer à quoi ressemblait la blouse en question.

— À votre place, je ne me ferais pas trop d'illusions, lança-t-il au légiste. D'après ce que j'ai compris, ça se bouscule au portillon…

Ignorant la remarque, Joe posa sa tasse de café et se mit à fouiller la boîte que Saunders avait apportée.

— Tout ce que j'adore ! s'exclama-t-il. Faire deux fois le même travail. Vous voulez que je vous reconfirme que toutes les preuves scientifiques étayent l'hypothèse du suicide, c'est ça ?

— Non. On voudrait que vous nous trouviez quelque chose qui prouve que ce n'était pas un suicide.

— Alors que le corps a été retrouvé dans une pièce fermée de l'intérieur ?

— Oui.

— Et qu'il n'y avait aucune trace de lutte ?

— Oui.

— Et qu'il avait pratiquement l'arme qui l'a tué à la main ?

— Oui ! Trouvez-nous un truc, n'importe quoi !

Soudain, Joe prit un air songeur, comme si quelque chose le préoccupait.

— Vous pensez à un détail pertinent ? demanda Saunders, plein d'espoir.

— Qu'est-ce que vous avez voulu dire par : « Ça se bouscule au portillon » ?

*

Christian n'avait le temps que pour une rapide discussion de couloir entre deux réunions, si bien que lorsque Wolf et Edmunds le retrouvèrent devant l'ascenseur pour lui emboîter le pas, ils entrèrent directement dans le vif du sujet, sans même un regard pour les gens qui accompagnaient le *commissioner*.

— Le Hollandais invincible est-il le seul à avoir réussi à s'échapper de l'entrepôt ? demanda Edmunds.

Le souvenir fit sourire Christian. Comme Finlay, lui aussi ne comptait plus le nombre de fois qu'il avait raconté cette histoire.

— À ma connaissance, oui, répondit-il tandis que ses subalternes ouvraient les portes à leur passage. Lorsqu'on est entrés sur les lieux, on ne le savait pas encore, mais le laboratoire était déjà la proie des flammes. Normalement, il doit y avoir un plan de l'entrepôt dans le dossier. En gros, il n'y avait que deux issues possibles, et je suis certain que si quelqu'un était sorti de notre côté, on l'aurait vu.

— Les membres du commando qui a donné l'assaut avaient des fusils automatiques, dit Edmunds. Mais d'autres armes ont été récupérées dans les décombres – on aimerait déterminer lesquelles appartenaient à qui. Est-ce que vous pensez à quelque chose qui pourrait nous aider ?

— Comme ça, je ne vois pas, dit Christian avec un haussement d'épaules.

— Mais est-ce qu'il est possible que… ?

— Écoutez, l'interrompit Christian en s'arrêtant au milieu du couloir, au grand dam de ceux qui l'escortaient. Je pense que vous faites fausse route. J'y étais et je n'ai pas quitté Fin d'une semelle, ce jour-là. S'il était sorti de cet entrepôt avec autre chose qu'une brûlure au bras, je l'aurais remarqué. Il n'avait aucune raison de garder un souvenir. Je suis désolé, mais ce n'est pas la bonne affaire.

— Monsieur, intervint un jeune homme au sourire obséquieux. Il faut vraiment qu'on…

Christian le fusilla du regard et l'importun baissa la tête avant de reculer sans se départir de son sourire.

— Wolf, un mot en privé ? dit le *commissioner*.

Edmunds s'écarta poliment.

— Je voulais vous dire : l'accord que Vanita est en train de vous préparer est truffé de petites irrégularités. Elle ne s'y prendrait pas autrement si elle voulait s'assurer qu'il n'ait aucune valeur juridique.

— Je suis sûr que ce n'est qu'une étourderie de sa part, lança Wolf d'un ton malicieux.

— Évidemment ! Du coup, si vous n'y voyez pas d'inconvénient, je vais demander à quelqu'un de confiance de vérifier tout ça de près.

Wolf remercia le *commissioner* d'un hochement de tête, et celui-ci lui asséna une grande tape sur l'épaule avant de s'éloigner vers son prochain rendez-vous.

*

Maggie s'était attelée à ranger les décorations de Noël, en évitant soigneusement le premier étage. Avant de partir, Edmunds et Saunders avaient insisté pour sortir l'imposant sapin, ce qui avait entraîné une effusion de jurons (de la part de Saunders) et de sang (de la part d'Edmunds).

Pendant que Maggie emballait dans du tissu les ornements les plus fragiles, Baxter décrochait ceux encore accrochés au plafond.

— Comment ça va, toi ? demanda Maggie.

— Ça va.

Les mains plongées dans son carton, Maggie avait presque l'air normal, avec ses boucles brunes coiffées de la manière que Finlay préférait.

— Je t'avais bien dit qu'il reviendrait, reprit-elle.

— C'est vrai.

— … Pour toi.

Baxter tira sur un bonhomme de neige scintillant, arrachant au passage un éclat de peinture au plafond.

— Il est revenu pour Finlay, c'est tout.

— Ah, les policiers ! s'esclaffa Maggie. Vous êtes capables de repérer le moindre détail chez un parfait inconnu, mais vous êtes complètement aveugles dès qu'il s'agit d'un collègue.

— Ça va où, ça ? demanda Baxter en laissant tomber le bonhomme de neige et son morceau de plafond dans une boîte à chaussures.

— Dans le garage, s'il te plaît.

Alors qu'elle traversait cette maison qui lui semblait désormais si grande et si vide, Baxter se demanda si Maggie allait déménager une fois toute cette affaire terminée. Les bras chargés, elle entra dans le garage et s'arrêta pour admirer la vieille Harley Davidson de Finlay. Puis, après s'être débarrassée d'une impressionnante toile d'araignée à l'aide d'un balai, elle empila les boîtes contre le mur du fond. Elle s'apprêtait à repartir quand quelque chose attira son regard.

Un carton ouvert d'où dépassait une photo jaunie qu'elle connaissait bien : un pot de Noël au bureau où on la voyait, tout sourire, en compagnie de Finlay, Chambers et Wolf. Un coup d'œil supplémentaire lui suffit pour comprendre qu'il s'agissait des affaires que Finlay avait récupérées au travail le jour où il était parti à la retraite, un mois plus tôt. Baxter vida le contenu du carton sur le sol et entreprit d'examiner minutieusement le fourbi qu'avait accumulé son ami pendant des années.

Il y avait d'autres clichés : les photos de classe des petits-enfants, Finlay et Maggie devant le Vatican, et un cliché en noir et blanc où on voyait Finlay et Christian tout jeunes posant devant une montagne de sachets blancs, avec un bâtiment en flammes en arrière-plan.

Elle la mit de côté.

Elle trouva aussi des dessins d'enfants, des fournitures de bureau, un certificat attestant qu'il avait suivi (à contrecœur) une formation sur le respect du politiquement correct, ainsi qu'un courrier daté de 1995 l'informant qu'il allait devoir superviser un stagiaire nommé William Layton-Fawkes. Baxter esquissa un sourire avant de déplier un morceau de carte d'anniversaire déchiré recouvert de l'écriture bien reconnaissable de Finlay.

T'as toujours pas compris, putain ?
C'est beaucoup plus que de l'amour,
ce que je ressens pour toi. C'est une adoration
sans réserve, sans limite, sans égale.
Tu es à moi.
Et ni tous ces connards, ni toute cette merde
qui s'est passée entre nous, ni même ces putains
de barreaux ne parviendront jamais à nous séparer.
Parce que personne ne t'arrachera à moi. Personne.

Elle fronça les sourcils et relut le message. Elle se sentait un peu coupable d'avoir vu quelque chose d'aussi intime, mais surtout elle n'arrivait pas à se débarrasser de l'impression que cette déclaration d'amour pleine de vulgarité et de désespoir n'était pas destinée à Maggie.

Regrettant presque d'avoir trouvé la carte, elle la replia, puis ramassa la photo en noir et blanc et les fourra toutes les deux dans sa poche.

7

Vendredi 8 janvier 2016,
7 h 05

— DEBOUT, LÀ-DEDANS !

Wolf grogna et remonta la couverture rêche au-dessus de sa tête. Il entendit la porte de sa cellule de cinq mètres carrés s'ouvrir, puis quelqu'un slalomer entre la vaisselle sale et les dossiers qui jonchaient le sol.

L'intrus s'éclaircit la gorge.

Wolf finit par retirer la couverture et reconnut tout de suite le vieil homme qui le regardait avec un sourire chaleureux. George était le responsable du quartier pénitentiaire au poste de police de Paddington Green, où Wolf était censé loger pendant la durée de l'enquête.

— Je me suis dit que vous ne voudriez pas rater le petit déjeuner, dit George en lui tendant un plateau composé d'œufs brouillés grisâtres et de toasts durs comme du carton.

— Sans blague ? demanda Wolf, qui se demandait à quoi pouvait bien ressembler la poule responsable d'une telle bouillie.

— Ne jouez pas avec votre nourriture.

Le vieux policier regarda le bazar que son hôte avait réussi à mettre dans cet espace pourtant réduit et ne put s'empêcher d'ajouter :

— Et sinon, vous pensez que vous pourriez faire un peu de rangement avant de partir ?

— Pas le temps, grommela Wolf, la bouche pleine, en se levant pour enfiler son pantalon.

George détourna les yeux.

— Vous n'êtes pas à l'hôtel, ici, vous savez ?

— Je suis au courant, grommela Wolf.

Il lança au vieil homme ses serviettes humides et avala une gorgée de café.

— Quand vous aurez un moment, j'en voudrais deux propres, s'il vous plaît, ajouta-t-il.

— À votre service, *monsieur*.

Wolf farfouilla dans les dossiers étalés par terre, jusqu'à trouver celui qui l'intéressait. Il le posa sur le lit et ramassa une chemise blanche complètement froissée sur une pile de vêtements.

— Vous savez repasser ? demanda-t-il, à tout hasard.

— Non seulement vous n'êtes pas à l'hôtel, mais je ne suis pas votre mère !

— Qui ne tente rien n'a rien, dit Wolf avec un sourire.

Il balança la chemise par terre et franchit le parcours d'obstacles qu'il avait créé pour se rendre dans le couloir.

— Vous n'oubliez rien ? demanda George en brandissant un dossier avec une trace de pas sur la couverture.

Wolf boutonna son pantalon et regagna la porte de sa cellule. Après avoir échangé le dossier contre sa tasse de café vide, il déposa un baiser sur la joue ridée de George.

— Ah ! protesta le vieux surveillant en s'essuyant le visage. Je vous ai dit que je n'étais pas votre mère !

— À ce soir ! lui lança joyeusement Wolf.

— Vous pensez rentrer à quelle heure ?

— Je croyais que vous n'étiez pas ma mère ! plaisanta Wolf avant de disparaître à l'angle du couloir.

Exaspéré, George ramassa le petit déjeuner à peine entamé. Au moment de sortir de la cellule, il hésita une seconde, puis il poussa un profond soupir et ramassa la pile de vêtements à repasser.

*

— Où est Christian ? demanda Wolf en prenant place à la table. Il était censé être là.

En face de lui, un avocat à l'air suffisant et aux cheveux gominés lui souriait, ce qui n'était jamais bon signe. Vanita ferma la porte et s'assit à son tour.

— Le *commissioner* a d'autres engagements, l'informa-t-elle.

Wolf feuilleta la pile de paperasse posée devant lui.

— Il voulait que quelqu'un d'autre vérifie tout ça, indiqua-t-il.

— Je ne vois pas à quoi ça pourrait servir et, de toute évidence, lui non plus, vu qu'il n'est pas là. Monsieur Briton ici présent s'est chargé personnellement de rédiger tous les documents.

— C'est bien ce qui m'inquiète. Dans toute sa vie, mon père m'a donné un seul vrai bon conseil. Vous voulez savoir ce que c'est ?

— Non, répondit Vanita.

— « Ne fais jamais confiance à un type qui sourit avant 11 heures du matin », récita-t-il malgré tout en repoussant la paperasse. Je n'aime pas les avocats.

— Ça ne me dérange pas, intervint l'intéressé sans se départir de son sourire.

— Et donc, je ne vous aime pas.

— Ça ne me dérange pas non plus.

Wolf se pencha vers lui :

— Vous voulez que je vous raconte ce qui s'est passé, la dernière fois que je me suis retrouvé dans une salle d'audience entouré de plein d'avocats bien-pensants qui me regardaient comme vous le faites en ce moment ?

L'homme cessa enfin de sourire.

— Je refuse de signer quoi que ce soit tant que je n'aurai pas eu un avis extérieur, conclut Wolf.

Visiblement, Vanita avait anticipé sa réaction.

— Dans ce cas, dit-elle, je suis au regret de vous annoncer que notre accord est désormais caduc.

Elle se tourna vers l'avocat, lequel rassembla ses documents et se leva de manière théâtrale. Puis elle alla ouvrir la porte et laissa entrer deux policiers en uniforme qui s'avancèrent vers Wolf, menottes prêtes à l'emploi.

— La Metropolitan Police vous remercie pour les informations que vous lui avez fournies concernant Léo Dubois, conclut la *commander*.

— Écoutez, monsieur Fawkes, la situation est très simple, dit l'avocat, ragaillardi par l'arrivée des renforts. Pas de signature, pas d'accord. Et sans accord, vous serez de nouveau considéré comme un fugitif et arrêté immédiatement. Ce sera ensuite à la justice de statuer sur votre cas.

— Ou sinon, intervint Vanita, enfilant une casquette de gentil flic qui ne lui allait pas, vous signez le document, vous passez les prochains jours à enquêter sur le décès du *sergeant* Shaw et vous gardez les dernières informations dont vous disposez sur Dubois comme monnaie d'échange… Pour moi, il n'y a pas d'hésitation à avoir.

Elle sortit de la poche de sa veste un stylo-plume tout neuf qu'elle tendit à Wolf, pendant que l'avocat faisait glisser vers lui la liasse de documents et l'ouvrait à la bonne page.

Wolf était pieds et poings liés, et tous dans la pièce le savaient.

Il prit l'imposant stylo-plume et le fourra aussitôt dans sa bouche, le temps de relire une dernière fois le charabia qui s'étalait sous ses yeux. Pour finir, il abandonna l'idée de comprendre quoi que ce soit et apposa sa signature.

— Satisfaite ? demanda-t-il à Vanita en lui rendant son stylo.

— Vous pouvez le garder.

Elle récupéra le document, ramassa ses affaires, et quitta la pièce d'un pas décidé en compagnie de son avocat au sourire radieux.

*

Arrivée la première chez Maggie, Baxter en profitait pour l'aider à faire un peu de ménage en attendant les autres (qui ne devaient la rejoindre que plus tard dans la matinée). En vérité, cela lui permettait surtout de fouiller plus minutieusement la maison en quête d'une cachette où Finlay aurait pu dissimuler un pistolet pendant plusieurs dizaines d'années sans que la fée du logis qui partageait sa vie ne tombe dessus.

À 10 h 38, elle entendit le volet de la boîte aux lettres claquer et alla récupérer le courrier éparpillé sur le paillasson. Il y avait là le journal de Finlay, une publicité pour Domino's Pizza, trois cartes qui contenaient sûrement des messages de condoléances, et une enveloppe barrée d'une inscription rouge en lettres capitales :

Elle déposa le reste du courrier sur la console de l'entrée et emporta la lettre menaçante à la cuisine. Après avoir longuement pesé le pour et le contre, elle en arriva à la conclusion qu'elle ne ferait pas bien son travail si elle n'explorait pas toutes les pistes.

— Tu veux un thé, Maggie ? cria-t-elle dans le couloir.

— Oui, merci !

Baxter alluma le feu sous la bouilloire et approcha l'enveloppe du bec verseur. Malgré une résistance héroïque, la colle finit par céder sous les assauts de la vapeur, libérant un relevé bancaire couvert d'inscriptions à l'encre rouge. La seule transaction récente était un virement depuis un autre compte. En découvrant le solde qui figurait en bas de la page, Baxter ne put réprimer une exclamation de surprise.

— Bon sang, Finlay ! marmonna-t-elle, soudain prise d'un haut-le-cœur.

Puis, sa détermination retrouvée, elle se remit au travail – étant donné le montant exorbitant de la dette que son ami avait contractée, il y avait forcément dans la maison d'autres missives du même type. Elle monta sur une chaise pour inspecter le dessus des meubles de cuisine, mais ne trouva que des moutons de poussière et des cadavres d'araignées. Sur les étagères supérieures des placards, elle ne découvrit rien d'autre que des emballages aux dates de péremption dépassées depuis longtemps. Une fois descendue de son perchoir, elle se mit à quatre pattes et retira les plinthes en bois afin d'examiner le dessous des meubles, sans plus de succès.

Après la cuisine, elle passa au couloir et fourragea dans le panier à bûches avant de regarder sous l'armoire à chaussures.

— Où est ta planque, vieux salopard ? murmura-t-elle.

Comme elle estimait avoir déjà fouillé le salon jusque dans ses moindres recoins, elle ouvrit la porte du garage. Ignorant les cartons qu'elle avait faits la veille avec Maggie, elle passa devant la Harley Davidson rutilante pour rejoindre l'étagère du fond…

Elle se retourna. Maggie avait toujours eu cette bécane en horreur.

Baxter s'accroupit. Elle passa la main sur les pots d'échappement noirs et sur le dossier en vinyle, sans rien remarquer d'anormal. Elle enfourcha alors la lourde moto et examina les cadrans, avant de laisser ses doigts parcourir à l'aveugle les courbes métalliques, en quête d'une réponse…

C'est alors qu'elle remarqua que la selle bougeait légèrement sous son poids.

Elle mit aussitôt pied à terre et tâta le rembourrage jusqu'à trouver un petit loquet, qui produisit un clic satisfaisant lorsqu'elle l'actionna. Elle put alors soulever la selle et fouiller le compartiment qui se trouvait en dessous.

*

Les autres membres de l'équipe arrivèrent au compte-gouttes et prirent place dans la cuisine pour avaler le café-croissant obligatoire. Saunders avait eu l'obligeance d'acheter quelques produits de première nécessité qu'il rangeait à présent dans les placards, pendant qu'Edmunds, comme à son habitude, était plongé dans la lecture d'un dossier.

Christian, lui, divertissait l'assemblée en racontant la fois où, avec Finlay, ils avaient perdu la trace de leur stagiaire pendant deux jours. Maggie riait comme si c'était la première fois qu'elle entendait cette histoire. Quant à Baxter, elle n'écoutait qu'à moitié – elle attendait le bon moment pour partager sa découverte avec les autres.

Soudain, la porte d'entrée s'ouvrit et Christian s'interrompit au milieu de son récit. Quelques instants plus tard, Wolf pénétrait à son tour dans la cuisine. Il adressa un clin d'œil à Baxter, ce qui eut le don de l'irriter au plus haut point, mais c'était certainement l'effet escompté. Bien déterminée à ne rien laisser paraître de son agacement, elle le gratifia d'un grand sourire innocent qui ne parut pas perturber Wolf outre mesure.

Il embrassa Maggie puis se tourna vers Christian.

— Merci, pour tout à l'heure.

— Il n'y a vraiment pas de quoi.

Wolf le dévisagea, perplexe.

— Ce… c'était ironique, précisa-t-il. Ce que je voulais dire, c'est « où est-ce que vous étiez, bon sang ? ».

C'était à présent au tour de Christian d'être perplexe.

— Ce matin… avec Vanita, ajouta Wolf.

— Oui, oui, j'avais compris. J'ai envoyé Luke, mon avocat. J'ai prévenu Geena dès que… Il n'était pas là ?

Wolf secoua la tête.

— Cette bonne femme, soupira Christian. Vous avez signé le document ?

— Je n'ai pas eu le choix.

— Je vais m'en occuper.

À présent que le sujet était clos, il devenait impossible de faire abstraction plus longtemps de la raison qui avait poussé ces cinq inspecteurs et ex-inspecteurs à se retrouver dans la cuisine de leur ancien collègue. Comprenant qu'il était temps pour elle de partir, Maggie prétexta devoir aller prendre le café chez une amie.

Sitôt qu'il entendit la porte d'entrée se fermer, Wolf entra dans le vif du sujet.

— La police de Strathclyde traîne des pieds pour nous fournir des informations sur certaines affaires classées, annonça-t-il en se tournant vers Christian. Vous pourriez leur mettre un peu la pression ?

— Je les appellerai tout à l'heure.

— Saunders ? Du neuf de ton côté ?

— Le labo a récupéré le pistolet et le reste des éléments de preuve. J'ai vérifié il y a une heure : pour l'instant, rien de plus que ce qu'on savait déjà.

— Dis-leur de continuer à chercher. Edmunds a trouvé un truc intéressant…

À cet instant, Baxter brandit la liasse de factures et la jeta sur la table. Les inscriptions rouges sur le papier blanc firent taire Wolf aussi sûrement que s'il s'était agi d'un chiffon maculé de sang.

— Finlay était criblé de dettes, annonça-t-elle.

Même Edmunds releva les yeux de son dossier.

— De ce que j'ai vu, il doit au moins cent mille livres.

Quelque chose la poussa à jeter un œil en direction de Wolf, mais elle le regretta aussitôt : on aurait dit que son monde venait de s'effondrer.

— Je pense que Maggie ne se doute de rien.

Christian s'éclaircit la voix.

— Est-ce que… est-ce qu'il faut forcément qu'elle l'apprenne ?

— Il est question de saisir la maison… Le principal créancier est la mutuelle de Maggie. Après, il y a les crédits : les travaux pour l'extension, évidemment, et, cerise sur le gâteau, la voiture toute neuve qui dort dans l'allée.

Wolf ramassa une facture sur la table et se tourna vers Christian.

— Vous étiez au courant ?

Le *commissioner* secoua la tête.

— Est-ce que quelqu'un s'est penché sur les termes de l'assurance-vie de Finlay ? intervint Edmunds.

— Vous pensez qu'ils pourraient débourser quelque chose, même si c'est un suicide ? demanda Christian.

— Ça dépend. Normalement, au bout d'un certain temps, oui.

Wolf chiffonna la facture et la laissa tomber par terre.

— Ça ne prouve rien du tout, dit-il.

— Arrête, Wolf, marmonna Baxter.

— Il a très bien pu…

— S'il te plaît, arrête.

— Mais imagine si…

— Will ! hurla-t-elle.

Pour la première fois depuis son retour, elle soutint son regard.

— C'est terminé, reprit-elle, plus calme. Il faut que tu l'acceptes, maintenant. Il faut que tu fasses ton deuil.

Wolf regarda les visages abattus autour de lui, puis il récupéra son manteau sur le plan de travail et sortit de la maison en claquant la porte derrière lui.

*

— Combien ? murmura Maggie.

La tasse et la soucoupe s'entrechoquaient entre ses mains tremblantes.

Quand elle était rentrée chez elle un peu plus tôt, elle avait trouvé Baxter qui l'attendait seule dans la cuisine, auprès d'une montagne de factures impayées.

— Beaucoup.

— Combien, Emily ?

— Beaucoup, répéta Baxter. Ça n'a pas d'importance. J'ai jeté un œil à l'assurance-vie de Finlay… Normalement, ça suffira à tout couvrir.

Les yeux de Maggie fixaient le vide.

— Il m'a toujours dit que c'était couvert par notre mutuelle.

— Il ne voulait que le meilleur pour toi.

— Et moi, je voudrais qu'il soit encore là.

Baxter refusait de pleurer de nouveau. Ces derniers jours, elle avait l'impression d'avoir passé la moitié de son temps à sangloter.

— Est-ce que… est-ce que tu crois que c'est pour ça qu'il a… qu'il a… ?

Baxter acquiesça et s'essuya les yeux.

L'air absent, Maggie se mit à feuilleter les documents posés sur la table, jusqu'à tomber sur la photo en noir et blanc de Finlay et Christian devant l'entrepôt en flammes.

— Désolée, ce n'est pas censé se trouver là, fit Baxter, un peu honteuse d'avoir sorti le cliché de son carton sans avoir demandé la permission à Maggie.

Maggie le lui rendit avec un sourire, en se remémorant la première fois où elle avait rencontré l'homme qui allait devenir son mari, à l'hôpital. Puis elle fronça les sourcils et ramassa un morceau de carte d'anniversaire déchiré recouvert de l'écriture de Finlay.

T'as toujours pas compris, putain ?

Baxter se leva précipitamment et tendit le bras pour lui arracher la carte des mains, mais Maggie recula d'un pas et continua à lire le bref message.

— Non, Maggie ! cria Baxter.

Elle voulut faire le tour de la table mais ne parvint qu'à renverser sa tasse de thé. C'était trop tard.

Maggie finit de lire les six lignes manuscrites, puis elle replia la carte et la rendit à Baxter.

— Je suis… tellement désolée, bredouilla cette dernière. Mais attends… tu souris ?

— Je me disais juste que s'il était encore là, ça aurait fait quatre livres dans le pot à juron et une pichenette derrière l'oreille.

— Ce message… c'est à toi qu'il l'a écrit ?

— Certainement pas. C'est la première fois que je le vois.

— Mais…

Baxter ne comprenait pas comment Maggie pouvait se montrer si indifférente alors qu'elle venait de lire une déclaration d'amour enflammée de son mari destinée à une inconnue.

— Tu n'es pas… en colère ? Bouleversée ? demanda Baxter. Ce n'est pas une critique, hein !

— Mais non.

— Pas même curieuse ?

— Pas le moins du monde. Je suis sûre qu'il y a une explication tout ce qu'il y a de plus logique.

Puis, désignant la flaque de thé sur la table :

— Je vais chercher un torchon.

— Mais c'est son écriture ! ne put s'empêcher de s'exclamer Baxter.

— J'ai vu, oui.

— Alors comment peux-tu ne pas avoir envie de savoir ?

Maggie eut un petit rire. Elle sentait que Baxter avait besoin d'entendre que Finlay était toujours l'homme qu'elle s'imaginait, alors elle lui prit les deux mains. En cet instant, elle retrouvait le rôle maternel dont elle avait été privée pendant toute une semaine, et ce n'était pas pour lui déplaire.

— Emily, s'il y a bien une chose dont je suis certaine à cent pour cent… au point que j'en mettrais ma tête à couper… c'est que Fin m'aimait autant qu'on peut aimer quelqu'un.

Elle sourit et serra un peu plus fort les mains de son amie.

— Est-ce que tu veux un autre thé ?

8

Vendredi 9 novembre 1979,
11 h 10

SUR LE SIÈGE PASSAGER, Christian poussa un grognement de frustration, puis il se redressa et se donna une claque afin de se tirer de sa rêverie.

— Je n'arrive pas à me sortir cette infirmière de la tête, avoua-t-il en regardant défiler les bâtisses grises de Cochrane Street à travers les gouttes qui ruisselaient sur sa vitre. C'était quoi son nom, déjà ? Megan ? Mandy ?

— Maggie, grogna Finlay, portant ainsi à dix son total de mots prononcés depuis qu'il avait pris le volant.

— Mais oui ! Évidemment ! La belle Maggie et son cul magnifique !

Finlay serra les dents et se concentra sur l'adresse griffonnée sur un morceau de papier, lui-même appuyé contre un atlas routier écorné.

Christian tourna vivement la tête pour observer une passante sur le trottoir.

— Ouh ! Elle est pas mal, celle-là aussi ! commenta-t-il.

Comme d'habitude, il voyait dans ce trajet en voiture l'occasion d'une espèce de safari pervers. Pour Finlay, ce fut la goutte d'eau qui fit déborder le vase.

— Comment tu peux la réduire à un « cul magnifique » ?

Sa curiosité éveillée, Christian se retourna vers la femme qu'ils venaient de dépasser.

— Pas elle ! aboya Finlay. Maggie !

Christian avait l'air perdu.

— Tu veux dire… qu'elle a aussi de jolis seins ? demanda-t-il.

— T'es vraiment un gros con…

— Mais… qu'est-ce qui te prend ?

— Rien.

La circulation ralentit à l'approche d'un croisement, jusqu'à s'arrêter.

— Oh, attends voir ! s'exclama Christian. Je crois que j'ai deviné : t'en pinces pour elle !

Finlay l'ignora.

— J'ai raison, pas vrai ? s'esclaffa Christian, ce qui lui valut un petit coup de poing dans les côtes. Désolé, j'aurais pas dû me moquer. C'est juste que… disons que vous boxez pas dans la même catégorie.

— C'est-à-dire ?

— C'est-à-dire que si elle avait des lunettes noires et une canne blanche, tu aurais peut-être l'ombre d'une chance !

Cette fois, le coup de poing fut asséné avec plus de hargne…

Le souffle coupé, Christian se plia en deux et posa le front contre le tableau de bord au moment précis où le pare-brise se fissurait au-dessus de sa tête.

Le regard éberlué de Finlay passa de l'appui-tête éventré aux nombreuses fêlures qui lézardaient le verre et qui semblaient toutes émaner d'un unique petit trou circulaire.

— Fin ! s'écria Christian en tirant son équipier vers le sol, alors que trois balles supplémentaires perçaient la tôle de leur voiture de patrouille.

Des hurlements s'élevèrent dans la rue et les passants se mirent à courir en tous sens.

Réfugiés sous le tableau de bord, les deux policiers échangèrent un regard, puis Christian ordonna :

— Sors-nous de là !

Finlay se redressa tant bien que mal et enclencha la marche arrière. Après quoi il écrasa l'accélérateur jusqu'à ce que leur voiture percute la camionnette qui se trouvait derrière eux. L'impact fit exploser le pare-brise fragilisé en mille morceaux qui se répandirent sur le capot et sur le tableau de bord.

Deux projectiles supplémentaires percèrent la carrosserie avec un claquement métallique.

— Vite, Fin !

Après un grincement de l'embrayage, les roues se mirent à tourner sur le bitume mouillé et la Range Rover put enfin s'extirper de la file de voitures. À l'aveugle, Finlay franchit la voie opposée, grimpa sur le trottoir et traversa George Square à tombeau ouvert, avant de s'encastrer dans la statue en bronze de Thomas Graham.

La tête en sang, Christian attrapa le combiné de la radio sur le plancher jonché d'éclats de verre. Il l'approcha de sa bouche mais se rendit compte que la radio en elle-même était hors d'usage.

— On va devoir se débrouiller seuls, annonça-t-il.

— En attendant, on ne peut pas rester là.

Finlay voulut ouvrir sa portière, mais le métal tordu refusa d'obtempérer. Quant à celle de Christian, elle était bloquée par le piédestal de la statue.

— Par ici ! cria Christian, profitant d'une accalmie dans les coups de feu pour se faufiler par le trou qu'était devenu le pare-brise.

Finlay imita son équipier. Les deux hommes restèrent une seconde exposés au milieu de cette place cernée de bâtiments, avant de courir chacun se mettre à couvert derrière un arbre. L'imposant clocher de l'hôtel de ville qui se découpait contre le ciel sombre paraissait vouloir les écraser.

— Il nous faut un téléphone ! haleta Finlay.

— Il y a une cabine de l'autre côté de la place, cria Christian pour couvrir le bruit de la fusillade qui venait de reprendre. Mais qu'est-ce qui se passe, cette semaine ?

— C'est le karma, rétorqua Finlay en lui jetant un regard accusateur.

— N'importe quoi. C'est des conneries, tout ça !

Une autre salve retentit.

— T'as qu'à aller lui expliquer, alors ! cria Finlay.

Au-dessus de leur tête, les branches frémissaient à chaque tir, faisant tomber sur eux une averse de feuilles mortes.

— Eh ! appela Christian.

Finlay observait les innombrables fenêtres des bâtiments alentour alors que les derniers passants se mettaient à l'abri. Bientôt, un silence menaçant tomba sur la place.

— Eh ! répéta Christian, plus fort cette fois.

— Qu'est-ce qu'il y a ? Je réfléchis.

— T'as remarqué ? Il tire par séries de huit, ensuite il marque une pause, le temps de recharger.

— Super.

— Ça me laisse le temps d'atteindre la cabine…

— Non, tu n'y arriveras pas.

— Si, affirma Christian au moment où les coups de feu reprenaient.

Autour d'eux, les balles soulevaient de la poussière en ricochant sur le sol.

— On reste en place ! cria Finlay. Les renforts vont arriver !

Le silence revint.

— Au prochain coup, j'y vais, lui lança Christian.

— C'est trop juste !

L'assaut reprit. Des morceaux d'écorce s'arrachèrent des arbres derrière lesquels ils s'étaient réfugiés, signe que le tireur avait ajusté la mire.

— Ça fait cinq... ! dit Christian. Six...

— Christian !

— Sept...

Finlay prit le risque d'exposer son bras pour essayer d'attraper son inconscient collègue, mais trop tard.

— Huit !

D'un bond, Christian quitta son abri et s'élança à travers la place déserte.

— Espèce d'ab..., jura Finlay au moment où un neuvième coup de feu résonnait dans l'air.

Il y eut un cri et Christian s'écroula sur le sol humide.

— Christian ! s'écria Finlay, qui ne pouvait pas bouger sans risquer de subir le même sort que son équipier. Christian ?

— Neuf !

— Quoi ?

— Neuf !

— Je t'entends pas ! Mais ça fait neuf, ducon !

— Je suis touché !

— Quoi ?

— Je suis touché !

— Est-ce que t'es touché ? J'arrive !

Se déplaçant prudemment d'arbre en arbre, Finlay atteignit le dernier tronc, d'où il aperçut une petite flaque de sang. Il lui restait dix mètres à franchir pour atteindre la statue derrière laquelle s'était réfugié Christian.

Le calme était revenu, mais la sensation était similaire à celle que l'on éprouve lorsqu'on voit l'aileron du requin disparaître sous la surface de l'eau et qu'on se demande où et quand il va reparaître.

Finlay prit une profonde inspiration, puis il s'élança vers son ami dans un crépitement de coups de feu. Quelques secondes plus tard, il était auprès de Christian, qui gisait dans une mare de sang et se comprimait la fesse droite des deux mains.

— Je t'avais dit que ce serait trop juste, railla Finlay. Attends, mais… tu l'as prise dans le cul ?

— Il y a beaucoup de sang !

— Pas étonnant, t'as pris une balle dans le cul ! répliqua Finlay, rationnel.

Au loin, on entendait des sirènes qui approchaient.

— Il faut arrêter l'hémorragie, grogna Christian.

— Compte pas sur moi ! protesta Finlay.

Mais Christian ne répondit pas, car il venait de perdre connaissance.

— Et merde…, soupira Finlay en posant les mains sur le trou dans le pantalon de son équipier.

Alors qu'il inspectait avec inquiétude les fenêtres qui donnaient sur la place, il songea que cette rencontre entre un tireur fou et le postérieur blafard de son ami était tout compte fait une aubaine… car cela allait peut-être lui donner l'occasion de recroiser Maggie.

*

Finlay la vit dès qu'il franchit la porte des urgences, et il la trouva aussi belle que dans ses souvenirs, malgré l'urinal à moitié rempli qu'elle tenait à la main.

— Blessure par balle, annonça fièrement le plus jeune des deux ambulanciers, ce qui attira l'attention de Maggie.

Finlay retira sa main ensanglantée de la fesse de son ami pour saluer la jeune infirmière. Cette dernière accourut.

— Qu'est-ce qui s'est passé ? demanda-t-elle.

— J'ai pris une balle dans le cul, grogna Christian, à plat ventre sur le brancard.

— Et ce monsieur a tenu à contenir lui-même l'hémorragie pendant tout le trajet, ajouta l'autre ambulancier. On a eu beau lui dire que c'était notre boulot, il n'a rien voulu savoir.

Il se tourna vers Finlay au moment où ils atteignaient une double porte.

— Maintenant, par contre, il va falloir nous laisser.

Finlay les regarda s'éloigner avec Christian.

— C'était vraiment adorable de votre part de vouloir rester à ses côtés, lui dit Maggie.

— Bah… C'est mon meilleur ami, après tout.

— Bon, suivez-moi, on va quand même tâcher de nettoyer un peu tout ça.

Elle s'éloigna alors dans le couloir, tandis que derrière elle, Finlay faisait de son mieux pour ne pas regarder son postérieur.

— Je suis sûre que tout va bien se passer pour lui, ajouta-t-elle.

— Pour qui… ? Ah, Christian ! Oui, j'espère.

Ils s'arrêtèrent devant un lavabo et elle entreprit de lui passer délicatement les mains sous l'eau, révélant toutes les petites coupures provoquées par les éclats du pare-brise. Finlay avait conscience qu'il aurait dû avoir mal, mais la douleur était anesthésiée par le contact avec la peau de la jeune infirmière.

— C'est marrant que ce soit arrivé, bafouilla-t-il.

— Marrant ?

— Pas marrant dans le sens rigolo. Je voulais dire… je suis content.

— Content ?

— Oui.

— Que votre ami ait reçu une balle ?

— Non, non. Pas ça, évidemment.

— Vous me rassurez.

Le robuste Écossais rougit comme la fois où il avait invité Jessica Clarke au bal de l'école, un souvenir qui aurait peut-être pu l'encourager dans la situation présente si la Jessica en question ne l'avait pas si brutalement éconduit. À présent qu'il s'était lancé, de toute façon, il était trop tard.

— Je suis content pour… pour ça, précisa-t-il. Content que ça m'ait donné l'occasion de vous…

— Maggie !

Une infirmière était apparue dans l'encadrement de la porte battante. Finlay la fusilla du regard.

— On a besoin de toi aux urgences, vite !

— Désolée ! s'excusa Maggie avec un sourire, avant de s'essuyer les mains pour rejoindre sa collègue.

— Je… je vous attends, alors ? bafouilla-t-il, ses mains gouttant sur le linoléum du couloir.

Elle se retourna.

— Comme si c'était moi qui vous intéressais ! s'esclaffa-t-elle en marchant à reculons.

— Qui d'au… ? Ah, Christian !

Il comprit qu'elle s'était payé sa tête à l'instant où elle disparut derrière la porte battante.

*

Finlay fourra la pochette en plastique dans sa poche, même s'il doutait que l'analyse de la balle qui s'était logée dans le postérieur de Christian leur apprenne grand-chose. Il écrasa un mégot de plus, le quatrième depuis le début de sa conversation avec son inspecteur principal sur le parking de l'hôpital.

Les premières recherches dans les bâtiments qui entouraient George Square avaient permis de découvrir deux douilles, certainement oubliées par le tireur lorsque ce dernier avait quitté sa planque à la hâte. Finlay et son supérieur avaient discuté de la possibilité que l'incident ait un lien avec la saisie record au chantier naval quelques jours plus tôt et de celle, tout aussi crédible, que l'attaque ait simplement visé la police de Strathclyde en général – après tout, les violences à l'encontre des policiers avaient connu une recrudescence au cours des mois précédents.

Ils en étaient arrivés à la conclusion qu'ils ne connaîtraient probablement jamais la vérité.

Armé de la carte de prompt rétablissement que tous les membres du service avaient signée à grand renfort de grossièretés, Finlay regagna la chambre de Christian pour y trouver Maggie en plein éclat de rire. Ni Christian ni elle ne remarquèrent qu'il était entré dans la pièce.

— Mais qu'est-ce que vous fabriquez, là ? demanda Christian d'un ton faussement inquiet.

— Ça ne vous regarde pas ! plaisanta-t-elle en retirant le pansement maculé de sang. Je suis désolée, mais vous allez devoir rester ce soir.

— Vous allez vite en besogne, vous ! lança Christian en se retournant, un grand sourire aux lèvres. Vous ne voulez pas que je vous invite à dîner, avant ?

— Vous passerez la nuit ici, précisa-t-elle en arrachant le sparadrap d'un coup sec, à faire pipi dans des flacons, à vous faire prendre la tension toutes les heures et à écouter la radio de l'hôpital... Vous allez adorer !

— Et à tout hasard, vous travaillez, ce soir ?

— Non.

— Dommage, soupira-t-il avant de reposer la tête sur l'oreiller.

— Dommage pour vous. Moi, je sors ce soir.

— Vous sortez ? Mais où ? Un rencard ?

Maggie continua à retirer le pansement comme si elle n'avait rien entendu.

— Avec qui ? insista Christian. Est-ce que c'est une histoire sérieuse ? Un petit ami ? Un fiancé ? Eh ?... Vous êtes encore là ?

— Oui, oui. J'attends simplement que vous me posiez une question qui ne soit pas indiscrète.

Finlay s'éclaircit la gorge.

Maggie se tourna brusquement vers lui en rougissant.

— Alors, ce grand blessé ? demanda-t-il.

— Il est pénible.

— Eh ! se plaignit l'intéressé.

— ... Mais il va s'en tirer.

— Je préfère ça. Mais dites, c'est toujours d'accord pour la semaine prochaine ?

Finlay eut l'impression d'avoir reçu un coup de poing à l'estomac.

— Maggie et ses copines ont accepté de nous rejoindre au bar où on se retrouve tous les vendredis avec les collègues.

Finlay avait l'air perdu.

— Quel bar ? demanda-t-il, néanmoins rassuré.

Christian leva les yeux au ciel pendant que Maggie finissait de retirer le pansement, exposant de nouveau ses fesses nues aux yeux de tous.

— Du coup, c'est toujours d'accord ? insista ce dernier.

— On va dire que oui, soupira-t-elle, feignant l'agacement.

9

Vendredi 8 janvier 2016,
12 h 43

BAXTER DÉVERROUILLA son Audi A1 et se rappela qu'elle ne s'était toujours pas occupée de faire changer son pare-chocs cabossé depuis qu'elle était rentrée délibérément dans un mur quinze jours plus tôt.

— Désolée, Blackie, murmura-t-elle en s'installant au volant.

Elle était restée chez Maggie pour deux tournées de thé supplémentaires avant d'enfin se décider à partir, après une matinée beaucoup plus éprouvante émotionnellement qu'elle n'avait bien voulu le laisser paraître.

Tout ça, c'était la faute de Wolf.

Tous avaient accueilli la terrible nouvelle du décès de Finlay avec la pudeur de rigueur. Ils avaient enfoui au plus profond d'eux-mêmes la peine qu'ils ressentaient et en avaient tiré quelque chose de positif en fournissant à Maggie toute l'aide dont elle pouvait avoir besoin. Évidemment, c'était le moment qu'avait choisi Wolf pour faire son retour fracassant dans leur vie, traînant derrière lui ses complexes sous la forme de théories fumeuses qu'il avait été capable d'exposer de manière assez convaincante pour leur redonner à tous un semblant d'espoir : l'espoir que Finlay ne s'était pas dit qu'il n'avait personne à qui se confier et, dans le cas de Baxter, l'espoir que ce n'était pas parce qu'il savait que c'était la dernière que leur embrassade avait été un peu plus longue que d'habitude.

Elle poussa un juron en se rendant compte qu'elle avait de nouveau les larmes aux yeux. Lorsqu'elle baissa le pare-soleil pour regarder dans le miroir si son maquillage avait coulé, elle aperçut un homme à la démarche exagérément pesante, vêtu d'un long manteau qui flottait dans le vent à la manière d'une cape de superhéros – de toute évidence, c'était l'effet souhaité. Wolf poussa le portail fatigué de Maggie, traversa le jardin et pénétra dans la maison.

— Enfoiré ! siffla-t-elle avant de rouvrir sa portière.

Baxter se précipita dans le hall d'entrée et entendit des pas à l'étage.

— Wolf ! cria-t-elle.

Maggie apparut dans l'encadrement de la porte de la cuisine, curieuse de savoir qui avait ainsi fait irruption chez elle.

— Tout va bien, Maggie, la rassura Baxter en s'élançant dans l'escalier. Wolf !

Elle le trouva assis dos à elle au milieu de la pièce vide, la tête entre les mains.

— Qu'est-ce que tu fais là ? demanda-t-elle en franchissant le chambranle fracturé.

— J'ai cru qu'il y avait quelque chose qui m'avait échappé… mais non, répondit-il, l'air abattu.

Il avait placé la chaise au niveau de la tache de sang, de sorte qu'il se trouvait dans la position qu'avait dû adopter Finlay dans ses tout derniers instants.

— Ce que je voulais dire, c'est : pourquoi tu as décidé de revenir tout court ? On se débrouillait très bien sans toi… On se débrouillait même mieux.

Wolf hocha la tête.

— Alors ? insista-t-elle.

— Je… j'ai cru que je pouvais aider.

— Aider ? répéta Baxter avec un ricanement amer. Tout ce que tu as réussi à faire, c'est aggraver la peine de Maggie. Comme si elle avait besoin de ça !

— Il ne se serait jamais suicidé ! protesta Wolf en haussant le ton, mais même lui ne semblait plus convaincu.

Baxter fonça vers la porte pour la fermer.

— Moins fort, bon sang ! Les gens ont raison, ta place est en prison. Tu sais que dans cette histoire, tu n'es pas le héros incompris, hein ? Tu n'es pas le gentil à l'âme tourmentée en quête de rédemption. Non, tu es juste une épave à la dérive qui menace d'entraîner tout le monde par le fond.

Wolf avait beau être habitué aux tirades de Baxter, il semblait tomber des nues.

— Va te faire foutre, Wolf ! cracha-t-elle.

Puis, incapable de supporter plus longtemps ses grands yeux bleus de chien battu, elle se tourna vers la porte et actionna la poignée.

Elle réessaya.

— Merde !

— Un problème ? demanda Wolf.

— Non.

Il y eut un craquement sonore.

— Merde !

— Attends, je vais essayer, dit-il.

Il se leva de sa chaise, mais parut moins sûr de lui lorsque Baxter lui tendit la poignée métallique brisée avant de s'écarter, bras croisés.

Wolf s'approcha de la porte. Il examina la poignée dans sa main, puis le trou à l'endroit où elle aurait dû se trouver, puis Baxter, qui lui adressa un geste qui semblait vouloir dire « vas-y, je te regarde ». Enfin, il passa à l'action : il se mit à tambouriner aussi fort que possible sur le battant en bois en criant :

— Maggie ! Maggie !

Quelques instants plus tard, ils entendirent du bruit de l'autre côté de la porte.

— Will ?

— Maggie ? On est coincés à l'intérieur !

— Oh zut !

— Est-ce que la poignée est toujours en place de ton côté ?

— Oui.

Wolf attendit, mais il ne se passa rien.

— Maggie ?

— Oui ?

— Est-ce que tu peux la tourner ?

— Oui, oui.

Toujours rien.

— Maggie ? répéta Wolf, soudain méfiant.

— Oui ?

— Est-ce que tu comptes la tourner ?

— … Non.

Bientôt, un bruit de pas descendant l'escalier rompit le silence pesant qui s'était installé dans la pièce. Wolf se tourna vers Baxter et lui adressa un sourire.

Elle avait l'air furieuse.

— Elle nous laissera sortir d'ici cinq minutes, affirma-t-il.

La porte d'entrée claqua.

— Dix, maximum, rectifia-t-il.

Dans l'allée, le moteur de la Mercedes démarra.

— Et merde…

Il s'écarta pour laisser la place à Baxter, qui s'accroupit et glissa un doigt dans le trou de la poignée. Voyant que cela ne servait à rien, elle entreprit d'ouvrir la porte par en dessous. En désespoir de cause, elle se mit à tirer de toutes ses forces sur le chambranle abîmé mais ne parvint qu'à faire apparaître une énorme fissure dans le Placo.

— Arrête, tu vas faire tomber le mur, dit Wolf en s'asseyant à même le sol poussiéreux.

— Aaaaaaah ! hurla Baxter, frustrée, avant de traverser la pièce jusqu'à la fenêtre et de se laisser tomber au sol à son tour.

— Peut-être que c'est le bon moment pour…, commença Wolf.

— Ne m'adresse pas la parole, l'interrompit Baxter.

Elle ferma les yeux et essaya de dormir.

Trente-cinq minutes s'étaient écoulées.

Têtue, Baxter avait gardé les yeux fermés pendant tout ce temps, même si le froid et les ronflements insupportables de Wolf – qui s'était assoupi presque instantanément – l'avaient empêchée de trouver le sommeil.

Elle se risqua à ouvrir un œil. Wolf était toujours adossé au mur, tête renversée et bouche ouverte, dans la position où elle l'avait laissé. Même endormi, il avait l'air épuisé. Négligé aussi, avec sa barbe broussailleuse, ses cheveux en bataille et son manteau trop grand qui lui enlevait tout ce qu'il lui restait de prestance. C'était comme si le feu en lui – ce feu qui lui avait attiré tant d'ennuis au fil des années – avait fini par s'éteindre. Baxter se rappela qu'elle s'était fait la même réflexion en revoyant Lethaniel Masse vêtu d'une combinaison bleu sombre et menotté à une table en métal à la prison de Belmarsh.

Même les braises les plus chaudes finissent par se consumer.

Wolf avait l'air paisible. Elle ramassa une vis qui traînait par terre, la lança vers lui et l'atteignit en plein front du premier coup. Aussitôt, elle referma les yeux et fit semblant de dormir.

— Qu'est-ce que… ? grogna Wolf en regardant autour de lui, visiblement perdu.

— Ça te dérangerait de faire moins de bruit ? Y en a qui essaient de dormir, ici.

Wolf émit un bâillement sonore.

— Je peux dire quelque chose ? demanda-t-il.

— Absolument pas.

— Tu n'as pas le droit d'être à ce point en colère contre moi, poursuivit-il néanmoins.

— T'es sérieux ? C'est ça, la première chose que tu as à me dire ?

— Tu m'en veux parce que je suis parti… mais n'oublie pas que c'est toi qui me l'as demandé ! enchaîna Wolf, plus agacé que furieux. Parce que j'ai un souvenir assez précis de toi te vidant de ton sang et de moi dans le rôle du héros incompris, justement, prêt à me rendre pour te sauver. C'est toi qui m'as ordonné de partir !

— Et il ne t'est pas venu à l'esprit une seconde que le problème, c'est justement que tu m'aies mise dans cette situation ? rétorqua Baxter, plus furieuse qu'exaspérée. Tu n'as pas donné signe de vie pendant dix-huit mois !

— À quoi tu t'attendais ? demanda Wolf en haussant le ton. Après le risque que tu avais pris en me venant en aide ? Je savais que tu serais surveillée.

— Est-ce que tu as la moindre idée de ce que j'ai traversé, ces dernières semaines ?

Wolf ouvrit la bouche pour répondre, mais lorsque ses yeux se posèrent sur les innombrables croûtes qui émaillaient encore le visage de Baxter, il se contenta d'acquiescer. Son ancienne collègue se prit la tête entre les mains.

Après une courte hésitation, Wolf se leva et alla s'asseoir à côté d'elle.

— Ce soir-là…, soupira-t-il. Quand tu étais sur toutes les chaînes d'info en continu… L'image est encore gravée dans ma mémoire : toi avec ce cinglé sur la terrasse, au-dessus de la ville, quelques morceaux de verre brisé te séparant du monde en contrebas… (Il avait l'air réellement affecté.) Il m'a dit de rester à l'écart.

— Qui ça ? Finlay ? demanda Baxter, blessée.

— Oui. Je lui ai demandé de me retrouver quelque part. Il a refusé. Il m'a appris que tu avais quelqu'un… Thomas ?

Elle ne répondit pas.

— Il m'a aussi dit que tu avais un nouvel équipier, un agent du FBI, et Edmunds, et aussi…

Sa voix se brisa.

— Il m'a dit que Maggie et lui seraient toujours là pour s'occuper de toi.

Tous deux restèrent silencieux quelques secondes.

— C'est pour ça que tu étais si sûr, pour Finlay ? demanda enfin Baxter.

Wolf haussa les épaules.

— On a tous les deux enquêté sur suffisamment d'affaires de suicide pour savoir que les gens sont capables d'endormir la méfiance de leurs proches, poursuivit-elle. Ça ne veut pas dire qu'il n'y avait pas quelque chose de latent qui était là depuis le début.

Wolf tourna la tête vers la tache de sang au centre de la pièce…

… et fronça les sourcils.

— Quoi ? demanda Baxter.

Il ne répondit pas. Il examinait à présent l'endroit où ils étaient assis, puis il se mit à genoux.

— Qu'est-ce qu'il y a ? insista Baxter.

— Pourquoi est-ce que cette pièce est surélevée ? marmonna-t-il dans sa barbe, avant d'attraper un burin et de l'enfoncer entre deux lattes de plancher.

— Wolf !

La planche en bois se souleva à une extrémité, et il glissa les doigts dessous pour tirer de toutes ses forces malgré les protestations de Baxter.

— C'est bon, tu es content de toi ? demanda-t-elle en voyant apparaître les solives et les canalisations. Bon sang ! À la seconde où j'ai l'impression qu'on est enfin sur la même longueur d'onde, il faut que tu… Mais qu'est-ce que tu fabriques, encore ?

Wolf avait fait quelques pas et planté de nouveau le burin dans le sol.

— C'est Finlay qui a construit ça ! s'exclama Baxter.

La latte se fendit lorsqu'il l'arracha. Une fois de plus, il n'y avait rien d'autre en dessous que la charpente en bois et de l'isolant.

— Wolf, reprit-elle d'une voix plus douce, consciente qu'il ne servait à rien de s'énerver. Finlay s'est suicidé. Il nous a tous abandonnés, pas seulement toi.

Wolf ne semblait même pas l'entendre. Il avait arraché deux lattes de plus dans un angle de la pièce et s'attaquait à une troisième.

— Quand tu es parti, poursuivit Baxter, Finlay m'a confié que c'était comme s'il avait perdu un…

Elle s'interrompit en voyant l'expression sur le visage de Wolf alors qu'il soulevait une quatrième planche avec une telle facilité qu'elle se demanda si elle avait été mal scellée. Il se releva et se gratta le menton.

— Tu penses que c'est du sang ? demanda-t-il le plus naturellement du monde.

Baxter s'approcha du trou d'une trentaine de centimètres de profondeur qu'il avait mis au jour. De toute évidence, il s'agissait d'une cachette sur mesure que Finlay avait intégrée à la pièce, sûrement parce qu'il avait besoin d'un meilleur endroit pour dissimuler une arme à feu qu'il n'était pas censé posséder – ainsi qu'une pile grandissante de lettres de mise en demeure.

Sur la base métallique, on distinguait encore des traces rougeâtres.

— C'est un peu juste, mais une personne peut tenir là-dedans, observa Wolf avant de se diriger vers la fenêtre.

Il avait l'air à la fois furieux et soulagé.

— Peut-être que Finlay n'était pas seul, finalement, ajouta-t-il.

Baxter était bouche bée.

— Tu peux demander aux experts de venir le plus vite possible ? demanda-t-il en sortant lui-même son téléphone. Et il faudra que je parle à l'agent qui est arrivé sur les lieux le premier.

— D'accord, répondit-elle, incapable d'arracher son regard au petit espace vide qui se trouvait sous leurs pieds depuis le début et qui changeait absolument tout. Et toi, tu appelles qui ?

— Vanita. Je vais lui dire qu'elle va devoir attendre un petit peu avant de me mettre en prison. Je crois qu'on a un meurtrier à attraper.

10

Vendredi 8 janvier 2016,
13 h 37

Lorsque Thomas leva des yeux ébahis vers la cathédrale Saint-Paul endommagée, plusieurs boulettes de viande s'échappèrent du wrap hors de prix qu'il venait d'acheter chez Prêt à Manger et tombèrent sur le trottoir. Les bâches en plastique de l'échafaudage claquaient dans le vent, tandis que le vrombissement d'un drone s'élevait depuis l'intérieur de l'immense coupole envahie par les courants d'air.

Il s'était pourtant juré qu'il ne ferait pas comme tous les touristes voyeurs qui se pressaient autour de l'édifice historique au sommet de Ludgate Hill… jusqu'à ce qu'il aperçoive au loin le cratère jonché de gravats provoqué par l'explosion. On aurait dit qu'une éruption volcanique avait secoué la City. Finalement, la curiosité avait pris le dessus et, comme il se trouvait à deux pas de l'attraction principale, il avait décidé d'aller voir.

À présent, il regrettait sa décision.

La scène de dévastation n'avait rien du glamour d'un décor de cinéma, aucun esprit de camaraderie ne rassemblait tous ces gens qui assistaient au spectacle à travers l'écran de leurs téléphones portables, et il n'y avait pas d'artistes des temps modernes à la moustache retroussée, une palette à la main, restaurant les œuvres endommagées. Non, tout ce qu'on voyait, c'était le contrecoup sinistre de la violence, ainsi qu'une horde d'ouvriers assis çà et là, dévorant leur sandwich de chez Greggs.

Baxter s'était retrouvée au cœur de cette violence.

Thomas sentit une fois de plus son estomac se serrer lorsqu'il repensa à cette soirée funeste où le chaos s'était emparé de la ville enneigée. Et maintenant qu'il voyait cette image de désolation de ses propres yeux, c'était comme si ce qu'il avait inconsciemment considéré jusque-là comme un cauchemar devenait soudain réel.

Il est plus simple de ne pas penser qu'à la fin du conte de fées, le cadavre du monstre vaincu continue de pourrir dans les bois.

Désireux de retrouver cette ignorance salutaire, il joua des coudes pour s'extirper de la foule des badauds et se dirigea vers son rendez-vous de 14 heures. En chemin, il passa devant un bijoutier et se souvint que Baxter avait perdu à St James's Park une des boucles d'oreilles qu'elle ne mettait pratiquement jamais. Il était incapable de se rappeler à quoi ressemblaient lesdites boucles d'oreilles, mais il scruta néanmoins la boutique en songeant à la pile de cadeaux de Noël qui grandissait chaque jour un peu plus dans son salon. C'était devenu un de ses rituels quotidiens : il profitait de sa pause déjeuner pour sillonner la ville en quête du cadeau parfait pour Emily, le cadeau qui parviendrait à lui remonter le moral, le cadeau qui lui ferait comprendre à quel point elle comptait pour lui, le cadeau qui peut-être réussirait à détrôner le pingouin en peluche sans lequel elle refusait désormais de dormir.

Il arrêta son choix sur un bijou et, même s'il était convaincu qu'il ne lui plairait pas, il pénétra dans la boutique.

★

— Inspecteur principal Baxter, déclara Joe en entrant chez Maggie, sa mallette à la main. Si je ne vous connaissais pas aussi bien, je pourrais croire que vous cherchez à m'éviter.

— Vous me connaissez très mal, et c'était effectivement mon but, rétorqua l'intéressée.

Joe émit un feulement de chat en colère avant de lui emboîter le pas dans l'escalier.

— Pourquoi continuer à vous mentir à vous-même ? insista-t-il. Vous sentez aussi bien que moi qu'il y a quelque chose entre nous !

— Ce qu'il y a entre nous, c'est un mur. Et ça me va très bien comme ça.

— Vous pouvez dire ce que vous voulez, moi, je sens bien que je progresse.

Ils pénétrèrent dans la pièce vide, où Christian les attendait.

— Salut, l'ancien ! lança Joe en posant sa mallette par terre – visiblement, il n'avait pas reconnu le *commissioner* de la Metropolitan Police.

Un bruit de pas précipités résonna dans l'escalier, puis Wolf apparut à la porte, son téléphone portable à la main.

— Je n'ai toujours pas réussi à joindre l'agent qui est arrivé sur place le premier, annonça-t-il en rejoignant les autres. Pour l'instant, voilà où j'en suis : notre tueur…

— Notre hypothétique tueur, rectifia Christian.

— … vient de tuer Finlay. Il a vu les photos de Maggie en bas, ses affaires un peu partout dans la maison, il sait donc qu'il n'a pas beaucoup de temps avant que quelqu'un ne revienne. Il essuie le pistolet, le met dans la main de Finlay, puis le pose par terre à côté de lui afin de faire croire à un suicide. Ensuite, il…

— Ou elle, espèce de phallocrate ! ronchonna Baxter.

— … ferme la porte, vide un tube d'enduit autour de l'embrasure, se glisse à l'intérieur du compartiment secret, replace les planches, et il ou elle attend.

L'espace de quelques instants, Wolf parut perdu dans ses pensées.

— Y a quelqu'un ? plaisanta Joe.

— Oui… désolé. Bref, qu'est-ce que vous pensez de cette théorie ?

Christian n'avait pas l'air convaincu, Baxter encore moins.

— Je crois que vous oubliez un détail, dit le *commissioner*. Le texto qu'il m'a envoyé, et qui s'apparente plus ou moins à une lettre d'adieu.

— Vous disiez qu'il avait essayé de vous téléphoner, quelques minutes plus tôt ? demanda Wolf.

— C'est exact.

— Peut-être que c'était pour vous demander de l'aide…

— Ne me dites pas une chose pareille, répliqua Christian, l'air désespéré.

— … et qu'ensuite, en voyant que la situation devenait critique, il a appelé discrètement les urgences.

— Vous croyez vraiment qu'il aurait pris le temps de m'envoyer un message entre les deux ?

— Peut-être, marmonna Baxter. S'il savait qu'il était sur le point de mourir.

Tous les trois se turent pendant que Joe déballait bruyamment ses outils, sans se préoccuper de l'atmosphère soudain pesante.

— Alors, qu'est-ce que vous avez pour moi ? demanda-t-il d'un ton guilleret après avoir enfilé une combinaison jetable, serré l'élastique de son masque et jeté un regard mélancolique en direction de la charlotte dont il n'aurait plus jamais besoin.

Il se mit à quatre pattes, alluma sa lampe torche et en braqua le faisceau sous les planches.

— Ouaip ! C'est bien du sang ! annonça-t-il avant de faire un signe à Christian. Scalpel !... Scalpel ! aboya-t-il en voyant que le *commissioner* ne réagissait pas.

Ce dernier parut tenté de l'envoyer promener, mais il se contenta de donner à l'expert médico-légal l'objet qu'il avait demandé.

— Boîte ! dit Joe avec un claquement de doigts.

Une fois de plus, Christian s'exécuta.

Ils entendirent le couvercle inviolable se fermer, puis Joe rendit la boîte à Christian sans sortir la tête du trou.

— Bingo ! cria-t-il. On dirait des griffures ! C'est certain, quelqu'un a bien passé du temps là-dedans ! Il y a des cheveux... peut-être aussi des fibres de tissu.

Joe se releva et fit remonter le masque sur son crâne luisant.

— Saunders et Edmunds sont dans le coin, aujourd'hui ? s'enquit-il.

— Ils récupèrent des vieux dossiers en Écosse, répondit Wolf. Pourquoi ?

— Je vais avoir besoin d'échantillons ADN pour chacun d'entre vous, histoire d'écarter les éléments que vous auriez pu laisser derrière vous. Le plus tôt sera le mieux.

Le téléphone de Baxter se mit à sonner. Elle consulta l'écran.

Holly (véto/cochonne)

☎ Appel entrant

Songeant qu'elle devrait supprimer la parenthèse, elle se dépêcha de sortir de la pièce pour répondre.

— Salut. Je suis un peu occupée, là. Tout va bien ? demanda-t-elle en prenant soin de bien choisir ses mots. Il est quoi ? … OK, calme-toi. Oui… J'arrive. Très bien. À tout de suite.

Quand elle fit son retour dans la grande pièce vide, tout le monde la dévisageait.

— Ça va ? demanda Wolf.

— Un truc à régler, répondit-elle en commençant à rassembler ses affaires.

— Un truc plus important que ce qu'on fait là ?

— Ouais, fit-elle en regagnant la porte.

— De toute façon, de mon côté, je risque d'en avoir pour un petit moment, intervint Joe afin de désamorcer la tension.

— Et je vous rappelle que vous avez une conférence de presse, Wolf, ajouta Christian.

Après la découverte de la cachette construite par Finlay, Vanita ne pouvait pas dissimuler plus longtemps l'implication de Wolf dans l'enquête sur le décès de l'ancien policier. Et comme il ne faisait aucun doute que les médias ne manqueraient pas de la descendre en flammes en apprenant l'accord douteux qu'elle avait passé avec celui qu'elle avait choisi de désigner officiellement sous le terme de « consultant », elle avait décidé de prendre les devants.

— Quant à moi, ça ne me dérange pas de tenir compagnie à Maggie, poursuivit Christian.

Sans surprise, c'était elle qui avait été le plus affectée par ce dernier rebondissement, et aucun d'entre eux ne voulait la laisser seule dans son état.

— Vous ne participez pas à la conférence de presse ? demanda Baxter.

— Pourquoi il y participerait ? demanda Joe.

— C'est Vanita qui a voulu tout ce cirque, répondit Christian, ignorant la question du légiste. De toute façon, elle répondra ce que je lui dirai de répondre.

— Et euh…, commença Joe, soudain très mal à l'aise. Pourquoi il aurait dû participer à la conférence de presse, du coup ?

— Après vous, monsieur le *commissioner*, déclara pompeusement Joe.

Il se tenait au garde-à-vous au pied de l'escalier, les bras chargés de matériel supplémentaire. Baxter sortit de la cuisine, où elle venait de dire au revoir à Maggie.

— Vous auriez pu me prévenir ! souffla Joe quand elle passa devant lui, puis il adressa à Wolf un hochement de tête des plus professionnels. Fawkes.

— Labo, rétorqua ce dernier.

Pendant que Joe remontait à l'étage, Christian ouvrit la porte d'entrée. Sur le perron glacial, il fit à Wolf des recommandations de dernière minute sur ce qu'il devait à tout prix éviter de dire aux journalistes.

— Et vous, prenez bien soin d'elle, lança Wolf.

— Si tu veux que je te dépose, Wolf, c'est maintenant, aboya Baxter, qui se dirigeait à grands pas vers sa voiture.

— C'est promis, lui assura Christian. Vous feriez mieux d'y aller.

Wolf se hâta de rattraper Baxter.

— Merde ! jura Wolf à l'instant où il ouvrit la portière passager.

— Qu'est-ce qu'il y a, encore ? soupira Baxter dans un tourbillon de vapeur.

— J'ai oublié mon manteau.

Baxter leva les yeux au ciel, puis elle s'installa au volant et démarra.

— Ça te dérange pas d'attendre une petite…, commença Wolf, mais Baxter accéléra et il se retrouva couvert de neige fondue.

Quelques secondes après, la portière se refermait toute seule dans le virage et la voiture disparaissait dans un crissement de pneus, laissant Wolf planté sur le trottoir avec une fâcheuse impression de déjà-vu. L'ancien policier essuya son pantalon comme il put et remonta l'allée jusqu'à la maison.

Il actionna la poignée et voulut pousser la porte, mais celle-ci resta fermée et il ne réussit qu'à se cogner le front.

— Aïe ! gémit-il en se frottant la tête.

Christian ouvrit au moment où Wolf achevait de reprendre ses esprits.

— J'ai oublié mon…, commença-t-il.

Christian lui tendit son vieux pardessus noir.

— J'ai vu ça, répondit-il avec un clin d'œil.

*

Andrea Hall continua à sourire à la caméra 1, alors que derrière elle, dans l'ombre, des formes tardaient à se dissiper.

Le panneau lumineux *ON AIR* – tournage en cours – s'éteignit, les lumières se rallumèrent et le plateau retrouva sa frénésie.

— Y a pas quelqu'un qui pourrait se décider à réparer ce prompteur de merde ? lança Andrea à la cantonade.

Elle avala les dernières gorgées de son café froid et se leva de son fauteuil alors qu'un épais nuage de laque atteignait sa chevelure dorénavant blond vénitien, que sa styliste attitrée considérait comme « leur » chef-d'œuvre. Et il y avait de quoi être fière, car avec cette nouvelle couleur, Andrea était passée du jour au lendemain du statut de présentatrice célèbre à celui d'icône de la mode.

— On a qui, après ? demanda la journaliste à son assistante débordée.

— Un évêque qui récolte des dons pour la restauration de la cathédrale Saint-Paul.

Andrea réprima un bâillement.

— Et comment il s'appelle, déjà, le promoteur qui veut tout raser et construire des immeubles de bureaux à la place ?

— Hammond.

— Voilà, c'est ça. Invite-le aussi. « Dieu contre le capitalisme ». Ça aura au moins le mérite de nous divertir un peu.

L'équipe plateau se préparait déjà pour le programme suivant. Andrea recula pour laisser sa collègue s'installer devant la caméra. Sitôt assise, la femme au visage austère fut prise en charge par une maquilleuse armée d'un pinceau et d'un poudrier.

— Du coup, tu comptes attaquer ça sous quel angle ? demanda la nouvelle arrivée.

Si les deux journalistes ne s'appréciaient pas, elles respectaient chacune le caractère impitoyable de l'autre.

— Le loup s'est remis en chasse ? ajouta-t-elle. La meute a retrouvé son mâle alpha ?

— Je ne vois pas du tout de quoi tu parles.

Les yeux de la présentatrice se mirent à scintiller, même si son métier consistait exclusivement à apprendre à des gens des choses qu'ils ne savaient pas.

— Ton ex. Il est de retour. Quelqu'un l'a vu du côté de Muswell Hill, en compagnie du *commissioner* et d'Emily Baxter.

— Muswell Hill ? répéta Andrea en ramassant son sac à main – elle savait très bien qui habitait là-bas. Il faut que je file.

— Vous avez rendez-vous à 16 heures avec Elijah, lui rappela son assistante.

— Reprogramme-le.

— Et en ce qui concerne « Dieu contre le capitalisme » ?

— Je serai de retour à temps, promit Andrea avant d'enfiler son manteau. Ah oui, et demande à Jim de nous faire un dessin d'un immeuble de bureaux sans âme avec une coupole au-dessus… Et un autre avec Dieu assis à un bureau au dernier étage. Ça devrait suffire à lancer le débat.

Elle sourit et sortit en trombe du plateau.

*

C'était un véritable déluge.

Perdue au milieu d'une forêt de croix en pierre, Baxter progressait entre des rangées d'anges couverts de mousse à la recherche de Rouche, de Holly ou même de la voiture, alors que la terre se transformait en boue sous ses pieds.

Même sans tenir compte des événements récents, elle avait du mal à imaginer pire endroit pour une sortie qu'un cimetière pendant un orage.

Elle manqua de perdre une chaussure dans une flaque et se retint au dernier moment de donner un coup de pied dans une pierre tombale pour évacuer son irritation – même pour elle, ç'aurait été exagéré. Alors qu'elle scrutait les alentours pour s'orienter, elle repéra quelques rangs plus loin une imposante silhouette encapuchonnée et ressentit le besoin absurde de se cacher.

— Grandis un peu, Baxter ! marmonna-t-elle.

Néanmoins, au moment où elle s'apprêtait à héler l'inconnu, elle hésita, car qui resterait ainsi immobile sous une pluie torrentielle ?

Elle s'approcha à pas prudents en essayant de se rappeler les vêtements que Holly portait la dernière fois qu'elle l'avait vue, deux jours plus tôt. La silhouette disparaissait régulièrement de son champ de vision pour reparaître aussitôt, mais elle restait toujours immobile malgré les trombes d'eau qui se déversaient sur elle.

Distraite, Baxter glissa dans une flaque de gadoue et se retrouva par terre, en boule, à quelques mètres à peine de l'inconnu.

Sa panique s'évanouit lorsqu'elle se rendit compte qu'il s'agissait en fait d'une sculpture – l'incarnation même du désespoir. La capuche vide en particulier était fascinante, un trou noir là où aurait dû se trouver un visage, comme si la statue à l'intérieur avait trouvé le moyen de s'enfuir. Plus Baxter la fixait, plus elle avait l'impression de pouvoir discerner une paire d'yeux…

— Emily ?

Baxter poussa un hurlement.

Holly cria encore plus fort.

— Oh, bordel ! jura Baxter en se tenant le cœur à deux mains.

Holly eut un petit ricanement nerveux.

— Je crois que je ne t'avais encore jamais entendue crier, dit-elle en tendant la main à Baxter pour l'aider à se relever.

— C'est juste que… je n'aime vraiment pas du tout du tout les anges.

— Je les ai retrouvées…, annonça Holly, mais quand elle lut l'espoir sur le visage de son amie, elle s'empressa d'ajouter : Elles, pas lui.

Gardant un œil sur la statue encapuchonnée, Baxter suivit Holly jusqu'à une rangée de pierres tombales toutes simples aux inscriptions minimalistes. Elles s'arrêtèrent devant l'une d'entre elles.

Sophie Rouche 31 juillet 1982 – 7 juillet 2007	Elliot Rouche 8 janvier 2001 – 7 juillet 2007

TOUTE MA VIE

Les deux femmes restèrent une longue minute silencieuses. Avec ces trois mots, l'épitaphe gravée dans le marbre constituait une plus belle déclaration d'amour et de chagrin que tous les anges du cimetière réunis. Dans l'herbe, un bouquet récent et un morse en peluche (qui venait de toute évidence de la même collection que Frankie le pingouin) subissaient les assauts de la pluie.

— Il a dû passer aujourd'hui, dit Holly. C'est l'anniversaire de sa fille.

Baxter avait complètement oublié. Depuis la mort de Finlay, elle avait l'impression de vivre un long cauchemar éveillé qui lui avait fait perdre le compte des jours. Toute la colère qu'elle ressentait à l'égard de Rouche s'évapora en un instant.

— Viens, dit-elle. Je sais où il est.

Le chauffage de la voiture monté au maximum, Baxter traversait une des banlieues décrépites de la capitale. Elle était surprise que Holly ait vu juste pour le cimetière, surprise qu'elle ait été au courant de la grande tragédie qu'avait vécue Rouche, d'ailleurs. Ces derniers temps, elle avait été si préoccupée par les événements qu'elle n'avait même pas remarqué le rapprochement qui s'était opéré entre sa copine d'enfance et l'ancien agent de la CIA. Pourtant, à présent qu'elle y réfléchissait, les signes étaient nombreux : Holly qui débarquait à l'appartement à l'improviste, la panique dans sa voix juste après avoir découvert la disparition de Rouche, la quantité impressionnante de maquillage qu'elle mettait chaque fois qu'elle passait chez Baxter.

Celle-ci se fit une fois de plus la réflexion qu'il fallait qu'elle corrige la fiche de Holly dans le répertoire de son téléphone.

Elle était contente d'apprendre que Holly et Rouche s'entendaient bien, mais elle repensa à l'endroit où elle venait de retrouver Holly et songea que Rouche ne serait certainement jamais en mesure d'apporter à la jeune assistante vétérinaire ce dont elle avait besoin.

— Il est en train de mourir, Emily, lâcha soudain Holly. Chaque jour, son état se dégrade un peu plus. Il faut l'emmener à l'hôpital.

Baxter réalisa qu'elles n'avaient pas échangé un mot depuis qu'elles étaient sorties du cimetière. Elle se tourna vers son amie, dont les cheveux blonds coupés court étaient toujours aussi impeccables. À côté, elle ressemblait à un chat tombé dans une baignoire.

— Il n'y a pas un autre antibiotique qu'on pourrait essayer ? suggéra Baxter.

— Si l'infection se généralise, les antibiotiques ne pourront de toute façon plus rien pour lui, répondit Holly d'un ton ferme. Il y a un vrai risque de septicémie.

— Je connais quelqu'un… une infirmière.

Baxter n'avait pas voulu impliquer Maggie mais, à présent, elle se demandait si s'occuper de Rouche ne lui offrirait pas une distraction bienvenue.

— Non, dit Holly en haussant le ton. Écoute, tu es mon amie, et même si je reconnais que j'ai encore un peu peur de toi…

— Tu as peur de moi ?

— … je vais te dire le fond de ma pensée : tu es en train de le tuer. Il y a quinze jours, Rouche était prêt à se rendre. C'est ton égoïsme qui l'empêche de le faire.

— J'essaie de le protéger !

— Non, tu essaies de te raccrocher à lui, ce n'est pas la même chose. Franchement, je préférerais le voir en prison que dans cet état.

— Parce que tu es déjà allée dans une prison ? demanda Baxter avec mépris.

— Non, répondit Holly alors que la voiture prenait de la vitesse. En revanche, je suis déjà allée dans un cimetière.

Lorsque Baxter se gara devant la maison décatie de Rouche, la nuit était tombée, mais la pluie ne semblait toujours pas décidée à se calmer. Baxter ouvrit la marche et remonta l'allée pentue qui menait à la maison. Depuis sa dernière visite, une porte métallique robuste avait été installée et quelques graffitis peu imaginatifs avaient fait leur apparition – les premiers d'une longue série si la propriété restait à l'abandon. Holly écarta le lierre qui n'avait pas été taillé depuis des mois et poussa la porte. À sa grande surprise, elle s'ouvrit.

— Entre, ordonna Baxter. Moi, je vais faire le tour parderrière.

Après s'être faufilée entre les poubelles, elle remonta la petite allée sombre qui longeait la maison jusqu'au jardin envahi par les mauvaises herbes. Elle remarqua tout de suite la lueur jaune qui émanait de la fenêtre en plastique de la cabane pour enfant. Soulagée, elle se baissa pour ne pas se cogner au toit, frappa à la porte miniature et entra.

Rouche était assis à l'intérieur, la tête appuyée contre un des murs, visiblement à bout de forces. Il avait déboutonné sa chemise dans l'espoir de faire tomber la fièvre, exposant par la même occasion quelques-unes de ses nombreuses blessures.

— Salut, lui lança-t-il d'une voix faible.

Baxter referma la porte puis, après avoir rapidement vérifié qu'il n'y avait pas d'araignées, elle s'installa comme elle put dans l'espace qui restait en prenant soin de ne pas renverser les bougies. Après quoi, elle attrapa la main de Rouche.

— T'es vraiment con, lui dit-elle.

Il éclata de rire, mais grimaça aussitôt en se tenant la poitrine à cause de la douleur.

— Tu sais, je t'aurais emmené, si tu m'avais demandé. Surtout un jour comme aujourd'hui.

Dehors, la pluie s'intensifia, et Baxter se demanda si le pauvre toit en plastique allait tenir le coup.

— Tu as assez de souci à te faire comme ça, murmura Rouche.

Elle songea que ce n'était pas le moment de lui dire que c'était effectivement le cas, et que Wolf avait raison depuis le début.

— Holly est là, annonça-t-elle. Dans la maison. Tu es au courant que tu ne la laisses pas indifférente, hein ?

Plutôt que de répondre, Rouche essaya de se redresser.

— Arrête de bouger, lui dit Baxter, mais il ne l'écouta pas.

— Je suis vraiment désolé, dit-il enfin.

— Désolé pour quoi ?

— Pour tout… je suis désolé de nous avoir mis dans cette situation… désolé d'être un tel fardeau pour toi… Je te demande pardon.

— Emily ? appela Holly, qui était entre-temps sortie dans le jardin.

— Par ici ! cria Baxter en se mettant à quatre pattes pour ouvrir la porte de la cabane.

Avant de se rasseoir, elle prit Rouche dans ses bras et s'efforça de ne pas le serrer trop fort.

— Tu n'es pas un fardeau, lui assura-t-elle. Je resterai avec toi jusqu'au bout. Et tu n'as à t'excuser de rien, tu m'entends ? De rien.

11

Vendredi 8 janvier 2016,
17 h 23

CHEZ LE FLEURISTE, Andrea avait acheté le bouquet le plus cher sans songer qu'elle allait ensuite devoir le faire tenir sur le siège passager de sa Porsche bleu ciel. Après avoir retiré la carte « Sincères condoléances », d'une banalité insultante, elle s'approcha de la porte d'entrée et actionna la sonnette.

Une lumière s'alluma. Un bruit de pas.

— Bonjour, Maggie, dit-elle, notant au passage l'expression de surprise sur le visage de l'autre femme.

— Andrea ! s'exclama Maggie avec un enthousiasme forcé.

— Tiens, c'est pour toi.

— Merci, elles sont magnifiques. Allez, entre, tu ne vas pas rester comme ça sous la pluie.

Maggie s'efforça de faire passer le jardin miniature par l'encadrement de la porte, puis elle se dirigea vers la cuisine où elle alluma la bouilloire et se mit à tailler les tiges des fleurs dans l'évier.

— Je comptais justement t'écrire un mot, aujourd'hui... pour te remercier de ta carte.

Andrea avait reçu un message au travail d'un dénommé Thomas Alcock, à qui on avait confié la tâche peu enviable de prendre contact avec tous les amis et connaissances de Finlay. Si Andrea n'avait plus revu le mentor de Wolf depuis l'incident qui avait eu lieu à son cinquante-cinquième anniversaire, plusieurs années auparavant, elle s'était toujours bien entendue avec lui et Maggie et avait été sincèrement attristée d'apprendre son décès. Émue, elle avait même rédigé un petit mot chaleureux, ce qui n'était pas dans ses habitudes, et l'avait accompagné de ses coordonnées.

Dans le reflet de la vitre, Maggie avait l'air perturbée. Elle commença à remplir un vase d'eau mais ferma le robinet avant d'avoir terminé. Après quoi elle se sécha les mains et se tourna vers l'autre femme.

— Je suis désolée de te demander ça, mais est-ce que tu es là en tant qu'amie... ou en tant que journaliste ?

— En tant qu'amie, lui assura Andrea.

La réponse parut suffire à Maggie.

— Pardon, dit-elle.

— Ne t'excuse pas. Je suis déjà surprise que tu m'aies invitée à entrer.

— Tu cherches Will, j'imagine ?

— Est-ce qu'il est venu ici ?

— Oui, mais il est reparti il y a de ça quelques heures.

— Comment... ?

Andrea s'interrompit, consciente qu'après les dernières trahisons dont elle s'était rendue coupable, il était peut-être malvenu de sa part de prendre des nouvelles de Wolf. Finalement, la curiosité fut plus forte.

— Comment va-t-il ?

C'était une question à laquelle il était difficile de répondre. Maggie avait toujours connu Wolf poursuivi par les catastrophes, qu'elles soient d'ordre personnel ou professionnel.

— Comme d'habitude, répondit-elle avec un haussement d'épaules. C'est Will.

Cette réponse sembla réconforter Andrea. À la table de la cuisine, les deux femmes continuèrent à discuter autour d'un thé. À un moment, Maggie craqua et révéla à Andrea que la police ne considérait officiellement plus la mort de son mari comme un suicide.

— Qui pourrait vouloir faire du mal à mon Fin ? demanda-t-elle entre deux sanglots.

Vingt minutes plus tard, Andrea se rendit compte qu'il était temps qu'elle retourne au travail. Elle attrapa la main de Maggie par-dessus la table.

— Qu'est-ce que je peux faire pour toi ? demanda-t-elle.

Maggie secoua la tête, mais elle parut hésiter, ce qui n'échappa pas à Andrea.

— Qu'est-ce que c'est ? insista cette dernière. Dis-moi.

— C'est Will.

— Qu'est-ce qu'il a ?

— Il a besoin de notre aide.

— Il me déteste.

— Jamais il ne pourrait te détester, rétorqua Maggie avec un rire sans joie, et Andrea choisit de ne pas la contredire. Ils croient que je ne les entends pas discuter entre eux, mais ils se trompent. Dès l'instant où l'enquête sera terminée, Will ira directement en prison.

Elle marqua une petite pause, avant d'ajouter d'un ton malicieux :

— Tu veux bien m'aider à empêcher que ça arrive ?

— J'ai l'impression que tu as une idée derrière la tête…

Maggie balaya la remarque d'un petit grognement évasif, et Andrea ajouta :

— N'empêche, je ne pense pas que Wolf soit prêt à me pardonner.

Maggie lui prit le bras.

— Crois-en mon expérience, Andrea : tu n'as pas idée de ce à quoi peut résister une amitié.

*

— On dirait bien que je vous ai encore sous-estimé, Fawkes, reconnut Vanita, avant de vérifier qu'elle n'avait pas de rouge à lèvres sur les dents pour la conférence de presse qui les attendait. Vous aviez raison depuis le début.

Wolf ne répondit rien – cette victoire n'appelait pas de célébration. Il jeta un œil dans la pièce où des journalistes blasés attendaient la énième annonce sans intérêt de cette *commander* qu'ils savaient avide d'attention.

Du pouce, Vanita effaça une petite trace rose sur ses incisives, puis elle passa une main dans ses cheveux noir corbeau.

— De quoi j'ai l'air ? demanda-t-elle.

Flairant le piège, Wolf s'abstint de répondre.

— Merci, ajouta Vanita avec un sourire – visiblement, elle prenait son silence pour un compliment. Est-ce que vous êtes prêt ?

— Autant qu'on peut l'être.

— Je connais mon boulot, Fawkes, déclara-t-elle avec suffisance. Vous verrez que quand viendra le moment des questions, j'aurai tellement tout anticipé qu'il y aura un silence de cathédrale. Alors… est-ce que vous êtes prêt ?

répéta-t-elle comme si elle venait de prononcer un discours enflammé dans un vestiaire à la mi-temps d'un match de foot.

— Autant qu'on peut l'être…, répondit de nouveau Wolf avec un haussement d'épaules.

Un instant décontenancée, Vanita retrouva vite son assurance.

— Votre braguette est ouverte, l'informa-t-elle avant d'ouvrir la porte et de pénétrer dans la pièce d'un pas déterminé.

Un photographe opportuniste eut le temps de prendre un cliché de Wolf remontant ladite braguette avant que l'ancien policier par deux fois tombé en disgrâce ne s'avance à son tour vers l'estrade.

Les journalistes présents eurent tôt fait de le reconnaître.

— C'est William Fawkes ! s'exclama l'un d'entre eux.

Wolf garda les yeux braqués sur le siège vide à côté de Vanita.

— Il ne devrait pas être menotté ? demanda une autre, et Wolf dut se retenir pour ne pas présenter son majeur à l'impudente.

— Il était plus sexy quand il avait du bide, commenta un membre du club de gentlemen qui accaparait le premier rang.

Wolf manqua de trébucher, mais il finit par rejoindre sa place et s'assit. Dans la salle, les enregistreurs étaient désormais brandis au-dessus des têtes comme des briquets à un concert de rock. Vanita s'éclaircit la gorge, remercia les journalistes d'être venus à cette conférence organisée à la dernière minute, puis elle se mit à réciter son communiqué :

— … de nouveaux éléments dans l'enquête sur le suicide présumé du *sergeant* à la retraite Finlay Shaw, dont le décès est désormais considéré comme suspect…

Il était inutile de chercher à garder secrète l'identité de Finlay ou d'essayer de cacher le fait qu'il s'était *apparemment* suicidé. Des photos où on voyait Wolf, Baxter et le *commissioner* devant la propriété des Shaw circulaient déjà, preuve que des voisins avaient été approchés et avaient su négocier le prix de leur loyauté à Maggie.

— Beaucoup d'entre vous se souviendront du *sergeant* Shaw comme un des enquêteurs ayant planché sur l'affaire Ragdoll, poursuivit Vanita, manière d'en venir au sujet de la présence de Wolf à ses côtés.

— C'est le vieux schnock que les pompiers ont dû aider à descendre du toit de l'ambassade, ajouta Wolf.

Quelques rires s'élevèrent dans l'assemblée.

— Effectivement, conclut Vanita, un peu déstabilisée.

Quand elle constata que tous les yeux étaient rivés sur l'homme assis à côté d'elle, elle songea qu'il valait mieux en finir une bonne fois pour toutes.

— William Fawkes jouera un rôle de consultant auprès de la Metropolitan Police pendant toute la durée de l'enquête, annonça-t-elle. Ses compétences, alliées au fait qu'il connaissait la victime de longue date, nous permettent d'augurer d'une issue rapide. D'ailleurs, son aide dans cette affaire s'est déjà révélée très précieuse.

Des journalistes commencèrent à poser des questions, mais Vanita poursuivit sans en tenir compte :

— Pour le moment, nous ne sommes pas en mesure de fournir de détails quant aux déplacements de l'ex-inspecteur en chef Fawkes au cours des dix-huit derniers mois.

Des grognements déçus parcoururent l'assistance.

— Une enquête est en cours et nous ne pouvons risquer de la compromettre ! cria-t-elle pour couvrir le brouhaha.

Puis, après avoir croisé le regard de Wolf, elle ajouta :

— Mais soyez assurés que dès qu'elle sera close, vous serez les premiers informés ! Bon, est-ce qu'il y a des questions ?

Une forêt de mains se dressa dans la salle.

Oubliant qu'il avait un micro pointé vers le visage, Wolf grommela un juron que s'empressèrent de retransmettre les haut-parleurs.

*

— Bon sang ! s'exclama Vanita après avoir pénétré dans le bureau de Christian. Vous m'avez fait peur. Je pensais que vous étiez rentré chez vous.

Christian s'essuya les yeux et se mit à farfouiller dans les tiroirs en quête d'un mouchoir. Vanita lui en dégota un dans son sac à main.

— Merci, dit-il.

Voyant qu'elle observait les Polaroid aux couleurs passées qui jonchaient son bureau, il en prit un et le lui tendit.

— C'est moi… sur la droite, ajouta-t-il.

— Sympa, la queue-de-cheval.

— Une autre époque, s'esclaffa Christian. Sur la gauche, aussi beau que jamais, c'est Fin. Et entre nous, Maggie, sa femme.

Vanita sourit et lui rendit la photo.

— La journée a été… rude, pour moi, confia-t-il.

— En même temps, c'était votre ami. Ce qui n'est pas mon cas. Je ne suis donc certainement pas la personne la mieux placée pour vous remonter le moral.

— Vous avez raison, dit Christian en se redressant.

Ce n'était un secret pour personne que Vanita convoitait le fauteuil de *commissioner* et qu'elle avait profité de la grande restructuration qui avait suivi la débâcle de l'affaire Ragdoll pour en évincer le dernier occupant.

— Vous avez peut-être besoin d'un peu de repos, suggéra-t-elle d'un ton ironique. De souffler un peu, de prendre du temps pour vous…

— Mais enfin, Geena, vous savez bien que je ne pourrais pas me passer de vous savoir toujours derrière moi, prête à me mettre des bâtons dans les roues ! Trêve de plaisanteries, comment s'est passée la conférence de presse ?

— Comme on pouvait s'y attendre.

— Si mal que ça ?

Elle déposa le dossier qu'elle avait à la main dans la bannette de Christian et s'éloigna vers la porte.

— Bonne soirée, lui lança-t-elle par-dessus son épaule. Et surveillez vos arrières.

— Parce qu'on se menace ouvertement, maintenant ? demanda Christian. J'ai dû rater un épisode.

Elle se retourna pour lui faire face.

— C'est tout le contraire, Christian. Un individu très intelligent et de toute évidence très dangereux s'est donné beaucoup de mal pour faire passer la mort de Shaw pour un suicide. Or, nous venons d'annoncer publiquement que nous sommes à sa poursuite. Qui sait comment il réagira ?

Christian parut perturbé. Vanita lui décocha un dernier sourire.

— Bonne soirée !

*

Wolf sortit du boui-boui miteux et attaqua la pizza qu'il venait d'acheter. De l'autre côté de la rue, un panneau publicitaire coloré illuminait le quartier décati.

RaGDoLL

Qui a peur du grand méchant Wolf ?

Saison 1 - dimanche 28 février, à 20 heures

Au vu de la seule affiche, il était clair que la production avait pris certaines libertés avec la réalité. Pour commencer, l'acteur qui incarnait Wolf était une sorte de mannequin de magazine aux pectoraux saillants, vêtu d'un superbe costume bleu nuit – manifestement, l'option ventre à bière avait été écartée. Il se tenait entre deux femmes qui lui tournaient à moitié le dos, bras croisés : d'un côté, une brune à l'air déterminé, de l'autre, une superbe rousse.

Après s'être promis d'être en prison d'ici la sortie du premier épisode, Wolf prit la direction du poste de police de Paddington Green. Là, il passa devant les cellules de dégrisement qui accueillaient leurs premiers locataires de la soirée et regagna sa « chambre ». Il ferma la porte derrière lui et constata que ses chemises avaient été repassées. George avait même fait un peu de rangement.

Incapable de se défaire de l'image de son double télévisuel, Wolf laissa de côté la dernière part de pizza et entreprit de faire quelques pompes. À la septième extension, il se froissa un muscle et abandonna. Il s'approcha alors du miroir et passa les doigts dans sa longue barbe broussailleuse. À présent qu'il n'avait plus besoin de chercher à rester anonyme, elle était devenue superflue. Il attrapa un rasoir.

*

Saunders s'était endormi devant la télévision dont il avait coupé le son. À côté de son fauteuil, trois bouteilles de bière vides et la preuve d'un passage nocturne chez Burger King.

Réduits au rôle de coursiers pour la journée, Edmunds et lui avaient pris deux avions, passé trois contrôles de sécurité et s'étaient brouillés avec tous les douaniers écossais qu'ils avaient croisés dans le seul but de récupérer des cartons qui moisissaient aux archives de la police de Dalmarnock. Excité par la découverte de Wolf, Edmunds avait proposé qu'ils profitent du voyage pour interroger deux personnes en lien avec de vieilles affaires sur lesquelles avait travaillé Finlay. Sans surprise, les deux hommes en question s'étaient montrés peu coopératifs, et le temps perdu en leur compagnie leur avait valu de rater le vol de retour qu'ils avaient initialement réservé.

Peu après 3 heures, Saunders fut tiré du sommeil lorsque la lumière du parking s'alluma, signe que quelqu'un avait activé le détecteur de mouvement. Il y eut un petit craquement, puis le bruit caractéristique d'éclats de verre qui se répandent sur le bitume. Saunders se leva avec un grognement et faillit se tordre la cheville sur une des bouteilles vides. Il s'approcha de la fenêtre en frissonnant et scruta les alentours. Sa respiration embuait la vitre. Il était sur le point de retourner à son fauteuil lorsqu'une alarme se déclencha. Des lueurs orange se mirent à danser sur le sol mouillé.

— Et merde ! s'exclama-t-il. Pas encore !

Il ramassa ses clés sur le meuble de l'entrée, saisit une batte de cricket et s'élança dans le couloir. En boxer, chaussettes et tee-shirt, Saunders dévala l'escalier et sortit dans le froid pour constater que c'était bien sa voiture qui appelait à l'aide. Pourtant, le parking semblait désert. Il éteignit l'alarme et s'approcha prudemment, remarquant au passage le verre brisé au niveau de la vitre conducteur. La boîte à gants était ouverte, son contenu répandu sur les sièges, et le GPS avait disparu. Comme un imbécile, il l'avait laissé en évidence – il faut dire qu'avec la journée qu'il avait passée, il n'était plus très lucide en rentrant chez lui.

Après quelques instants de réflexion, il décida qu'il n'y avait pas grand-chose à faire avant le lendemain matin. Il vérifia chaque portière et remarqua alors que le coffre était entrouvert.

— Connards, marmonna-t-il dans sa barbe.

Il referma le battant et retourna se coucher.

12

Samedi 9 janvier 2016,
7 h 53

BAXTER AVAIT BEAU RÉPÉTER à Thomas de regarder une autre chaîne d'information, elle avait l'impression que le visage parfait d'Andrea Hall était incrusté dans l'écran de leur télévision. Elle ramassa la télécommande sur le chemin de la cuisine et s'apprêtait à appuyer sur le bouton « off » lorsqu'elle reconnut le tee-shirt jaune que portait la présentatrice. Baxter avait exactement le même quelque part au fond d'un placard :

UNCAGE THE WOLF[1] !

De toute évidence, Andrea profitait de cette interview d'un homme politique au ton monocorde pour ressusciter la campagne qui, quelques années auparavant, avait permis à Wolf non seulement de ne pas finir en prison, mais même

1. Libérez le loup !

de récupérer son boulot. L'agression gratuite dont Wolf s'était rendu coupable et dont les médias avaient fait leurs choux gras s'était du jour au lendemain vue requalifiée en acte héroïque lorsque le Tueur Crématiste reconnu non coupable par le tribunal avait de nouveau frappé. Quant aux responsables de la police, ils avaient préféré céder à l'opinion publique et réintégrer Wolf plutôt que remettre en question le système qui avait permis à un tueur en série de passer entre les mailles du filet.

Baxter, elle, savait que la frontière entre héros et paria était poreuse.

— Bonjour, lui lança Thomas depuis l'encadrement de la porte, encore en robe de chambre et chaussons écossais.

Baxter éteignit la télévision, entra dans la cuisine et s'accroupit pour enfiler ses chaussures qu'elle avait retirées la veille au milieu de la pièce.

— Je suis très en retard, prévint-elle.

— En retard au travail alors que tu es censée être en arrêt ? demanda Thomas en lui mettant un pain au chocolat sous le nez.

Elle mordit dans la viennoiserie sans même la regarder.

— J'ai vu que Fawkes était de retour, poursuivit Thomas, qui lui tendit une tasse de café dans laquelle il avait glissé une paille.

— Oui.

Elle avala une gorgée du breuvage et acheva de boutonner son manteau.

— Je comptais t'en parler, ajouta-t-elle.

Thomas balaya ce semblant d'excuse d'un geste de la main et demanda :

— Est-ce que ça va ?

Si Baxter n'avait jamais menti à Thomas au sujet de sa relation compliquée avec Wolf, elle ne lui avait pas non plus tout dit.

— Ça va, répondit-elle, et elle se leva et lui déposa un baiser sur la joue.

Au moment de partir, elle remarqua qu'un magnifique paquet s'était ajouté à la pile de cadeaux.

— Je me disais que j'allais déposer la brindille à la décharge, aujourd'hui, dit Thomas. Je crois que les aiguilles commencent à sécher.

— Demain ? suggéra-t-elle.

Le visage de Thomas s'éclaira d'un large sourire.

— Tu veux dire que… c'est enfin Noël ?

Baxter ne put s'empêcher de sourire, elle aussi. Elle acquiesça.

— Rôti de veau et petits légumes ? demanda Thomas.

— Y a intérêt !

— Et pour le film, on peut regarder *Hyper Noël* ? S'il te plaît, s'il te plaît, s'il te plaît ?

— Du moment qu'on enchaîne sur *Maman, j'ai raté l'avion !*, répondit-elle en ouvrant la porte d'entrée.

— Est-ce que je propose à ma mère de venir ?

— Non !

*

Wolf devait être accompagné en permanence chaque fois qu'il se trouvait au New Scotland Yard[1]. Par chance, il était arrivé ce matin-là pile en même temps que Saunders, lequel l'avait inscrit sur le registre. Alors que les deux hommes traversaient le hall d'entrée, Blake, l'équipier de Saunders, s'approcha.

— Ça va ? lui lança Saunders. Je te manque déjà ?

---

1. Nom du quartier général de la Metropolitan Police.

— J'avais même pas remarqué que t'étais parti, répliqua Blake du tac au tac.

Puis, tendant la main à Wolf :

— Je suis vraiment désolé pour Finlay.

Wolf hocha la tête, serra la main de Blake et empocha le Post-it qui se trouvait à l'intérieur. Saunders haussa les sourcils.

— On a la droit de savoir ce que c'est ? demanda-t-il.

— Vaut mieux pas, répondit Blake.

*

Une atmosphère pesante régnait dans le laboratoire, alors que Wolf, Baxter, Edmunds, Christian et Saunders attendaient le retour de Joe. Il était impossible d'ignorer le fait que le corps de leur ami se trouvait quelque part dans la pièce avec eux, dissimulé derrière une des lourdes portes frigorifiques.

Baxter avait beau essayer, elle n'arrivait pas à empêcher son regard de se poser sur Wolf. L'homme qui se tenait devant elle n'avait rien à voir avec celui qu'elle avait quitté la veille : il était désormais rasé de frais et portait une élégante chemise blanche. Bref, il ressemblait au Wolf qu'elle avait connu il y a bien longtemps… avant l'affaire Ragdoll. Avant le Tueur Crématiste. Avant que tout ne tourne au vinaigre.

Elle le vit baisser les yeux vers un petit morceau de papier coloré calé au creux de sa main, mais plutôt que de lui demander de quoi il s'agissait, elle reporta son attention sur Saunders, qui avait une encore plus sale gueule que d'habitude.

— T'as une encore plus sale gueule que d'habitude, lui lança-t-elle.

— La nuit a été compliquée, répliqua Saunders en réprimant un bâillement. Je me suis encore fait forcer ma voiture.

Baxter ouvrit la bouche, mais Saunders la prit de vitesse.

— Ne t'en fais pas, c'est Edmunds qui avait gardé tous les cartons d'archives.

— C'est un soulagement, commenta Christian, qui n'avait rien perdu de l'échange.

— Ouais, enfin, c'est pas ça qui va réparer ma vitre ou me rembourser mon GPS. Mais si vous êtes soulagé, c'est le principal.

La porte s'ouvrit à la volée et Joe pénétra dans la pièce.

— Bienvenue ! Bienvenue ! s'exclama-t-il en posant son matériel sur une table. Je vais avoir besoin de vos empreintes digitales à chacun et d'un prélèvement ADN. Mais d'abord, laissez-moi vous dire que cette nuit a été riche en surprises !

Il s'approcha d'un ordinateur portable ouvert à côté d'une pile de documents.

— Commençons par le commencement : j'ai déterminé à qui appartenait le sang sous les planches.

— Déjà ? fit Edmunds.

— Oui. Parce que c'est celui de Finlay.

Christian s'éclaircit la gorge.

— En quoi ça nous aide ? demanda-t-il.

— Ça ne nous aide pas vraiment, reconnut Joe. En revanche, les fibres de tissu qu'on a recueillies ne proviennent pas des vêtements que portait Finlay au moment de sa mort.

— Et donc... ? commença Christian, qui essayait de comprendre ce qui provoquait l'enthousiasme de cet étrange petit homme au crâne rasé. Vous pensez qu'il s'agit des vêtements de quelqu'un d'autre ?

— Tout à fait, acquiesça Joe avec un sourire d'illuminé. Voyez plutôt : jusqu'ici, on avait prouvé qu'il était possible que quelqu'un d'autre se soit trouvé dans cette pièce avec Finlay et qu'à un moment, ce quelqu'un se soit caché dans le compartiment secret. Mais maintenant, on sait que quelqu'un portant sur les vêtements le sang d'un homme assassiné s'est caché dans ce compartiment secret et qu'il est possible que ce quelqu'un se soit trouvé dans la pièce avec Finlay. Vous voyez la différence ?

Cinq paires d'yeux dubitatifs se posèrent sur lui.

— Mais si, insista Joe, ça fait une énorme différence.

— Je vais me faire l'avocat du diable, intervint Christian, mais les fibres de tissu ne pourraient-elles pas provenir de vêtements qu'aurait portés Finlay un autre jour ? Quand il a construit cette cachette, par exemple ?

— En théorie, oui… Mais ça m'étonnerait. Ce qui m'amène à l'élément suivant.

Il enfila une paire de gants jetables et posa sur un plateau un pistolet en tous points semblable à celui retrouvé à côté du corps de Finlay.

— Wolf… ?

— Labo ?

— Vous voulez bien ramasser ce pistolet, je vous prie ?

Wolf s'approcha de Joe. D'une main, il saisit la crosse de l'arme factice, puis s'aida de l'autre pour maintenir l'arme en place, le temps d'appliquer son index sur la détente.

— Très bien, commenta Joe. Vous pouvez le reposer sur le plateau. Maintenant, regardez ça.

Il éteignit les lumières et alluma un néon ultraviolet qui grésilla dans sa main comme un sabre laser. Le petit groupe s'approcha pour voir le halo violet percer l'obscurité ; les empreintes digitales de Wolf brillaient intensément, enrobant à la fois la crosse et le canon de l'arme.

— On est d'accord qu'il y en a partout ? dit Joe. Maintenant, regardez le pistolet de Finlay après le même test.

Joe tourna vers eux l'écran de son ordinateur portable : on voyait sur la crosse une rangée d'empreintes assez nettes, ainsi qu'une empreinte partielle au niveau de la détente.

— Vous ne trouvez pas ça un peu trop parfait ? demanda-t-il.

— Si, approuva Edmunds. Surtout pour un homme qui avait passé la soirée à boire.

— Ça ne vous a pourtant pas paru bizarre la première fois, fit remarquer Baxter d'un ton accusateur.

— Il est possible qu'il ait attrapé le pistolet de cette manière, déclara Joe. Et cela semblait le scénario le plus probable quand on savait qu'il avait été retrouvé dans une pièce fermée de l'intérieur. Mais vous m'avez demandé de chercher des éléments prouvant qu'il ne s'agissait pas d'un suicide, et c'est ce que j'ai fait.

Baxter fronça les sourcils.

— Et c'est exactement pareil pour le cadavre, ajouta Joe sans se rendre compte que son insensibilité n'était pas du goût de son auditoire. Rien n'indique que les petites blessures partielles considérées comme accidentelles lors du premier rapport ne sont pas effectivement accidentelles. Le seul traumatisme vraiment conséquent se trouve au niveau du cartilage du nez, mais ce n'est pas significatif quand on sait que Finlay a reçu dans sa vie presque autant de coups de poing que Saunders. Ha ! Ha ! Ha !

Un silence glacial lui répondit. Mal à l'aise, il reprit :

— Bref, tout ça pour dire que quelqu'un s'est donné vraiment beaucoup de mal pour couvrir ses traces. Il s'agit bel et bien d'une scène de crime, mais pour l'instant, c'est tout ce que nous savons. Et si je dois être honnête avec vous, je ne suis pas sûr qu'on trouve grand-chose de plus.

— Au final, ça ne change rien, intervint Wolf en voyant les visages défaits autour de lui. On continue sur les mêmes pistes : le mobile et le pistolet. C'est tout ce qui compte.

*

Après avoir quitté New Scotland Yard, Christian était allé à Muswell Hill pour rendre visite à Maggie, qui lui avait alors annoncé son intention de vendre la maison une fois l'enquête terminée – elle lui avait expliqué qu'elle ne pouvait plus y vivre et qu'elle n'imaginait pas faire dormir ses petits-enfants dans la pièce que Finlay avait imaginée. Christian lui avait promis de lui venir en aide pour la vente de la propriété et le déménagement. Après quoi, dans une tentative malheureuse de lui remonter le moral, il lui avait concocté une de ses fameuses omelettes au ketchup et à la moutarde qui s'était révélée, on peut s'en douter, encore plus infecte que ne le laissait présager l'intitulé.

— Ça ne t'a pas plu, donc ? demanda-t-il en jetant les reliefs de son chef-d'œuvre dans la poubelle, pendant que Maggie vidait son troisième verre d'eau d'affilée.

— C'est pire que ça. Je n'arrive pas à me débarrasser du goût !

— Quand je pense à toutes les petites chanceuses qui ont eu l'honneur d'un tel petit déjeuner…

— Il y en a qui sont revenues ?

Christian prit quelques secondes pour réfléchir.

— Maintenant que tu le dis…

Maggie éclata de rire.

— J'ai quelque chose pour toi, annonça-t-elle avant de disparaître dans le couloir.

Un instant plus tard, elle revint armée d'un carton flanqué du logo du Metropolitan Police Service et du mot PREUVES imprimé en grosses lettres rouges.

— Qu'est-ce que c'est ? demanda Christian.

— Ah oui, désolée pour la boîte. Il y en a plein le garage, Fin en piquait tout le temps au boulot. C'est juste de vieilles photos, quelques affaires à lui, des articles de journaux… J'ai pensé que ça te ferait plaisir de les récupérer.

— Tu es sûre ?

— Ce ne sont que des objets. Ce n'est pas lui.

À 12 h 14, Christian prit congé de Maggie et descendit l'allée ensoleillée en emportant son carton de souvenirs. Un des voisins avait dû se faire un peu d'argent en prévenant la presse, car il y avait un petit attroupement de journalistes qui l'attendait autour de sa Lexus.

Christian s'approcha de sa voiture, un sourire figé sur le visage.

— Monsieur le *commissioner*, pouvez-vous nous dire s'il y a eu des avancées dans l'enquête ?

— Vous savez bien que je n'ai pas le droit de vous en parler, répondit-il en essayant d'ouvrir la portière arrière d'une seule main.

— Qu'est-ce qu'il y a dans le carton ? Des preuves supplémentaires ?

— Et je n'ai pas le droit de parler de ça non plus. Pardon, dit-il, et il repoussa un cameraman pour ouvrir la portière conducteur.

— Monsieur le *commissioner*, est-ce que vous avez un message pour l'assassin du *sergeant* Shaw ?

Christian s'installa au volant, referma la portière, puis il mit le contact et ouvrit sa vitre pour répondre.

— Un message ? Eh bien… je voudrais dire que Finlay était… qu'il était mon…

— Monsieur le *commissioner* ? insista le journaliste, voyant que Christian avait l'air perdu dans ses pensées.

— Finlay méritait mieux que ça, ajouta-t-il, le regard vide. Maggie et lui méritaient mieux que ce que la vie leur a offert. Et le misérable lâche qui est responsable de sa mort mérite de brûler en enfer pour toute l'éternité… C'est tout ce que j'ai à dire.

Christian releva sa vitre sous le regard médusé des journalistes, puis il passa la marche arrière.

13

Samedi 9 janvier 2016,
12 h 30

WOLF REGARDA SON REFLET dans la vitre fumée d'une Honda Civic.

Il relut l'adresse que lui avait obtenue Blake et posa un regard dubitatif sur le petit immeuble qui se tenait devant lui. Le concierge de l'autre côté de la vitre le dévisageait avec d'autant plus d'insistance que Wolf n'avait pas bougé depuis vingt minutes. Finalement, l'ancien policier poussa la porte tambour et, le bouquet de fleurs qu'il avait acheté à la station essence à la main, il s'approcha de l'accueil.

— Ashley Lochlan, je vous prie, déclara-t-il avant de baisser les yeux vers le Post-it chiffonné. Appartement 114.

Visiblement peu enclin à l'effort physique, l'homme derrière le bureau souleva le combiné de son téléphone comme s'il s'agissait d'un haltère.

— Nom ?

Wolf s'apprêta à répondre, puis il sourit et déclara :

— Fawkes. Fawkes tout court.

Le concierge le reconnut enfin. Il se redressa sur son fauteuil et composa le numéro, tout heureux d'avoir un petit rôle à jouer dans les retrouvailles entre les deux seuls survivants du tueur de l'affaire Ragdoll.

— Désolé, mais ça ne répond pas, annonça-t-il, beaucoup plus poli à présent qu'il se savait en présence d'une célébrité. Je… (Il se pencha vers Wolf avec un air de conspirateur.) Je ne devrais pas vous le dire, mais il y a un petit parc au bout de la rue. Il y a des chances que vous les trouviez là-bas.

Après avoir remercié le concierge qui, par chance, se contenta d'un selfie, Wolf marcha jusqu'à l'entrée du fameux parc. Le cœur battant, il se mit à scruter les visages des parents frigorifiés autour de l'aire de jeux, jusqu'à ce qu'il repère celle qui l'intéressait. Elle portait un bonnet et ses cheveux blonds lui tombaient sur les épaules – elle était aussi belle que dans ses souvenirs. Assise sur un banc, elle riait en regardant un homme élégamment vêtu faire tourner un petit garçon autour de lui.

— Attention, il risque de vomir ! lança-t-elle à l'homme d'une voix où subsistait une trace d'accent écossais.

Wolf n'avait jamais pensé qu'elle attendrait patiemment son éventuel retour. Et en débarquant ainsi à l'improviste, il n'avait d'ailleurs pas de véritable espoir de raviver le souvenir des quelques jours qu'ils avaient passés ensemble. Non, s'il était venu, c'était pour s'excuser, pour lui expliquer pourquoi il ne lui avait pas donné de nouvelles. Il avait le sentiment qu'il lui devait au moins cela.

Il s'approcha lentement.

Si Ashley priait pour que Jordan ne vomisse pas sur les chaussures en cuir suédé de Ted, elle n'avait pourtant aucune intention d'intervenir. Elle ne l'avait jamais vu si heureux.

Alors qu'elle remontait les derniers centimètres de la fermeture éclair de son manteau, elle entendit derrière elle quelqu'un s'approcher de la poubelle. Sentant que le nouveau venu n'avait toujours pas bougé après quelques secondes, elle se retourna pour voir de qui il s'agissait.

— Maman ! Regarde ! s'écria Jordan malgré un teint qui de fait avait un peu viré au vert.

— Oui, mon chéri. Je te regarde !

Elle vit un homme vêtu d'un long manteau noir qui s'éloignait et remarqua ensuite le bouquet de fleurs bon marché qui dépassait du haut de la poubelle.

Cela lui rappela quelque chose… quelqu'un… et elle ne put s'empêcher de sourire.

*

Edmunds était resté avec Joe pour dresser un inventaire exhaustif du contenu des cinq boîtes d'archives. À chaque nouvel élément, l'excitation du légiste semblait monter d'un cran et, bientôt, toutes les machines du labo tournaient à plein régime, pendant qu'il faisait des allers et retours entre elles pour suivre l'évolution des différents examens.

Edmunds sentit son portable vibrer. Il le sortit de sa poche, lut le nom de Thomas sur l'écran illuminé, et s'éloigna à l'autre extrémité de la pièce pour répondre.

— Allô… Non, non, c'est bon… Ah oui ? Euh… t'es sûr ? Comment ?… Ce soir ?

Edmunds se retourna et fusilla Joe du regard. Ce dernier épiait la conversation sans vergogne. Edmunds baissa la voix.

— Ce n'est pas… Ce n'est pas vraiment le moment… Oui, je sais bien… Ça aussi, je le sais. C'est juste… je pense que pour l'instant, ce n'est pas une bonne idée… Oui, oui… À plus tard.

Il baissa les yeux vers l'écran, secoua la tête et retourna s'asseoir. Après quelques instants, il ressortit son téléphone de sa poche et rédigea un court message :

Désolé. Est-ce qu'on peut en rediscuter plus tard ?

Ignorant les regards inquisiteurs de Joe, Edmunds essaya de se reconcentrer sur le travail, mais il n'arrêtait pas de repenser au coup de téléphone et à la catastrophe qui se préparait.

— Merde, marmonna-t-il.

*

Comme chaque fois qu'elle rendait visite à Rouche, Baxter avait passé la plus grande partie de l'après-midi à jouer avec lui à la pêche, le jeu de cartes préféré de Finlay. Peut-être s'agissait-il d'un vœu pieux, mais elle avait l'impression que l'ancien agent de la CIA avait repris du poil de la bête depuis la dernière fois qu'elle l'avait vu, et elle avait préféré ne pas aborder le sujet épineux de son avenir proche – septicémie, déficience immunitaire, peine de prison… Un peu plus d'une heure avant l'arrivée de Holly, elle lui avait préparé un sandwich, puis elle était rentrée chez elle.

*

Wolf était assis sur le muret devant chez Maggie, à regarder les couleurs quitter le ciel, lorsqu'une paire de phares apparut à l'angle de la rue. La voiture se gara juste devant la maison, et un jeune homme en jean déchiré et tennis en descendit.

— Randle ? demanda Wolf d'un ton hésitant, songeant que l'homme qui se tenait devant lui ressemblait plus à un étudiant qu'à un agent de police.

— Oui, répondit Randle avant de serrer la main de Wolf.

— Merci d'avoir accepté de me retrouver ici alors que c'est votre jour de congé. William Fawkes.

— Je sais qui vous êtes, monsieur.

— Je vais essayer de ne pas vous retenir trop longtemps. Est-ce que vous pourriez refaire pour moi chacun de vos gestes à partir du moment où vous êtes arrivé ici le soir du réveillon du Nouvel An ?

— Sans problème. Par contre, je ne suis pas sûr que ça vous apprendra grand-chose de plus que ce qui figure déjà dans mon rapport.

— On verra bien, dit Wolf avec un haussement d'épaules.

— Bon. Donc je répondais à un « appel sans objet » et je me suis garé à peu de chose près au même endroit qu'aujourd'hui, commença-t-il avant de remonter l'allée du jardin. J'ai vu qu'il y avait de la lumière à l'étage, alors j'ai sonné, puis j'ai frappé. J'ai poussé le battant de la boîte aux lettres pour m'annoncer. Au bout d'un moment, comme je n'avais pas de réponse, j'ai essayé d'ouvrir la porte et j'ai constaté qu'elle était verrouillée.

— Vous en êtes sûr ?

— Oui, monsieur. Du coup, j'ai décidé de la forcer.

— Comment vous avez fait ?

— Un coup de pied, répondit Randle en indiquant le trou situé sous la poignée.

Les deux hommes pénétrèrent dans le vestibule.

— Une fois à l'intérieur, j'ai appelé de nouveau et j'ai vérifié chacune des pièces du rez-de-chaussée avant de monter à l'étage.

Les marches grincèrent sous leurs pieds lorsqu'ils gravirent l'escalier.

— J'ai passé ma tête par chacune des portes avant de me rendre compte que celle-là était verrouillée.

Wolf acquiesça et pénétra avec Randle sur la scène de crime. Ce dernier écarquilla les yeux en découvrant le compartiment secret qui avait été mis au jour.

— Nous pensons qu'il y avait quelqu'un d'autre caché ici, expliqua Wolf. Randle ?

— Je… ça ne m'est même pas venu à l'idée que…

— C'était impossible à deviner. Ne vous en faites pas, vous n'avez pas commis d'erreur. Bon, et ensuite ?

Le jeune policier ferma les yeux pour mieux se souvenir.

— Après avoir forcé la porte, j'ai vu le corps allongé sur le ventre et le pistolet posé par terre, juste à côté. Je… j'ai pris son pouls, et ensuite je suis allé annoncer le décès par radio.

— Montrez-moi par où vous êtes sorti.

Wolf suivit Randle jusqu'à sa voiture.

— J'ai passé l'appel d'ici.

— En laissant la porte d'entrée grande ouverte, comme ça ?

Randle acquiesça.

— Est-ce qu'il y a un moment où vous vous êtes déplacé ?

— Non.

Wolf se tourna vers la maison. Il semblait impossible que quelqu'un ait pu s'enfuir sans être vu.

— Et ensuite ? demanda Wolf.

— Euh… ensuite le *commissioner* est arrivé.

— D'accord. Par où ?

L'agent indiqua le bas de la rue.

— Il avait l'air très secoué. Il s'est approché de moi et il a juste dit : « Finlay ? » J'ai secoué la tête et il s'est précipité à l'intérieur.

— Et vous, qu'est-ce que vous avez fait à ce moment-là ?

— Je suis resté ici jusqu'à l'arrivée des collègues.

— Et après ?

— On est tous entrés dans la maison, répondit Randle en refaisant le chemin jusqu'au vestibule. Le *commissioner* était assis sur la marche la plus haute. Il avait l'air sous le choc. Je l'ai aidé à descendre à la cuisine et je lui ai proposé de lui servir quelque chose à boire. Il a refusé, alors j'ai vérifié toutes les pièces, toutes les portes, toutes les fenêtres… En vérité, j'essayais surtout de ne pas gêner les enquêteurs.

— Quand vous avez vérifié les portes et les fenêtres, vous avez remarqué quelque chose d'anormal ?

— Non, elles étaient toutes bien fermées.

— Est-ce que la clé était dans la serrure, comme là ? demanda Wolf en désignant la porte de derrière.

— Oui. Et la porte était fermée de l'intérieur.

— Vous êtes allé au garage ?

— Oui.

Wolf se gratta le menton. Il n'était pas plus avancé, et il ne voyait pas que demander de plus.

— Vous pensez vraiment que c'est un meurtre ? demanda Randle.

— Oui.

— Du coup, ça voudrait dire que l'assassin est resté caché sous le plancher pendant des heures, non ?

Wolf ne répondit rien, cherchant à relier entre eux tous ces nouveaux éléments.

— Si quelqu'un était sorti par la porte d'entrée, je l'aurais vu, poursuivit Randle. Et toutes les autres issues étaient fermées. Ça veut dire que l'assassin était là depuis le début : quand j'ai fracturé la porte, quand le *commissioner* est arrivé, quand les enquêteurs sont arrivés… le légiste…

— Et pourtant, il n'a pas laissé le moindre indice derrière lui, marmonna Wolf, qui commençait à avoir mal à la tête.

— Comment ?

— Rien. Merci, agent Randle. Vous avez été d'une aide précieuse.

14

Samedi 9 janvier 2016,
20 h 05

THOMAS AVAIT SORTI le grand jeu pour leur réveillon de Noël en retard.

Sur une bande-son composée essentiellement de morceaux de Bing Crosby et de Mariah Carey, Baxter et lui avaient trop bu, beaucoup trop mangé, et ils avaient même failli mettre le feu à la maison, la faute à un *Christmas cracker*[1] défectueux. Puis, alors que la nuit commençait à tomber, ils avaient abandonné l'idée de faire la vaisselle et avaient enfilé leurs pyjamas pour regarder un film sur le canapé en compagnie d'Echo.

À un moment, Thomas se leva pour mettre un coup de bombe désodorisante sur le sapin, lequel était déjà orné de multiples sapins magiques pour voiture.

1. Véritable tradition britannique, il s'agit d'une papillote cartonnée contenant un petit cadeau et qui s'ouvre au moyen d'un mécanisme de mise à feu qui provoque un craquement (d'où le nom).

— On fait les cadeaux ? proposa-t-il, plein d'espoir.

Baxter se redressa vivement sur le canapé, mit le film en pause, puis elle remplit leurs verres et s'installa par terre. Elle tendit la main vers le paquet le plus récent.

— Non, celui-là, il faut l'ouvrir en dernier, dit Thomas.

Baxter le reposa et déchira l'emballage d'un autre paquet.

— Un Cluedo, annonça-t-elle d'un ton monotone.

— Oui, c'est parce que… Je me suis dit, vu que tu fais des enquêtes…

Elle se força à sourire.

— L'excitation du boulot depuis le confort de mon canapé, commenta-t-elle.

Dans le salon, l'ambiance s'était un peu dégradée.

— Toi, ouvre celui-là, ordonna-t-elle.

— Des chaussettes !

— Oui, pour tes pieds.

— Génial. À ton tour.

— Des boucles d'oreilles en or ! Comme celles que m'achète ma mère.

— On peut les rapporter, si ça ne va pas. Je me suis souvenu que tu en avais perdu une dans la neige.

— Le seul bénéfice que j'ai tiré de cette soirée. Oh, celui-là !

Thomas déchira le papier et fronça les sourcils en découvrant une élégante paire de chaussons.

— Pourquoi est-ce que tu détestes autant mes chaussons écossais ? demanda-t-il.

Et la scène se poursuivit ainsi pendant quelque temps.

★

Dès qu'il dépassa le panneau « Epping Forest », Christian se détendit. Le trajet en voiture jusqu'à son domicile lui procurait toujours cet effet-là. Situé au terminus nord de la Central Line, le petit bourg constituait son havre de paix, à l'écart des gratte-ciel et des embouteillages de la capitale. Regrettant le manque de professionnalisme dont il avait fait preuve en répondant à la question pourtant simple du journaliste, il s'était rendu dans son restaurant préféré, où il avait dîné seul à sa table habituelle, avant de prendre la direction de sa villa de sept chambres en pleine forêt.

Il s'arrêta à un petit rond-point et vit une paire de phares derrière lui. D'un geste de la main, il s'excusa pour s'être arrêté sans raison et repartit. Il savait qu'il conduisait mal, et il essaya de se concentrer. Il mit son clignotant à gauche et s'engagea sur une route bordée d'arbres. Quelques instants plus tard, une lumière blanche balaya son tableau de bord : la voiture de derrière était toujours là. Christian fronça les sourcils et appuya sur l'accélérateur, mais les deux soleils blancs dans son rétroviseur continuaient à l'éblouir.

En face, au loin, d'autres phares arrivaient en sens inverse.

Soudain, la voiture derrière lui se rapprocha jusqu'à presque toucher son pare-chocs arrière, avant de déboîter brutalement et de le doubler. Christian vit qu'il s'agissait d'une camionnette noire Mitsubishi, mais il ne reconnut pas le modèle et il ne se sentit ni l'envie ni l'énergie de mémoriser la plaque. Il retrouva son allure de croisière pour les derniers kilomètres du trajet.

Christian s'engagea dans sa rue et, dans un geste conditionné par l'habitude, il actionna la télécommande de son portail électrique au moment où il dépassait les villas voisines. Des lumières d'ambiance s'allumèrent, éclairant des morceaux de jardin parfaitement entretenus de part et d'autre de la chaussée, le tout sous un ciel rempli d'étoiles, un privilège rare à Londres.

Alors qu'il s'apprêtait à tourner dans son allée, il se retrouva soudain baigné par une lumière blanche aveuglante…

Il y eut le vrombissement tonitruant d'un moteur surpuissant, un crissement de pneus, puis il sentit sa tête heurter le pare-brise. La voiture trembla. La camionnette noire recula de quelques mètres dans un bruit de casserole.

À moitié conscient, Christian sentit qu'on le tirait de son siège et qu'on le jetait au sol. À la lueur des phares, la curée commença. Deux hommes sans visage se mirent à le rouer de coups de pied, et il ne put que se rouler en boule et se couvrir la tête en priant pour que ça s'arrête. Quand l'un de ses agresseurs lui marcha sur la poitrine et qu'il sentit une de ses côtes se briser, Christian poussa un cri étouffé – il comprit alors qu'ils ne s'arrêteraient que lorsqu'il serait mort. Il se mit à se débattre avec l'énergie du désespoir et parvint à ramper jusque sous la camionnette, abandonnant une chaussure lorsqu'on essaya de l'attraper.

Haletant sous le châssis tiède, il vit une paire de grosses chaussures noires contourner le véhicule. Pour ne pas risquer qu'on reconnaisse leur voix, les deux hommes communiquaient par brefs sifflements – de toute évidence, il s'agissait de professionnels. Pendant qu'un des deux agresseurs fouillait sa voiture anéantie et renversait le contenu du carton que lui avait donné Maggie sur le bitume, l'autre se mit au volant de la camionnette et fit rugir le moteur.

Christian n'avait plus le choix : il quitta sa cachette et se mit à courir en boitillant en direction du portail électrique qui était en train de se refermer.

Derrière lui, il entendit claquer la portière de la camionnette. Des bruits de pas beaucoup plus rapides que les siens.

Dans un dernier effort, il se jeta dans l'espace entre les deux battants du portail juste avant que celui-ci ne se referme derrière lui.

Il se retourna. Une silhouette l'observait à travers les barreaux, un pied de biche à la main. L'obstacle qui les séparait était dérisoire. Christian n'était qu'à quelques mètres de ses agresseurs, à bout de forces, et il savait que s'ils décidaient d'escalader le portail, il n'essaierait même pas de fuir.

C'est alors qu'il vit des lumières bleues clignoter dans le ciel au-dessus de la forêt.

L'homme masqué aussi les avait remarquées, car il se tourna vers son complice et émit un sifflement. Sans un mot, les deux ombres grimpèrent à bord de leur camionnette cabossée et partirent en marche arrière.

Christian regarda l'éclat blanc s'éloigner ; il se sentait comme un naufragé voyant la mer se retirer.

Lorsque les phares arrière de la camionnette disparurent au coin de la rue, il s'allongea sur le dos pour attendre les secours et s'autorisa enfin à croire qu'il allait s'en tirer. Au-dessus de lui, les étoiles scintillaient. Jamais il n'avait pris autant de plaisir à les observer.

*

Baxter observait, troublée, le cadre avec la photo de famille d'Edmunds, Tia et Leila qu'elle tenait entre les mains. Avec Thomas, ils avaient décidé d'arrêter de se disputer au sujet des cadeaux qu'ils s'étaient offerts pour dire du mal de leurs autres cadeaux.

— Qu'est-ce qu'il veut que je fasse de ça ? s'exclama-t-elle. Je ne suis pas sa grand-mère.

Thomas lui prit le cadre des mains et l'examina en faisant la moue.

— À vrai dire, je trouve que c'est plutôt..., commença-t-il, avant de se rendre à l'évidence. Non, tu as raison.

Il reposa la photo.

— Est-ce que je peux ouvrir celui-ci, maintenant ? demanda Baxter en ramassant sans grand espoir le petit paquet joliment emballé. C'est le dernier.

— Vas-y.

Délicatement, elle défit le ruban et découvrit une petite boîte. Curieuse, elle souleva le couvercle et ne put s'empêcher de pousser un cri de surprise à la vue de la magnifique bague en diamant qui se trouvait à l'intérieur. Elle ne vit même pas Thomas poser un genou au sol, ou plutôt, à en juger le craquement qui résonna dans le salon, sur le cadre offert par Edmunds. Avec une grande tendresse, il lui prit la boîte des mains, saisit la bague entre le pouce et l'index et la lui présenta, tandis qu'elle le dévisageait bouche bée.

— Emily… je ne me suis jamais senti aussi inquiet, émasculé, irrité et inutile que ces neuf derniers mois que j'ai passés en ta compagnie. Et je voudrais continuer à éprouver ce sentiment pendant tout le reste de ma vie… Est-ce que tu acceptes de m'épouser ?

Baxter semblait pétrifiée.

Thomas continuait à sourire, malgré la sensation humide au niveau de son genou. Il commençait à se demander si Edmunds n'avait pas raison. Pendant près d'une heure, ce dernier avait tenté de le dissuader, arguant que ce n'était pas le bon moment, et que Baxter risquait de ne voir dans cette demande en mariage qu'une source de stress supplémentaire.

C'est ce moment-là que choisit le téléphone de Baxter pour se mettre à sonner.

Encore hébétée, elle se leva et disparut dans la cuisine, tandis que Thomas restait dans sa position humiliante.

— Allô ?… Merde !… Est-ce qu'il… ? J'arrive tout de suite.

De retour dans le salon, elle adressa un sourire gêné à son petit ami.

— Je… euh… Il faut que j'y aille. Mais… euh… merci, hein.

Puis elle leva les deux pouces en l'air afin de ponctuer cette belle déclaration romantique, avant de foncer se changer à l'étage.

15

Samedi 9 janvier 2016,
21 h 39

— UNCAGE THE WOLF, mec ! s'écria un plaisantin au moment où Wolf s'apprêtait à franchir la porte des urgences du King George Hospital.

Maggie, qui était arrivée la première, le prit dans ses bras à l'instant où il pénétrait dans la salle d'attente. Il était évident qu'elle avait pleuré.

— Comment va-t-il ? demanda Wolf. Tu as dit qu'il s'était fait… agresser ?

Elle acquiesça et l'escorta jusqu'à une rangée de chaises vides.

— Il va s'en tirer, le rassura-t-elle, visiblement encore secouée. Il a quelques côtes cassées et il a pris un sale coup à la tête. Pour le reste, c'est juste des bleus et des bosses… beaucoup de bleus et beaucoup de bosses.

— On peut le voir ?

— Dans pas longtemps, a dit le médecin.

Wolf serra doucement la main de Maggie, puis il s'installa sur la chaise inconfortable et commença à attendre.

Baxter et Saunders étaient assis de part et d'autre de Wolf, et tous les trois fixaient l'écran de télévision d'un air absent. De son côté, Maggie était partie retrouver Christian pour une visite de quelques minutes. La BBC avait visiblement été informée de l'agression du *commissioner* juste à temps pour le journal de 22 heures. Une vidéo prise par un voisin au moyen d'un téléphone portable tournait en boucle, montrant la scène peu après l'arrivée des secours : la Lexus de Christian n'était plus qu'une épave cabossée, et quelqu'un avait versé du sable pour éviter que le filet l'huile qui en émanait ne se répande sur la route et n'efface les traces de pneus qui racontaient les événements mieux qu'un témoin.

— Eh ben, fit Saunders.

Puis la BBC rediffusa des images prises plus tôt dans la journée : Christian déposant un carton de preuves sur la banquette arrière de sa voiture avant de prononcer à l'intention de l'assassin de Finlay le fameux message qui avait déjà fait le tour de toutes les rédactions.

— C'est bien les journaleux, ça, maugréa Saunders. On crée un problème… et ensuite on filme les conséquences.

Wolf et Baxter ne répondirent pas. D'ailleurs, ils n'avaient même pas remarqué l'intervention de leur horripilant collègue.

— Je vais prévenir Edmunds, annonça Baxter en se levant.

Elle n'avait pas voulu qu'il se sente obligé de passer la nuit dans la salle d'attente de l'hôpital avec eux. Non seulement il n'était plus policier, mais elle savait aussi que toute cette affaire commençait à empiéter sérieusement sur sa vie de famille.

— Hé ! murmura Saunders une fois Baxter hors de vue. Wolf ? … Wolf ?

Il donna un petit coup sur le genou de l'ancien inspecteur en chef pour attirer son attention.

— Quoi ?

— Ça va ?

— Ouais. Je pensais juste à un truc.

— Je ne voulais pas en parler devant les autres, commença Saunders en se penchant vers Wolf, mais j'ai passé l'après-midi à établir une chronologie du soir où Finlay est décédé.

— Du soir où Finlay a été assassiné, rectifia Wolf.

— Oui, tu as raison. J'ai repris les déclarations de Maggie et du *commissioner* et… j'ai remarqué une petite incohérence.

— Ah oui ?

— J'ai contacté la compagnie de taxi qu'il a mentionnée, et ils m'ont dit qu'il n'y avait eu aucune course jusque chez Finlay après minuit.

Wolf hocha la tête, mais il ne parut ni surpris ni préoccupé par la nouvelle.

— Il a sûrement pris un taxi d'une compagnie différente, raisonna Saunders. N'empêche, il va quand même me falloir le nom de la boîte. Mais bon, c'est pas vraiment le moment de l'interroger sur le sujet, pas vrai ?

— Je lui poserai la question, affirma Wolf alors que réapparaissaient à l'écran les images de la voiture détruite. Et sinon, est-ce qu'on peut retrouver l'enregistrement de l'appel que Finlay a passé, la nuit où il a été tué ?

— C'était un appel silencieux, rappela Saunders comme s'il avait affaire à un simple d'esprit.

— Vérifions quand même.

— Je vais voir ce que je peux faire.

Maggie avait accepté que Saunders la raccompagne chez elle à la condition expresse que Wolf reste à l'hôpital. Ce dernier s'était donc installé dans un coin de la salle d'attente pour essayer de dormir, Baxter n'étant jamais revenue de son coup de téléphone à Edmunds.

Soudain, un hurlement le tira du sommeil – quelque chose qui n'était pas nouveau pour lui, après une année passée en compagnie de Léo Dubois et de son réseau de malfrats. D'instinct, il se protégea la tête – les nombreuses raclées qu'il avait reçues ces derniers mois (la preuve qu'une bonne action ne reste jamais impunie) continuaient à hanter ses cauchemars.

Une femme en train d'accoucher venait de faire son entrée aux urgences, accompagnée par son mari complètement paniqué. Aussitôt pris en charge, ils disparurent derrière une double porte.

Wolf consulta sa montre : il avait dû somnoler une quarantaine de minutes. Conscient qu'il n'arriverait pas à retrouver le sommeil, il se leva pour se dégourdir les jambes et s'aventura dans les couloirs déserts de l'hôpital. On apercevait de la lumière sous les portes fermées, mais il ne croisa personne. Cette sensation de calme lui rappela les levers de soleil sur Londres après un service de nuit mouvementé – c'était comme observer une bête sauvage endormie.

Il passa devant la chapelle et décida de jeter un coup d'œil à l'intérieur. À sa grande surprise, il vit une silhouette familière assise au premier rang. Il toqua à la porte pour annoncer sa présence.

— Baxter ? dit-il en pénétrant dans la pièce à l'éclairage tamisé.

Elle chiffonna le morceau de papier qu'elle avait entre les mains et se tourna vers lui.

— Hein ? Ça va, ça va, répondit-elle comme s'il lui avait posé la question.

Wolf referma la porte et s'assit sur un banc de l'autre côté de l'allée centrale. Devant eux se dressait un Jésus grandeur nature sur sa croix. Un tas de boulettes de papier jonchait le sol à ses pieds, signe que Baxter s'en était servi comme cible.

— Je croyais que tu étais rentrée chez toi, dit Wolf.

— J'avais besoin de réfléchir.

Elle se cacha le visage derrière les mains et poussa un long soupir.

— Et tu ne peux pas réfléchir à la maison ?

— Pas vraiment, non.

Wolf hocha la tête et se tourna vers la statue. L'artiste n'avait pas hésité à verser dans le grotesque pour mettre l'accent sur la grandeur du sacrifice : le corps émacié paré de longues traînées de sang sombre, les mains déchirées par les clous en métal, les épines enfoncées profondément dans le front, les pieds brisés attachés ensemble à trente centimètres du sol… Un tueur adressant un message – le premier Ragdoll.

Baxter n'avait pas bougé.

— Tu veux que je te laisse tranquille ? demanda Wolf.

Elle redressa la tête et lui sourit tristement.

— Non.

Prenant cette réponse pour une invitation, il sortit une poignée de tickets de caisse de sa poche.

— Combien de points pour un tir à la tête ? demanda-t-il.

— Cinq. Trois pour la couche-culotte.

— Je crois que ça s'appelle un pagne.

À la moue de Baxter, il comprit que la leçon de vocabulaire ne l'intéressait pas.

— Et dix points si tu arrives à coincer la boulette au-dessus du serre-tête.

— La couronne d'épines, marmonna Wolf en préparant ses projectiles. Dix points ! s'exclama-t-il à sa troisième tentative.

— C'est de la triche, cracha Baxter, qui n'avait rien perdu de son esprit de compétition. Tu as un meilleur angle que moi.

Elle se leva pour s'asseoir à même le sol dans l'allée centrale, puis elle se tourna vers Wolf et lui fit comprendre qu'il devait faire de même.

— Comme tu voudras… C'est bon, comme ça ? demanda-t-il en prenant place à côté d'elle, mais elle ne répondit rien et le jeu se poursuivit.

Au bout d'un moment, Wolf décida de briser le silence.

— Est-ce que… est-ce que tu penses qu'un jour, je serai capable de… d'être père ? bredouilla-t-il, incapable d'effacer de sa mémoire le souvenir du visage comblé d'Ashley regardant son fils nauséeux voltiger entre les bras du sale con aux chaussures en cuir suédé.

— T'es sérieux, là ? C'est de ça que tu veux parler ? Parce que je te préviens, j'ai pas mal picolé ce soir et ça a tendance à me rendre un peu trop franche.

Wolf la regarda lancer sa boulette de papier. Il songea que c'était une des toutes premières fois qu'il entendait un semblant d'aveu sortir de la bouche de Baxter, et il comprit alors à quel point les choses avaient changé en son absence, à quel point elle avait changé. De là où il était assis, il discernait toutes les égratignures dissimulées sous le fond de teint. Une fois de plus, il se sentit submergé par la culpabilité – il n'avait pas été là pour elle.

— T'as raison, soupira-t-il. Moi aussi, je pense que ce serait une connerie.

Baxter se tourna vers lui, sa boulette toujours à la main.

— Et toi, est-ce que tu penses que je ferais une épouse à peu près correcte ?

Malheureusement, Wolf grimaça avant d'avoir pu trouver une réponse pleine de tact.

— T'as raison, répéta Baxter avec un rire amer. Moi aussi, je pense que ce serait une connerie.

— Timothy t'a demandé en mariage ?

— Thomas.

— Sale tour qu'il t'a joué là. Qu'est-ce qui lui a pris, à ce pauvre Timothy ?

— C'est Thomas, pas Timothy.

— Et donc, il t'a demandée en mariage ? insista Wolf, visiblement surpris.

— Oui.

— Toi ?

— Oui, moi ! aboya Baxter. Tu as peut-être du mal à le concevoir, mais les gens aiment ma compagnie, parce que je suis quelqu'un de doux et d'attentionné, espèce de sale connard.

Un peu vexé, Wolf lança sa boulette.

— Trois points ! s'exclama-t-il.

— C'était la cuisse.

— Quoi ?

— Le haut de la cuisse, maximum.

— Tu te fous de moi ? Je l'ai eu pile dans ses divines roubignoles !

— Si tu le dis, céda Baxter. De toute façon, je comptais pas les points.

Clairement, les choses avaient changé.

— Qu'est-ce que tu vas faire ? demanda Wolf.

— Je n'en ai pas la moindre idée. Tout allait bien, jusque-là. Je ne sais pas ce qui lui a pris de… Est-ce que la vie des autres est aussi compliquée que la mienne ?

Wolf haussa les épaules.

— Je me souviens d'une fois où je discutais avec Chambers, reprit-elle. On parlait de nos espoirs, de nos rêves, de ce qu'on attendait de l'avenir.

Wolf resta silencieux, sidéré qu'elle mentionne le nom de Chambers en sa présence.

— Je ne me souviens pas très bien de ce que je lui ai dit : sûrement que je voulais une nouvelle bagnole et un jardin pour Echo. Peu importe. Tu sais ce que lui m'a répondu ?

Elle avait les larmes aux yeux.

— Il m'a répondu que son rêve, c'était de s'ennuyer. Basta. Une existence simple, banale. Passer une putain de nuit sans être réveillé par un cauchemar, avoir une putain de conversation avec Eve où il pourrait lui accorder toute son attention. Sur le moment, j'ai trouvé ça débile.

Elle laissa tomber le reste de ses boulettes par terre. Le jeu était terminé.

— Il n'y a pas de happy end, pour nous, conclut-elle sans quitter des yeux la scène de crime qui se trouvait en face d'elle. Il n'y en a pas eu pour Chambers et pour Eve. Il n'y en a pas eu pour Finlay… La vie de Maggie est foutue, maintenant. L'espoir est mort…

Wolf lui attrapa la main.

— On est maudits, murmura-t-elle. On ne connaît que la mort et le chagrin. On mérite de finir seuls.

Elle éclata en sanglots et Wolf la prit dans ses bras.

— Tu n'es pas maudite, lui chuchota-t-il à l'oreille. Tu es la personne que je préfère au monde, et si tu as choisi cette vie de mort et de chagrin, c'est pour que les autres n'aient pas à la subir, parce que tu es plus forte qu'eux tous réunis. Et quand ta mission sera terminée, tu auras mérité plus que quiconque que tout soit bien qui finit bien.

Baxter se dégagea de l'étreinte de Wolf. Elle fouilla sa poche à la recherche d'un mouchoir et le gratifia d'un sourire timide. Elle était si belle, avec ses yeux rougis, ses cernes noirs, ses longs cheveux mal peignés et ses lèvres qui tremblaient alors qu'elle tâchait de retrouver une respiration régulière…

Sans même se rendre compte de ce qu'il faisait, Wolf se pencha vers elle, attiré comme un aimant. Mais soudain, les larmes lui montèrent aux yeux.

Le coude de Baxter venait de marquer trois points indiscutables.

— C'est quoi ton problème, Wolf ? hurla-t-elle avant de se relever, tandis qu'il roulait sur le flanc.

— Je suis désolé, gémit-il. Je sais que tu es avec Timothy.

— Thomas !

— Est-ce qu'on peut oublier ce qui vient de se passer ? J'ai été pris dans le moment, tu étais belle et triste, et… je te demande pardon.

— Après tout ce dont on vient de parler !

Elle ne comptait certainement pas le laisser bousiller la vie qu'elle s'était construite sans lui.

— Je crois que je vais vomir, prévint Wolf, qui continuait de se tortiller de douleur.

— Tu m'as abandonnée ! s'exclama Baxter. Tu ne voulais pas de moi.

Wolf eut l'air perdu.

— Plus d'un an sans nouvelles, Wolf !

— On a déjà eu cette discussion, répliqua-t-il en parvenant enfin à se redresser. Je t'ai dit que je voulais revenir.

— Je n'en crois pas un mot ! La vérité, c'est que tu étais trop lâche pour assumer les conséquences de tes actes.

— C'est faux.

— Finlay s'est fait assassiner, j'ai réchappé de justesse à un véritable cauchemar… et toi, où tu étais pendant ce temps-là ? Tu te cachais. Alors arrête un peu de jouer les victimes.

Wolf se leva en grimaçant.

— Si j'avais pu revenir, je l'aurais fait.

— Franchement, je n'en crois pas un… Qu'est-ce que tu fais ?

Il s'était mis à déboutonner sa chemise.

— Wolf ?

L'ancien inspecteur en chef retira les manches l'une après l'autre, puis il laissa tomber la chemise au sol et présenta son dos à Baxter, qui poussa un cri de surprise.

Sa peau était une palette de violets et de bleus. Un de ses flancs était constellé de croûtes mal cicatrisées, l'autre présentait une rangée d'agrafes irrégulières qui auraient dû être retirées il y a bien longtemps. Et pile au milieu du dos, dominant le canevas, une marque imprimée au tison dans la chair :

L·A·D·

Propriété de Léo Antoine Dubois – un rappel pour ceux qui oubliaient à qui ils avaient prêté allégeance.

— Si j'avais pu revenir, je l'aurais fait, répéta-t-il avant de se retourner vers elle. Une vie de mort et de chagrin, c'est ça qu'on disait, non ?

Très lentement, Baxter s'avança vers lui.

— Merde, souffla-t-elle.

— Tu l'as dit.

Wolf avait les cheveux qui lui tombaient en boucles devant les yeux, et sa barbe de la veille lui obscurcissait le menton.

— Tu sens bon, lui dit-elle d'une voix tremblante.

— George m'a acheté de l'après-rasage.

— C'est qui, George ?

— Là, tout de suite, ça n'a pas d'importance.

Elle prit une profonde inspiration et fit un pas en arrière.

— Il faut que j'y aille.

— D'accord.

Elle ramassa son sac à main, et s'éloigna de quelques mètres avant de s'arrêter.

— Merde ! répéta-t-elle.

En pleine confusion, Wolf la regarda faire volte-face et marcher vers lui.

— Merde ! Merde ! Merde !

Tout sur le visage de Baxter reflétait le conflit qui se livrait en elle. Elle croisa le regard de Wolf, qui sourit nerveusement.

— Non ! dit-elle alors, déterminée. Tu sais quoi ? Non !

Elle tourna les talons et fonça vers la porte.

Wolf se baissa pour ramasser sa chemise chiffonnée.

— ... Merde.

Il n'eut pas le temps de se relever que Baxter se jeta sur lui, enroulant ses jambes autour de sa taille et l'embrassant à pleine bouche. Wolf bascula en arrière et heurta la statue qui tituba pendant quelques secondes... avant de s'effondrer avec un énorme craquement.

Wolf et Baxter s'immobilisèrent, alors que la tête du Christ roulait sous un banc.

— J'espère que ce n'est pas un mauvais présage, commenta Wolf sans relâcher son étreinte.

— Mais non, répondit-elle d'une voix haletante.

Elle attrapa son menton et le tourna vers elle, avant d'écraser ses lèvres contre les siennes, pendant qu'il la posait délicatement sur le sol de la chapelle.

Baxter ramena le manteau noir de Lethaniel Masse jusqu'à ses épaules.

L'instant d'après, elle ouvrit les yeux et se redressa en sursaut. À côté d'elle, Wolf ronflait tranquillement.

— Non !

Elle retira la couverture improvisée et partit en quête de ses sous-vêtements, qu'elle retrouva trois rangs plus loin.

Il y avait des voix dans le couloir, le grincement des roues d'un chariot qui passait à proximité. Après s'être habillée à la hâte, elle enjamba la statue décapitée, ramassa son sac et se coula hors de la pièce pour faire en sens inverse le trajet de la veille. Elle traversa la salle d'attente et sortit sur le parking, éblouie par le timide soleil matinal.

— Emily ! appela une voix derrière elle. Emily !

Elle se retourna et vit Maggie qui franchissait la porte des urgences. Par réflexe, elle se lissa les cheveux avec les doigts, ce qui ne masqua pas les traînées de mascara sur ses joues.

— Maggie ! s'exclama-t-elle avec enthousiasme.

— Ça va, ma chérie ? demanda Maggie après avoir examiné son amie.

— Moi ? Oui, pourquoi ?

Baxter avait aussi du rouge à lèvres sur les dents.

— C'est juste que… Sans vouloir te vexer, on dirait qu'on t'a traînée à travers un buisson.

Comme Baxter ne répondait rien, elle décida de changer de sujet.

— Est-ce que tu as croisé Will ?

— Non. Je ne l'ai pas vu.

— Il m'a promis qu'il resterait à l'hôpital, soupira Maggie, blessée.

— Si, si, il est resté. Mais…

— Mais tu ne l'as pas vu, conclut Maggie d'un air entendu.

— C'est exact, affirma Baxter comme si elle se trouvait à la barre des accusés.

— Tu sais que ton chemisier est à moitié ouvert ?

Baxter baissa les yeux et soupira.

— Viens là, dit Maggie en l'entraînant un peu plus loin, avant de reboutonner ledit chemisier, de retirer le gros du maquillage qui avait coulé et de lui refaire un semblant de coiffure.

— Je crois que j'ai fait une grosse bêtise, murmura Baxter, les yeux dans le vide.

— Ce n'est une bêtise que si tu la regrettes, lui souffla Maggie, qui réussissait des miracles avec pour toute arme une lingette et une brosse à cheveux de poche.

— J'ai tout gâché.

— Et voilà ! s'écria Maggie en reculant d'un pas pour admirer le résultat. Superbe !

Elle posa la main sur le bras de Baxter.

— La vie est trop courte pour avoir des regrets, ajouta-t-elle. Si Thomas t'aime, il te pardonnera. Et si le destin veut que Will et toi soyez réunis, alors tu as fait le premier pas.

— Mais Thomas… Tu ne l'as jamais rencontré. Il est si gentil, si patient. Il a le cœur sur la main, il est beau – il a fait du mannequinat, tu sais ? Et il est gentil…

— Tu l'as déjà dit.

— Qu'est-ce que je vais faire ?

— Je suis désolée, Emily, mais je n'ai pas la réponse.

Baxter avait l'air dévastée.

— Ce que je peux te dire, en revanche, reprit Maggie, c'est qu'il y aura un moment où tu sauras quoi faire. Tu vas peut-être trouver ça bête mais, avec Fin, il y a eu un instant, un tout petit instant éphémère, où j'ai su que c'était lui l'homme de ma vie… Ça viendra, pour toi aussi.

16

Vendredi 16 novembre 1979,
21 h 18

— BARMAN ! hurla Christian à travers la salle du Clyde and Ship Inn, sur Bridgegate. La petite sœur !

L'Écossais bourru derrière le comptoir secoua la tête.

— J'ai compris, j'ai compris, ahana Christian, qui sortit ostensiblement une poignée de billets de son portefeuille avant de se diriger en titubant jusqu'au bar. (Il jeta l'argent sur le zinc avec mépris.) Et une tournée générale ! cria-t-il.

Les clients manifestèrent bruyamment leur approbation, et Christian salua l'assemblée sous les applaudissements.

— Tu te souviens de la fois où tu m'as dit de te prévenir si jamais tu te comportais comme un connard ? glissa Finlay. Eh bien, tu te comportes comme un connard.

Christian se tourna vers son ami avec un sourire d'ivrogne et lui pinça la joue.

— Détends-toi, mec ! C'est la fête ! D'ailleurs, t'es vraiment élégant, ce soir, commenta-t-il, impressionné que Finlay ait fait l'effort de mettre une chemise.

Il alluma une cigarette et s'éloigna.

Finlay soupira, puis suivit son équipier jusqu'au coin de la pièce enfumée où Maggie et ses cinq amies accaparaient l'attention de toute la section grand banditisme de la police de Glasgow.

Christian se fraya un chemin entre ses collègues pour retrouver sa place à côté de la jeune infirmière.

— J'ai l'impression que ton verre est vide, indiqua-t-il de manière appuyée à French, qui avait profité de son absence pour se rapprocher de Maggie.

— Tu veux aller me le remplir ?

— Non.

De part et d'autre de Maggie, les deux hommes se crispèrent.

— Toi aussi, on dirait que ton verre est vide, lança l'infirmière à Christian, lequel regarda sans comprendre sa pinte à moitié pleine.

Elle la lui prit alors des mains, bascula la tête en arrière et la vida en cinq gorgées.

— Ça, c'est mon genre de nanas ! s'exclama Christian, faisant tomber au passage la cendre de sa cigarette sur la jeune femme. Oh merde… désolé ! bredouilla-t-il en s'efforçant d'essuyer les dégâts.

— C'est pas grave, le rassura Maggie avant de se lever pour aller nettoyer sa robe préférée.

Finlay la regarda slalomer entre les clients et entrer dans les toilettes pour femmes. Il remarqua qu'elle avait dans les cheveux un ruban bleu de la couleur exacte de ses yeux. Il se tourna alors vers Christian, de l'autre côté de la table de snooker, qui n'avait pas perdu de temps pour reporter son attention sur la plus jolie collègue de Maggie, et dont le charme semblait opérer malgré son état d'ébriété avancé.

Finlay nota que la jeune femme saisissait la moindre occasion pour toucher le bras de son équipier, et il prit soudain conscience du vide qui l'entourait.

— Salut, le héros !

Finlay fit volte-face. Maggie se tenait devant lui, tout sourire.

Son amie laissa échapper un gloussement strident qui fit se retourner tout le pub. Christian la tenait par la taille. Tous les deux s'étaient lancés dans une espèce de jeu à boire.

Maggie fronça les sourcils.

— Il… il est particulièrement… intenable, ce soir, s'excusa Finlay, faisant un effort considérable pour ne pas sortir une grossièreté.

— Ne t'en fais pas pour ça. De toute façon, je préfère largement discuter avec toi.

Dix minutes s'écoulèrent, pendant lesquelles Christian vida une pinte supplémentaire, fuma deux cigarettes et récolta un numéro de téléphone sur son avant-bras. Il sembla alors se rendre compte que Maggie avait disparu et se mit à tituber dans le bar jusqu'à ce qu'il la repère, debout à côté du juke-box en compagnie de Finlay.

— C'est donc là que vous vous cachiez ! s'écria-t-il. Je vous paye un verre ?

— Non merci, ça ira, répondit Maggie en levant le sien. Fin vient de m'en offrir un.

Et elle lui tourna le dos pour reprendre sa conversation.

Un peu dérouté, Christian s'éloigna en direction du comptoir.

— Un whisky, mon brave, demanda-t-il au barman au moment où le mécanisme du juke-box s'activait pour changer de disque. Oh, mais j'adore cette chanson ! s'exclama-t-il soudain, vidant son verre d'un trait avant de retourner vers Maggie. Il faut absolument que tu danses avec moi !

— Désolée, mais je parle avec Fin, là.

— Je sais, mais c'est ma… ma chanson préférée.

— Elle a dit non, intervint Finlay.

Christian leva les mains pour s'avouer vaincu et fit mine de s'éloigner mais, au dernier moment, il saisit Maggie par le poignet.

— Allez viens ! dit-il.

— Non, Christian !

Finlay contourna la jeune femme…

— Christian, tu me fais mal !

… et poussa violemment son équipier contre le comptoir, attirant l'attention de toute la salle.

— Réglez ça dehors, messieurs, ordonna le barman.

— Pas besoin, répondit Finlay en regardant Christian droit dans les yeux. Mon ami a bu un verre de trop, mais il va se calmer. Pas vrai, Christian ?

Christian sortit une autre cigarette de sa poche et l'alluma.

— Pas vrai ? répéta Finlay.

— Ouais, ouais, céda Christian avec un haussement d'épaules, alors qu'autour d'eux, leurs collègues souriaient de le voir ainsi humilié. De toute façon, j'avais pas vraiment envie de danser avec cette connasse.

Finlay n'avait jamais frappé quelqu'un aussi fort, aussi n'en crut-il pas ses yeux lorsqu'il vit Christian se relever. Ce dernier se frotta la mâchoire, ramassa sa cigarette, puis il saisit un tabouret qu'il avait renversé dans sa chute et se jeta sur Finlay. Aussitôt, leurs collègues accoururent pour les séparer. Christian voulut alors s'en prendre à French, lequel renversa le verre de Wick sur ce dernier et l'infirmière avec qui il était en train de discuter, et une deuxième bagarre éclata. Bientôt, tout le monde était en train de se battre.

— J'appelle la police ! prévint le barman.

— C'est nous, la police, abruti !

Un autre tabouret vola au-dessus du comptoir et fracassa l'étagère en verre et tout ce qu'il y avait dessus. Finlay se releva, un peu sonné, puis il mit un terme au combat d'un crochet du gauche qui mit Christian KO.

— Quand est-ce que tu retiendras la leçon ? lança-t-il à son ami inconscient.

Le nez en sang, Finlay retourna voir Maggie et lui tendit la main. La jeune infirmière hésita une seconde, mais elle finit par la saisir et tous deux se dépêchèrent de sortir dans la nuit glaciale.

Après s'être débarbouillé dans les toilettes publiques de Saltmarket Place, Finlay avait offert à Maggie une virée nocturne qui n'était pourtant pas dans ses moyens. Ils avaient hélé un taxi et étaient parvenus à convaincre La Costiera de rester ouvert un peu plus tard, le temps qu'ils commandent un dessert. Après quoi il l'avait emmenée danser à Satellite City, puis il lui avait prêté son manteau et l'avait raccompagnée à pied jusque chez elle en longeant la rivière.

Enfin, ils arrivèrent devant la maison où Maggie vivait en colocation, la seule de la rue dont les lumières étaient encore allumées, signe que ses amies l'avaient attendue. Finlay adressa un salut de la main aux visages renfrognés qui l'observaient à la fenêtre.

— Bon..., dit-il, mal à l'aise.

— Bon..., répéta Maggie avec un sourire.

— Si on oublie la bagarre générale, j'ai vraiment passé une très bonne soirée.

Elle se pencha vers lui et lui déposa un baiser sur la joue.

— Il y a quelque chose que je voulais te dire, mais on s'amusait tellement, j'avais peur de tout gâcher…

— Ah… ?

— Je commence un nouveau boulot dans quelques semaines, annonça-t-elle.

Finlay se détendit un petit peu.

— D'accord, et donc ? demanda-t-il.

— C'est à Londres.

— À Londres ?

— Je suis désolée de ne pas t'en avoir parlé plus tôt.

Finlay observa la rue déserte, visiblement perdu dans ses pensées.

— Fin ?

— Viens avec moi, dit-il en lui tendant de nouveau la main, et il se dirigea vers une cabine téléphonique.

— Qu'est-ce que tu fais ?

Il composa un numéro qu'il connaissait par cœur et attendit le bip du répondeur.

— Chef, Finlay Shaw à l'appareil…

— Tu appelles ton patron ? ! murmura Maggie en essayant de lui arracher le combiné des mains.

— … Je voudrais vous prévenir que je vais partir. Appelez-moi quand vous aurez ce message.

Il s'apprêtait à raccrocher, mais se ravisa.

— Je vais demander ma mutation à Londres, en fait… Pour suivre une fille.

Il raccrocha.

— Fin, mais t'es complètement fou !

Il se tourna vers elle.

— Écoute, dit-il, je ne veux pas te mettre la pression, et je n'ai aucune idée de ce que ça va donner entre nous. Pour tout t'avouer, je ne connais pas vraiment Londres et je ne sais même pas si un boulot m'y attend, mais…

Il marqua une pause, le temps de trouver comment mettre en mots ses sentiments.

— Ce dont je suis sûr, c'est que, pour toi, je suis prêt à prendre tous les risques.

17

Dimanche 10 janvier 2016,
9 h 10

Assise sur le sol de la douche à l'italienne de Thomas, Baxter serrait au creux de sa main la bague qu'il lui avait donnée. La sensation de l'eau chaude crépitant sur sa tête semblait étouffer les pensées qu'elle n'était pas encore prête à affronter. Cela faisait quarante minutes qu'elle se trouvait là. La peau de ses doigts était devenue toute fripée, et Thomas avait frappé deux fois à la porte pour vérifier que tout allait bien.

Elle tendit la main pour fermer le robinet et ressentit aussitôt un courant d'air froid sur sa peau humide. En quelques secondes, son cerveau avait recommencé à bouillonner. Elle tourna donc le robinet dans l'autre sens et attendit que le vacarme intérieur disparaisse sous le fracas de la pluie.

*

— *Uncage the Wolf*, mec !

— Il est encore là, lui ? grogna Wolf en poussant la porte des urgences, Maggie à ses côtés.

On les avait informés que Christian avait été transféré dans une chambre privée et qu'ils pourraient le voir après le petit déjeuner. Ils avaient donc pris le leur à la cantine de l'hôpital, où Wolf avait demandé à Maggie pourquoi elle n'arrêtait pas de sourire bêtement. Celle-ci lui avait répondu qu'elle était simplement soulagée que Christian aille mieux.

Quand ils pénétrèrent dans la chambre exiguë, Wolf prit un air aussi dégagé que possible, comme pour minimiser la gravité de l'attaque dont avait été victime le *commissioner*. Il se souvenait de son appréhension les fois où il avait dû lui-même se regarder dans le miroir pour estimer les dégâts. Cependant, Christian semblait d'excellente humeur. Maggie sortit de son sac d'autres vieilles photos à leur montrer, et tous trois discutèrent de la pluie et du beau temps pendant un bon quart d'heure.

— Maggie, je ne veux pas être impoli…, finit par lâcher Wolf.

— … mais il faut que vous parliez boulot, compléta-t-elle, déçue.

De toute évidence, elle commençait à se lasser d'être systématiquement mise à l'écart.

Wolf acquiesça, les lèvres pincées.

— Très bien, dit-elle en se levant. Je serai dans la salle d'attente.

Elle prit Christian dans ses bras en faisant attention à ses blessures, puis elle les laissa seuls.

— Du nouveau ? s'enquit Christian dès qu'elle fut partie.

Il avait un œil si gonflé qu'il ne pouvait plus l'ouvrir, et l'airbag lui avait brûlé la peau du visage.

— Non, répondit Wolf. Qui s'occupe de l'enquête sur votre agression ?

— Il m'a laissé sa carte, dit Christian en désignant la table de chevet.

— Je l'appellerai.

— Je veux bien, oui… Mais j'imagine que ce n'est pas pour ça que vous avez demandé à Maggie de sortir ?

— En effet. J'ai parlé à Saunders, qui m'a expliqué qu'il avait découvert une incohérence par rapport à votre retour chez Finlay, après minuit. Est-ce que vous avez fait appel à une compagnie de taxi différente de celle que vous avez mentionnée dans votre déclaration, ou…

— Est-ce qu'on peut dire ça ? l'interrompit Christian avant d'indiquer la porte ouverte d'un geste du menton.

Wolf se leva pour la fermer.

— Je croisais les doigts pour que personne ne s'y intéresse de trop près. La vérité, c'est que j'y suis allé avec ma propre voiture.

Wolf ne parut pas surpris par cet aveu.

— J'avais beaucoup trop bu pour conduire, cette nuit-là, poursuivit le *commissioner*. Mais quand j'ai vu le texto de Finlay, j'ai paniqué et je ne me suis même pas posé la question : j'ai sauté derrière le volant. C'était irresponsable de ma part, je sais… Bref, faites ce que vous voulez de cette information, Will.

Wolf réfléchit pendant quelques secondes, puis il se leva.

— Une autre compagnie de taxi, conclut-il en enfilant son manteau. C'est bien ce que je pensais.

*

Baxter se raidit en entendant claquer une portière.

Elle déplaça sa tasse de café de quelques centimètres vers la droite, avant de la remettre à son emplacement initial. Enfin, elle se redressa sur sa chaise et se tourna vers la porte d'entrée – elle avait reconnu la voix de Thomas, dans une interprétation très approximative de la chanson « Lego House », d'Ed Sheeran.

— Brrr, fit-il en s'essuyant les pieds sur le paillasson.

Ce ne fut que lorsqu'il eut déposé ses clés sur le meuble de l'entrée qu'il remarqua Baxter, assise à la table du salon.

— Emily ! Tu seras ravie d'apprendre que je me suis débarrassé du sapin, dit-il, puis il ferma les yeux et prit une profonde inspiration. Tu sens cette douce… Je crois qu'Echo a fait caca.

Il avait vu juste.

Thomas passa devant la télévision allumée et déposa un baiser sur le front de Baxter, qui resta paralysée.

— Café ? proposa-t-elle alors.

— Merde, dit Thomas en prenant place à la table. Qu'est-ce qui ne va pas ?

Il n'avait même pas eu le temps de retirer son imperméable. Il saisit la main de Baxter, mais celle-ci la retira.

— Emily, qu'est-ce qui se passe ?

Baxter s'éclaircit la gorge. Elle était toute pâle.

— Tu sais, comme on a tous quelqu'un… ? commença-t-elle, énigmatique. Une personne qui nous a laissé un goût d'inachevé ?

— Euh… oui, je crois.

À présent, Thomas aussi avait viré au blanc.

— Comme cette fille dont tu m'as parlé, à la fac, précisa Baxter en essayant de se rappeler les détails de l'anecdote. Gemma quelque chose ?

— Gemma Holland ! confirma Thomas, incapable de retenir un sourire.

— C'est ça. Et même si on est ensemble et qu'on a notre propre… notre propre histoire, si elle sonnait à la porte, comment tu réagirais ?

— Je suis à peu près sûr que c'est un garçon, maintenant.

— Bon, ce n'est pas un bon exemple. Mais pour moi, cette personne, c'est William Fawkes… Wolf. Et si je ne suis pas rentrée à la maison hier soir, c'est parce que… c'est parce que j'étais avec lui.

Thomas semblait perdu.

— J'étais avec lui bibliquement, précisa-t-elle.

— Je ne crois pas que ça se dise.

— Pardon ?

— C'est « connaître » bibliquement, l'expression.

— Est-ce que ça te paraît important, là, tout de suite ?

— Non, concéda-t-il, hébété.

— Je pourrais trouver des excuses bidons, dire que c'est parce que ta demande en mariage m'a perturbée, ou bien parce que j'avais trop picolé. Je pourrais mettre ça sur le compte des traumatismes que j'ai vécus ces dernières semaines. Mais justement, ce ne seraient que des excuses.

Thomas hocha la tête, alors que la télévision diffusait une publicité à la mélodie guillerette.

— J'ai commencé à préparer mes affaires, poursuivit-elle en déposant la boîte avec la bague sur la table avant de la faire glisser vers lui. J'imagine que tu voudras récupérer ceci.

Thomas baissa les yeux vers la boîte, puis regarda Baxter.

— Alors c'est terminé ? demanda-t-il.

— Ben, je pensais que…

— Je ne compte pas faire le boulot à ta place, Emily, l'interrompit-il. J'étais sérieux quand j'ai dit que je voulais passer le reste de ma vie avec toi. Si ça ne t'intéresse pas, c'est à toi de prendre la décision qui s'impose. Excuse-moi, ajouta-t-il en se levant.

— Tu vas où ?

— Je sors.

Stoïque, Thomas se dirigea vers le canapé et ramassa la télécommande de la télévision. Il changea de chaîne mais la publicité qui s'afficha était encore plus insupportable que la précédente.

— Tu vas faire quoi ?

— Me promener.

Il se mit à appuyer sur différents boutons, sans résultat. Pour finir, il balança le petit boîtier noir à travers l'écran, ce qui sembla faire effet.

— Excuse-moi, répéta-t-il en se dirigeant vers la porte d'entrée, laissant derrière lui une Baxter sidérée devant le téléviseur détruit.

*

Wolf avait enfin pu prendre une douche, ce qui était une bonne nouvelle pour lui et une excellente nouvelle pour le reste du monde. Avec Saunders, ils avaient passé l'après-midi en compagnie de l'inspecteur de la police de l'Essex en charge de l'enquête sur l'agression de Christian. Et autant il n'y avait vraiment pas de quoi se réjouir que le *commissioner* de la Metropolitan Police en personne ait été victime d'un tel crime, autant on ne pouvait nier que cela présentait certains avantages, notamment lorsqu'il s'agissait de marcher sur les plates-bandes d'une autre force de police. En effet, non seulement l'inspecteur en question s'était plié en quatre pour eux, mais en plus il l'avait fait avec le sourire.

Malheureusement, l'enquête n'avait pas beaucoup progressé en quelques heures. D'ailleurs, les experts scientifiques n'avaient toujours pas remis leurs conclusions. Les images de l'agression récupérées sur le téléphone portable d'un voisin avaient seulement permis de déterminer que les deux hommes qui s'en étaient pris à Christian mesuraient plus d'un mètre quatre-vingts, qu'ils étaient baraqués et qu'ils semblaient expérimentés, ce que corroborait le fait qu'on avait retrouvé l'épave calcinée de leur camionnette Mitsubishi sur un chemin équestre près de Hatfield.

Enfin propre, Wolf enroula une serviette autour de sa taille et traversa torse nu le poste de police de Paddington Green pour rejoindre sa cellule pour la nuit.

*

Edmunds avait perdu toute notion du temps. Après avoir laissé Tia et Leila devant le film du dimanche après-midi, il s'était réfugié dans son cabanon de jardin pour travailler à la lueur d'une lampe cassée scotchée à la poignée de sa tondeuse. Il rédigea une note pour lui-même, afin de ne pas oublier de demander des dossiers supplémentaires en rapport avec le groupe criminel qui opérait depuis l'entrepôt du chantier naval de Glasgow. En effet, il y avait eu en parallèle de l'affaire toute une enquête menée par la brigade des stups qui pourrait leur apprendre des choses. Il se pencha en arrière, s'étira et fit craquer ses articulations, quand il entendit soudain un cri en provenance de la maison.

Il se leva d'un bond, renversant le tabouret au passage, avant de traverser comme une flèche le jardin plongé dans l'obscurité.

— Alex ! Alex ! appela Tia.

Elle alluma la lumière de la cuisine. Dans ses bras, Leila hurlait.

Dès qu'il atteignit la porte de derrière, il comprit ce qui avait causé la panique de Tia : il y avait des traces de pas boueuses sur le linoléum du salon et jusque dans la cuisine.

— Quelqu'un est entré dans la maison ! souffla-t-elle, tout en tâchant de calmer Leila.

— Reste là, lui ordonna Edmunds, avant de récupérer un couteau dans le tiroir des couverts.

Il pénétra dans le salon et ressentit une violente nausée lorsqu'il constata que l'intrus avait fait le tour du canapé sur lequel sa fiancée et leur fille étaient endormies. C'est alors qu'il remarqua une odeur étrange. Voyant que les traces de pas menaient à l'étage, il gravit les marches quatre à quatre. Il ouvrit tous les placards puis redescendit au rez-de-chaussée et nota que c'était de là que venait l'odeur. Il tendit l'oreille et entendit un bruit suspect en provenance de l'entrée, à mi-chemin entre un sifflement et un clapotis. Il s'en approcha prudemment et découvrit, abasourdi, que les trois cartons de preuves étaient désormais empilés, et qu'ils étaient en train de fondre.

Edmunds contourna la tour branlante afin de vérifier qu'il n'y avait personne dans les toilettes de l'entrée, puis il sortit dans le jardin et courut jusqu'au trottoir. La rue était déserte. Il resta planté là pendant près d'une minute, à scruter les ténèbres, avant de retourner à l'intérieur, où il donna des petits coups de pied dans ce qu'il restait des cartons, dans l'espoir de sauver quelques documents. Après quoi il sortit son portable de sa poche et sélectionna le numéro de Baxter.

*

— De l'acide ? demanda Saunders, alors que Joe était accroupi auprès du magma visqueux dans l'entrée d'Edmunds.

L'expert agita l'éprouvette qu'il avait à la main et la tint à la lumière. À l'intérieur, le liquide vira peu à peu au rouge.

— Sans aucun doute, répondit Joe en se redressant.

Edmunds était tout blanc.

— Ce type s'est baladé avec ce truc autour de Leila.

Baxter lui attrapa la main, au grand étonnement de Wolf. Depuis qu'elle était arrivée, elle avait pris soin d'éviter son regard.

— Tia est partie chez sa mère avec la petite ? demanda-t-elle.

Edmunds acquiesça.

— On est d'accord que maintenant, mon histoire de voiture forcée n'est plus seulement une histoire de voiture forcée, pas vrai ? intervint Saunders. Moi, le *commissioner*, et maintenant Edmunds ? On est pris pour cible.

— Ce qui veut dire qu'on se rapproche, dit Wolf.

— Qu'on se rapproche de la morgue, surtout, grommela Saunders.

Tout le monde le fusilla du regard.

— Je dis ça, je dis rien, moi, se défendit-il, avant de se tourner vers Baxter. Wolf m'a raconté que ça valait pas le coup, hier soir.

— Aïe ! s'écria Edmunds lorsque l'inspectrice lui planta ses ongles dans la main.

— Beaucoup d'attente pour pas grand-chose, précisa Saunders.

Dans la pièce, il y avait eu un changement d'ambiance brutal, et Saunders ne savait pas s'il devait continuer à parler ou non.

— … Il y a un souci ?

— Il t'a raconté quoi ? aboya Baxter, qui pour le coup toisait désormais Wolf avec hostilité.

Joe et Edmunds se tournèrent vers Saunders, sans comprendre ce qu'il avait dit de mal. Visiblement, lui aussi était perdu.

— Eh ben… il a dit qu'il voulait… se reposer un peu, mais qu'il n'avait pas pu dormir.

Baxter n'en croyait pas ses oreilles. Wolf décida d'intervenir :

— Je crois qu'il veut parler de la soirée interminable qu'on a passée dans la salle d'attente de l'hôpital.

— Ben oui, approuva Saunders, qui de toute évidence nageait en pleine confusion.

— Aaah ! soupira Baxter. En même temps, je ne suis pas restée toute la nuit.

— Non, elle est partie vers…

— Onze… ? commença-t-elle.

— Deux heures, dit Wolf au même moment. Deux heures onze, ajouta-t-il pour rattraper le coup.

— Dis donc, tu surveilles mon emploi du temps, ou quoi ? s'exclama Baxter avec un rire forcé.

— Ha ! Ha ! Non, bien sûr ! répliqua Wolf pour mettre un terme à cet échange maladroit de la manière la moins naturelle possible.

Il se demanda si l'expression « silence soupçonneux » existait et songea que si ce n'était pas le cas, il allait falloir l'inventer. Il décida de changer de sujet :

— Je me demande ce qu'il y avait de si important dans ces boîtes.

Joe gonfla les joues et regarda la flaque gluante à ses pieds.

— Malheureusement, on ne le saura jamais, dit-il.

18

Lundi 5 novembre 1979,
Guy Fawkes Night
21 h 14

FINLAY TOMBA LOURDEMENT, s'éraflant les paumes sur le sol en béton, la moitié du corps baignée par la lueur lointaine des flammes. Malgré la fumée dans ses poumons, il parvint à reprendre son souffle tandis que la douleur se diffusait dans ses mains.

— Fin ! s'écria Christian derrière lui. Fin, relève-toi, bordel !

Courbé sous le poids de son propre chargement, Christian le doubla et jeta plusieurs sacs d'un kilo de poudre blanchâtre sur la pile. Finlay se mit à genoux et commença à ramasser les sacs éparpillés autour de lui.

— Il en reste encore combien ? lança-t-il à Christian lorsque ce dernier s'approcha pour l'aider.

Mais Christian ne répondit rien, se contentant de lui mettre dans les bras la drogue qu'il avait récupérée.

— Il en reste combien ? répéta Finlay.

— Je retourne à l'intérieur ! annonça Christian, qui par réflexe se protégea les yeux lorsqu'une explosion retentit à l'autre bout du bâtiment.

— Combien ? insista Finlay, mais son équipier fonçait déjà vers le quai de chargement.

L'Écossais grimaça, puis manqua de s'écrouler sur la montagne d'héroïne lorsqu'il y déposa les sacs qu'il venait de ramasser.

À bout de forces, il parvint à se relever pour aller aider Christian à terminer le travail. Il franchit le trou dans la porte coulissante de l'entrepôt, contourna l'épave de la camionnette et s'immobilisa, interdit : il se tenait au pied de l'escalier métallique du haut duquel Christian lui avait lancé les sacs de poudre à mettre à l'abri… Sauf qu'il n'y avait plus de sacs.

Et que le chariot avait disparu.

Christian aussi avait disparu.

— Espèce d'abruti ! cracha Finlay avant de grimper les marches quatre à quatre.

*

La fraîcheur relative de la baie de chargement avait fait oublier le danger à Christian.

À présent, des gouttes de transpiration lui coulaient dans les yeux, alors qu'il tirait le chariot en direction de la lueur au bout du couloir surchauffé. Lorsqu'il dépassa la dernière porte sur le côté et qu'il constata que les flammes avaient déjà gagné la pièce qui se trouvait derrière, il songea un instant à rebrousser chemin. Néanmoins, il poursuivit sa progression. Arrivé à destination, il tira de toutes ses forces pour aider le chariot à passer le cadavre qui bloquait la porte pressurisée.

Soudain, il bascula en arrière. Le claquement métallique qui retentit lui fit comprendre que son précieux cale-porte s'était délogé.

— Merde !

À l'intérieur, le mur du fond était en feu. Il sentit la chaleur lui brûler les yeux.

Il remonta son écharpe sur son nez et sa bouche et se mit à charger les liasses de billets sur le chariot. Moins de trente secondes plus tard, il se trouvait de nouveau face à la porte pressurisée. Il posa les mains sur l'imposante poignée et entendit le grésillement de sa peau qui cloquait avant de ressentir la douleur. Il poussa un hurlement et se retourna. Les flammes tournoyaient sur elles-mêmes, grignotant peu à peu le plafond et s'avançant vers lui – un spectacle presque hypnotisant.

Soudain, une idée lui vint : il sortit le pistolet que lui avait confié Finlay et visa les charnières…

— Christian !

— Fin ! Fin, je suis coincé !

Il y eut plusieurs bruits sourds – Finlay essayait en vain d'ouvrir la porte depuis le couloir.

— Fin, dépêche-toi !

C'est alors que Christian entendit derrière lui le sifflement d'un courant d'air. Un souffle brûlant l'enveloppa, puis une explosion retentit et le calme revint. Il se retourna vers la deuxième porte de la pièce, celle qui était cabossée et donnait sur le laboratoire.

Un homme grièvement blessé se tenait devant. Il devait avoir son âge, tout au plus. À la façon dont il était habillé, Christian devina qu'il faisait partie des trafiquants qui travaillaient là et non des mercenaires responsables du massacre. L'inconnu semblait tout aussi ébahi que lui de découvrir qu'il n'était pas seul. Le moment de flottement initial passé, chacun remarqua le pistolet dans la main de l'autre, et l'instinct prit le relais…

Simultanément, ils levèrent leur arme. Mais Christian tira le premier.

Mortifié, il regarda le jeune homme reculer jusqu'au mur, glisser au sol et lâcher son pistolet. Dans le couloir, Finlay avait entendu le coup de feu et n'arrêtait pas d'appeler le nom de Christian. Enfin, dans un hurlement de douleur, il parvint à ouvrir la porte brûlante en la poussant avec son bras nu. Luttant pour maintenir le battant ouvert, il vit d'abord son équipier, puis l'arme qu'il avait dans la main, et enfin l'homme recroquevillé contre le mur.

— Va voir s'il est encore vivant ! dit-il à un Christian hébété, tout en se baissant pour replacer le cadavre de manière à bloquer la porte. Dépêche-toi !

Tiré de sa stupeur, Christian lâcha le pistolet et courut vers l'autre homme. Dans la pièce, le plafond commençait à s'effondrer. Quand il croisa le regard de l'inconnu, il eut un haut-le-cœur, car il avait déjà pris sa décision. Conscient que Finlay le regardait, il posa deux doigts sur la gorge du jeune homme et il sentit son pouls.

— Désolé, murmura-t-il avant de se tourner vers son équipier. Il est mort !

— Alors on y va ! lança l'Écossais, déjà reparti dans le couloir.

— L'argent ! cria Christian.

— On le laisse !

— Fin !

— On le laisse, j'ai dit !

Christian saisit la poignée du chariot et essaya de le tirer par la porte entrouverte.

— Fin, aide-moi !

Il avait beau y mettre toutes ses forces, il n'arrivait pas à passer la barre de seuil en métal. Deux liasses de billets tombèrent du fond du chariot pour être aussitôt avalées par les flammes.

— Fin !

Soudain, l'Écossais apparut à côté de lui, ses énormes mains se refermèrent sur la poignée métallique et, dans un dernier effort, ils parvinrent enfin à libérer le chariot de la fournaise.

*

Finlay se tenait à côté de la rivière. Il regardait les feux d'artifice.

Après l'épisode des photos et de la fanfaronnade, il avait vu Christian assis seul, qui essayait de contrôler le tremblement de sa main bandée, mais il n'avait pas été le voir.

Certains de leurs collègues regardaient les pompiers à l'œuvre, d'autres examinaient les impacts de balles qui criblaient le capot de la Ford Cortina, sans savoir ce que Christian et lui avaient caché dans le coffre… ni ce qu'ils avaient fait. Finlay ne s'était jamais senti aussi déconnecté de ces gens avec qui il travaillait depuis tant d'années ; une décision prise en une fraction de seconde avait tout changé. Il aurait voulu pousser la voiture dans les flammes. La brûler, brûler l'argent, pour faire disparaître la honte et la culpabilité.

« Il n'en resterait qu'un tas de cendres si on ne l'avait pas pris. »

« Si on le donne, ça finira dans une pièce à scellés. »

« Personne n'est au courant. C'est un crime sans victime. »

Les mots de Christian résonnaient dans sa tête. Ce n'était pas du tout un crime sans victime, étant donné qu'ils étaient responsables d'un des cadavres qui achevaient de se consumer dans l'incendie.

Finlay retira le pistolet à sa ceinture. Il ne savait pas vraiment pourquoi il l'avait ramassé – le feu aurait de toute façon détruit les empreintes qui se trouvaient dessus.

Par excès de prudence, peut-être.

Le regard perdu dans le lointain, il se mit à essuyer le canon à l'aide d'une bande de gaze propre. Une faute pour en gommer une autre. Soudain, il se sentit incapable de continuer, et il s'interrompit avant d'avoir terminé.

D'un geste rapide, il enveloppa l'arme dans le tissu stérilisé, puis il la coinça à l'arrière de son pantalon et rejoignit ses collègues.

19

Lundi 11 janvier 2016,
8 h 02

JOE AVAIT ÉCOUTÉ dans leur intégralité les albums *The Dark Side of the Moon* des Pink Floyd, *III* de Led Zeppelin et *Teenage Dream* de Katy Perry lorsqu'il s'allongea sur un des chariots métalliques de la morgue, vers 3 heures du matin. Après avoir fait la peur de sa vie à la femme de ménage, il retira le drap blanc dont il s'était servi comme couverture et partit en quête de caféine.

L'œil chassieux, il fit le tour des postes de travail qu'il avait laissés tourner toute la nuit. Il passa d'un ordinateur à l'autre d'une démarche de zombie, s'arrêtant pour pianoter sur un clavier ou feuilleter quelques dossiers… jusqu'à ce qu'il se retrouve devant le quatrième écran. Soudain parfaitement réveillé, Joe posa alors son café sur une table. Il ramassa les pages qu'avait crachées l'imprimante et traversa le labo au pas de course, semant quelques feuilles dans son sillage.

— Je suis un génie ! s'exclama-t-il.

Il poussa la porte, sortit en trombe dans le couloir, et heurta au passage la pauvre femme de ménage qui ne l'avait pas entendu arriver à cause du bruit de l'aspirateur.

★

Rouche tourna le dos à la fenêtre. Conscient qu'il ne retrouverait plus le sommeil, il retourna son oreiller et étira ses jambes. Il sentit alors quelque chose de dur au-dessus de la couette. Il tâtonna du bout des orteils pendant quelques secondes, mais comme il ne voyait toujours pas de quoi il pouvait s'agir, il se redressa pour en avoir le cœur net et se rendit compte que c'était Holly à qui il donnait des coups de pied.

Il la vit remuer et se dépêcha de remettre sa jambe dans sa position initiale.

— Coucou, lui lança-t-elle d'une voix ensommeillée avant de se passer la main dans les cheveux.

Elle s'était endormie en boule au bout du lit, comme un chat. La veille, elle était passée le voir après le travail et ils avaient partagé un excellent dîner : spaghettis et pain de mie grillé en plat de résistance, crème caramel industrielle en dessert. Seule petite déception, le plateau de fromages avait été remplacé par une poignée de comprimés. Après le repas, elle l'avait aidé à s'installer pour la nuit.

— Désolée, dit-elle en lissant son uniforme froissé. J'ai fermé les yeux une seconde, et voilà…

Rouche avait honte. À force de s'occuper d'un patient mal en point dans le peu de temps libre que lui laissait son boulot, Holly était à deux doigts du burn-out. C'était le genre de jeune femme bienveillante qui voyait que le monde était pourri et qui pensait naïvement pouvoir y faire quelque chose. Quant à Rouche et Baxter, ils ne faisaient qu'exploiter sa gentillesse.

— Et si tu prenais ta soirée ? suggéra-t-il en grimaçant de douleur lorsqu'il se redressa. Tu n'as qu'à sortir, aller au cinéma… Je ne sais pas, moi, manger un morceau chez Frankie & Benny's…

— Un film et un fast-food ? s'esclaffa Holly. C'est ça ton idée d'une virée nocturne ?

— Dans ma situation, ce serait même carrément le rêve, répondit-il avec un sourire fatigué.

— À vrai dire, je crois que ça me plairait bien, à moi aussi.

— Alors vas-y ! s'exclama Rouche avec plus d'énergie qu'elle ne lui en avait vu déployer en deux semaines. Je t'accompagnerais bien, mais tu sais ce que c'est : FBI, hélicos, course-poursuite, fusillade… mort.

Holly éclata de rire et se leva du lit.

— Comment tu te sens, aujourd'hui ?

— Eh bien figure-toi que je me sens bien. Très bien, même.

— Tu ne dis pas ça pour me faire plaisir ?

— Pas du tout. D'ailleurs, je vais aller préparer le petit déjeuner.

— C'est absolument hors de question.

— Tu promets de prendre ta soirée ? demanda-t-il, menaçant de se lever.

Holly semblait tiraillée.

Finalement, ils se mirent d'accord pour que Holly lui téléphone avant de sortir, puis juste après être rentrée. Elle accepta de boire au moins trois gin-tonics si, dans le même temps, Rouche mangeait ses légumes. Par ailleurs, s'il voulait prendre le petit déjeuner avec elle à la cuisine, il devrait en contrepartie rester alité le reste de la journée, même s'il réussit à négocier quelques dérogations : en cas d'incendie, pour récupérer le courrier et pour regarder l'émission de téléréalité *Bargain Hunt*.

Il rapporta les assiettes sales jusqu'à l'évier avant qu'elle ait pu protester, puis il lui dégota les horaires de l'espèce de navet qu'elle voulait voir – une femme gravement malade qui tombe amoureuse de l'homme dont le foie pourrait la sauver… En comparaison, la perspective d'une fusillade avec le FBI lui parut presque réjouissante.

— Il faut que je file ! annonça Holly après avoir consulté sa montre. Prends soin de toi.

— Promis, répondit Rouche, qui mit un point d'honneur à la raccompagner à la porte.

Pour la première fois, ils se prirent dans les bras, un peu émus à l'idée de passer une journée entière sans se voir. Cependant, Holly semblait sincèrement ravie.

— Je n'en reviens pas à quel point ton état s'est amélioré ! lui dit-elle.

Rouche la regarda descendre l'escalier avec un grand sourire, mais dès qu'elle fut hors de vue, il referma la porte et s'écroula au sol en gémissant de douleur. Maintenir l'illusion lui avait coûté un tel effort qu'il n'arrivait même plus à respirer. Il voyait les boîtes d'antidouleurs sur le plan de travail de la cuisine, mais il était incapable de bouger. Alors il resta assis par terre et se mit à pleurer.

*

— Mais qu'est-ce que tu fabriques, William ? demanda Maggie, alors que la bouilloire chauffait dans la cuisine. Je suis gelée !

— Désolé. Je te jure que j'ai bientôt fini.

— Il y a un problème avec la porte d'entrée ?

Wolf actionna plusieurs fois la poignée pour vérifier le mécanisme, puis il haussa les épaules et referma le battant.

— Elle est restée bloquée, l'autre jour. Du coup, je vérifiais que les ouvriers n'avaient pas fait n'importe quoi quand ils ont remplacé la structure… qu'on ne se retrouve pas coincés dehors si tu as besoin de nous.

— Tu es gentil.

Il lui lança un regard dubitatif.

— Avec moi, en tout cas, ajouta-t-elle. Tu veux du thé ?

— Je vais d'abord sortir la poubelle.

Après avoir récupéré le sac plastique à moitié rempli dans la cuisine, il déverrouilla la vieille porte qui donnait sur le jardin et la referma derrière lui. Il jeta alors le sac dans le conteneur, puis longea la haie jusqu'à la palissade qui délimitait l'arrière de la propriété et jeta un coup d'œil pardessus les planches de bois. Personne. Il escalada la frêle structure, perdit l'équilibre et bascula de l'autre côté, dans un jardin à l'abandon.

— Merde ! grogna-t-il.

Contre sa cuisse, son téléphone se mit à vibrer. Il roula sur le côté pour le sortir de sa poche – il n'avait pas revu Baxter depuis qu'elle s'était éclipsée de la chapelle de l'hôpital au petit matin, et il ne se sentait pas prêt pour une conversation avec elle. Il regarda l'écran et poussa un soupir de soulagement.

— Saunders ?

— Salut, Wolf, ça va ? Joe a trouvé quelque chose.

— Qui ça ?

— Labo.

— Ah.

— Le *commissioner* veut être tenu au courant, du coup on se retrouve tous à l'hosto à midi et demi.

Wolf consulta sa montre.

— Très bien. À tout à l'heure.

★

— J'ai réussi à retrouver l'appel d'urgence de Finlay, annonça Saunders à Wolf alors que les deux hommes quittaient un couloir pour s'engager dans un autre, absolument identique. En tout, ça dure vingt-quatre secondes. L'opératrice lui demande ce qu'il se passe, elle lui dit deux fois qu'elle ne l'entend pas et elle lui suggère de tousser ou de tapoter le combiné s'il est dans l'incapacité de parler. Là, on entend deux petits coups rapprochés, puis la communication est coupée. Impossible de savoir si c'est Finlay qui cherchait à joindre les secours ou si c'est... quelqu'un d'autre.

— Hum, fit Wolf.

— J'ai confié l'enregistrement à Steve pour qu'il essaye d'améliorer l'audio, mais je ne me fais pas trop d'illusions.

Ils pénétrèrent dans la chambre du *commissioner*. Ils étaient les derniers arrivés.

Christian était redressé sur son lit, le bouton de sa pompe à morphine à portée de pouce, ses constantes vitales étalées sur l'écran derrière lui, aux yeux de tous. Baxter se tenait dans l'angle le plus reculé de la pièce, un choix stratégique qui lui permettait d'éviter de croiser le regard des autres ou de leur adresser la parole. Dans l'angle opposé se trouvait Edmunds, l'air boudeur – il avait eu la mauvaise idée d'aborder le sujet de la désastreuse demande en mariage de Thomas. Quant à Joe, qui n'avait évidemment pas perçu le malaise dans la pièce, il souriait comme un crétin à l'idée de faire la démonstration de son génie.

— Ah, Fawkes et Saunders ! Asseyez-vous ! leur lança-t-il en désignant le bout du lit du *commissioner*.

Christian appuya sur le bouton de sa pompe à morphine.

— Si vous pouviez vous abstenir, dit-il.

— On est très bien debout, le rassura Wolf.

— Comme vous voudrez, fit Joe. Tout le monde est prêt ? Bien. Alors, il a quelques années de ça, j'ai fait une demande de financement pour un système de cartographie en 3D avec analyseur de texture, demande qui a dans un premier temps été rejetée parce que...

Baxter poussa un bâillement sonore.

— J'ai compris, vous vous en fichez. Bref, pour parler en termes simples, l'idée, c'est un outil de reconnaissance faciale pour les objets... des objets comme les balles, par exemple... J'ai passé la journée d'hier à entrer tous les éléments de preuve des vieilles affaires de Finlay et de monsieur le *commissioner* ici présent. Ça a pris un moment, mais j'ai fini par obtenir une correspondance.

Il brandit un sac à scellés transparent contenant une poignée de formes métalliques.

— Élément A : six des dizaines de balles retrouvées lors de la descente de la Guy Fawkes Night à l'entrepôt de Glasglow. Toutes tirées par la même arme.

— Comment vous le savez ? demanda Saunders.

— Taille et marque du projectile ? suggéra Edmunds.

— Si je me souviens bien, intervint Christian, il me semble qu'il y avait un bon paquet d'armes tirant un bon paquet de balles, ce soir-là.

— Merci de poser la question, déclara Joe, l'air sincèrement reconnaissant.

Il ramassa une photo sur laquelle apparaissait un projectile en gros plan, avec des lignes colorées à divers endroits du cylindre écrasé.

— Des minuscules imperfections dans le canon, expliqua-t-il. Ces défauts laissent des marques sur la balle quand celle-ci est tirée, et ces marques sont toujours les mêmes. Une empreinte digitale gravée dans le métal, en quelque sorte.

— Je ne veux pas paraître désagréable, dit Saunders, mais ça paraît quand même logique que le propriétaire de cette arme ait eu le temps de tirer plusieurs fois avec avant de se faire descendre, non ? En quoi c'est une surprise ?

— Ce n'est pas ça, la surprise, répondit Joe avec un grand sourire, avant de présenter d'autres photos de balles présentant les mêmes griffures colorées. Après ça, on cherche les empreintes les plus fréquentes.

— Et ça vous a permis de remonter au pistolet de Finlay ? demanda Edmunds, plein d'enthousiasme.

— … Non, répondit Joe, un peu déçu. Mais je reconnais que ça aurait été incroyable.

Il ramassa un deuxième sac à scellés, mais celui-là ne contenait qu'un seul projectile.

— Élément B, annonça-t-il. Mesdames et messieurs, j'ai l'honneur de vous présenter la balle qui s'est logée quelques jours plus tard dans la fesse gauche de ce grand homme… (Il désigna Christian, qui agita la main comme s'il venait de remporter un prix.) Une correspondance fiable à quatre-vingt-douze pour cent !

L'assemblée ne paraissait pas particulièrement impressionnée.

— Attendez, vous ne voyez pas ce que ça implique ?

Toujours pas de réaction.

— Sérieusement ? insista le légiste. Mais bon sang, ça veut dire que l'arme qui a tiré ces balles était présente à la fois à l'entrepôt et à George Square ! Comment est-ce possible ?

— Le Hollandais invincible, répondit Edmunds.

— L'homme à la coupe mulet, répondit Wolf en même temps.

De toute évidence, Joe s'attendait à cette réponse. Il agita le sac contenant la balle de George Square.

— Vous faites référence au connard qui est mort deux jours avant que cette balle soit tirée, c'est ça ? fit Joe, de plus en plus excité. Conclusion : le Hollandais n'est pas le seul à avoir réchappé à l'incendie de l'entrepôt.

— Impossible, dit Christian, qui avait l'air plus mal en point que jamais.

Wolf se tourna vers lui et remarqua que sur l'écran, son rythme cardiaque avait accéléré.

— Tous les éléments mènent à cet entrepôt, affirma Joe, sûr de lui. Cette affaire est la clé. Et je ne connais pas encore l'identité de ce mystérieux deuxième survivant, mais il est désormais notre principal suspect.

20

Lundi 5 novembre 1979,
Guy Fawkes Night,
21 h 16

LE CIEL ÉTAIT EN FEU.

Le squelette métallique de la bâtisse à l'agonie poussait des grognements. Incapable de bouger, l'homme regardait les flammèches qui voletaient dans la pièce, comme autant de lucioles portées par les courants d'air. À moins de cinq mètres de lui, le peu qui restait de la montagne de billets n'était désormais plus qu'un tas de cendres. La balle qui aurait dû abréger ses souffrances avait loupé le cœur et s'était logée juste sous son omoplate, le condamnant à mourir par le feu.

Un avant-goût de ce qui l'attendait dans l'au-delà.

Par un trou dans le plafond, il put voir une dernière fois les étoiles, avant que l'entrepôt n'entonne son chant du cygne.

Sous lui, le sol se mit à trembler.

La porte pressurisée fut arrachée à ses gonds.

Il ferma les yeux et se laissa chuter.

Étendu dans les débris qui jonchaient le sol du hangar, il se demanda si Dieu était d'humeur perverse. Les yeux toujours clos, il entendit une bonbonne exploser et pria pour que la fin se dépêche d'arriver.

— Allez ! murmura-t-il. Allez !

Il sentit alors un courant d'air froid sur sa nuque et il ouvrit les yeux. Devant lui, une petite brèche s'était ouverte à l'endroit où deux murs s'étaient effondrés l'un sur l'autre. Il ramassa son pistolet et rampa jusqu'à la nuit.

Quelques minutes plus tard, il atteignait le grillage. Sur un côté, il y avait la rivière toute noire, dans le ciel des explosions colorées, et, se reflétant contre les containers du chantier naval, un océan de gyrophares bleus.

Perdu quelque part au milieu de toutes ces lumières, il y eut le flash modeste d'un appareil photo immortalisant le moment de gloire de Finlay et Christian, immortalisant la plus belle saisie de drogue de l'histoire de la police de Strathclyde. Une montagne d'héroïne quasi pure prête à être distribuée et les deux hommes responsables de sa confiscation.

21

Mardi 12 janvier 2016,
9 h 06

— Hé ! Vous, là-bas ! appela une femme autoritaire en voyant Wolf et Maggie passer devant le bureau des infirmières. Tous les visiteurs doivent s'inscrire.

C'était la première fois qu'on leur faisait la réflexion. Obéissant, Wolf s'approcha du registre où figuraient les noms des autres malheureux qui s'étaient fait prendre par la cerbère en uniforme. Il examina la liste et ramassa le stylo. Mais au dernier moment, il changea d'avis, arracha la page et empocha le Bic, juste histoire de.

— William ! souffla Maggie.

— Désolé. Je n'ai pas aimé la façon dont elle t'a parlé, dit-il, et il l'entraîna vers un couloir avant que quelqu'un ne remarque son forfait.

Christian quittait l'hôpital, et Wolf s'était porté volontaire pour aller le chercher avec Maggie, laquelle avait évidemment fait honneur à sa carrière d'infirmière en transformant la banquette arrière de sa voiture en véritable ambulance.

Wolf se mit au volant et suivit les indications de Christian pour s'extraire des embouteillages matinaux et gagner les routes secondaires baignées de lumière qui serpentaient à travers la forêt. Bientôt, ils s'engagèrent dans une rue privée. Wolf vit les traces de pneus et les éclats de verre qui jonchaient encore le bitume, et il comprit qu'ils étaient arrivés à destination. Ils passèrent un portail automatique et se retrouvèrent face à une superbe maison d'architecte dans le plus pur style scandinave – trois étages de bois et de verre qui se fondaient parfaitement dans le décor forestier.

— Eh ben ! commenta Wolf, impressionné, avant de songer que ses standards n'étaient probablement pas très élevés, étant donné qu'il vivait lui-même dans une cellule.

Il gara la voiture. Christian lui tendit les clés et lui donna le code de l'alarme, dont la sonnerie stridente résonna dans toute la maison sitôt qu'il eut ouvert la porte.

Dès qu'il fut à l'intérieur, Christian insista pour fermer derrière eux : il vérifia deux fois que le pêne était engagé dans la gâche avant de relever la poignée, puis il donna deux tours de clé et tira le verrou du haut puis celui du bas, pendant que Wolf et Maggie patientaient en silence.

— Désolé, je suis un peu parano, s'excusa le *commissioner*. Je pense qu'il va me falloir un peu de temps avant de me sentir de nouveau en sécurité ici. Je vous en prie, suivez-moi, ajouta-t-il avant de les entraîner vers le salon.

Un mur de verre de trois étages donnait sur un jardin parfaitement entretenu, séparé de la forêt voisine par une simple palissade en bois. Au-dessus de leur tête, une galerie en bois faisait le tour de la pièce, attirant les regards vers le magnifique plafond voûté.

— Et dire que j'étais jalouse de ton ancienne maison ! commenta Maggie, estomaquée. Tu habites ici tout seul ?

— Hélas, oui.

Il grimaça de douleur en essayant de s'installer dans son fauteuil préféré, et Maggie se précipita pour l'aider. Une fois assis, il se tourna vers Wolf.

— Will, vous voudrez bien me tenir au courant du déroulement de l'enquête ?

Wolf regardait toujours la forêt éclairée par le soleil d'hiver.

— Hein ? fit-il.

— L'enquête, répéta Christian. Vous me tiendrez au courant ?

— Oui, oui, bien sûr.

— Certainement pas, protesta Maggie. Monsieur Bellamy, vous avez besoin de repos.

— D'accord, d'accord, céda Christian, puis il profita de ce que Maggie s'affairait à ranger oreillers et boîtes de médicaments (elle devait apprécier de se sentir enfin utile à quelque chose) pour adresser un clin d'œil à Wolf.

— Bon, il faut que j'y aille, annonça ce dernier. Je vais prendre un taxi jusqu'au métro.

— Tu es sûr ? demanda Maggie. Je peux te déposer, si tu veux.

— Pas besoin. Occupe-toi plutôt de Christian.

*

Les paniers de fleurs suspendus oscillaient lentement dans la brise, les plantes avides de soleil s'étouffant les unes les autres pour tenter de capter un peu de lumière – l'instinct de survie dans sa beauté la plus brutale.

Wolf n'avait jamais vu de station de métro plus étrange que celle d'Epping : les lieux évoquaient plus un kiosque dans un parc verdoyant qu'une piscine municipale vide jonchée de détritus. Il monta à bord d'un wagon quasi désert et ferma les yeux. Au fil des stations, la rame se remplit, alors que le train s'enfonçait toujours plus profondément dans les entrailles de la ville.

Wolf sortit à la station St James's Park et descendit la rue jusqu'à New Scotland Yard. Il venait de signer le registre et attendait à l'accueil que quelqu'un vienne le chercher quand il vit plusieurs policiers pénétrer dans le hall fourmillant d'activité.

— Arrêtez cet homme ! aboya l'un d'entre eux.

Amusé, Wolf se retourna pour voir à quoi ressemblait le pauvre type qui allait se faire plaquer au sol sans ménagement par cinq agents en mal d'action, ce qui facilita grandement la tâche des cinq agents en mal d'action, qui lui sautèrent dessus et, effectivement, le plaquèrent au sol sans ménagement.

*

Il était difficile d'en vouloir à Wolf d'avoir le sentiment de tourner en rond. Il se trouvait dans la même salle d'interrogatoire que la semaine précédente, assis sur la même chaise, les menottes aux poignets. Cette fois, cependant, il n'eut pas à attendre longtemps avant que Vanita n'entre dans la pièce pour prendre place en face de lui.

— Tâchons de faire vite, Fawkes, déclara-t-elle en guise d'introduction. Je savais que vous n'y arriveriez pas. Je savais que vous seriez incapable de ne pas enfreindre les termes de notre accord. À vrai dire, je suis surprise que vous ayez tenu si longtemps. J'imagine que je dois vous féliciter…

— Merci, répondit Wolf, assez fier de lui. Et, par simple curiosité, de quelles infractions êtes-vous au courant ? Enfin… je veux dire, quels termes me reprochez-vous d'avoir enfreints ?

Il secoua la tête, beaucoup moins fier de lui, à présent.

Vanita ouvrit un dossier.

— Samedi soir, à 21 h 42, vous avez quitté le logement qui vous était assigné après le couvre-feu, pour ne rentrer que le lendemain en fin d'après-midi.

— J'étais à l'hôpital avec Christian… Vous savez, le *commissioner.*

— Vous avez alors réussi l'exploit d'attendre quatre heures avant de braver de nouveau le couvre-feu, poursuivit-elle, imperturbable.

— Pour me rendre sur une scène de crime, au domicile d'Alex Edmunds ! s'exclama Wolf, qui commençait à arriver à bout de patience. Je sais que ce n'est pas forcément évident pour quelqu'un qui revient tout juste de week-end prolongé…

— J'étais en formation.

— … mais parfois, les criminels ont le mauvais goût de ne pas se limiter aux jours ouvrés pour rouer de coups un *commissioner* de la police ou pour balancer de l'acide chez les gens !

L'irritation de Wolf ne fit qu'attiser la suffisance de Vanita.

— Parce que les autres ne pouvaient pas s'en occuper ? demanda-t-elle en tournant la page du dossier. Comme si ça ne suffisait pas, j'apprends que vendredi après-midi, vous avez demandé à l'agent Aaron Blake d'effectuer une recherche inutile, et donc illégale, afin d'obtenir des informations sur une certaine Ashley Lochlan. (Elle leva les yeux vers lui.) Vous êtes sérieux, Fawkes ? Une femme qui figure sur la liste de Ragdoll ? Vous pensiez vraiment que ça passerait inaperçu ?

Wolf ouvrit la bouche pour se défendre, mais Vanita ne lui en laissa pas le temps.

— Et enfin, poursuivit-elle avec un air de dégoût, je lis ici que l'aumônier du King George Hospital affirme vous avoir retrouvé nu comme un ver dans sa chapelle... « étendu à côté d'une statue décapitée de notre Seigneur et Sauveur Jésus-Christ ». Vous avez une explication à me fournir ?

Une fois de plus, Wolf ouvrit la bouche... puis il la referma et secoua la tête.

— Je mentionnerai dans mon rapport votre contribution à l'enquête sur la mort de Finlay Shaw, conclut-elle avant de se lever. Au revoir, Fawkes.

— Il faut que je parle à Baxter !

— Hors de question.

— Alors, je veux voir mon avocat.

Vingt minutes plus tard, un policier fit entrer Wolf dans une pièce vide afin qu'il puisse passer son coup de téléphone, puis il referma la porte et se planta devant pour monter la garde. Une fois seul, Wolf chiffonna le morceau de papier sur lequel figuraient les coordonnées du cabinet Collins & Hunter (le premier nom auquel il avait pensé) et composa un des seuls numéros qu'il connaissait encore par cœur.

— Maggie ? C'est Will. J'ai besoin de ton aide.

*

— Les cheveux retrouvés sous le plancher appartiennent au *commissioner* et à Baxter, annonça Joe. Rien de très surprenant étant donné que ce sont eux qui ont passé le plus de temps dans cette pièce.

Baxter, Edmunds et Saunders se trouvaient au labo et avaient décidé de ne pas attendre Wolf, qui avait à présent plus d'une demi-heure de retard.

— Et les traces de pas chez Edmunds ? demanda Baxter.

— Homme. Taille 45. Banal.

Elle soupira.

— L'acide ?

— Je suis encore en train de faire des tests pour déterminer sa composition exacte, mais à première vue, je pencherais pour une fabrication artisanale. Peut-être qu'il sera possible d'en déterminer la provenance, mais rien n'est moins sûr…

— Bon. Eh bien c'est pas tout ça, mais avec Edmunds, on a une matinée de porte-à-porte qui nous attend. On ne sait jamais, peut-être que quelqu'un a vu quelque chose. Saunders, tu…

Blake fit alors son entrée dans le laboratoire dans un fracas métallique. Il avait l'air agité. Il baissa les yeux vers le contenu du plateau qu'il avait renversé et sur lequel il venait de marcher.

— Est-ce que c'est… un bout de cerveau ? demanda-t-il, une expression de dégoût sur le visage.

— C'était, rectifia Joe.

— Qu'est-ce que je déteste cet endroit ! gémit Blake en s'essuyant le pied sur le linoléum.

— Faut pas vous sentir obligé de venir, alors.

Blake se tourna vers Baxter.

— Désolé de te déranger, chef.

— Qu'est-ce qui se passe ?

— C'est Wolf.

— Je t'écoute.

— Il a encore été arrêté…

22

Mardi 13 novembre 1979,
19 h 24

DEBOUT AU MILIEU de leur kitchenette miteuse, elle essayait de lui retirer ses bandages.

— Arrête de bouger, bébé, lui dit-elle.

Il serra les dents et but une autre gorgée de bière.

— Mais qu'est-ce qu'il a fabriqué, ce docteur ? marmonna-t-elle.

— C'est pas le meilleur, je sais… J'imagine que c'est pour ça qu'il rafistole les gars comme moi.

Il posa les lèvres sur les petites cicatrices qui zébraient l'intérieur de l'avant-bras de la jeune femme.

— Arrête, je suis concentrée, dit-elle.

— Moi aussi, répliqua-t-il en l'asseyant de force sur ses genoux.

— Mais j'essaie de m'occuper de toi, là ! s'esclaffa-t-elle.

— Moi aussi, j'essaie de m'occuper de toi !

Quelqu'un frappa à la porte.

Aussitôt sur leurs gardes, ils se turent et se levèrent sans un bruit.

— Va dans la chambre, murmura-t-il en ramassant son pistolet. Qui est là ?

— C'est Dillon, enfoiré ! Ouvre !

Rassuré, il cacha l'arme sous la chemise roulée en boule sur la table et ouvrit la porte.

— Putain, t'as vraiment une sale gueule ! commenta Dillon en pénétrant dans l'appartement.

L'autre referma la porte derrière lui.

— Moi, au moins j'ai une excuse, rétorqua-t-il.

Il y eut un moment de tension, puis les deux hommes éclatèrent de rire.

— Tiens, salut Lorna ! dit Dillon en voyant la jeune femme sortir de la chambre.

— Tu veux une bière ? proposa-t-elle.

— Avec plaisir !

Elle passa derrière lui pour atteindre le frigo et remarqua la crosse qui dépassait de sous sa veste. Sentant qu'il l'observait, elle ne réagit pas et récupéra deux bouteilles.

— Merci, dit Dillon avant de trinquer avec elle et d'avaler une première gorgée.

— Qu'est-ce qui t'amène, Dillon ? demanda l'homme torse nu en examinant une des brûlures qu'il avait sur le bras.

— C'est interdit de prendre des nouvelles des copains, maintenant ? Surtout quand les copains en question sont censés être morts… Plus sérieusement, c'est vraiment la merde. Le patron, il est… il est furax. L'entrepôt, l'incendie, les flics… On a tout perdu.

— Je sais, et je fais tout ce que je peux pour arranger les choses.

— Est-ce que t'essayais d'arranger les choses quand tu t'es mis à défourrailler dans tous les sens, l'autre jour, à George Square ?

— Pour la drogue, c'est foutu. Mais pas pour l'argent. Je peux encore le récupérer.

— À vrai dire, le patron a décidé de tenter… une autre approche.

— Merde, ça risque d'être compliqué de me racheter, du coup.

— Effectivement… ça risque d'être compliqué.

Dillon voulut saisir son arme, mais Lorna ne lui en laissa pas le temps : elle lui éclata sa bouteille de bière sur la tête avant de lui sauter dessus. Malheureusement, elle était beaucoup trop menue pour espérer l'immobiliser, et elle ne parvint qu'à lui étaler du sang sur la veste. D'un coup sec, il la projeta sur le mur et dégaina son arme au moment où une balle lui traversait l'épaule. Il poussa un cri de douleur et leva de nouveau son pistolet. Deux coups de feu supplémentaires retentirent dans le petit appartement.

Dillon s'écroula au sol aux côtés d'une Lorna inconsciente.

— Bébé ? Bébé ? haleta l'homme torse nu en enjambant celui qui avait été son ami. Bébé, c'est fini.

Il s'accroupit et appuya une main sur le trou qu'elle avait au milieu de la cuisse. De l'autre, il fouilla le cadavre de Dillon jusqu'à trouver ses clés de voiture.

— Je suis là, bébé. Je suis là. Accroche-toi, murmura-t-il en la soulevant délicatement. Tout va bien se passer.

23

Mardi 12 janvier 2016,
18 h 04

UNE PORTE CLAQUA et fit trembler le reflet de Wolf dans l'immense miroir sans tain. Après avoir passé les dernières heures enfermé dans cette salle d'interrogatoire, il était aussi soulagé que surpris d'entendre une voix amie dans le couloir.

— Et si vous alliez prendre un café ? suggéra la voix, d'un ton qui ressemblait plus à un ordre qu'à une simple proposition.

Wolf regarda Christian entrer dans la pièce en boitillant et se demanda comment on pouvait avoir besoin d'autant de costumes sur mesure. Si on oubliait son visage tuméfié, le *commissioner* était aussi élégant qu'à son habitude.

— Est-ce que c'est une bonne nouvelle de vous voir ici ? demanda Wolf. Vous n'étiez vraiment pas obligé de faire le déplacement, vous savez ?

Christian sourit, visiblement au prix d'une vive douleur.

— Je me suis dit qu'il valait mieux que je prenne les choses en main, répondit-il en s'approchant de la table pour débrancher les micros et l'enregistreur. Un coup de Vanita, j'imagine ?

Wolf acquiesça. Dans son dos, les menottes frottèrent contre la chaise en métal et le bruit attira l'attention de Christian.

— Restez assis, je m'en occupe, dit-il avant de se diriger vers la porte.

— Il y a autre chose ! lâcha Wolf avec un coup d'œil au miroir.

— Nous sommes seuls, le rassura Christian. Je m'en suis assuré.

Wolf sembla soulagé.

— On m'a fouillé lors de mon arrestation, mais je suis presque sûr qu'ils ne l'ont pas trouvée.

— Trouvé quoi ?

— Regardez dans la poche de ma chemise.

Un peu décontenancé, Christian s'exécuta et ses doigts se refermèrent sur un petit rectangle de plastique.

— C'est cadeau, fit Wolf, alors que Christian examinait la carte mémoire.

— Qu'est-ce que c'est ?

— Edmunds est quelqu'un de vraiment très, très prudent, expliqua Wolf. Et dans sa parano pas si parano, il a photographié chaque élément de preuve présent dans les cartons qui se trouvaient à son domicile avant qu'ils ne soient détruits. Ça lui a pris une nuit entière.

Christian était sous le choc.

— Vous voulez dire que… tout a été sauvé ?

— Tout, acquiesça Wolf. Du coup, il faudrait que vous en fassiez une copie avant que…

Il s'interrompit au milieu de sa phrase lorsqu'il vit Christian se tenir la tête comme s'il souffrait d'une violente migraine.

— Ça va ? demanda-t-il, alors que le *commissioner* titubait jusqu'au miroir.

Les reflets se déformèrent lorsqu'il s'appuya dessus pour se stabiliser.

— Christian ? Dites-moi ce qui ne va pas !

Wolf avait du mal à entendre ce que l'homme marmonnait dans sa barbe et il tira sur ses menottes, impuissant. Finalement, Christian poussa sur le miroir pour se redresser et se dirigea vers Wolf d'une démarche d'ivrogne.

— Christian ? répéta Wolf, de plus en plus inquiet.

C'est alors qu'il reçut un coup si violent qu'il bascula sur le côté avec sa chaise. À cause de ses mains entravées, il ne put empêcher sa tête de heurter le sol. À la lisière de la conscience, il leva les yeux vers l'homme qui faisait désormais les cent pas dans la pièce : agité, frénétique… acculé.

— Merde ! s'exclama Christian. J'ai jamais voulu ça ! Jamais… Merde !

Incapable de dire depuis combien de temps il était allongé sur le linoléum froid, Wolf faisait des allers et retours jusqu'aux ténèbres tapies en périphérie de son champ de vision. Il avait l'impression d'avoir le crâne fendu en deux, il sentait le goût du sang dans sa bouche et les acouphènes qui résonnaient dans ses oreilles semblaient entamer un crescendo.

Au bout d'un moment, Christian sembla retrouver assez de sang-froid pour se concentrer sur son problème le plus urgent. Il se pencha au-dessus de Wolf, qui le regarda sans le voir.

— Pourquoi a-t-il fallu que vous vous en mêliez ? demanda-t-il d'une voix implorante, les yeux baignés de larmes. Pourquoi ? Nous aurions même pu devenir amis... Je suis sûr que c'est ce que Fin aurait voulu.

Wolf ne répondit pas.

Christian lui tapa affectueusement sur l'épaule, puis il approcha la carte mémoire de son visage.

— Voilà ce que je fais de votre enquête, dit-il.

Wolf poussa un grognement en le voyant casser la carte mémoire en deux.

— Est-ce que c'est terminé, à présent ? demanda Christian.

Wolf le fusillait du regard.

— Je suis désolé, mais j'ai besoin d'une réponse, insista le *commissioner*. Est-ce que c'est terminé ?

Il se pencha pour approcher l'oreille des lèvres de Wolf.

— Allez vous faire foutre, murmura ce dernier.

— J'étais sûr que vous diriez ça.

Christian eut un sourire triste, puis il leva les yeux au plafond, serra les dents et frappa Wolf de toutes ses forces. Cette fois, l'ex-policier perdit connaissance.

Quand il se réveilla, il était à nouveau assis sur sa chaise et Christian lui tamponnait le visage à l'aide d'un mouchoir maculé de sang – une autre scène de crime nettoyée.

— Regardez-moi ! ordonna Christian en claquant des doigts. Regardez-moi !

Il attrapa le menton râpeux de Wolf et le força à lever la tête vers lui.

— Toutes vos preuves ont disparu, ajouta-t-il. Votre équipe sera redéployée dès demain matin. Les experts ne trouveront rien. Et vous... vous allez passer les prochaines années derrière les barreaux. C'est terminé.

24

Mercredi 13 janvier 2016,
10 h 20

DEPUIS LE CONFORT de son vaste bureau, Vanita observait le rassemblement dans la rue en contrebas : la campagne « *Uncage the Wolf* » d'Andrea Hall battait son plein.

La *commander* repensa à sa dernière rencontre avec la journaliste télévisée et à l'interview catastrophique qu'elle lui avait accordée et qui hantait encore ses cauchemars. Elle se demanda si elle était là, en bas, parmi la foule qui battait le pavé devant New Scotland Yard. Difficile à dire, tant les chevelures rousses étaient nombreuses – visiblement, le nouveau style d'Andrea avait fait des émules parmi les moutons qui buvaient ses paroles.

Vanita se raidit en entendant son invité se lever de sa chaise pour la rejoindre à la fenêtre. Elle le regarda boire une gorgée de café dans le reflet de la vitre.

— Bon sang, mais elles sont plusieurs dizaines ! s'exclama Wolf, pas plus heureux que Vanita de découvrir une rue remplie de clones de son ex-femme.

— J'ai vu.

— Ça ne me dit rien qui vaille.

— Moi non plus. En tout cas… bonne chance.

Wolf n'aurait jamais imaginé qu'un jour viendrait où il hésiterait à l'idée de prendre congé de sa *commander*.

— Vous avez prévu quelque chose de sympa, ce soir ? demanda-t-il, manière de faire la conversation. J'ai repéré une recette de risotto au poulet citronné qui…

— Fawkes, l'interrompit Vanita sans tourner la tête.

— Geena ? fit-il avec un petit sourire.

— Fichez le camp.

*

Andrea effectuait un test son quand une clameur s'éleva soudain de la foule. Aussitôt, elle jeta son micro en direction de Rory, son cameraman, qui fit un effort héroïque, mais vain, pour le rattraper entre ses mains labourées de cicatrices, puis elle essaya de forcer le blocus dont elle était elle-même responsable.

Tout autour d'elle s'élevaient des hurlements de loup.

— Le voilà ! s'écria une femme complètement euphorique.

— *Uncage the Wolf !*

Alors qu'elle tâchait de se frayer un chemin parmi les manifestants, Andrea aperçut Wolf qui pressait le pas pour rejoindre un taxi de couleur noire.

— Will ! appela-t-elle, mais sa voix se perdit dans le tumulte. Will !

Elle le vit se tourner vers la foule bruyante.

— Excusez-moi ! cria-t-elle en jouant des coudes pour atteindre le premier rang. Will !

Il y eut un claquement de portière.

Lorsqu'elle posa le pied sur la chaussée quelques instants plus tard, elle vit la voiture disparaître au coin de la rue.

*

Si Wolf avait dû établir un classement des pires pubs d'Oxford Circus, le King & Country aurait eu l'immense honneur de figurer en deuxième position (la première place étant dévolue au Nag's Head, où quelqu'un lui avait un jour volé sa bière). L'avantage, c'était qu'on ne risquait pas d'y croiser la foule turbulente des golden boys de la City qui se déversait jusque sur le trottoir pour boire dans la rue, comme les clochards pour qui ils n'avaient pourtant que mépris.

Alors que la nuit tombait sur la ville, toute l'équipe se rassembla sur deux banquettes poisseuses situées au fond du bar.

— Au moins, au Nag's, y a un flipper, fit remarquer Saunders.

— Ils servent de la Loctite, ici, ou quoi ? demanda Baxter en voyant que la manche de son pull restait collée à la table.

— Écoutez, si j'ai choisi ce pub, c'est justement parce que c'est un trou à rats ! expliqua Wolf, qui ne vit que trop tard le propriétaire en train de débarrasser la table d'à côté.

Instinctivement, il se mit à fixer le plafond, en essayant de prendre un air innocent.

— Est-ce qu'il me regarde ? demanda-t-il à Edmunds du coin des lèvres.

— Oui.

Wolf tâcha de rester le plus immobile possible.

— Vous êtes au courant que ce n'est pas un T. rex ? murmura Edmunds. Il peut vous voir même si vous ne bougez pas… C'est bon, il est parti.

Pendant que Joe essayait en vain d'éliminer une tache de graisse sur son verre, Saunders laissa tomber un shooter de whisky au fond de sa pinte de bière – il savait que la nuit allait être longue.

Wolf commença alors le résumé de sa journée de la veille, dans un silence ébahi.

— Donc si j'ai bien compris, commenta Saunders qui avait du mal à suivre, la carte mémoire, c'était un coup de bluff.

— C'est ça.

— Et comment avez-vous réussi à convaincre Vanita de vous libérer ? s'enquit Edmunds.

Wolf but une gorgée de sa bière.

— En faisant appel à sa raison, répondit-il, très sérieux. Je lui ai promis qu'elle pourrait récupérer le job de *commissioner* si elle me laissait les mains libres.

— Mais du coup, c'est vraiment le *commissioner* qui a fait le coup ? demanda Joe, qui n'en croyait toujours pas ses oreilles.

— On dirait bien.

— Monsieur le *commissioner* Christian Bellamy ?

— Eh oui.

— Mais…, fit Edmunds. Il est pourtant arrivé sur place après l'agent, non ?

— Effectivement.

— Et donc… ?

— Et donc Christian se cache dans le compartiment secret. Il entend l'agent Randle casser la porte, puis redescendre l'escalier. Il profite alors de ce que Randle est parti à sa voiture informer les collègues du décès de Finlay pour sortir de sa cachette et remettre les lattes de parquet en place. Après quoi il descend, il s'échappe par la porte de derrière, escalade la palissade et sort tranquillement par le jardin du voisin, afin d'arriver après par la rue pour bétonner son alibi. Comme il est le premier à entrer dans la maison, il n'a plus qu'à reverrouiller la porte de derrière, et le tour est joué.

Saunders fronça les sourcils.

— Est-ce que tu pourrais répéter… euh… tout ce que tu viens de dire ? bafouilla-t-il.

— Non.

— Comment est-ce que tu as su ? Et quand ? demanda Baxter, qui avait oublié qu'elle ne lui parlait plus et qui se sentait un peu vexée de ne pas avoir été tenue au courant.

— Je ne pouvais pas en être sûr, dit-il en massant sa mâchoire endolorie. Mais j'avais des doutes. C'est la poignée qui m'a mis sur la voie.

— Le poignet ? demanda Saunders, qui avait déjà un coup dans le nez.

— La poignée ! La poignée de porte ! Christian a pour habitude de relever la poignée derrière lui quand il ferme, expliqua-t-il en se remémorant la scène de la veille, dans la luxueuse demeure du *commissioner*.

— Ah, oui, évidemment, railla Baxter, peu impressionnée.

Wolf l'ignora et se tourna vers Saunders.

— Dans ton rapport, tu as dit que l'agent Randle avait dû forcer la porte d'entrée.

— Qui ça ?

— Randle.

— Rondelle ?

— Putain, Saunders, passe au café, merde !

Saunders leva son verre avec un sourire béat. Wolf préféra reporter son attention sur Baxter.

— Bref, c'est ce que disait son rapport. Et de mémoire, tu as déjà vu Finlay et Maggie fermer leur porte à clé ?

— Jamais, reconnut Baxter.

— Exactement. Ce soir-là, ils ne l'avaient pas fait non plus. La poignée avait juste été relevée… de l'intérieur.

Edmunds hocha la tête, impressionné.

— C'est digne de Columbo ! s'exclama-t-il.

— N'est-ce pas ? répliqua Wolf, très fier de lui.

— En général, Columbo ne se prend pas une dérouillée derrière, fit remarquer Baxter pour le faire redescendre.

— Pardon, mais je voudrais en revenir au *commissioner*, intervint Joe. Pourquoi aurait-il voulu tuer son meilleur ami ?

Tous les regards se tournèrent vers Wolf.

— Je n'en sais rien, reconnut-il. Et pour tout vous dire, je m'en fous un peu. La seule chose qui compte, c'est qu'il l'a fait.

Tous se turent pour boire une gorgée de bière. Ce fut finalement Edmunds qui brisa le silence, d'un ton qu'il espérait à mi-chemin entre l'indignation et l'excitation.

— C'est… c'est quand même costaud, de poursuivre le *commissioner* de la Metropolitan Police pour meurtre, non ?

— C'est surtout très casse-gueule, rétorqua Baxter.

De retour dans la conversation, Saunders hocha la tête.

— Il connaît toutes les ficelles… On est baisés, conclut-il.

— Alors qu'est-ce qu'on fait ? demanda Edmunds.

Une fois de plus, tous les regards se tournèrent vers Wolf.

— On ne fait rien, répondit-il.

— Pardon ?

— On ne fait rien, répéta Wolf, ignorant le regard de dégoût que lui adressait Baxter. Comme l'a fait remarquer

Saunders, Christian connaît toutes les tactiques qu'on pourrait utiliser pour essayer de le faire tomber. On ne peut pas gagner. Saunders s'est fait forcer sa voiture devant chez lui. Quelqu'un est entré chez Edmunds alors que sa fiancée et sa fille dormaient sur le canapé ! Et ça, c'était avant même qu'il sache qu'on le soupçonnait. Il m'a agressé dans un bâtiment rempli de flics et je ne peux même pas le prouver !

— Il se sent menacé et il panique, dit Baxter.

— Ce qui le rend d'autant plus dangereux. N'oublions pas qu'il a assassiné son meilleur ami sans laisser la moindre preuve derrière lui. On l'a acculé. Peut-être que Finlay a fait la même erreur. Et aucun d'entre nous ne peut anticiper sa réaction. Alors on arrête les frais.

— Donc il a buté Finlay, et on le laisse s'en tirer comme ça ? lâcha Saunders avec colère.

— Bien sûr que non. Christian pense que les preuves qui se trouvaient chez Edmunds ont été détruites. Ce qu'il ignore, c'est que tout ce qui concernait l'entrepôt et la fusillade à George Square se trouvait à l'abri dans le cabanon de jardin.

— Dans le bureau de ma firme, rectifia Edmunds.

— Il pense qu'il a les cartes en main. S'il nous voit reculer, son arrogance fera le reste. Demain matin, je fournis à Vanita les résultats du labo et les dossiers qui ont échappé à l'attaque à l'acide. Elle s'occupera du reste.

— Alors, c'est fini ? demanda Edmunds.

— C'est fini. Vous pouvez dire à votre fiancée qu'elle peut revenir à la maison.

Edmunds hocha la tête.

— Comme disait mon grand-père : « Mieux vaut vivre comme un lâche que mourir en héros », déclara Saunders en renversant une partie de sa bière sur la manche d'Edmunds. C'est ce qu'on raconte, en tout cas. Moi, je l'ai pas connu. Il a marché sur une mine en fuyant devant l'ennemi. N'empêche que ça reste un bon conseil.

Autour de la table, tout le monde était perplexe.

— J'imagine que ça veut dire que tu es d'accord avec ma décision… Labo ? demanda Wolf.

Joe acquiesça à contrecœur.

Pour finir Wolf se tourna vers Baxter. Il n'arrivait pas à deviner ce qu'elle pensait. Après quelques secondes d'hésitation, elle répondit simplement :

— Comme tu le sens.

Wolf fronça les sourcils.

— Qu'est-ce qu'il y a ? s'écria Baxter. Je suis d'accord avec toi !

— C'est bien le problème.

— Peu importe qui le fait tomber, du moment qu'il tombe. Je sais que c'est Vanita, mais si tu lui donnes toutes les infos, elle devrait quand même réussir à s'en sortir, non ?

Wolf la dévisagea avec méfiance, mais il finit par acquiescer et leva sa pinte.

— À Finlay ! déclama-t-il, en espérant avoir menti de façon assez convaincante pour les protéger tous.

*

Andrea était assise à son bureau, chez elle. Elle préférait de loin s'enfermer dans son travail qu'errer sans but dans cette immense maison jusqu'au retour de Geoffrey. Le téléphone à l'oreille, elle attendait que le standard du New Scotland Yard lui passe le département *Homicide and Serious Crime*. Soudain, la musique s'interrompit et une voix familière lui répondit – une voix à laquelle elle avait eu affaire à plusieurs reprises.

— Madame Hall, en quoi puis-je vous être utile ?

— Je voudrais parler à Wolf… Pardon, à William Fawkes, s'il vous plaît.

— Je suis navrée, mais comme il me semble vous l'avoir expliqué hier, monsieur Fawkes ne fait plus partie de nos effectifs.

— Est-ce que vous lui avez transmis mes messages, au moins ?

— Je peux vous assurer que si monsieur Fawkes n'a pas pris contact avec vous, on ne peut en aucun cas en imputer la faute aux services de la Metropolitan Police.

— Mais pourquoi vous parlez comme ça ? C'est insupportable !

— Je suis désolée que vous ayez cette impression, madame. Toutefois, si je puis me permettre…

— Non. Vous ne pouvez rien vous permettre du tout. À demain, aboya-t-elle avant de raccrocher.

Andrea se tourna plusieurs fois sur son fauteuil en se demandant si elle devait essayer de rappeler Maggie. Mais soudain, elle s'interrompit. Elle déverrouilla son portable et fit défiler son impressionnante liste de contacts en croisant les doigts pour que le numéro qu'elle n'avait pas utilisé depuis des années ait survécu à ses nombreux changements de téléphone…

Par miracle, il était toujours là.

*

Quand Thomas rentra chez lui, il fut accueilli par une odeur de brûlé, ce qui signifiait soit que la maison était en feu, soit, pire, que Baxter s'était remis en tête de faire à manger. Il retira son manteau et suivit jusqu'à la cuisine les accords tonitruants d'une chanson post-hardcore. Les vestiges du détecteur de fumée craquèrent sous son pied lorsqu'il franchit le seuil de la porte.

— Salut ! fit Baxter.

— Salut, répondit Thomas.

À contrecœur, il la prit dans ses bras, avant de sortir un verre et d'y verser les dernières gouttes de la bouteille de vin posée sur le plan de travail.

— Je t'ai préparé ton plat préféré ! annonça-t-elle d'un air triomphant.

— Patates crues et steak haché carbonisé ?

Le sourire de Baxter s'évanouit.

— Désolé, c'était une mauvaise blague. Mais rappelle-moi quand même, c'est quoi mon plat préféré ?

— Mon fameux risotto au poulet citronné.

— Sacré programme, murmura-t-il un peu trop fort.

Puis, baissant le volume de la musique de sauvage qui s'échappait des enceintes :

— C'est joli ce que tu écoutes, c'est le nouveau tube des One Direction ?

— C'est Glassjaw, répondit Baxter en remontant le son. Tu veux du vin ? ajouta-t-elle en ouvrant une deuxième bouteille, sans même lui laisser le temps de goûter le précédent.

Après quoi, elle entreprit de profiter de son état d'ébriété pour essayer maladroitement de recoller les morceaux.

— Je me disais..., commença-t-elle. Mon amie Avril, elle est plutôt jolie, non ?

— Euh, oui, j'imagine, répondit Thomas, mal à l'aise.

— Elle porte des jolis vêtements... féminins.

— Tu veux dire... comme des jupes ? suggéra Thomas avant d'avaler une première gorgée de vin.

— Oui, voilà. Du coup, pourquoi tu coucherais pas avec elle ?

Thomas manqua de s'étouffer.

— Je te demande pardon ?

— Je pense que ça ne la dérangerait pas.

— Eh ben tant mieux, alors ! Et moi, tu ne te dis pas que ça pourrait me déranger ?

La réponse laissa Baxter perplexe. Elle songea qu'elle avait peut-être mal évalué la situation.

— Je proposais juste de rétablir l'équilibre, se justifia-t-elle.

Thomas posa son verre sur le plan de travail.

— Je n'ai aucune envie de rétablir l'équilibre, comme tu dis. Je voudrais que ce qui s'est passé ne se soit jamais passé, Emily. Tu ne peux pas débarquer comme ça et…

Il s'interrompit.

— Je suis désolé, reprit-il. Je n'ai pas très faim ce soir… Allez, viens, Echo !

Il tourna les talons et sortit de la cuisine.

Le chat endormi ouvrit un œil et se tourna vers sa maîtresse.

— N'y pense même pas, lui lança-t-elle.

D'un bond, l'animal descendit de la table et rejoignit Thomas au salon.

— Sale traître ! marmonna Baxter dans son verre de vin.

*

Wolf bondit hors du wagon et grimpa quatre à quatre les marches du métro Edgware Road. Il ne lui restait plus que cinq minutes avant le couvre-feu. Il courut dans la rue, jusqu'à arriver en vue du poste de police de Paddington Green.

Là, il aperçut George qui l'attendait dans l'entrée, tel un parent inquiet.

— Dix… Neuf… Huit ! compta George avant d'ébouriffer fièrement les cheveux de Wolf, qui avait franchi le seuil avec sept secondes d'avance sur l'heure fatidique. J'étais sur le point de me préparer un chocolat chaud. Vous en voulez ?

Wolf haleta une réponse incompréhensible.

— Bon, je vous en fais un, alors.

Après avoir passé dix minutes dans sa cellule à discuter avec George, Wolf sortit de sa poche la page qu'il avait arrachée au registre de l'hôpital. Du bout de l'index, il descendit jusqu'à la ligne qui avait attiré son attention :

Visiteur	**Patient**	**Date**	**Heure d'arrivée**	**Heure de départ**
Monsieur X	Christian Bellamy	10/01/2016	18 h 35	18 h 50

Wolf posa la feuille à côté de lui et nota sur un morceau de papier :

Visiteur ??? Récupérer vidéosurveillance dimanche
18 h 35 – 18 h 50

Ce n'était pas terminé.

25

Dimanche 10 janvier 2016,
18 h 42

CHRISTIAN SE RETOURNA sur son lit d'hôpital trop étroit, perdu dans le brouillard entre sommeil et conscience. Alors que ses paupières se décollaient peu à peu, il commença à discerner une silhouette floue. Pendant quelques instants, il la considéra d'un air absent, avant de se redresser brusquement.

Un homme assez corpulent était assis à côté de lui et le regardait fixement, un bouquet de fleurs rouge sang posé sur les genoux.

— Vous êtes au courant que vous parlez pendant votre sommeil ? demanda-t-il à brûle-pourpoint, alors que Christian fouillait la pièce du regard en quête de soutien. Du calme, du calme ! Je suis simplement venu pour discuter.

Christian s'appuya contre les oreillers et essaya de se détendre.

— Vous savez, reprit l'homme en passant les mains dans ses cheveux colorés à la teinture bas de gamme, mes gars se seraient contentés de vous secouer un peu. Après tout, mort, vous ne me serviriez à rien. Mais… j'ai l'impression que le message a du mal à rentrer dans votre jolie petite tête : je ne peux pas me permettre d'avoir la Metropolitan Police qui se mêle de mes affaires. Vous m'aviez promis de vous en occuper, et pourtant…

Il haussa les épaules.

— Je vais régler le problème, je vous le jure, dit Christian.

— Pas la peine. Et puis, il faut que vous retrouviez des forces. Je vais me débrouiller tout seul. À ma manière.

— Ne faites pas ça ! lâcha Christian, avant de se rappeler à qui il avait affaire. Ce ne sera pas nécessaire. Je m'en occupe. Je vous assure.

L'homme l'observa quelques instants sans rien dire.

— Dans ce cas, faites vite. Je ne tiens pas à avoir à vous le redemander. Depuis le temps qu'on se connaît, tous les deux, je vous vois presque comme un ami.

— Et moi également, Killian.

— Vous êtes quelqu'un qui compte, pour moi, Christian. Vous en avez conscience, n'est-ce pas ?

Christian sourit.

— … Mais n'allez pas croire que vous êtes irremplaçable.

26

Jeudi 14 janvier 2016,
8 h 46

LES NÉONS AUTOMATIQUES se déclenchèrent lorsque la voiture de Vanita pénétra dans le parking souterrain du New Scotland Yard. Elle se gara sur sa place réservée, coupa le contact et s'apprêta à sortir.

— Ah ! s'écria-t-elle soudain, en posant la main sur son cœur.

Christian l'avait fait sursauter en ouvrant la portière. Un sourire charmeur aux lèvres, il se pencha vers elle.

— Désolé, Geena. Je ne voulais pas vous faire peur. Je vous ai vue entrer et je me suis dit que j'allais passer vous dire bonjour.

Vanita eut un petit rire nerveux.

— Je ne pensais pas vous voir au bureau, aujourd'hui, dit-elle.

Elle attrapa ses sacs et sortit, pour se retrouver coincée entre la portière et le bras du *commissioner*.

— Je ne suis pas là… de manière officielle. J'avais juste deux ou trois choses à régler.

L'intensité de son regard la mit mal à l'aise.

— En tout cas, je suis contente de voir que vous allez mieux, conclut-elle avant d'indiquer le bras qui l'empêchait de passer. Si vous voulez bien m'excuser.

Il fit mine de ne pas avoir entendu.

— Ai-je tort de croire que c'est vous qui avez mis fin à la garde à vue de William Fawkes, hier ? demanda-t-il.

— Non.

— Du coup, pourquoi une décision aussi peu orthodoxe ? Ce n'est pourtant pas dans vos habitudes…

— Ça ne vous fait pas plaisir ?

— Si, si, au contraire. Je voudrais juste savoir ce qui vous a motivée à faire ce choix.

Vanita dut pousser ce bras qui lui bloquait le passage, avant de se diriger vers l'ascenseur situé à l'autre bout du parking désert.

— Il avait des raisons légitimes d'enfreindre son couvre-feu, expliqua-t-elle en se forçant à marcher à une allure normale. Les deux fois. J'ai estimé qu'il méritait une seconde chance.

Elle appuya sur le bouton et entendit le mécanisme s'enclencher, quelque part dans les étages. Christian réapparut à côté d'elle.

— Pas d'autre raison ? demanda-t-il.

— Comme… ?

Il haussa les épaules.

— Écoutez, commença Vanita, consciente qu'ils avaient tous les deux entendu le tremblement dans sa voix. J'ai pris cette décision en tant que *commissioner* par intérim, et…

— Vous aimez bien jouer au *commissioner*, n'est-ce pas, Geena ?

Elle sut alors qu'il avait très bien compris pourquoi elle avait fait libérer Wolf. À présent que les masques étaient tombés, elle le regarda droit dans les yeux.

— On y prend goût, répondit-elle.

La sonnerie retentit et les portes métalliques coulissèrent. Ils pénétrèrent tous les deux dans la cabine.

— J'organise une petite sauterie chez moi, ce soir, pour fêter la fin de ma convalescence, annonça Christian. Il serait malvenu de votre part de ne pas y faire au moins une apparition.

— Vous avez raison de profiter de la liberté tant que vous le pouvez, rétorqua Vanita, hautaine comme jamais. Avant de reprendre le travail, s'entend.

Les portes se refermèrent et la cabine commença son ascension.

— Du coup, je compte sur vous ?

— Je ne manquerais ça pour rien au monde.

L'ascenseur s'arrêta au rez-de-chaussée, où deux personnes les rejoignirent.

— Bonjour, monsieur le *commissioner*, fit l'une des deux.

— Bonjour, répondit Christian avant de se retourner vers Vanita. Si vous voulez mon avis, vous avez pris la bonne décision au sujet de Will. Il faut qu'il mène cette enquête jusqu'au bout… quelles qu'en soient les conclusions.

Alors que la cabine ralentissait à l'approche de leur étage, Vanita lui fit face.

— Quelles qu'en soient les conclusions, approuva-t-elle.

*

Baxter avait décidé de faire un saut à l'appartement pour prendre des nouvelles de Rouche, qu'elle avait un peu délaissé. Quand elle vit tous les efforts qu'il déployait pour essayer de lui faire croire que son état de santé s'était amélioré, elle décida de lui épargner les remarques inquiètes et se lança dans un résumé des derniers jours.

Comme souvent, il eut une manière assez personnelle de réagir à ces révélations pourtant fracassantes.

— Est-ce qu'ils continuent à fabriquer les œufs Kinder avec le jouet à l'intérieur ? demanda-t-il.

— Hein ? Euh… oui. Tu veux que je t'en achète un ?

Il pesa le pour et le contre pendant de longues secondes avant de répondre :

— Non, ça ira.

— Je t'en achèterai un, promit-elle. Et sinon… le *commissioner* tueur… un avis ?

— Ah, oui. C'est vraiment moche.

Elle secoua la tête.

— Bon, changeons un peu de sujet, soupira-t-elle. Comment ça se passe avec Holly ?

Elle souriait bêtement, et Rouche balaya sa question d'un geste de la main.

— Ben quoi ? fit Baxter. Ça se voit que tu lui plais !

Il continua à l'ignorer.

— Elles auraient voulu que tu sois heureux, ajouta-t-elle en désignant la photo posée sur la table de nuit, où on voyait Rouche entouré de sa femme et sa fille.

— Peut-être…, commença Rouche, qui de toute évidence ne tenait pas à évoquer les désirs potentiels de ses fantômes. N'empêche, Holly ferait mieux de se trouver quelqu'un qui ne risque pas de finir mort, en prison ou les deux au cours des prochaines semaines.

— Arrête un peu ton cinéma, railla Baxter. Mais essaie quand même de ne pas mourir, hein ?

Elle sentit son téléphone vibrer dans sa poche et consulta l'écran.

— L'enfoiré ! s'exclama-t-elle.

— Un problème ?

— L'enfoiré ! répéta-t-elle en relisant le message. Figure-toi que cette espèce d'ordure arrogante organise une fête, ce soir !

— Qui ça, Christian ? Et il t'a invitée ?

— Oui, mon mail est sur la liste de diffusion avec ceux des autres officiers.

Elle secoua la tête et se leva.

— Ça va ? demanda Rouche.

— Moi ? Comme sur des roulettes. Mais faut que je file, je dois aller prévenir Maggie que son ami de longue date, l'homme chargé de l'enquête sur le meurtre de son mari, l'homme à qui elle se confie et dont elle prend soin depuis qu'il a été agressé… que cet homme est en fait la raclure qui est directement responsable de tous ses malheurs.

Rouche la regarda longuement sans rien dire. Il comprenait. Finalement, il ouvrit la bouche, mais elle l'interrompit avant qu'il ait pu dire quoi que ce soit.

— Si c'est encore pour me parler de ton putain de Kinder Surprise, je te jure que je t'en colle une…

Rouche referma la bouche.

Baxter le fusilla du regard, puis elle ramassa son sac à main et sortit à grands pas.

*

À 12 h 30, quelqu'un frappa à la porte, et Vanita leva les yeux de sa salade insipide.

— Oui ?

Elle écarta son déjeuner et se détendit un peu en voyant apparaître une de ses subordonnées les plus dévouées.

— Qu'est-ce que je peux faire pour vous, inspecteur ? demanda-t-elle.

La pauvre femme n'eut pas le temps de répondre que Wolf la poussait sans ménagement et entrait dans la pièce.

— J'ai besoin d'une signature, d'un lit plus confortable et d'une autorisation de sortie un soir dans la semaine pour aller voir le dernier Tarantino, annonça-t-il.

— D'accord pour la signature, non pour le lit, et pour le Tarantino, je l'ai trouvé un peu en dessous des précédents.

Puis, se tournant vers sa subalterne :

— Merci, Nikon. Vous pouvez nous laisser.

Wolf fronça les sourcils.

— Elle s'appelle vraiment Nikon ? souffla-t-il une fois qu'elle fut sortie.

— Donnez-moi ça, ordonna Vanita.

Wolf déposa sur le bureau de la *commander* le formulaire IC432-R, plus connu sous le nom de « aboule-les-images-de-vidéosurveillance-enfoiré », que Vanita signa sans même le lire.

— Vous ne voulez même pas savoir pour quoi j'en ai besoin ? demanda Wolf, surpris.

— J'imagine que c'est en rapport avec l'enquête ?

— Oui.

— Notre cher patron m'est tombé dessus dans le parking, ce matin. Il a compris que si j'ai fait lever votre garde à vue, c'est parce que vous m'avez révélé la vérité et que je compte m'en servir pour le couler. Après sa tentative d'intimidation malavisée, je n'ai désormais plus aucun doute : cette ordure est coupable.

Elle rendit à Wolf le formulaire signé.

— Baxter n'aurait pas pu faire ça à votre place ? demanda-t-elle alors qu'il se préparait à partir.

— Je ne voulais pas l'impliquer.

Vanita hocha la tête.

— Je crois que ce n'est un secret pour personne que je déteste cette femme. Elle a une attitude déplorable, elle est suffisante, elle…

Elle sentit qu'elle s'emportait et s'interrompit, avant de reprendre d'un ton plus apaisé :

— Toujours est-il que s'il y a bien une personne qu'on peut qualifier de débrouillarde, c'est elle. Quant à Alex Edmunds, que ce soit en qualité d'inspecteur ou de détective privé, c'est un des hommes les plus brillants que je connaisse. Après, c'est mon avis, vous en faites ce que vous voulez.

Elle regretta cette dernière tirade quand elle constata que Wolf l'avait considérée comme une invitation à s'asseoir. Il examina le pot rempli de feuilles mortes posé sur le bureau.

— Votre plante a l'air malade.

— C'est mon repas.

Il grimaça.

— Un jour, Finlay m'a dit qu'un homme qui n'a plus rien à perdre est moins dangereux qu'un homme qui a tout à perdre. Cette histoire risque vite de mal tourner.

— Avec votre aide, je suis prête à aller jusqu'au bout, déclara Vanita. Et en parlant d'homme qui a tout à perdre, Christian m'a invitée à une réception chez lui, ce soir.

Le visage de Wolf exprima le dégoût, mais sa voix resta calme.

— J'imagine que tout le gratin sera là, dit-il. Tous les gens auprès de qui il veut se faire mousser. Ça pourrait être une belle opportunité de lui mettre un peu la pression.

— Ou de le faire boire jusqu'à ce qu'il avoue tout, renchérit Vanita.

Wolf prit quelques secondes pour réfléchir, puis son visage s'éclaira d'un grand sourire.

— Est-ce que vous avez besoin d'un cavalier ?

— Pas s'il est habillé comme un plouc, répliqua-t-elle.

Il baissa les yeux vers sa chemise pourtant repassée et haussa les épaules.

27

Jeudi 14 janvier 2016,
19 h 44

LE SMOKING DE LOCATION sentait les aisselles et lui moulait un peu trop le postérieur, mais c'était le mieux que Wolf avait pu trouver chez Moss Bros en s'y prenant au dernier moment. Après plusieurs essais infructueux, il avait abandonné l'idée de nouer son nœud papillon et l'avait laissé pendre à son cou, en se disant qu'il avait déjà fait l'effort de se raser et de se coiffer.

Sur la banquette arrière du taxi, Vanita et lui ne parlaient pas. Alors qu'ils approchaient du quartier privilégié où résidait Christian, ils regardèrent la ville laisser place à la forêt. La première chose qu'ils remarquèrent en arrivant fut la collection de voitures de luxe stationnées des deux côtés de la rue. Leur chauffeur se glissa entre une Aston Martin et une Range Rover mal garée au prix d'un rétroviseur éraflé. En bas de l'allée privée, une professionnelle de l'événementiel les attendait, un plateau de flûtes à champagne à portée de main.

— Bienvenue ! s'exclama-t-elle, tout sourire, quand Wolf descendit du taxi et ouvrit la portière pour Vanita. Est-ce que je pourrais avoir vos noms, s'il vous plaît ?

— Je suis le cavalier de Geena Vanita, répondit Wolf. Et voici Geena Vanita.

La jeune femme consulta sa liste, mais elle devait avoir les mains frigorifiées, car elle s'y reprit à trois fois pour tourner la page. Après quoi elle leur tendit à chacun une flûte, et Wolf songea qu'il s'agissait probablement de l'équivalent haut de gamme du tampon encreur qu'utilisaient les videurs de boîte de nuit.

— Vous pouvez suivre l'allée jusqu'à la maison, indiqua l'hôtesse. Vous trouverez monsieur Bellamy et le reste des invités dans la grande salle.

Ils firent quelques pas sur le gravier, dépassèrent un petit groupe de fumeurs sur leur trente-et-un et franchirent la porte d'entrée ouverte.

— Wahou ! s'exclama Vanita, comme tous les gens la première fois qu'ils découvraient cette pièce immense aux allures de vaisseau spatial, avec son mur de verre qui donnait sur un ciel rempli d'étoiles.

Un piano à queue s'était matérialisé, mais ses notes peinaient à se faire entendre par-dessus les rires aristocratiques et les conversations verbeuses. Malgré son accoutrement, Wolf sentait qu'il faisait tache au milieu de ces gens – son visage buriné était dénué de cet air de dédain que tous les convives semblaient porter en étendard.

— William Fawkes ? s'écria quelqu'un avant de s'approcher pour lui serrer la main sous les regards de l'assemblée. Le fameux Wolf !

— Fawkes, je vous présente Malcolm Hislop, député de la circonscription qui regroupe Chelsea et Fulham, et probablement notre futur maire après les élections de mai prochain, annonça Vanita en faisant une bise sonore à l'édile à la peau satinée.

— Geena, quel plaisir de vous voir ! répondit-il mécaniquement avant de reporter son attention sur Wolf. Mmh… Je ferais mieux de garder mes distances, non ?

Et il mit les mains en l'air, faisant mine de se protéger, sous les éclats de rire de l'assistance grandissante – une allusion à l'ancien maire, Turnble, qui avait brûlé vif sous les yeux de Wolf.

— C'est un sujet de plaisanterie, maintenant ? demanda Wolf à Vanita, perplexe.

À force, leur petit groupe finit par attirer l'attention de Christian, de l'autre côté de la pièce. Quand le *commissioner* reconnut Wolf, son visage pâlit. L'ancien policier fit abstraction des remarques grandiloquentes qu'on lui adressait et leva ostensiblement son verre à la santé de leur hôte du soir, puis il regarda Christian retourner à sa conversation, visiblement perturbé. C'est alors qu'il remarqua une silhouette qui fendait la foule en direction du *commissioner*.

— Excusez-moi, dit Wolf, et il abandonna Vanita pour intercepter la femme vêtue d'une robe de soirée noire avant que quelqu'un ne remarque sa présence.

Baxter n'était plus qu'à trois pas de Christian lorsque Wolf lui attrapa délicatement le bras pour la mener dans le sens opposé.

— Qu'est-ce que tu fais là ? siffla-t-il entre ses dents, tout en se forçant à garder un sourire de façade.

— Tu croyais vraiment que tu allais me convaincre de laisser tomber, avec ton grand discours ? répliqua-t-elle, et elle ponctua sa question d'un rire cristallin pour ne pas attirer l'attention.

Les gens avaient commencé à danser, ce qui gênait leur progression.

— Je voulais te protéger, dit Wolf.

— C'est un peu tard pour ça.

D'un mouvement d'épaule, elle se dégagea, avant de se tourner pour lui faire face.

— Il a assassiné Finlay. Je veux le voir brûler en enfer !

Un homme aux airs de notable s'approcha d'eux et tendit la main vers Baxter.

— Voulez-vous… ?

— Si je veux quoi ? rétorqua Baxter en observant la main ridée comme si elle tenait un chaton mort.

L'homme parut tout de suite moins sûr de lui.

— … m'accorder cette danse ?

— Et puis quoi encore ? Dégage, sale pervers !

Wolf s'excusa d'un sourire pour l'attitude de son amie, puis il entraîna Baxter vers la porte la plus proche.

— Wolf ? Où tu m'emmènes ? gémit-elle. Aïe !

Il poussa Baxter à l'intérieur, alluma la lumière et referma la porte derrière eux. À présent, il était collé à elle – à son dos, plus précisément – et un minuscule lavabo lui labourait le flanc.

— Super, commenta Baxter. Maintenant, on est dans les plus petites chiottes du monde. T'es content de toi ?

Elle se retourna comme elle put dans l'espace exigu, donnant au passage deux coups de coude involontaires à Wolf.

— C'est pas des toilettes, ça, se plaignit Wolf lorsqu'il reçut un troisième coup au niveau du plexus solaire. C'est un placard qui ne s'assume pas.

À force de contorsions, ils finirent par se faire face, les seins de Baxter plaqués contre le torse de Wolf. Ce dernier fit tous les efforts du monde pour ne pas réagir.

— Tu es très belle, lança-t-il.

— Et ta remarque est complètement déplacée… Wolf ?

— Oui ?

— Y a intérêt à ce que ce soit ton téléphone, que je sens contre ma cuisse, dit-elle d'un ton menaçant.

— Je te le jure, affirma-t-il, mais un texto malvenu fit vibrer la poche de sa veste.

— Quel porc ! s'exclama-t-elle en escaladant la cuvette.

— Quoi ? C'est pas de ma faute si tu es belle !

— Tu as dix secondes pour répondre à ma question : pourquoi tu m'as enfermée ici ?

— D'accord. Je ne peux pas te convaincre de ne pas t'impliquer dans cette histoire. Et je respecte ta décision. Mais peut-être que tu pourrais agir de manière… plus discrète. Moins frontale ?

— Je n'ai pas peur de lui !

— C'est bien le problème ! rugit-il, la faisant sursauter.

Il leva les mains pour s'excuser, sous le regard méfiant de Baxter.

— Je refuse de me cacher, affirma-t-elle.

La veste de Wolf vibra de nouveau. Il n'en tint pas compte et adressa à Baxter un hochement de tête entendu – il savait qu'il n'arriverait jamais à la faire changer d'avis.

— Par contre, ça reste entre nous, prévint-il. On laisse les autres en dehors de ça.

— D'accord.

Il y eut alors une série de coups rapprochés frappés à la porte. Puis une autre.

— Wolf ? murmura une voix de l'autre côté. Wolf ?

L'ancien policier jeta un regard interrogateur à Baxter et leva le loquet. Il n'eut pas le temps de dire quoi que ce soit qu'il se retrouva de nouveau collé à elle lorsque Edmunds entra dans la pièce exiguë.

— Edmunds ? fit Baxter

— Baxter ? fit Edmunds.

Tous deux se penchèrent pour se saluer par-dessus l'épaule de Wolf.

— J'étais sûr que tu serais là, dit le détective privé dans son smoking trop grand pour lui. C'est pour ça que je suis venu, je voulais te protéger.

— C'est vraiment gentil, dit Baxter d'une voix douce. Mais ça ira. Comme toujours.

— Alors quand c'est lui, c'est « gentil » ? s'offusqua Wolf.

— Tu es très belle, ajouta Edmunds.

— Merci.

Wolf parvint à les griffer tous les trois en se retournant vers Edmunds.

— Y a intérêt à ce que ce soit votre téléphone, que je sens contre ma cuisse.

— C'est bien mon téléphone. Et je vous ai envoyé deux messages. Je vous avais perdu de vue.

— J'imagine que ça veut dire que vous n'avez pas non plus prévu de laisser tomber ?

— Bien sûr que non. Ce salaud a tué notre ami. Quelqu'un travaillant pour lui ou avec lui est entré chez moi par effraction. Ma place est ici. Je veux aider… Et d'ailleurs, Saunders et Joe sont partants, eux aussi.

Wolf acquiesça, vaincu, avant de redresser la tête, perplexe.

— Joe ?

— Labo, précisa Baxter, qui commençait à trouver le temps long perchée sur la cuvette des toilettes.

— Quelqu'un a parlé à Maggie ? demanda Edmunds.

— Moi, répondit-elle.

— Et comment elle l'a… ? Est-ce que ça va ?

— Pas vraiment. Comme on pouvait s'y attendre, elle a dit qu'on se trompait, qu'on ne faisait qu'empirer les choses, et qu'on se servait de Christian comme bouc émissaire pour protéger Wolf. Et puis, au bout d'un moment, elle a fini par comprendre, et par accepter.

— Merci de t'en être occupée, dit Wolf en lui donnant par inadvertance un coup de coude dans le sein.

— Fais attention, merde ! Et surtout, dis-nous quel est ton plan, qu'on puisse enfin sortir d'ici.

— Christian a reçu une visite quand il était à l'hôpital, expliqua-t-il en s'efforçant de ne pas baisser les yeux vers le décolleté de Baxter. Quelques heures plus tard, les cartons de preuves étaient détruits. J'ai confisqué la page du registre des visites et le stylo qui allait avec.

— Ça m'étonnerait que le visiteur en question ait signé de son vrai nom, fit remarquer Edmunds avant de pousser un grognement de protestation car Wolf s'était encore retourné.

— Bien sûr que non. Mais ça nous donne un créneau horaire, un échantillon de son écriture et, si on a vraiment beaucoup de chance, ses empreintes. Du coup, j'ai fait une demande pour récupérer les images de vidéosurveillance.

Quelqu'un frappa à la porte. Tous les trois répondirent en même temps :

— Désolé !

— C'est occupé !

— Foutez le camp !

L'importun n'insista pas, et Edmunds reprit la parole :

— Bon, j'ai pas mal réfléchi : jusqu'ici, on est toujours partis du principe que c'étaient les mêmes personnes qui étaient responsables pour la voiture de Saunders, l'agression de Christian et l'effraction à mon domicile. Mais avec ce qu'on sait maintenant, avouez que l'agression ne colle pas...

— Un moyen de brouiller les pistes ? suggéra Baxter.

— Il y aurait eu des solutions beaucoup plus simples et beaucoup moins douloureuses. Tu as vu sa voiture, son visage… Il a vraiment failli mourir.

— Alors quelle est votre théorie ? demanda Wolf.

Baxter n'en revenait pas : même Wolf avait fini par se rendre compte qu'Edmunds était un atout indispensable.

— D'un côté, on a quelqu'un qui est de mèche avec le *commissioner*, de l'autre, quelqu'un qui est responsable de son agression. À mon avis, ce sont les menaces de ce deuxième quelqu'un qui ont poussé Christian à assassiner son meilleur ami. J'ai déjà pris la liberté de demander d'autres dossiers au sujet du groupe criminel établi dans l'entrepôt de Glasgow. Si la personne qui a survécu à l'incendie n'a pas assassiné Finlay, je reste convaincu qu'elle est quand même impliquée.

Baxter était fière comme un paon : son Edmunds était le plus fort.

— Qu'est-ce que tu veux qu'on fasse, Wolf ? demanda-t-elle. Et par pitié, ne te retourne pas !

— Il faut trouver le mobile, déclara-t-il, le dos tourné. Il s'est passé quelque chose dans ce chantier naval. Quelque chose qu'on ignore. C'est quand même incroyable que dans le même temps, on ait Finlay à deux doigts de recevoir la visite d'un huissier et Christian qui mène une vie de château. Il nous manque des informations.

— Très bien, dit Baxter en descendant de son perchoir. Et maintenant, qu'est-ce que vous diriez qu'on aille s'amuser un peu avec ce cher Christian ?

— Pourquoi pas ? répondit Wolf.

Ils jaillirent des toilettes sous le regard curieux de quelques invités et se rendirent vite compte qu'ils ne seraient pas la seule épine dans le pied de Christian ce soir-là…

La piste de danse s'était figée.

La musique s'était tue.

Toutes les têtes étaient tournées vers le centre de l'immense salle de séjour luxueuse, où leur hôte venait de recevoir une claque de la part d'une femme pas particulièrement apprêtée.

— Maggie ! s'écria Baxter.

Elle se fraya aussitôt un chemin parmi les invités ébahis et rejoignit son amie, qui semblait perdue. Christian aussi avait l'air sous le choc : il avait encore la main sur la joue et arborait l'expression de celui dont le monde vient de s'écrouler. Il était si abasourdi par ce qui venait de se passer que lorsque Maggie éclata en sanglots, il voulut s'avancer comme pour la consoler. Baxter l'écarta sans ménagement et escorta Maggie jusqu'à l'extérieur.

Il fallut plusieurs longues secondes à Christian avant de se reprendre. Enfin, il s'éclaircit la gorge.

— Mesdames et messieurs, je suis vraiment navré pour ce qui vient de se passer, déclara-t-il avec un sourire. Je vous en prie, trinquez, dansez, amusez-vous ! De mon côté, je vais aller chercher de la glace !

Quelques rires gênés s'élevèrent, puis le bourdonnement des conversations reprit peu à peu, avec l'aide du piano qui comblait les silences. Encore un peu étourdi, Christian faillit rentrer dans Edmunds.

— Monsieur le *commissioner*, dit ce dernier avec un petit hochement de tête poli avant de rejoindre Vanita, qui semblait ravie de le voir.

Christian se dirigea vers le bar, conscient que ses invités scrutaient le moindre de ses mouvements. Il s'apprêtait à héler le barman quand quelqu'un lui tendit un torchon rempli de glaçons.

— Merci, dit-il avant de découvrir la silhouette imposante de Wolf penchée au-dessus de lui.

Il eut un rire amer.

— Vous avez parlé à Maggie ?

— Ça a l'air de vous surprendre…

— À vrai dire…, commença-t-il avant de baisser la voix jusqu'au murmure, je suis surpris que vous ayez été assez bête pour ne pas tenir compte de mon avertissement.

Il appliqua le torchon contre sa joue.

— Oh, j'en ai tenu compte, répliqua Wolf avec un regard féroce. Et maintenant, c'est à vous de tenir compte du mien : vous pouvez vous cacher dans votre petit palais au milieu des bois, vous pouvez le remplir de tous les lèche-bottes que vous serez capable de trouver et leur servir vos cocktails raffinés et vos mensonges abjects… mais sachez qu'à la fin, c'est moi qui viendrai y mettre le feu.

Christian prit quelques instants pour réfléchir à la menace de Wolf, puis :

— Maggie ne risque rien, vous avez ma parole. Par contre, pour ce qui est de vous autres…

Il laissa la phrase en suspens et secoua la tête.

Wolf lui posa alors sa grosse main sur l'épaule et se pencha vers lui.

— Je sais ce qui s'est passé dans cet entrepôt, mentit-il tout bas.

Puis il donna au *commissioner* une tape dans le dos « à la Finlay » et tourna les talons.

— Tout va bien ? s'inquiéta un invité en voyant le visage blafard de Christian.

Ce dernier ne répondit rien et regarda Wolf slalomer parmi les convives. De l'autre côté de la pièce, Edmunds et Vanita le toisaient avec dédain.

— Tu es sûr que ça va, Christian ? insista l'invité, un vieil homme très distingué.

— Oui, oui… Tout va bien, Winston, merci. Les pressions habituelles… tu sais ce que c'est.

Il sourit, tandis que le combat de regards se poursuivait entre les différents acteurs…

— Les loups qui me tournent autour, conclut-il.

28

Dimanche 18 novembre 1979,
17 h 07

CHRISTIAN ET FINLAY avaient passé la première heure de leur service à éviter d'aborder le sujet des blessures qu'ils s'étaient infligées mutuellement. Christian boitait bas et il avait un bleu violacé à l'endroit où sa mâchoire était brisée ; quant à Finlay, il avait deux yeux au beurre noir, et son nez avait une fois de plus changé de direction.

— Où est-ce que tu veux manger, ce soir ? demanda Christian, pied au plancher pour aider leur nouvelle voiture de patrouille à franchir la longue montée du parc de Cathkin Braes.

— Peu importe.

Pour Christian, ce fut la goutte d'eau qui fit déborder le vase. Sans le moindre coup d'œil dans son rétroviseur, il braqua pour couper le virage et pénétra dans le parc réputé pour ses jeux nocturnes entre voyeurs et exhibitionnistes. Sur le siège passager, Finlay ne réagit même pas au fait que son équipier avait failli le tuer. La voiture s'immobilisa. Christian retira la clé du contact, ouvrit la portière et alla s'asseoir sur le capot brûlant. Ses longs cheveux battus par le vent, il mit ses mains en coupe pour s'allumer une cigarette, puis il expira la fumée en regardant la lumière décliner sur la ville polluée.

Finlay le rejoignit.

— J'étais jaloux, dit Christian sans le regarder. J'avais trop bu… comme d'habitude. Je me suis comporté comme un connard… comme d'habitude. Et je suis désolé… ce qui pour le coup est peut-être une première.

Finlay ne dit rien.

— Maggie est… C'est une fille comme il y en a une sur un million, et ça se voit que vous vous plaisez. J'étais jaloux. Mais ce n'est pas une raison pour partir !

— C'est vrai.

— Tu veux dire que… tu ne pars pas ?

— Oh si, je pars, et sans regrets ! Je saute dans le premier avion pour quitter cette saloperie de ville et cette saloperie de crachin ! Mais ça n'a rien à voir avec nous. Maggie part… et je l'accompagne.

Christian acquiesça.

Le soleil perça les nuages, baignant de ses rayons l'énorme verrue grise qui avait grignoté la campagne écossaise.

— J'ai divisé l'argent en deux parties, reprit Christian, jetant son mégot dans les buissons avant de se rallumer aussitôt une cigarette.

— Tu peux tout garder. (Christian poussa un grognement.) Je n'en veux pas le moindre penny, insista Finlay. Par contre, je te jure que ce qui s'est passé ce soir-là, l'existence de cet argent… J'emporterai ce secret dans ma tombe.

— Mais ça ne m'inquiète pas, ça ! s'exclama Christian. Tu m'as sauvé la vie !

Il passa le bras autour des épaules de son ami et le secoua affectueusement.

— Il n'y a personne en qui j'ai plus confiance que toi, poursuivit-il. Mais je ne veux pas que tu te retrouves sans rien.

— Je n'en veux pas, répéta Finlay en dégageant le bras.

— Ces derniers jours, j'ai pas mal réfléchi à la notion d'intégrité. Au fait que ce n'est pas une constante, que ce n'est pas un trait de caractère prédéfini. C'est plus… un idéal qui va à l'encontre de la vie réelle – on se retrouve ballotté, mis à l'épreuve, et pendant tout ce temps, derrière le rideau, il y a cette espèce de jeu d'équilibriste qui se joue : l'intégrité contre ce qu'on désire, alors que ce qu'on désire, c'est de se voir comme des personnes intègres… c'est tordu.

— Et ça donne quoi, quand tu réfléchis pas ? railla Finlay.

— Tout ce que j'essaie de te dire… c'est que la vie est longue. Alors peu importe que tu le veuilles ou non, la moitié de cet argent t'appartient. Et le jour où la vie aura eu raison de ton intégrité, tu n'auras qu'à me le demander. C'est d'accord ?

— Aucune chance que ça arrive.

— Dans ce cas, tu ne risques rien à accepter. Alors, c'est d'accord ?

— … C'est d'accord.

29

Samedi 16 janvier 2016,
11 h 01

L'ÉQUIPE DÉ- PUIS REMOBILISÉE s'était de nouveau donné rendez-vous au fond du King & Country où, malgré l'aspect déprimant du menu, certains avaient tout de même pris le risque de commander un petit déjeuner. Pendant que Wolf essayait de repêcher une miette non identifiée qui flottait dans son café, Saunders s'attaqua à ses haricots à la tomate.

Edmunds vit Baxter réajuster son soutien-gorge, et remarqua aussitôt après que Joe se délectait du spectacle. Il donna un petit coup de coude discret à son amie pour la prévenir.

— Désolée, murmura-t-elle, visiblement pas dans son assiette.

Au bout d'un moment, Wolf, toujours vêtu de son smoking de location (probablement pour rentabiliser son investissement), se leva et s'éclaircit la gorge.

— Bonjour tout le monde. Et bon appé… (Il s'interrompit devant les assiettes abandonnées sur la table, encore à moitié pleines.) J'espère que vous allez bien. Hier, avec Edmunds et Labo, on a passé la journée à vous concocter une présentation complète avec feuilles plastifiées, surligneurs de toutes les couleurs et même… tenez-vous bien… l'iPad de la fiancée d'Edmunds.

— Mais surtout, ne lui dites rien, elle n'est pas au courant, s'empressa d'ajouter Edmunds tandis que Wolf tapotait l'écran avec ses gros doigts.

— Et en avant-première, les images de vidéosurveillance de l'hôpital, avec la visite mystère du visiteur mystère de Christian ! annonça Wolf avant de tourner la tablette pour que tout le monde puisse voir.

La vidéo se mit en pause lorsque l'homme regarda directement l'objectif. Puis il y eut un zoom sur son visage et l'image se mit à tourner sur elle-même avant de rebondir contre les bords de l'écran. De toute évidence, Wolf s'était un peu emballé avec son nouveau jouet.

Baxter lui lança un regard noir.

— Au moins, je n'ai pas utilisé de bruitages, se défendit-il, tout sourire, alors que la dernière image se figeait sur l'écran avec un « meuh » sonore. Bon… en fait, si.

L'image montrait un homme dans la même tranche d'âge que Finlay, mais mieux habillé et avec des cheveux bruns plaqués en arrière.

— Je vous présente Killian Caine, annonça Wolf. Le chef de l'organisation criminelle du chantier naval : trafic de drogue, racket, agressions multiples, impliqué dans plusieurs meurtres… bref, une raclure. Et pourtant, le voilà qui rend visite à notre cher *commissioner* peu de temps après que ce dernier a pris la raclée de sa vie. Bizarre, non ?

— Et voici ses complices, dit Edmunds en posant plusieurs photos sur la table.

— Ça veut dire quoi, les croix rouges ? demanda Saunders, la bouche pleine de galette de pomme de terre.

— Qu'ils sont morts dans l'incendie de l'entrepôt.

— Et… pourquoi il y en a où y a que les noms ?

— Parce qu'on n'a pas de photo d'eux, répondit Edmunds, qui avait l'impression d'énoncer une évidence. Normalement, si je ne me suis pas trompé, il y a là l'intégralité de son réseau.

— Et donc le type qui a survécu à l'incendie de l'entrepôt est forcément parmi eux ! annonça Saunders comme s'il venait de résoudre toute l'affaire.

— Effectivement, acquiesça Edmunds avec la patience d'un instituteur face à un cancre plein de bonne volonté. On sait que l'escouade de mercenaires et l'incendie ont décimé au moins la moitié de l'équipe de Caine.

Edmunds retira les clichés barrés d'une croix rouge de la table.

— J'ai commencé à récupérer tout ce que je pouvais sur les autres et c'est là que j'ai découvert que… (il posa la main sur une des photos anthropométriques jaunies) cet homme a été assassiné une semaine après l'incendie. Maintenant, je laisse la parole à Joe.

Le légiste essaya de se lever de manière aussi théâtrale que Wolf et Edmunds avant lui, mais il se retrouva coincé entre la table et le mur et finit par abandonner.

— J'ai vu qu'à l'autopsie, deux balles avaient été récupérées sur le cadavre. Alors je me suis dit : « Qu'est-ce que j'ai de mieux à faire ? » J'ai analysé les deux projectiles et devinez quoi ? Les mêmes rayures que les autres. Le même pistolet !

— Attendez, vous pensez que notre suspect a assassiné son collègue ? demanda Baxter.

— Oui.

Wolf se leva à son tour, l'air très excité. De toute évidence, il attendait ce moment depuis le début.

— Un témoin a vu un homme fuir la scène de crime, annonça-t-il en posant la main sur une petite pile de feuilles au format A4. Et la description qu'il a fournie de notre suspect m'a permis de réaliser ce portrait :

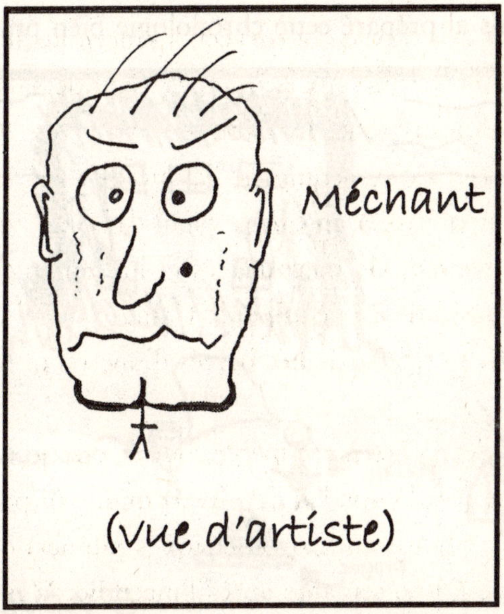

Tout le monde resta silencieux un long moment. Saunders ouvrit la bouche, mais même lui ne savait que dire. Finalement, ce fut Baxter qui prit la parole.

— Juste une question, Wolf…

— Oui ?

— C'est quoi, cette merde ?

— C'est vrai que le terme « artiste » est un peu exagéré, commenta Saunders en examinant le dessin.

— Il ne ressemble à aucun des types en photo, ajouta Edmunds, aussi diplomate que possible.

— Ce qui veut dire qu'elles ne nous serviront à rien, dit Wolf en retirant les clichés des hommes de Caine pour ne laisser que les noms sans visage.

— J'aurais quand même besoin d'une petite précision, dit Saunders, un peu perdu. Est-ce qu'il a tué son collègue avant ou après avoir tiré sur Finlay et le *commissioner* sur place ?

— J'ai tout prévu, mon cher ami tête en l'air ! répondit Wolf du tac au tac en attrapant une nouvelle feuille. Regardez, je nous ai préparé cette chronologie bien pratique !

— Tu es un crétin, Wolf ! lui lança Baxter.

Edmunds n'avait pas l'air impressionné par l'illustration (à raison), et Saunders éclata d'un rire sonore.

— Une frise ou un tableau aurait sûrement été plus efficace, non ? renchérit Joe.

— Écoutez, ça m'a pris beaucoup de temps de faire tous ces dessins, dit Wolf, vexé. Enfin, quand je dis beaucoup de temps… Bon, qui veut voir le dernier ?

Seul Saunders leva la main.

— Pourquoi il y a un lapin ? demanda Baxter en songeant que la réponse lui importait peu.

— Parce que je dessine vachement bien les lapins, rétorqua Wolf.

— Bref, intervint Edmunds afin de reprendre les rênes de la réunion. En me basant sur la description, je me suis intéressé aux noms restants et j'ai récupéré tout ce que j'ai pu trouver de leurs différents passages entre les mains de nos collègues après novembre 1979. Ce qui m'a permis de déterminer que notre mystérieux survivant de l'incendie est presque à coup sûr un certain… Eoghan Kendrick.

— Affaire classée ! s'exclama Saunders, avant de secouer Joe pour le féliciter.

— Malheureusement, tempéra Edmunds, Eoghan Kendrick est un faux nom. Quant au vrai type à qui appartient ce faux nom, il a tout bonnement disparu de la circulation.

— Tu comptes finir ton assiette ? demanda Saunders en se penchant au-dessus de l'épaule de Baxter.

Elle poussa vers lui le toast cartonné auquel elle n'avait pas touché.

— Si on recoupe toutes les informations dont on dispose et qu'on se permet quelques hypothèses, voilà ce que ça donne, annonça Edmunds.

Il écarta les dessins de Wolf et présenta à son tour une feuille, dans un style beaucoup plus professionnel :

– Il s'est passé quelque chose dans cet entrepôt
– Eoghan Kendrick sait ce qu'il s'est passé
– Eoghan Kendrick travaillait pour Killian Caine
– Killian Caine a rendu visite à Christian à l'hôpital (et c'est certainement lui qui l'y a envoyé)
– Christian a énormément d'argent
– Deux membres de la bande d'Eoghan Kendrick ont tenté de l'assassiner
– Eoghan Kendrick a disparu

— Est-ce que quelqu'un voit un lien qui permettrait de relier tous ces points de manière à obtenir une histoire cohérente ?

Tous froncèrent les sourcils en relisant les éléments du casse-tête.

— Je crois que j'ai trouvé, annonça soudain Saunders. En fait… Christian et Eoghan Kendrick sont une seule et même personne !

— Quelqu'un d'autre ? demanda Edmunds, exaspéré.

— Dis-nous, merde ! l'apostropha Baxter.

Edmunds prit un air innocent, avant de se raviser et d'arrêter son petit numéro.

— Voilà ma théorie. Je pense qu'il s'est passé quelque chose ce soir-là que Christian et Finlay voulaient garder secret. Malheureusement pour eux, ils n'avaient pas anticipé qu'Eoghan Kendrick réchapperait à l'incendie. Eoghan prévient son patron, Killian Caine, qui se sert ensuite de l'information pour mettre la pression sur Christian. Peut-être que Finlay menaçait de révéler la vérité ou de s'en servir comme moyen de chantage…

— Finlay n'aurait jamais fait une chose pareille, l'interrompit Baxter.

— Laisse-le finir, ordonna Wolf.

— … et c'est pour ça qu'ils l'ont tué, poursuivit Edmunds. Dans le même temps, Caine décide d'éliminer Eoghan Kendrick afin de le punir pour le fiasco de l'entrepôt. Sauf que Eoghan tue son agresseur et disparaît. Ce qui veut dire que le seul moyen pour nous de découvrir ce qui s'est passé dans cet entrepôt est de retrouver Eoghan Kendrick.

— S'il est encore vivant, marmonna Saunders, qui s'était entre-temps attaqué à l'assiette de Joe.

— S'il est encore vivant, approuva Edmunds. Sans oublier que si Christian ignorait que quelqu'un d'autre avait réchappé à l'incendie, il est maintenant au courant et il sait qu'on va tout faire pour le retrouver. Du coup, il faut partir du principe que Caine et ses hommes sont aussi à la recherche de Kendrick. Reste à savoir qui le retrouvera en premier.

La réunion terminée, Edmunds vint s'asseoir à côté de Baxter, qui se frottait à présent ouvertement le sein gauche en grimaçant.

— J'ai l'impression que tu as des problèmes, toi, aujourd'hui, dit-il après s'être assuré que Joe n'était pas en train de se délecter du spectacle depuis l'autre bout du bar.

— C'est sensible, c'est tout.

— Sûrement la faute de Wolf.

Elle s'immobilisa.

— Dans les toilettes, l'autre soir, précisa-t-il. Moi, je me suis retrouvé avec un bleu de la taille d'une… Baxter ?

Elle était comme paralysée. Soudain, elle ouvrit la bouche.

— Non, non, non, non, non ! gémit-elle, et elle attrapa son sac à main.

— Baxter, qu'est-ce qui se passe ?

— Rien. Il faut juste… il faut que j'y aille.

*

Il n'y avait plus de smoothie framboise-grenade au drugstore, ce qui eut le don de mettre Baxter en rogne.

Le pauvre adolescent acnéique occupé à remplir les armoires réfrigérées n'avait certainement rien fait pour mériter le déferlement de haine qui s'abattit sur lui, pas plus que le laïus qui suivit sur la loi de l'offre et de la demande – Baxter lui expliqua ainsi devant tous les clients que si tous les magasins du pays se retrouvaient quotidiennement en rupture de smoothie framboise-grenade, alors peut-être qu'il pourrait se trouver un esprit supérieur pour prendre la décision radicale d'en stocker quelques-uns en plus dans chaque frigo.

Elle regretta de s'être emportée quand elle vit la lèvre du gamin se mettre à trembler, mais celui-ci partit en courant avant qu'elle ait pu s'excuser ou lui demander dans quel rayon se trouvait ce dont elle avait besoin.

Maggie se tenait à l'extérieur de sa salle de bains, tasse de thé prête à l'emploi. Le silence régnait depuis presque vingt minutes et elle commençait à se dire qu'il allait peut-être falloir qu'elle frappe quand un cri résonna de l'autre côté de la cloison. Tout doucement, elle ouvrit la porte pour découvrir Baxter en larmes, allongée sur le sol le plus loin possible du test de grossesse posé sur le rebord de la fenêtre.

— C'est quand même très tôt pour faire un test, murmura Maggie en posant la tasse sur le lavabo. Tu es sûre qu'ils sont vraiment précis, ces nouveaux trucs ?

— Certaine, renifla Baxter. Et de toute façon, je le sens.

Elle posa inconsciemment la main sur son ventre.

Maggie soupira.

— Est-ce que je peux faire quelque chose pour toi ? N'importe quoi ?

Baxter hocha la tête, tomba dans les bras de son amie et bredouilla une réponse incompréhensible entrecoupée de sanglots.

— Un… un… smoo… oooo… ooothie f… framboise… gre… gre… grenaaaaaaade !

Drugstore de merde.

30

Samedi 16 janvier 2016,
15 h 23

ASSIS À SON ANCIEN bureau au département *Homicide and Serious Crime*, Wolf se demandait s'il y avait un risque à manger une barre chocolatée Double Decker qui se trouvait dans le tiroir depuis bien avant l'affaire Ragdoll. Il vérifia la date de péremption à moitié effacée, ce qui en soi aurait dû lui mettre la puce à l'oreille :

FÉV 2015

La bouche pleine de chocolat, il retourna à sa mission, qui s'apparentait à un numéro d'équilibriste particulièrement hasardeux : il devait trouver un moyen de récupérer le fichier détaillé des appels passés depuis et vers le numéro de téléphone portable de Christian ainsi que le relevé des balises GPS qui allait avec, mais sans que ceux à qui il demandait de l'aide ne découvrent qui était le titulaire de la ligne.

À 15 h 42, alors qu'il se rendait compte qu'il n'arriverait à rien sans l'aval de Vanita, il reçut lui-même un coup de téléphone qui le fit frissonner de terreur :

— Maman ? … Comment ça, une heure ? Une heure d'où ? … Mais pourquoi ? ! … Si, si, bien sûr que ça me fait plaisir. C'est juste… Qu'est-ce qu'elle a fait, encore ? (Il serra les dents.) Oui. C'est gentil de sa part ! … Non, je n'habite plus là-bas, expliqua-t-il en se demandant où il allait bien pouvoir envoyer ses parents. Je vous transmets l'adresse par texto… Par texto ! … SMS !

Plusieurs personnes se tournèrent vers lui, et il articula un « désolé » silencieux.

— D'accord. Très bien, c'est parfait. À tout à l'heure, alors ! Bisous !

Il raccrocha, enfourna le reste de la barre chocolatée blanchie et se cacha la tête entre les mains.

*

Edmunds n'avait jamais crié contre Baxter auparavant, et tous les deux se sentirent un peu bizarres après coup.

Alors qu'ils travaillaient sur des dossiers dans le cabanon de jardin d'Edmunds, la conversation avait dérivé sur le sujet de Thomas. Edmunds avait fini par faire avouer à Baxter qu'ils « traversaient une période compliquée », puis elle lui avait avoué, en larmes, qu'elle avait couché avec Wolf et que c'était une énorme connerie. Le fait qu'elle avait déjà tout confessé à Thomas jouait en sa faveur, le fait qu'elle était enceinte beaucoup moins, et c'était ce qui avait provoqué la réaction d'Edmunds.

Il s'en voulait.

— Est-ce que tu vas lui dire ? demanda-t-il.

— À qui ?

— À Thomas.

Elle haussa les épaules.

— La question risque de se poser si j'expulse un alien de mon ventre.

— Du coup, tu vas… tu vas le garder ? demanda-t-il prudemment, avant de faire aussitôt marche arrière en voyant l'expression exaspérée de son amie. Ouais, tu as raison, ce n'est pas le moment.

La sonnerie de son téléphone vint à sa rescousse. Il examina l'écran puis se tourna vers Baxter.

— Désolé, il faut que…

Il laissa sa phrase en suspens et disparut dans le jardin.

Une minute s'écoula, au cours de laquelle Baxter reprit ses esprits et prépara une excellente pique à envoyer à Edmunds pour lui apprendre à se mêler de ses affaires ; mais elle l'oublia dès qu'elle le vit rentrer dans le cabanon, l'air complètement déboussolé. Il posa le téléphone sur la table.

— C'était Wolf. Il m'a posé tout un tas de questions sur toi et Thomas, il voulait savoir si vous habitiez ensemble et si tu avais mis ton appartement en location.

Baxter se redressa d'un coup.

— Et qu'est-ce que tu lui as dit ?

Edmunds sentit qu'il n'y avait pas de bonne réponse à cette question.

— Je… je lui ai dit la vérité, répondit-il, hésitant.

Baxter renversa son tabouret et bondit hors du cabanon.

— Il faut l'arrêter tout de suite ! cria-t-elle.

Edmunds était perdu.

— Tu n'auras qu'à l'appeler en chemin ! ajouta-t-elle.

★

— Merci, précieux double ! dit Wolf en voyant que sa clé ouvrait toujours la porte de l'immeuble de Baxter.

Ça faisait partie des quelques petites choses qu'il avait gardées, souvenirs d'une vie révolue.

Après avoir envoyé l'adresse sur Wimbledon High Street à sa mère, il s'était immédiatement engouffré dans le métro.

Il gravit l'escalier jusqu'au bon étage, puis sélectionna une clé ternie et déverrouilla la porte…

La puanteur le frappa de plein fouet.

— Putain, Echo, t'abuses ! gémit-il en attrapant une bombe de désodorisant.

Le nez enfoncé dans sa manche, il pénétra dans la pièce principale, pour découvrir un plan de travail jonché de pansements et de boîtes de médicaments, ainsi qu'un mot annonçant qu'il y avait « de la pâte à cookie au congélo » ! Il leva la tête et vit alors un homme armé qui l'observait torse nu dans l'encadrement de la porte de la chambre. Wolf laissa échapper un petit cri très peu viril et leva les mains en l'air, vaporisant au passage un nuage de « senteur pétale de rose » dans l'air.

— Vous êtes Wolf, c'est ça ? demanda Rouche en baissant son arme pour s'appuyer au chambranle, le front recouvert d'une pellicule de transpiration.

— C'est bien ça, répondit Wolf en baissant doucement les mains. Et vous devez être le fantôme de l'homme qui s'appelait jadis Damien Rouche ? Je vous ai vu à la télé. Enchanté.

Son regard se posa sur le mot noirci gravé sur la poitrine de Rouche.

— C'est moche, hein ?

— Ça pue, surtout, répliqua Wolf, qui espérait que Rouche n'avait pas remarqué qu'il l'aspergeait copieusement de désodorisant depuis une bonne vingtaine de secondes, à présent.

— Baxter est avec vous ?

— Non. Par contre, elle m'avait bien dit que vous habitiez ici… en tant que fugitif… tout ça, mentit Wolf.

Il regarda sa montre.

— Et du coup, ajouta-t-il, je pense que c'est le bon moment pour vous prévenir que nous attendons des invités incessamment.

— Des invités ?

— Oui, mais ne vous en faites pas, répondit Wolf, qui se mit à faire le tour de la pièce pour récupérer des photos de Baxter plus ou moins agacée à l'idée de se savoir immortalisée. Vous n'aurez rien à faire… à part leur dire que c'est mon studio.

— Votre appartement, rectifia Rouche.

— Encore mieux ! Et vous êtes mon colocataire et ami… Haywood.

— Haywood ?

— Vous auriez pas un tee-shirt, des fois ? demanda Wolf en ouvrant une fenêtre.

— J'ai tendance à les tacher de sang…

— Un tee-shirt rouge, alors ?

C'est à cet instant que la sonnerie de l'interphone retentit.

— Eh merde ! s'exclama-t-il. Bon. C'est parti !

*

Comme quelqu'un avait eu le culot de se garer sur sa place de stationnement, Baxter abandonna Blackie au milieu de la voie privée, avec Edmunds sur le siège passager. Elle s'engouffra dans son immeuble, avala les marches et déboula dans son appartement. Là, elle marcha droit vers Wolf.

— Tu te crois où ? cracha-t-elle.

— Baxter, je…

— Tu crois qu'après tout le mal que tu m'as fait, tu peux entrer ici comme tu veux et…

— Baxter, laisse-moi juste…

— Tu es un putain de parasite, Wolf. Tu t'en rends compte, de ça ? Tu as tout gâché.

— Baxter, mes par…

— J'ai du retard, Wolf ! hurla-t-elle.

— À vrai dire, je t'avais pas invitée.

— Espèce d'abruti ! J'ai… du… retard. Un euphémisme pour dire « j'ai un polichinelle dans le tiroir »… ou « tu m'as engrossée »… je suis enceinte, quoi !

— *Mazel tov* ! s'exclama une voix depuis le canapé.

Elle grimaça et tourna lentement la tête pour découvrir monsieur et madame Fawkes qui les observaient. Non loin d'eux, Rouche s'était placé stratégiquement à côté d'une fenêtre ouverte.

— Beverly ! s'exclama Baxter avec un grand sourire.

— Barbara, rectifia Wolf.

— Et Bob !

— … Bill.

— Alors ça, c'est une surprise ! Je peux vous servir quelque chose à boire ?

— Non, merci, répondit monsieur Fawkes. Haywood s'en est déjà chargé.

Elle marqua un temps d'arrêt, mais décida que ce n'était pas la peine de chercher à comprendre. Wolf sembla soudain intégrer la nouvelle.

— Tu es enceinte ? bredouilla-t-il.

— Oui ! répondit Baxter, qui avait l'air de plus en plus folle avec son sourire figé accroché sur le visage.

— Et… tu es absolument sûre que le bébé n'est pas de Thomas ?

— Certaine. Thomas a eu droit au coup de ciseaux.

Wolf parut horrifié.

— Comme… un eunuque ?

— Mais non, une vasectomie, espèce de… (elle tourna la tête vers ses parents, qui ne perdaient pas une miette de la conversation) gros bêta.

— Les Fawkes sont très fertiles, intervint William Senior depuis le canapé.

À côté de lui, sa femme acquiesça.

— Papa, beurk !

— C'est la semaine dernière, qu'il aurait fallu me dire ça ! fit Baxter d'une voix dont elle avait du mal à contrôler le volume.

— Will était un accident, par exemple, ajouta monsieur Fawkes.

— Je l'ignorais, papa, dit Wolf, un peu chamboulé. Mais merci pour l'info.

— Bon, et qu'est-ce qui vous amène à Londres ? demanda Baxter, à deux doigts de l'explosion. Et plus précisément à Wimbledon ?

— *Le Roi Lion*, répondit madame Fawkes.

— *Le… Roi Lion* ?

Elle hocha la tête.

— Oui, une histoire incroyable : l'autre jour, j'étais en train de discuter avec Ethel quand soudain, le téléphone a sonné. À ma grande surprise, c'était Andrea… Vous connaissez Andrea ?

— Je vois très bien qui c'est, oui.

— Bon, eh bien on lui avait donné deux billets au premier rang au Lyceum Theatre, plus une nuit dans un hôtel de luxe… et elle a pensé à nous. Incroyable, non ?

— En effet, c'est à peine croyable.

Baxter et Wolf n'avaient pas eu une seconde pour réfléchir aux réelles motivations de la journaliste qu'on frappa à la porte.

— J'y vais ! annonça Rouche en sautant sur l'occasion de quitter la pièce.

Dans la salle à manger, la conversation se tut et tous tendirent l'oreille pour entendre ce qui se disait dans l'entrée.

Un claquement de talons, de plus en plus fort…

— Andrea ! s'exclama joyeusement madame Fawkes, qui se leva pour embrasser la nouvelle venue. Tu as bien reçu mon message ?

— Mais oui !

Puis Andrea se tourna vers Wolf. Elle l'avait enfin retrouvé.

— Will, dit-elle simplement.

Muette de rage, Baxter regarda Wolf essayer de s'éclipser à reculons, alors que de nouveaux bruits de pas précipités résonnaient dans l'escalier. À la porte, Rouche ne chercha même pas à barrer la route d'Edmunds, qui déboula dans la pièce surpeuplée.

— Andrea arrive ! annonça le détective privé, à bout de souffle.

Puis son regard se posa successivement sur chaque membre de l'assemblée, et il comprit qu'il arrivait trop tard.

— Attends, mais… c'était Rouche, à la porte ? demanda-t-il soudain en regardant Baxter comme si elle l'avait trahi.

— Surprise ! fit Rouche avec une grimace.

Les yeux d'Andrea scintillèrent lorsqu'elle reconnut sous les traits émaciés l'agent de la CIA que tout le monde cherchait.

— Désolée, Edmunds, je trouvais que tu avais déjà gardé assez de secrets pour moi comme ça, souffla Baxter, honteuse.

— Assieds-toi donc, Andrea ! lança le père de Wolf, qui ne s'était visiblement pas rendu compte du tour étrange qu'avait pris la conversation. C'est jour de fête, aujourd'hui ! On vient d'apprendre que Will et Emily vont avoir un bébé !

— Tiens donc ! fit Andrea avant de se tourner vers Wolf et Baxter, l'air très contente d'elle. Un bébé, hein ? C'est vrai que ça peut arriver, quand deux personnes… couchent ensemble… Écoutez, je sais que mon sourire ressemble à un « je le savais depuis le début qu'il se passait quelque chose entre vous », mais je vous assure qu'il est sincère.

— Ça doit être le botox qui brouille les pistes, commenta Wolf.

— Will ! le gronda sa mère.

— Félicitations, ajouta Andrea. Je suis vraiment très, très heureuse pour vous.

— Je vais aller m'allonger, annonça Rouche, qui n'en pouvait plus.

— Bonne nuit, Haywood ! lui lança monsieur Fawkes.

Wolf profita de ce que Baxter avait pris Edmunds à part pour s'approcher d'Andrea, interrompant au passage son père qui s'était lancé dans une explication détaillée de la fertilité légendaire des Fawkes.

— Je peux te parler une seconde ? demanda-t-il.

Andrea acquiesça et le rejoignit à la cuisine. Il la trouva changée : elle était toujours très belle, mais c'était comme si elle avait rajeuni pour devenir une version d'elle-même qui n'était pas celle de ses souvenirs. Malheureusement, elle semblait toujours aussi entêtée.

— Tu as fait venir mes parents ici ?

— Tu ne me rappelais pas !

— Évidemment que je ne te rappelais pas, je n'avais pas envie de parler, murmura Wolf. C'est quand même le principe, non ?

— Écoute, je ne suis pas venue ici pour me disputer avec toi. Je veux t'aider.

— Moi ?

— Oui, toi.

— Mais… à quoi ?

— À tout. Je suis désolée, pour Finlay. Sincèrement. Et je voudrais… je veux me rattraper pour les erreurs que j'ai faites et qui t'ont affecté.

Wolf secoua la tête.

— Je te jure que c'est vrai ! insista-t-elle. Regarde !

Elle ouvrit la fermeture éclair de sa veste, révélant le tee-shirt jaune poussin de sa nouvelle campagne et, indirectement, sa nouvelle paire de seins.

UNCAGE the WOLF – le retour !

— Tu as vu ? J'avais anticipé que tu déciderais de refoutre ta vie en l'air et j'avais laissé de la place !

— Range-les, s'il te plaît… enfin, range-le, se corrigea-t-il. Range le tee-shirt.

— Tu ne changeras donc jamais, le réprimanda Andrea, mais un sourire apparut sur son visage et elle le prit dans ses bras. Ne me refais jamais un coup pareil ! lui murmura-t-elle à l'oreille. J'ai eu si peur.

Wolf ignora le regard plein d'espoir de sa mère et serra la jeune femme contre lui.

— Je ne t'en veux pas, dit Edmunds à Baxter, qui se demandait où était passée la photo d'elle au Mexique. Je ne m'y attendais pas, c'est tout.

— Et qu'est-ce que tu aurais pu faire, de toute façon ? Rien. C'est pour ça que je ne t'en ai pas parlé.

— Ma mère disait toujours, problème partagé…

— … égale complicité, l'interrompit Baxter.

Un point pour elle.

— Il est vraiment dans un sale état.

— Ça s'améliore de jour en jour, répliqua Baxter, elle-même peu convaincue.

— Et on peut savoir quel était ton plan ?

— Je mets Rouche à l'abri. Il guérit, se laisse pousser la barbe, il vit heureux et a beaucoup d'enfants.

— Ce n'est pas toi qui dis tout le temps que tu ne crois pas aux happy ends ? fit remarquer Edmunds.

Un partout.

— Rouche m'a assuré qu'il se sentait mieux, insista-t-elle en élevant la voix pour couvrir celle du père de Wolf, à l'autre bout de la pièce.

Edmunds se demanda pourquoi c'était toujours à lui d'annoncer les mauvaises nouvelles.

— Même si c'est le cas, commença-t-il, et même s'il s'en tire… il n'en reste pas moins que nous avons désormais un gros problème.

Il désigna du menton Andrea, qui semblait coincée entre les parents Fawkes.

— Je vais lui parler, annonça Baxter.

— Rouche est recherché pour meurtre, lui rappela-t-il. Ce qui fait de toi sa complice.

— Qu'est-ce que j'étais censée faire ? C'est Rouche.

— Tu risques de te retrouver en prison.

— Pour lui, ce n'est pas qu'un risque !

— Tout ce que je dis, c'est que ce serait plus prudent de mettre un peu de distance entre toi et lui. Si on le retrouve dans ton appartement…

Baxter acquiesça. Edmunds avait raison, évidemment… mais elle ne pouvait pas l'abandonner.

— J'ai une dette envers lui. Il reste, trancha-t-elle.

Une fois de plus, Edmunds désigna discrètement Andrea.

— Quoi qu'il en soit, méfie-toi d'elle comme de la peste.

— Ne t'en fais pas pour ça, dit-elle, avant de prendre une profonde inspiration et de se diriger vers la journaliste. Andrea, déclara-t-elle, interrompant monsieur Fawkes au milieu d'un monologue sur les travaux qui bloquaient l'autoroute M4. On peut discuter une seconde ?

Visiblement un peu méfiante, Andrea se leva et suivit Baxter jusqu'au palier, le seul endroit où discuter sans être dérangé.

— Si c'est au sujet de Wolf et toi, commença Andrea, je peux t'assurer qu'il n'y a aucun…

— Ce n'est pas ça.

La journaliste eut l'air surprise.

— Ah non ?

— Tu es une saloperie sans âme et sans remords qui sème la mort dans son sillage, et si tu ne ralentis pas un peu la cadence pour les liftings, tu vas te retrouver avec le nez au milieu du front. (Andrea encaissa. On l'avait traitée de bien pire.) Mais nos différends n'ont rien à voir avec Rouche, poursuivit Baxter. C'est un type bien qui a déjà tout per…

— Je te promets de garder ton secret, l'interrompit Andrea. Je sais que tu considères que je t'ai trahie à l'époque de l'affaire Ragdoll, et d'une certaine manière, tu as raison. Mais la vérité, c'est que j'ai simplement fait un choix, même si je savais qu'il risquait de mettre en péril notre potentielle nouvelle amitié. J'aurais pu prendre une décision différente, mais cela aurait signé la fin de ma carrière, et tu ne m'aurais pas plus appréciée de toute façon.

— Épargne-moi tes grands discours du genre « si je ne l'avais pas fait, quelqu'un d'autre s'en serait chargé ».

— Pourtant, c'était le cas : il y avait dans le studio d'à côté une autre journaliste prête à faire la même déclaration que moi, au mot près. Je suis désolée, mais si c'était à refaire, je referais exactement la même chose.

Baxter eut un rire amer et regagna la porte d'entrée.

— Tu en es à combien de semaines ? lui demanda Andrea.

Sans savoir pourquoi, Baxter se tourna vers elle et se mit à compter sur ses doigts.

— Samedi. Dimanche. Lundi… Huit jours.

— Waouh ! C'est à la fois très récent et… très précis.

— Contrairement à ce que tu crois, c'était une erreur. Une erreur qui ne s'est produite qu'une seule fois.

— Comment a réagi Will quand il l'a appris ?

— Ça reste de l'interprétation de ma part, mais je dirais quelque chose dans le style : « Oh, regardez, le démon qui me sert d'ex-femme vient de débouler dans la pièce dix secondes après que Baxter m'a annoncé qu'elle était enceinte, et du coup, on n'a pas encore eu le temps d'en discuter. »

— Je vois, bredouilla Andrea, visiblement gênée.

— Je n'ai pas très envie de parler de tout ça. Surtout avec toi.

— Très bien. Alors parlons d'autre chose. Par exemple, comment Damien Rouche s'est retrouvé à squatter ton appartement.

Baxter secoua la tête.

— Je crois que t'avais plus de chances avec les questions sur le bébé.

Puis elle tourna les talons et retourna dans l'appartement.

*

Émerveillée, Baxter regardait les éclairs frapper toujours le même endroit, un pont lumineux entre ciel et terre qui déchirait l'atmosphère pour venir roussir l'opercule d'un moelleux au chocolat de la marque Gü. Elle avait oublié de retirer l'aluminium avant de le mettre au micro-ondes et s'apprêtait enfin à réagir quand le fusible du four sauta, ce qui lui évita d'avoir à prendre une décision.

— Tout va bien, là-bas ? demanda Thomas depuis le salon.

Il était toujours vêtu de sa tenue de badminton – en rentrant de l'entraînement, il avait une nouvelle fois trouvé Baxter aux fourneaux.

— Nickel ! répondit-elle en revenant armée des deux moelleux.

Elle s'assura de garder pour elle celui qui n'était pas cuit, puis elle se rassit et porta son verre de vin à ses lèvres, avant de se dire que ce n'était peut-être pas une bonne idée.

Elle le reposa.

— Ça a l'air très bon, commenta Thomas.

Il releva la tête et attrapa la bouteille.

— Je te ressers ? proposa-t-il.

— Non, merci, dit-elle en mettant la main sur son verre. D'ailleurs, c'est en rapport avec ce dont je voulais te parler. Il y a… du nouveau.

— Ah oui ?

Il lui prit la main et par réflexe, serra légèrement.

— Écoute, je ne suis pas douée pour ce genre de choses, mais je… euh…

Son portable se mit à vibrer sur la table.

— … je t'aime…

Elle ne put s'empêcher de jeter un œil à l'écran.

— … Wolf.

Thomas lui lâcha la main.

— Je t'aime, Wolf ? répéta-t-il.

— Quoi ? Mais non. Je t'aime. Je t'aime, toi ! Il se trouve juste que Wolf appelle vraiment au pire…

Elle agrippa le téléphone pour étouffer la vibration.

— Tu ne comptes tout de même pas répondre, si ?

— … C'est pour le boulot, je n'ai pas le choix, s'excusa-t-elle en décrochant. Tu as vraiment un sens du timing incroyable, Wolf. Qu'est-ce que tu me veux ?

Thomas soupira bruyamment et croisa les bras.

— Les recherches sur le téléphone de Christian n'ont rien donné. Pas de localisation. Aucun appel anormal. De toute façon, on savait que ça avait peu de chances de réussir. Il est trop prudent pour laisser des indices derrière lui.

— Et ça n'aurait pas pu attendre demain ?

— C'est pour Finlay, répondit-il d'un ton blessé.

— Désolée. Tu as raison. Du coup, j'imagine qu'il y a peu de chances qu'il se soit aussi servi d'un ordinateur…

Elle fit un sourire à Thomas, mais n'eut droit qu'à un regard noir en retour.

— Il a forcément un moyen de communiquer avec son contact, dit Wolf. Il se trouvait à l'hôpital le soir de l'attaque à l'acide chez Edmunds, et je le vois mal forcer lui-même la Skoda de Saunders.

— Tu crois que ça peut être Killian Caine et ses hommes ?

— Non. Je pense qu'Edmunds a raison. Ce n'est pas leur style. Pourquoi agir en toute discrétion au milieu de la nuit après avoir passé à tabac le *commissioner* de la police devant témoins ?

— Ça veut dire qu'il a sûrement un deuxième téléphone.

Thomas finit par perdre patience et planta sa cuillère dans son dessert.

— C'est fort probable, approuva Wolf. Et je ne vois que deux localisations possibles : soit chez lui, soit au bureau.

— Ce serait une effraction, fit remarquer Baxter.

— Seulement si on se fait prendre. Je connais le code de l'alarme. Je m'occupe de la maison, mais Saunders et toi êtes les seuls à pouvoir vous déplacer comme vous voulez à New Scotland Yard. Et de vous deux, tu as l'avantage de ne pas être Saunders.

— Une logique imparable. Je vais voir ce que je peux faire.

— Merci. Et sinon… tu ne crois pas qu'il faudrait peut-être qu'on discute de…

Baxter lui raccrocha au nez.

— Ton moelleux va être froid, dit Thomas.

— Ça…, marmonna-t-elle dans sa barbe.

Elle souleva son verre de vin, le regarda avec envie, puis le reposa.

— Alors… tu disais qu'il y avait du nouveau ?

Un condamné à mort demandant au bourreau d'accélérer le mouvement.

Baxter ouvrit la bouche, enfourna une énorme bouchée de son gâteau pas cuit et secoua la tête.

— Non, rien.

31

Lundi 18 janvier 2016,
9 h 35

BAXTER S'ÉTAIT RAREMENT AVENTURÉE aussi profondément dans le panier de crabes.

Les quelques fois où elle s'était retrouvée convoquée dans le bureau de Vanita pour se faire remonter les bretelles, elle s'était fait la réflexion que ces couloirs feutrés détonnaient avec l'équilibre anarchique précaire qui prévalait au département *Homicide and Serious Crimes*.

Vanita, la nouvelle meilleure copine de Wolf, avait prévenu ce dernier qu'elle avait une réunion avec le *commissioner* à 9 h 30, ce qui leur laissait un créneau d'une demi-heure où le bureau de Christian serait vide. Un dossier sous le bras, Baxter remonta le couloir d'un pas assuré. Les divers assistants de direction qu'elle aperçut semblaient trop préoccupés par ce qu'ils avaient à faire pour prêter attention à elle. Un rapide coup d'œil à gauche pour s'assurer que le bureau était bien vide, puis un autre à droite pour vérifier que personne ne la regardait, et elle franchit la porte.

— Bon, murmura-t-elle, le cœur battant.

Une odeur de cuir et de bois flottait dans la pièce, et on devinait à la lumière qui s'infiltrait entre les lamelles du store vénitien qu'elle était luxueuse.

Elle s'avança vers l'imposant bureau et ouvrit le premier tiroir.

*

Cela faisait désormais presque une heure que Wolf avait pénétré dans la villa de Christian, à Epping Forest.

Après avoir franchi le portail endommagé et escaladé un mur au prix d'un écrasement testiculaire, il avait fini par atteindre la porte de derrière. Il avait alors forcé la serrure aussi discrètement que possible avant de traverser la maison au pas de course pour taper le code à cinq chiffres de l'alarme. Il avait été surpris de ne voir aucune trace de la fête qui s'était tenue là seulement quelques jours auparavant. Le timide soleil matinal réchauffait désormais le tapis, les fauteuils et le canapé qui se trouvaient au centre de l'immense espace qui avait servi de piste de danse. Un échiquier trônait sur la table basse et le piano à queue avait disparu. L'espace d'un instant, Wolf s'était même demandé s'il n'avait pas rêvé.

Après avoir minutieusement fouillé la chambre principale, il pénétra dans le dressing aux lumières tamisées, où deux rangées de costumes avec chaussures assorties se faisaient face, comme au garde-à-vous.

Un peu perturbé par la vision de toutes ces coquilles vides, Wolf regarda l'heure et se mit au travail.

*

À 9 h 52, Baxter avait fouillé tous les tiroirs du bureau, la mallette qui se trouvait à côté et les poches du manteau pendu au dos de la porte. Consciente qu'il ne lui restait plus qu'une poignée de minutes, elle sentit pointer l'abattement.

— Allez, saloperie de téléphone. Où tu te caches ?

Elle passa au meuble classeur, dont les tiroirs métalliques qui coulissaient sans un bruit lui firent penser à ceux qu'on trouvait dans les morgues. Elle avait à peine commencé à feuilleter les premiers dossiers qu'elle entendit la voix de Vanita dans le couloir.

Elle s'immobilisa.

Le profil de Christian apparut derrière la vitre de la porte.

Baxter était prise au piège. Elle referma délicatement le tiroir du classeur et embrassa la pièce du regard en quête d'une cachette : la fenêtre qui ne donnait sur rien d'autre que le ciel, une plante en pot dans un coin, le manteau accroché à sa patère, le bureau. Elle était plantée là, sans savoir que faire, quand elle se rendit compte que Vanita l'observait.

— Je me disais bien que j'oubliais quelque chose ! s'exclama cette dernière en se déplaçant légèrement de manière à ce que Christian tourne le dos à la porte pour lui faire face. Il y a le mail de Pearson que je voulais vous montrer.

— Ah oui, c'est vrai, répondit le *commissioner*. Vous n'avez qu'à me l'envoyer.

Les yeux rivés sur la poignée de la porte, Baxter recula.

— À vrai dire, ça ne vous dérangerait pas qu'on s'en occupe maintenant ? demanda Vanita d'une voix qui menaçait de trahir sa panique. L'onglet est déjà ouvert sur mon ordi et j'aimerais bien que ce soit réglé.

— C'est que j'ai des choses à…

— Voyez ça comme une main tendue, insista-t-elle.

— Dans ce cas, c'est d'accord… J'ai juste un truc à récupérer et j'arrive.

Christian se retourna brusquement et ouvrit la porte, jetant au passage un coup d'œil surpris à sa subordonnée lorsqu'il l'entendit étouffer un petit cri. Il suivit le regard de Vanita, braqué sur le bureau vide.

— J'en ai pour une minute, ajouta-t-il.

Vanita n'avait toujours pas bougé quand il referma la porte. Il se dirigea vers la fenêtre, ouvrit le store et profita quelques instants du soleil de janvier avant de s'asseoir à son ordinateur.

Le genou de Christian se trouvait à quelques centimètres à peine du visage de Baxter, qui s'était contorsionnée sous le bureau.

Sans oser respirer, elle ramena très lentement sa jambe vers elle. C'est alors qu'elle vit l'élégant mocassin du *commissioner* s'approcher. Par réflexe, elle se souleva jusqu'à coller le dos au bois. Arquée au-dessus de ce pied qu'il ne fallait surtout pas toucher, elle sentit ses jambes se mettre à trembler sous l'effort de cette position intenable.

⋆

Wolf avait enfin mis la main sur quelque chose. Ce n'était peut-être rien, mais c'était quand même prometteur : des certificats d'investissement qui remontaient pour les plus vieux jusqu'à juin 1981. Il déverrouilla son téléphone pour les prendre en photo et se rendit alors compte de l'heure qu'il était.

Selon le plan, Baxter était censée quitter le bureau de Christian à 9 h 55 au plus tard, et elle avait juré de lui envoyer aussitôt un message pour lui dire qu'elle était en sécurité.

Il rédigea un bref texto :

T'es sortie ???

Le pouce à un centimètre du bouton « envoyer », il se demanda s'il devait attendre une minute de plus ou pas…

*

Baxter sentait le pantalon de Christian lui frôler le bras à chaque mouvement, et elle entendait ses doigts pianoter sur le clavier, juste au-dessus de sa tête.

Elle savait que Wolf attendait son message. Son portable lui comprimait la cuisse, et elle pria pour qu'il ne se mette pas à vibrer. Tout doucement, elle glissa trois doigts dans sa poche de pantalon, jusqu'à sentir le contact avec le métal froid. Elle voulut attraper le téléphone, mais elle n'avait pas de prise. Elle enfonça les doigts un peu plus, mais soudain, le tissu tout fin se déchira et sa main glissa, effleurant au passage la chaussure de Christian.

Le pianotage s'interrompit.

Les yeux écarquillés, Baxter n'osait plus respirer. Son cœur battait tellement fort qu'elle eut peur que Christian l'entende. Elle le vit alors changer de position pour attraper quelque chose sur le bureau.

— Kessie, vous voulez bien me réserver une table pour demain midi ? Je déjeune avec Malcolm Hislop.

Baxter sauta sur l'occasion et sortit le portable de sa poche. Du pouce, elle activa le mode silencieux quelques secondes avant que l'écran ne s'anime pour lui annoncer qu'elle avait un message de Wolf. Elle le colla aussitôt contre sa poitrine pour dissimuler l'éclat lumineux.

— Peu importe, Kessie. Surprenez-moi !

Elle l'entendit raccrocher, puis ouvrir et refermer un tiroir. Enfin, il se leva, et le petit espace confiné se retrouva submergé de lumière. Ses pas s'éloignèrent. Un bruit de porte qui se ferme, et Baxter s'effondra sur la moquette. Elle avait la nausée à force de tenir sa position inconfortable. C'est alors qu'elle remarqua le téléphone portable bas de gamme scotché sous le bureau.

Trop épuisée pour manifester satisfaction ou soulagement, elle tendit la main et l'attrapa.

*

À 10 h 17, Christian en avait terminé avec Vanita et regagnait son bureau lorsque sa secrétaire l'intercepta dans le couloir. Elle lui tendit une tasse de café qu'il accepta avec grand plaisir et lui remit une pile de courrier dont il se serait bien passé.

— Vous avez une réservation demain midi au Culpeper. Il est censé faire beau et leur verrière sur le toit est sensationnelle !

— Merci, Kessie.

— Ah, et je crois que l'inspecteur principal Baxter a déposé quelque chose dans votre bureau.

Il parvint presque à dissimuler sa surprise.

— Je vous demande pardon ?

— Emily Baxter, précisa la secrétaire, craignant d'avoir fait une gaffe. Je l'ai vue entrer dans votre bureau il y a de ça trois quarts d'heure. Je me suis dit que…

— Ah oui, l'interrompit Christian avec un sourire.

La secrétaire parut se détendre.

— Elle m'avait prévenu qu'elle passerait, ajouta-t-il. Merci, Kessie.

Il parvint à garder son sourire jusqu'à ce qu'il ait refermé la porte derrière lui.

Là, il laissa tomber le masque et fonça vers sa mallette – dedans, tout semblait à sa place. Il ouvrit alors l'un après l'autre chacun des tiroirs du bureau, mais là encore, il ne semblait rien manquer. Pour finir, il passa la main sous le bureau et laissa échapper un soupir de soulagement en sentant le portable sous ses doigts. Son regard se posa sur le téléphone fixe, et il se demanda s'il avait été mis sur écoute. Si les autres le pensaient assez bête pour l'utiliser, ils le sous-estimaient sérieusement. Il envisagea la possibilité qu'en désespoir de cause, ils aient placé des mouchards dans son bureau, et cela le rassura, car cela signifiait que c'était tout ce qu'il leur restait : le désespoir.

Il arracha le petit portable de son logement, quitta son bureau et entra dans les toilettes pour hommes. Après s'être aspergé le visage d'eau froide, il vérifia qu'il était complètement seul avant d'appeler le seul numéro enregistré dans l'appareil. Il tomba directement sur le répondeur.

— C'est moi. J'ai un problème à régler.

32

Lundi 18 janvier 2016,
18 h 48

ROUCHE AVAIT PASSÉ la majeure partie de la journée à dormir, mais il s'était mis un réveil, au cas où, afin d'avoir le temps d'allumer les lumières, de faire un brin de toilette et d'aérer l'appartement avant l'arrivée de Holly. Debout dans la salle de bains attenante à la chambre, il observait dans la glace l'inconnu qui lui faisait face, avec ses joues creuses et ses yeux enfoncés dans leurs orbites…

MARIONNETTE

Les lettres, noires et menaçantes, semblaient avoir été dessinées au feutre sur le miroir, et non gravées dans sa chair. Il tendit la main pour les effacer et parvint presque à convaincre son cerveau que ça avait marché lorsque son pouce humide flouta le reflet. Ce petit jeu terminé, il se prépara mentalement à l'évaluation quotidienne des dégâts et baissa les yeux : des veines proéminentes serpentaient autour de la chair à l'agonie, comme si elles cherchaient à fuir le poison qu'elles transportaient.

Il y eut un bruit dans la cage d'escalier.

Inquiet à l'idée que Holly soit en avance, Rouche ferma le robinet, attrapa une serviette et avança jusqu'à la porte de la chambre. Il entendit alors une série de grattements et de petits cliquetis. Il fronça les sourcils et enfila un pull qui traînait par terre.

Un claquement sec, puis la porte d'entrée s'ouvrit au ralenti.

Rouche fit un pas en arrière. Un homme à l'air costaud venait de pénétrer dans l'appartement et de refermer soigneusement derrière lui. Il tenait à la main un énorme pistolet. De l'autre, il se couvrait le bas du visage à cause de l'odeur. Rouche regarda son arme de service dont la crosse dépassait du holster, à l'autre bout du salon. Il savait qu'il n'aurait jamais le temps de l'atteindre. Il réfléchit à une alternative. Dans le placard de la salle d'eau, il y avait une petite paire de ciseaux que Baxter avait laissée, plusieurs aérosols et une bouteille d'eau de Javel. Il pouvait aussi casser la tête de sa brosse à dents pour se confectionner un poignard de fortune.

Profitant de ce que l'intrus se trouvait dans le couloir, il poussa la porte de la chambre et colla l'œil à l'interstice. L'homme, qui devait avoir une soixantaine d'années, s'arrêta devant la salle de bains principale. Il jeta un œil à l'intérieur pour vérifier qu'elle était vide.

Rouche voulut saisir l'occasion pour courir jusqu'au salon, mais, par chance, il se ravisa juste avant que l'inconnu ne tourne les talons pour se diriger vers la cuisine, l'arme au poing. L'agent de la CIA se prépara de nouveau à passer à l'action, mais un mouvement malheureux fit craquer le parquet, et l'homme fit aussitôt volte-face pour braquer son arme vers la chambre. Sans bouger, Rouche regarda par le minuscule interstice qu'il avait laissé entre la porte et le chambranle le canon pointé sur lui.

L'intrus approchait.

Rouche se tourna vers la fenêtre, mais il savait que s'il survivait à la chute de deux étages, il ne serait de toute façon pas en mesure de courir. Malgré son état, un face-à-face restait préférable. Devant lui, l'homme avait marqué une pause, le temps de jeter un œil aux boîtes de médicaments qui jonchaient le comptoir de la cuisine… L'occasion ou jamais.

Rouche entrebâilla la porte de la chambre et se faufila jusqu'à la bibliothèque qui se trouvait à l'entrée du salon, juste en face de lui. L'intrus dut capter un mouvement du coin de l'œil, car il reporta aussitôt toute son attention sur la chambre.

Rouche s'immobilisa. Avec l'obscurité du dehors, toutes les fenêtres de l'appartement faisaient miroir et menaçaient de trahir sa présence. Par chance, l'homme semblait obnubilé par la chambre désormais vide, et Rouche put continuer son chemin discrètement entre les meubles.

Le dos collé au canapé, il était désormais tout proche de son holster, pendu au guidon du vélo d'appartement. Mais il n'osait pas l'attraper. Pas encore.

*

Holly était en avance.

Elle avait passé la journée à attendre le moment où elle pourrait enfin retrouver Rouche et avait profité de sa pause déjeuner pour acheter de quoi dîner pour eux deux – du vin, des aiguillettes de poulet, du fromage et du gâteau, qu'elle avait entreposés dans le réfrigérateur de la clinique destiné aux cadavres d'animaux.

Tout excitée qu'elle était à l'idée de le revoir, elle ne remarqua même pas que la porte de l'immeuble était entrouverte, et qu'il y avait des éclats de bois sur la moquette du hall, à l'endroit où le verrou avait été forcé. Elle gravit l'escalier, sortit ses clés de son sac et glissa la bonne dans la serrure. Les mains prises par les sacs de courses, elle poussa la porte avec le pied et pénétra dans l'appartement. Elle était sur le point d'appeler Rouche quand un bras lui enserra soudain la poitrine et qu'une main rugueuse se plaqua contre sa bouche.

Elle ne pouvait plus bouger, plus respirer, plus crier. Elle essaya de se débattre.

— Chut ! Chut ! C'est moi ! lui murmura Rouche à l'oreille.

Holly cessa immédiatement de s'agiter, permettant à Rouche de la libérer et de pointer son arme vers le couloir.

— File d'ici ! chuchota-t-il, les yeux rivés sur la porte ouverte de la chambre.

Terrorisée, elle s'apprêtait à faire ce qu'il lui demandait, mais elle avait à peine eu le temps de se retourner qu'une détonation assourdissante retentissait et que Rouche la tirait en arrière. Un morceau de la porte vola en éclats juste au-dessus de sa tête et elle bascula en arrière. Rouche la traîna jusqu'à la cuisine en l'étranglant à moitié, puis il tira deux coups de feu pour leur permettre de se mettre à couvert derrière l'îlot central.

L'espace de quelques secondes, il n'y eut plus que le silence, perturbé par la respiration haletante de Holly.

Rouche la regarda pour la première fois et lui sourit, comme s'ils étaient assis sur un banc dans un parc bucolique et non recroquevillés dans la cuisine de Baxter, en pleine fusillade. Il lui attrapa la main mais tressaillit lorsque trois tirs firent tomber sur eux une pluie de verre et d'éclats de bois.

Holly poussa un hurlement de terreur et se tourna vers Rouche – il avait du verre plein les cheveux. Avec une extrême délicatesse, il lui saisit d'abord une main, puis l'autre, et les lui plaça sur les oreilles. Après quoi il lui adressa un clin d'œil et se redressa comme un ressort pour tirer trois coups de feu avant de se remettre aussitôt à couvert. L'autre tireur courut vers la porte d'entrée en vidant son chargeur, faisant exploser au passage le reflet de Holly dans la fenêtre.

Rouche s'élança à sa poursuite, mais il ne put faire que quatre pas avant de s'écrouler au sol.

— Rouche ! s'écria Holly.

Elle rampa au milieu des débris pour le rejoindre. Les yeux remplis de larmes, l'agent de la CIA se tenait la poitrine à deux mains.

— Rouche ! Qu'est-ce qui se passe ? Parle-moi !

Elle tâta son corps à la recherche d'une blessure par balle mais ne trouva rien.

— Tu es touché ?

Il secoua la tête.

— J'arrive plus… à respirer, murmura-t-il.

Elle avait déjà sorti son portable de sa poche quand elle l'entendit pousser un long gémissement.

— Ça va aller, lui promit-elle, le téléphone à l'oreille. J'ai besoin d'une ambulance, s'il vous plaît…

Rouche rassembla toutes ses forces pour lui attraper le bras.

— Mais qu'est-ce que tu fais ? Je suis en train d'appeler les secours !

Il lui arracha le téléphone de la main. De grosses larmes roulaient sur ses joues.

— Dehors, parvint-il à articuler.

Elle ne comprenait pas.

— Emmène-moi… dehors.

— Mais tu ne peux pas bouger !

Il commença à se traîner sur le sol.

— Rouche ! s'écria-t-elle. D'accord, d'accord ! Attends une seconde, je vais t'aider.

Elle récupéra le portable pour donner les dernières instructions aux secours.

— Wimbledon High Street, en face du pub. Vous ne pourrez pas nous rater. Faites vite ! Il y a un homme… je crois qu'il est en train de mourir.

*

La lueur bleue qui illuminait les immeubles se voyait à plusieurs centaines de mètres à la ronde.

Baxter appuya un peu plus fort sur l'accélérateur et slaloma entre les voitures de plus en plus nombreuses à grand renfort d'appels de phares. Enfin, elle tourna dans sa rue et se gara directement sur le trottoir, à deux cents mètres de chez elle. Elle coupa le contact et regarda les voitures qui bloquaient la route. Elle dénombra quatre voitures de patrouille, une camionnette appartenant à l'unité d'intervention d'élite de la police, et plusieurs autres véhicules banalisés.

Le coup de téléphone de Holly l'avait préparée à une scène de ce genre, mais il y avait beaucoup plus de monde que ce qu'elle avait anticipé. Lorsque les secours avaient découvert la blessure si reconnaissable sur le torse de Rouche, ils avaient aussitôt contacté la police. Et comme plusieurs personnes avaient également signalé des coups de feu, toute la cavalerie avait été mobilisée.

Baxter sortit son téléphone et envoya un message à Holly. Moins de trente secondes plus tard, elle la vit qui s'extirpait de la foule des badauds pour la rejoindre. L'assistante vétérinaire vérifia qu'elle n'avait pas été suivie, puis elle ouvrit la portière passager, entra dans la voiture et prit Baxter dans ses bras.

— Ils l'ont emmené mais ils ont pas voulu me dire où ! sanglota-t-elle. Je ne sais même pas s'il est encore vivant !

Baxter se défit délicatement de l'étreinte et considéra son ancienne camarade de classe : elle avait les cheveux et les vêtements recouverts de petits débris divers, et ses mains étaient maculées de sang séché.

— Tu es blessée, observa-t-elle.

Holly secoua la tête.

— Pas vraiment. Je me suis égratigné la jambe sur des éclats de verre.

— Qu'est-ce qu'ils savent ? demanda Baxter, songeant que le seul moyen de dompter sa propre angoisse était de rester pragmatique.

— Rien du tout, renifla Holly. Il m'a forcée à le descendre jusque dans la rue. Il pensait à toi – même quand… même quand…

Elle se remit à pleurer, et Baxter dut se retenir pour ne pas l'imiter.

— Du coup, ils ne sont pas au courant pour l'effraction ?

— Non.

— Ils ne savent pas non plus que j'habite ici ?

— Bien sûr que non.

— Les coups de feu ?

— La moitié des gens qui habitent la rue sont persuadés que ça venait de leur propre immeuble.

— Et toi, ils pensent que t'es qui ?

— La passante un peu hystérique qui a appelé les secours.

Baxter hocha la tête et tapota le bras de son amie. Jusque-là, elle avait tout fait comme il fallait. Le moment semblait malvenu de la prévenir qu'elle allait encore devoir mentir pas mal de fois avant que la police n'en ait terminé avec elle.

— Il m'a sauvé la vie, murmura Holly.

— Moi aussi, il m'a sauvé la vie.

— Je n'arrive pas à croire qu'il ne soit plus là.

La lueur bleue des gyrophares se reflétait dans les yeux de Baxter.

— Moi non plus.

33

Mardi 3 mai 1994,
10 h 04

— … lymphome de Hodgkin, annonça le médecin d'une voix douce. C'est une forme de cancer.

Maggie se contenta de hocher la tête – un détachement apparent conditionné par toute une carrière d'infirmière. Finlay, lui, ouvrit la bouche, sous le choc.

Dehors, comme pour les narguer, il faisait un temps superbe, et seule la brise qui agitait les stores perturbait le silence qui régnait dans le cabinet.

Maggie perdait du poids de manière régulière depuis le début du mois de janvier et, à trente-trois ans, elle se sentait de manière générale beaucoup trop fatiguée pour son âge. Inquiète, elle avait fini par demander conseil à un ami médecin, et une batterie d'examens ainsi que tout un branle-bas dont elle se serait bien passée s'étaient ensuivis.

— Maggie, je sais que c'est une nouvelle difficile à encaisser… pour vous deux, d'ailleurs, mais je veux que vous sachiez que…

— Quel est le… le…, l'interrompit Finlay, qui n'arrivait plus à retrouver le bon mot. Quel est le prom…

— Le pronostic ? lui souffla Maggie.

Le médecin s'attendait visiblement à la question.

— À ce stade, il est encore trop tôt pour vous donner une réponse. Il faut que nous fassions des examens complémentaires pour…

— Encore des examens, soupira Finlay.

— … voir si d'autres zones ganglionnaires sont atteintes. (Puis, se tournant vers Maggie.) Mais votre femme est une battante et, en dehors de ça, elle est en excellente santé, donc je vais me mouiller en disant qu'elle a toutes les chances de s'en tirer.

Maggie sourit à son mari, qui semblait légèrement apaisé par l'opinion pourtant complètement infondée du praticien. Elle se pencha vers lui et attrapa sa main.

— En tout cas, poursuivit le docteur, je peux vous garantir que Maggie recevra les meilleurs soins que puisse lui offrir notre système de santé.

Finlay fronça les sourcils à ce commentaire qui se voulait rassurant. Et alors que le médecin et Maggie poursuivaient la conversation, l'esprit de Finlay retourna pour la première fois depuis des années à un coffre de voiture rempli d'argent volé.

⋆

Christian était resté à Glasgow pendant presque dix-huit mois après le départ de Finlay, avant de décider de retourner chez lui, dans l'Essex. Grâce à l'aide de son vieil ami, il avait été embauché par la Metropolitan Police et avait même travaillé quelque temps dans le même département que lui, avant d'accepter un emploi de cadre dans un autre service.

Les deux anciens équipiers avaient plus ou moins gardé contact, mais ils ne s'étaient pas donné de nouvelles depuis plus de deux ans quand Finlay l'appela à l'improviste.

Trois jours après le rendez-vous avec l'oncologue, les deux hommes se retrouvèrent dans un café près de la rivière, où ils s'installèrent à une table au bord de l'eau pour profiter du soleil.

— La vie a gagné, déclara Finlay quand ils eurent fini de parler de la pluie et du beau temps.

— Je te demande pardon ?

— Il y a quinze ans, tu m'as dit qu'un jour, la vie aurait raison de mon intégrité. Tu avais raison. La vie a gagné.

Christian fronça les sourcils.

— J'ai besoin de ma part, ajouta Finlay.

— Bien sûr, aucun problème, assura Christian. Par contre, ce sera pas aussi simple que de donner une valise remplie de billets. (L'expression du visage de Finlay se transforma.) Mais ne t'en fais pas ! s'empressa d'ajouter Christian. J'ai la totalité… j'ai même plus que ça. D'ailleurs, c'est un peu le problème. Je n'allais pas mettre l'argent dans une boîte à chaussures et l'enterrer bêtement au fond du jardin, tu vois ? Alors j'ai investi, j'ai acheté des actions, des obligations… de l'immobilier. Un projet à long terme.

— J'ai besoin de mon pognon maintenant ! tonna Finlay, et il tapa du poing sur la table, ce qui fit se renverser en partie leurs verres.

— Tu l'auras, répondit Christian avec un sourire rassurant pour la serveuse. Mais il faut la jouer fine. Si je vends la moitié de mon portefeuille et que je te donne tout, ça risque d'attirer l'attention. Tu es d'accord avec moi, non ?

Pour toute réponse, Finlay poussa un grognement.

— Pourquoi est-ce que tu crois que je continue à travailler comme un acharné ? s'esclaffa Christian avant de remarquer que son vieil ami avait l'air abattu. Mais qu'est-ce qu'il se passe, Fin ? Tu sais, si c'est urgent, je dois pouvoir revendre quelques actions discrètement.

— Fais-le.

Christian acquiesça.

— Je m'en charge cet après-midi même… mais d'abord, tu vas me raconter ce qu'il se passe.

Finlay ferma les yeux pour ne pas flancher.

— C'est Maggie… Ça va pas fort.

34

Mardi 19 janvier 2016,
9 h 03

— QU'EST-CE QUI S'EST passé hier soir, bordel ?

— Tu m'as menti. Voilà ce qui s'est passé !

— Je t'ai dit de la jouer discrète, de te contenter de lui faire peur. Et je me retrouve avec un quartier bouclé et le résultat de ton foirage qui tourne en continu sur les chaînes d'info !

— Une femme sans arme, c'est ce que tu m'avais dit. Il n'a jamais été question d'un agent de la CIA avec un flingue !

— Attends, il était dans son appartement ?

— Ouais. Et je peux te dire qu'à nous deux, on a bien refait la déco.

— Quelle merde !

— Je veux le double de ce qui était prévu.

— Le double ? Alors que le boulot n'a pas été fait ? Tu n'auras rien du tout !

— J'ai pris une balle ! J'ai failli crever à cause de toi.

— Une balle ? C'est grave ?

— C'est jamais agréable.

— Tu as besoin de soins ?

— Non. J'en ai vu d'autres.

— Bon, c'est d'accord pour doubler la prime… une fois le contrat rempli.

— Parfait. Bon, mais si elle habite pas là, elle est où ?

— New Scotland Yard. Sous mes yeux.

— J'arrive.

— Pour l'instant, contente-toi de la suivre. Regarde où elle va. Mais si l'occasion se présente…

— C'est compris.

— Audi noire cabossée. Immatriculation : Romeo, Victor, zéro, neuf, Hotel, Charlie, Golf.

— C'est noté.

— Tiens-moi au courant.

*

Holly n'avait pas dormi.

Elle avait passé la nuit à chercher sur Google des détails sur l'arrestation de Rouche, dans l'espoir inutile d'y apprendre une nouvelle bribe d'information. Au matin, elle avait suivi les instructions de Baxter : elle avait appelé la clinique pour prévenir qu'elle était malade, puis elle était retournée à l'appartement, après avoir réussi à convaincre l'agent qui montait la garde au niveau du ruban siglé police qu'elle habitait là.

La première chose qu'elle remarqua après avoir poussé la porte fut la température glaciale : elle avait oublié que la fenêtre du salon avait volé en éclats et elle songea qu'il ne fallait pas qu'elle oublie de mettre du film plastique dessus avant de partir. Pour les trous dans les murs du couloir, on verrait plus tard. Elle pénétra dans la cuisine et vit tout de suite le pistolet de Rouche au milieu du carrelage. Elle ouvrit alors son sac à dos et le glissa à l'intérieur, avant d'y ajouter les médicaments et les pansements.

Elle passa ensuite à la chambre, où elle récupéra les photos encadrées (après avoir pris le temps de les regarder), le portefeuille, le téléphone portable, les clés… bref, toutes les traces indiquant que Rouche avait séjourné là.

*

À 9 h 26, Baxter reçut un appel urgent de Steve, l'expert en nouvelles technologies qui les aidait pour le téléphone portable caché. Elle mit fin à la réunion avec Vanita et se rendit au département *Homicide and Serious Crime*, où elle trouva un Steve plus enthousiaste que jamais qui l'invita aussitôt à la suivre dans une salle de réunion déserte.

— Depuis hier après-midi, commença-t-il en se penchant en arrière pour sortir son tee-shirt constellé de taches de café de son pantalon, l'opérateur téléphonique m'envoie tous les quarts d'heure un relevé actualisé, à la fois relatif au téléphone que vous avez trouvé mais dont vous refusez de me dire à qui il appartient et relatif au numéro dont vous refusez également de me dire à qui il appartient et que vous avez trouvé dans le téléphone que vous avez trouvé… mais dont vous refusez de me dire à qui il appartient. Jusque-là c'est clair ?

— Non.

— Peu importe, le résultat, c'est que les deux portables sont intraçables – c'est-à-dire que la carte SIM et la batterie ont été retirées. Mais ça, c'était jusqu'à ce matin 9 heures, quand j'ai reçu un *ping* de la part de l'antenne la plus proche. Et ensuite, à 9 h 03, un appel passé vers le portable numéro 2. Durée de la communication : soixante-quinze secondes. Localisation de l'appel reçu : quelque part entre Bow Street et Saint Martin's Lane.

Baxter consulta sa montre. Une demi-heure s'était écoulée depuis.

— Mais ce n'est pas tout, enchaîna Steve. Ce n'est pas la première fois que ce téléphone est utilisé dans ce secteur. Le 11, il a aussi servi, pour un appel d'une durée de deux minutes.

— Ce qui veut dire que c'est sûrement là qu'habite son propriétaire ! s'exclama Baxter. Est-ce que vous avez trouvé autre chose ?

— Pas sans un mandat, non. On peut récupérer des informations sur les messages et les appels passés et reçus, mais pas sur le contenu de ces communications.

— Putain de bureaucratie, cracha Baxter.

Steve parut surpris par son hostilité.

— Tout le monde ne voit pas la violation de la vie privée d'un bon œil, vous savez.

— Quand on ne fait rien de mal, on n'a rien à cacher, trancha Baxter. Bon, sinon, cette localisation, elle est précise ?

— Étant donné le nombre d'antennes qu'il y a en centre-ville, assez, oui. Je dirais… quelques dizaines de mètres.

— Très bien. Je vais aller sur place.

Elle se tourna pour partir.

— On ne me dit jamais rien, laissa échapper Steve, mais je n'ai pas pu m'empêcher de remarquer que l'autre téléphone, celui qui avait passé l'appel, était localisé… ici même.

Baxter acquiesça.

— Croyez-moi, dit-elle, moins vous en saurez…

— Je m'en doutais. Dans ce cas, il ne me reste qu'à vous souhaiter bonne chance !

*

Il venait de poser sa moto sur la béquille quand il vit une Audi noire cabossée sortir du parking de New Scotland Yard. Il remit donc son casque, enfourcha son bolide et se lança à sa poursuite, en prenant toutefois soin de rester à distance dans la circulation en accordéon sur les quais de la Tamise. Lorsque la voiture tourna au niveau du Lyceum Theatre et de ses énormes affiches pour *Le Roi Lion*, l'inquiétude s'empara de lui – il avait deviné leur destination.

L'Audi s'arrêta sur Henrietta Street malgré la double bande jaune qui interdisait le stationnement, et il dut la dépasser pour éviter d'attirer l'attention. Pour ne pas perdre sa cible, il tourna dans la rue suivante et se gara sur le trottoir – juste devant la chambre d'hôtes où il résidait. Il courut jusqu'au croisement et vit Baxter et un inconnu descendre de la voiture pour observer les bâtiments alentour. De toute évidence, ils cherchaient quelque chose…

… ou quelqu'un.

Il sortit le téléphone démonté de la poche de son blouson de cuir, remit la batterie et la carte SIM en place et l'alluma.

*

— Alors, comme ça, Wolf et toi allez avoir un bébé ?

— Ta gueule, Saunders ! aboya Baxter avant de décrocher son téléphone. Allô ?

— Chef, c'est Steve… le technicien.

— On était ensemble il y a une demi-heure, je me souviens de vous, le rassura-t-elle, tout en commençant à remonter la rue animée sous un beau ciel bleu.

— Il vient de rallumer son téléphone ! L'appel n'a duré que dix secondes, mais ça m'a permis d'obtenir une localisation plus précise.

— Je vous écoute.

— Il est toujours là : au croisement entre Henrietta Street et Bedford Street.

Baxter leva la tête.

— Beau boulot, Steve, dit-elle avant de raccrocher et de se tourner vers Saunders. Il est là. Préviens les autres.

Au cours des quarante dernières minutes, Baxter et Saunders avaient effectué une tournée complète des hôtels, chambres d'hôtes et cafés du quartier pour demander si quelqu'un avait vu un homme blanc d'une cinquantaine ou soixantaine d'années, voyageant probablement seul, tout en scrutant eux-mêmes la foule à la recherche de quelqu'un répondant de près ou de loin à la description qu'avait faite Holly du complice de Christian.

Baxter venait de raccrocher avec Edmunds, qui lui avait annoncé qu'il arrivait dans les cinq minutes, quand Steve la rappela.

— Allô ?

— Il utilise de nouveau le téléphone : Henrietta Street.

Elle siffla pour attirer l'attention de Saunders et courut rejoindre la rue où ils s'étaient garés. Plusieurs dizaines de passants se pressaient sur les trottoirs : un homme d'affaires bedonnant en costume bas de gamme, un hipster à la barbe élaborée qui s'était visiblement trompé de quartier, un motard en cuir, plusieurs ouvriers coiffés de leur casque de chantier…

— Il est où, maintenant ? demanda-t-elle, alors que Saunders la rattrapait.

— Toujours dans Henrietta Street, il se dirige vers Covent Garden.

— Est-ce que vous pouvez ajouter les autres à la communication ? demanda-t-elle.

Saunders et elle remontaient la rue, ignorant les gens qui entraient dans les immeubles ou marchaient dans la mauvaise direction. Alors qu'ils passaient devant Blackie et qu'elle vérifiait qu'il n'y avait pas de contravention sous l'essuie-glace, le portable de Saunders sonna et il rejoignit l'appel groupé.

— Continuez à avancer, les guida Steve.

Ils accélérèrent le pas jusqu'à se retrouver devant la grande place qui bordait Covent Garden.

— On dirait qu'il s'est arrêté, indiqua Steve. Est-ce que vous avez vu quelqu'un s'arrêter ?

Comme tous les jours, l'illustre piège à touristes était bondé, l'ancien marché couvert, une île au milieu de l'océan de pavés sillonné par les artistes de rue. Baxter scrutait les visages qu'elle croisait sans trop savoir ce qu'elle cherchait.

— Je suis sur zone ! annonça Edmunds dans son oreille, visiblement à bout de souffle. Au niveau de l'opéra. Où est-ce que je dois aller ?

— Il s'est remis à bouger ! s'écria Steve, de plus en plus excité. Il se dirige vers la grande halle centrale, et il a accéléré le pas !

Baxter et Saunders foncèrent vers l'immense bâtisse, passèrent entre les deux colonnes de l'entrée et rejoignirent la célèbre galerie abritée par sa verrière bombée. Ils décidèrent alors de se séparer pour prendre chacun un côté. En contrebas, des touristes déjeunaient au son d'un quatuor à cordes.

— Il s'est à nouveau arrêté, les informa Steve. Attendez… Saunders, je vous suis.

— Ah bon ?

— Tout droit.

Saunders s'exécuta, dévisageant chaque personne qu'il croisait.

— Encore… Encore… Stop !

Saunders observa les gens autour de lui. Par acquit de conscience, il se pencha par-dessus la rambarde, au cas où leur cible se trouverait à l'étage du dessous.

— Il n'y a personne ! cria-t-il pour couvrir le vacarme d'un troupeau d'adolescents.

— Comment ça, personne ? Il devrait être pile en face de vous !

Saunders se mit à faire des allers et retours sur son côté de la galerie, à la recherche de n'importe qui correspondant à la description.

— Je vous jure, Steve, il n'y a personne à moins de trois mètres de moi !

— Faites-le sonner, ordonna Edmunds, qui venait d'entrer par l'autre côté de l'ancien marché. Steve, faites-le sonner !

— Chef ? demanda Steve.

— Allez-y.

Quelques secondes plus tard, une mélodie étouffée se fit entendre.

— Dégagez ! Dégagez ! aboya Saunders à l'intention d'un groupe d'écoliers, avant de suivre la sonnerie jusqu'à une poubelle. Merde, il s'est débarrassé du portable !

Il plongea les mains au milieu des barquettes graisseuses et des gobelets en carton et récupéra le téléphone, puis il rejoignit les autres dehors.

*

Baxter scrutait désespérément la marée humaine qui envahissait la place, et plus particulièrement l'extrémité du marché par laquelle ils étaient entrés, dans l'espoir que l'attrait que semblait revêtir Henrietta Street pour leur suspect le mène une dernière fois dans cette direction. Soudain, ses yeux se posèrent sur un homme vêtu d'un cuir de motard, et elle reconnut un des passants qu'ils avaient aperçus dans la rue.

— Désolé pour le retard, je viens d'arriver ! annonça Wolf au téléphone.

Baxter le repéra aussitôt.

— Wolf, le motard en cuir noir qui se dirige droit sur toi !

⋆

Wolf s'immobilisa, et sa carrure suffit à endiguer le flot humain au milieu duquel il se trouvait.

À moins de dix mètres, leur cible le regardait droit dans les yeux. L'homme l'avait reconnu, et il changea brusquement de direction sans toutefois accélérer le pas, afin de se fondre dans la foule. Wolf joua des coudes et dépassa un groupe de touristes en pleine visite guidée, pour découvrir sur les pavés une veste en cuir abandonnée.

— Merde, il a retiré son blouson ! annonça-t-il au reste de l'équipe. Je l'ai perdu !

⋆

Edmunds aperçut le suspect sous les colonnades de l'église Saint-Paul et le prit en filature.

Il resta à distance et passa derrière un acrobate qui jonglait avec un bâton enflammé, sous le regard admiratif d'un cercle de badauds. Les yeux braqués sur la silhouette rendue floue par les flammes, le détective approcha son téléphone de l'oreille pour prévenir le reste de l'équipe, avant de se raviser.

Il imagina cet inconnu faire le tour du canapé sur lequel étaient endormies sa fiancée et sa fille, une bouteille d'acide à la main, et il ne put s'empêcher de penser à ce qui se serait passé si elles s'étaient réveillées. La rage et l'adrénaline firent le reste.

Edmunds s'élança dans l'espace laissé vide par le public, ce qui perturba tellement le jongleur qu'il en laissa tomber son bâton. Bousculant ensuite quelques spectateurs dans sa course, le détective bondit sur le suspect et lui passa un bras autour du cou pour l'amener au sol. L'homme se débattit furieusement et distribua des coups, mais Edmunds ne lâcha pas prise.

Saunders fut le premier à arriver sur place.

— Oh putain ! s'esclaffa-t-il au téléphone en se penchant au-dessus de la mêlée. Edmunds l'a chopé !

— Un petit coup de main ? souffla le détective, qui commençait à étouffer sous le poids du motard. C'est qu'il est lourd, l'animal !

— Ah oui, mince, s'excusa Saunders, avant d'attraper ses menottes. Désolé !

35

Mardi 19 janvier 2016,
11 h 42

APRÈS AVOIR AIDÉ LES POLICIERS à faire monter le prisonnier à l'arrière de la fourgonnette sous le regard des badauds, Edmunds fouilla son portefeuille et rejoignit les autres, qui se réchauffaient au soleil en buvant un café bien mérité.

— Joshua French, lut-il sur le permis de conduire sale. Je savais bien que sa tête me disait quelque chose.

Les autres attendirent qu'il développe.

— Je suis tombé sur lui à plusieurs reprises en m'intéressant à de vieilles affaires, expliqua-t-il. Il bossait à Glasgow avec Finlay et Christian.

— Finlay avait vraiment de mauvaises fréquentations, commenta Saunders.

— Peut-être, mais il nous avait aussi, nous, rétorqua Wolf. Et nous, on ne l'a pas laissé tomber. Le complice de Christian est en garde à vue. C'est bientôt terminé.

— Et justement, si on finissait le boulot ? suggéra Saunders en versant le reste de son café sur les pavés.

Wolf lui donna une tape amicale dans le dos, et les deux hommes s'avancèrent vers la fourgonnette de police. Après quelques pas, Wolf se retourna vers Baxter, qui n'avait pas bougé.

— Tu ne veux pas être là pour le dénouement ? demanda-t-il, surpris.

— Il n'y a rien qui me ferait plus plaisir. Malheureusement, j'ai un acrobate avec des brûlures au deuxième degré, une touriste chinoise avec un iPad en miettes et un couple d'Américains qui n'étaient manifestement pas aussi rembourrés qu'ils en avaient l'air. La routine d'inspecteur principal, tu sais ce que c'est. Mais allez-y, les gars. Et mettez-lui la misère de ma part !

Wolf acquiesça.

— Je t'appelle plus tard ? proposa-t-il.

— Fais donc ça.

*

Si rien ne justifiait de traverser le hall de New Scotland Yard avec leur prisonnier menotté, Wolf avait trois bonnes raisons de vouloir le faire : 1/ il avait de toute façon besoin de signer le registre ; 2/ il ne voulait pas quitter French des yeux une seule seconde ; et 3/ il se sentait d'humeur provocatrice.

Tout le bâtiment était au courant qu'il enquêtait sur le « suicide » de Finlay Shaw, et il savait donc qu'en paradant ainsi avec leur suspect dans l'atrium bondé, la nouvelle atteindrait les derniers étages avant lui. C'était ce qu'il voulait. Il voulait que Christian sache que c'était fini pour lui, et il exultait en se le figurant assis à son bureau, seul, terrifié à l'idée d'en sortir et d'affronter le regard chargé de mépris de ses pairs. Alors que l'ascenseur entamait sa montée, Wolf ferma les yeux et se prit même à imaginer le *commissioner* escalader le rebord de la fenêtre et, ne voyant aucune autre issue, se jeter dans le vide – une fin méritée.

Quand les portes de la cabine s'ouvrirent, Vanita les attendait. Elle avait déjà réservé la salle d'interrogatoire numéro 1 et décalé tous ses rendez-vous. Elle avait aussi prévenu ses contacts dans les médias de se tenir prêts pour une éventuelle conférence de presse avant la fin de la journée.

— Je ne dirai pas un mot tant que je n'aurai pas vu mon avocate, déclara French, impassible.

— Je m'en occupe tout de suite, lui promit Wolf en le poussant sans ménagement dans la pièce.

— Mais… je ne vous ai même pas donné son…

French n'eut pas le temps de finir sa phrase que la porte se referma devant son nez.

Quelqu'un de plus protocolaire avait appelé l'avocate de French, si bien que les choses prenaient du retard et que Wolf commençait à bouillonner. Il lui semblait absurde de rester assis là à ne rien faire alors que l'homme qui ne manquerait pas d'être bientôt incriminé pour le meurtre de Finlay attendait son destin quelques étages plus haut.

— Surveillez bien cette ordure, ordonna-t-il à Edmunds et Saunders avant de se lever.

— Tu vas où ? demanda Saunders.

Wolf décida de ne pas leur dire qu'il comptait rendre visite au *commissioner*. Et il ne leur parla pas non plus de son désir de voir Christian choisir le suicide plutôt que l'exécution en place publique.

— Faire un tour, répondit-il simplement.

*

Christian avait le regard perdu dans le vide quand Wolf frappa à la porte de son bureau.

— Entrez ! dit-il en ramassant au hasard une pile de documents pour se donner une contenance.

Il ne sembla pas surpris de voir Wolf, qui retourna ses poches et souleva sa chemise pour lui indiquer que leur conversation resterait strictement confidentielle. Wolf ferma la porte et retira ostensiblement la batterie de son téléphone avant de s'approcher de l'imposant bureau.

— Asseyez-vous, dit Christian avec lassitude, et Wolf s'exécuta gracieusement.

Un soleil paresseux éclairait la pièce, conférant à ce dernier acte une atmosphère détendue assez surprenante.

— Vous avez eu une journée bien remplie, commenta Christian. Fin m'a toujours dit que vous étiez un malin.

— Ce coup-ci, je n'y suis pour rien, reconnut Wolf. C'est Baxter qui a tout fait.

Une expression impossible à déchiffrer traversa le visage du *commissioner*.

— On attend l'avocate de French, poursuivit-il en réprimant un bâillement. À mon avis, elle va vouloir conclure un marché.

— C'est très probable, confirma Christian.

— Du coup… Qu'est-ce que vous diriez de descendre avec moi ?

— C'est gentil de proposer, mais je crois que je vais rester ici.

— Comme vous voudrez. Dans ce cas, j'imagine que nous viendrons vous chercher d'ici quelques heures… Au fait, si besoin, la fenêtre est là, ajouta-t-il en désignant la vitre.

Christian laissa échapper un petit ricanement.

— Que croyez-vous qu'il va se passer, au juste ? demanda-t-il.

— Christian… C'est terminé.

— Ah bon ?

— On a pris votre pion.

— … et pour ce faire vous avez sacrifié votre reine.

Il y eut un long silence, que Wolf faillit briser d'une remarque totalement irrévérencieuse, mais il y avait quelque chose dans le sourire de Christian qui le fit hésiter…

Les fleurs d'hiver qui s'étouffent les unes les autres pour tenter de capter un peu de lumière…

L'animal acculé qui se rend compte qu'il n'a plus d'issue…

… La survie par-dessus tout.

— Qu'est-ce que vous avez fait ? demanda Wolf.

Il voulut remettre en place la batterie de son téléphone, mais la panique ralentissait ses mouvements.

— Qu'est-ce que vous avez fait ? répéta-t-il.

Christian se pencha en arrière sur son fauteuil, un sourire aux lèvres.

Wolf bondit hors de la pièce et fonça vers l'escalier, son portable à la main. Dès qu'il fut hors de vue, Christian tomba à genoux derrière son bureau, terrassé par une violente crise d'hyperventilation. À quatre pattes, il s'approcha de sa corbeille à papier, en renversa le contenu sur la moquette et se pencha au-dessus.

⋆

Baxter regagna l'endroit où elle avait « garé » Blackie avec la satisfaction du devoir accompli. Elle avait indiqué à la touriste chinoise et son iPad cassé la direction de l'Apple

Store le plus proche et elle avait calmé le couple d'Américains obèses en leur achetant un sandwich. Finalement, il n'y avait qu'avec l'acrobate qui menaçait de porter plainte parce que les choses avaient tourné au vinaigre :

— … Mais vous avez de la chance que mon costume soit à quatre-vingts pour cent ignifugé.

— Pour tout vous dire, j'aurais préféré qu'il soit cent pour cent étanche à la connerie.

Cette dernière remarque risquait de se retourner contre elle.

Elle jeta son sac à main sur le siège passager, s'installa au volant et vérifia si elle avait des nouvelles des autres, mais aucune notification ne s'afficha sur l'écran de son téléphone. Elle décida donc de rentrer à New Scotland Yard pour assister en personne à l'interrogatoire de French. Lorsqu'elle démarra, une série de grincements inquiétants en provenance du moteur lui fit froncer les sourcils. Elle songea qu'elle se pencherait sur la question plus tard et laissa tomber son portable dans son sac à main, ce qui lui fit rater l'appel de Wolf.

C'était l'heure de la pause déjeuner, et il lui fallut une éternité pour s'extirper du réseau de rues à sens unique qui encadrait le quartier piétonnier. Quand elle atteignit enfin le boulevard, elle sauta sur l'occasion d'écraser la pédale d'accélérateur, mais lorsqu'elle voulut freiner au feu rouge quelques mètres plus loin, elle entendit un claquement sec.

Une fraction de seconde plus tard, elle heurta le scooter arrêté devant elle et déboula au milieu du carrefour, avec des voitures qui arrivaient par la droite et par la gauche en klaxonnant. Elle essaya à nouveau de freiner. La pédale ne répondait plus. Par miracle, elle parvint à atteindre l'autre côté du carrefour sans se faire emboutir, mais le répit fut de courte durée, car c'était désormais vers un trottoir bondé qu'elle fonçait. En désespoir de cause, elle tira sur le frein à main et actionna son klaxon pour avertir les piétons, qui s'écartèrent en hurlant. L'Audi monta sur le trottoir et dévala la série de marches qui descendaient vers la voie sur berge dans un fracas de tôle froissée. Baxter agrippa le levier de vitesse et parvint à passer la seconde – hélas, le moteur se contenta de hurler son mécontentement et la voiture poursuivit sa course folle.

Lorsqu'elle atteignit le bas de l'escalier et que son pare-chocs avant percuta le sol, la voiture partit en tête-à-queue au milieu de la circulation. Un premier véhicule la heurta de plein fouet, puis un autre, un autre et encore un autre… Baxter avait l'impression d'être une boule de flipper. Totalement impuissante, elle ne se rendait même pas compte qu'elle se rapprochait du fleuve…

Après une série de tonneaux, l'Audi au capot défoncé finit par s'immobiliser sur le toit, en équilibre précaire à quelques mètres au-dessus de l'eau glacée. Les premiers conducteurs sortirent de leur voiture pour lui venir en aide. Baxter sentit qu'elle était blessée. Encore étourdie, elle regarda son téléphone qui vibrait au plafond, sous sa tête :

Wolf

☎ Appel entrant

Elle leva la main pour l'attraper… et se sentit basculer.

36

Vendredi 25 décembre 2009,
Noël,
12 h 25

BAXTER ENFOURNA UNE POIGNÉE de pop-corn, et quelques grains roulèrent sur la couverture écossaise dans laquelle elle était emmitouflée pour se perdre dans les plis du vieux canapé en cuir de Maggie et Finlay. Les pieds en éventail sur la table, elle regardait entre ses chaussettes aux couleurs de Noël Marvin et Harry menacer de couper les testicules d'un gamin de huit ans après avoir reçu des pots de peinture en pleine tête. L'escalade de la violence dans toute son horreur…

— C'est quel film, déjà ? demanda Finlay, vautré dans son fauteuil préféré.

— *Maman, j'ai raté l'avion*, répondit Baxter, la bouche pleine.

— Le un ou le deux ?

— Le un. Le deux se passe à New York.

— Et celui-là, il se passe où ?

— Je n'en sais rien. Ça n'a pas vraiment d'importance, en même temps.

— Ça en aurait si ça se passait à New York, vu que ça voudrait dire que c'est le deux, fit remarquer Wolf.

— Sauf que c'est pas le deux ! s'écria Baxter, exaspérée.

— Arrêtez de vous chamailler, tous les deux ! ordonna Maggie d'une voix autoritaire, sans parvenir à retenir le sourire qui se dessinait sur ses lèvres.

Elle avait beaucoup maigri depuis qu'elle avait recommencé la chimiothérapie, et elle avait de nouveau perdu la belle chevelure brune dont elle était si fière.

Une main recouverte de poussière de Pringles s'approcha du saladier de Baxter, laquelle se tourna aussitôt vers l'importun. Elle ne comptait certainement pas se laisser faire.

— Si t'en veux, tu vas t'en chercher ! cracha-t-elle en lui lançant un grain de maïs d'une chiquenaude, grain de maïs qui lui revint dessus deux fois plus fort.

— Les enfants ! On se calme ! les réprimanda Maggie.

Un dernier pop-corn atterrit dans l'œil de Wolf, et les deux policiers retournèrent à leur film.

— Une fois, j'ai vu un type se prendre un pot de peinture en pleine face, lâcha Baxter en tendant la main vers son orange en chocolat.

— Le pauvre ! commenta Maggie.

— Tu parles… C'était un sale con.

— Une livre dans le pot à jurons ! s'exclamèrent en chœur Finlay et Maggie, ce qui valut à l'Écossais au langage si fleuri quand sa femme n'était pas dans les parages un regard assassin de la part de Baxter.

— Est-ce qu'il s'en est remis ? demanda Maggie.

— Pas vraiment, non… sa tête a implosé sous le choc !

— Emily ! s'indigna Maggie pendant que Finlay pouffait dans son coin.

— Mais vous voulez que je vous raconte le plus bizarre ? poursuivit Baxter sans tenir compte du regard désapprobateur de Maggie. À l'impact, sa tête a fait éclater le pot de peinture. Du coup, il n'y avait pas une seule goutte de sang, mais des éclaboussures rose bonbon partout sur les murs et jusqu'au plafond ! On aurait dit un extraterrestre, le gars !

— N'importe quoi, commenta Wolf.

— Je te jure que c'est vrai, se défendit Baxter.

— Ah oui ? Et j'étais où, moi ?

— Tu purgeais une suspension, je crois.

Il réfléchit quelques instants avant de hocher la tête – l'explication était plausible.

— Mais ça, enchaîna Baxter, c'est rien à côté du type qui…

— Et si on faisait les cadeaux ? l'interrompit Maggie. Il y en a surtout un qu'il faudrait se dépêcher d'ouvrir avant que je me retrouve encore avec des taches plein mon parquet ! ajouta-t-elle avec un regard appuyé vers son mari.

Baxter se redressa, tout excitée. Elle mit le film sur pause et plongea la main dans son sac de friandises pour en sortir un premier cadeau à l'emballage froissé qu'elle tendit à Wolf.

— Mince, tu me mets mal à l'aise, bredouilla-t-il. Je n'ai rien prévu pour toi…

Baxter haussa les sourcils, blessée.

— Ne fais pas attention à lui, la rassura Maggie. Son cadeau est là-haut. D'ailleurs, si tu allais le chercher, Fin !

Finlay se leva de son fauteuil en grommelant et disparut à l'étage. Wolf n'attendit même pas qu'il soit de retour pour ouvrir son paquet.

— Incroyable ! s'exclama-t-il en brandissant un tee-shirt délavé de la tournée *Keep the Faith*, de Bon Jovi. Où est-ce que tu as déniché ça ?

— Sur eBay.

Il se leva pour montrer le précieux vêtement à Maggie.

— J'étais à ce concert mais, à l'époque, je n'avais pas les moyens de me payer le tee-shirt…

Puis, se tournant de nouveau vers Baxter :

— Je n'arrive pas à croire que tu t'en sois souvenue ! Est-ce que je dois en déduire que tu écoutes ce que je te dis ?

— Seulement quand je n'ai pas le choix.

— Merci.

Il se pencha pour la prendre dans ses bras, et Maggie la vit fermer les yeux pendant l'étreinte.

— C'est dommage qu'Andrea n'ait pas pu venir, déclara Finlay en faisant son retour dans la pièce, apportant avec lui une délicieuse odeur de nourriture. Elle est où, d'ailleurs ?

Wolf lâcha Baxter et retourna s'asseoir à sa place.

— Chez son père, répondit-il avant d'étaler précautionneusement son cadeau sur l'accoudoir du canapé.

— Et il habite où, déjà ?

— Le pire endroit sur terre : Bedworth. Je n'avais aucune envie d'y aller.

— Difficile de te le reprocher… Bon, qu'est-ce que je fais de ça, du coup ? demanda Finlay en brandissant une boîte en plastique.

Il traversa le salon, la posa devant Baxter et ouvrit les petits loquets pour libérer un chat au poil soyeux.

Les yeux de Baxter se mirent à scintiller.

— Tu m'as pris un chat ! s'écria-t-elle d'une voix suraiguë avant de sauter au cou de Wolf. Oh ! Merci, merci, merci, merci !

— Et moi alors ? protesta Finlay. Tu crois peut-être que c'est Wolf qui l'a nourri, ces deux dernières semaines ?

Maggie lui fit signe de se taire.

— Je n'aimais pas l'idée de te savoir seule dans cet appartement, expliqua Wolf. Maintenant, tu auras de la compagnie. C'est un chat abandonné. On l'a choisi ensemble, avec Finlay.

Le sourire de Baxter faiblit.

— Un chat abandonné ? répéta-t-elle. Pourquoi, il a un problème ?

— Mais non, il n'a pas de problème !

— Wolf ?

— Il faut juste lui donner un médicament une fois par jour.

— Wolf ?

— ... En suppositoire.

— Beurk ! gémit Baxter avant de s'asseoir par terre pour faire connaissance avec son nouvel animal de compagnie.

— Attends, tu vas voir, il sait faire un truc marrant, dit Finlay, très fier de lui... Miaou ! lança-t-il au chat, qui miaula en retour. Miaou !

Et le félin miaula de nouveau, provoquant l'hilarité générale.

— Je l'ai appelé Echo, mais je suis sûr que tu trouveras quelque chose de beaucoup mieux.

Baxter se leva et prit Finlay dans ses bras.

— Merci, murmura-t-elle avant de se tourner vers le chat. Echo... c'est parfait.

*

Finlay porta Maggie jusqu'à leur lit.

Elle avait tenu le plus longtemps possible, mais avait fini par s'endormir dans son fauteuil en milieu d'après-midi. Finlay avait eu beau répéter à Baxter et Wolf qu'ils étaient les bienvenus s'ils voulaient rester dîner, ils avaient décliné, préférant laisser Maggie se reposer – Baxter était rentrée faire une sieste avant son service du soir, et Wolf avait prétexté devoir téléphoner à Andrea et à ses parents. Finalement plutôt soulagé, Finlay avait même appelé son fils pour lui demander s'il pouvait attendre le lendemain soir pour venir.

— Je… euh… je t'ai trouvé un autre cadeau, mais je ne voulais pas te le donner devant les autres, annonça Finlay, un peu nerveux, en tendant à Maggie une simple boîte en carton. Je ne sais pas si ça ira ou pas… Tu… tu n'as qu'à ouvrir.

— Holà, tu as l'air nerveux, toi ! observa-t-elle, méfiante, avant de soulever le couvercle pour voir ce qui se trouvait à l'intérieur.

Après quelques secondes de perplexité, elle sortit une perruque de la boîte et éclata de rire.

— Qu'est-ce que c'est que ce truc ?

— Eh ! Ça a coûté cher ! répondit Finlay, un peu vexé.

Maggie s'esclaffa de plus belle, coiffa la perruque brune – style afro –, et ce fut au tour de Finlay d'avoir un fou rire.

— J'aurai essayé, dit-il, allongé sur le lit à côté d'elle.

Il riait toujours, mais semblait déçu.

Maggie le serra de toutes ses forces et posa la tête sur son torse.

— Mon héros, murmura-t-elle.

Elle commençait déjà à sombrer dans le sommeil. Finlay lui caressait le bras, en repensant à la boîte à chaussures pleine de billets qu'il avait ouverte le matin même. Encore un versement dérisoire de la part de Christian. Un versement qui ne parviendrait pas à couvrir six mois de traitement.

— Je ne suis pas un héros, chuchota-t-il en écoutant la respiration de Maggie se faire plus profonde. Je serais prêt à massacrer la terre entière pour te sauver.

37

Mardi 19 janvier 2016,
15 h 09

THOMAS SE PRÉCIPITA dans le couloir qui menait aux urgences et bouscula une vieille dame qui en lâcha son sac à main. C'était peut-être la chose la plus terrible qu'il ait jamais faite, jusqu'à ce qu'il revienne sur ses pas pour se confondre en excuses et aider la pauvre femme à ramasser le contenu dudit sac. À l'accueil, une réceptionniste acariâtre lui indiqua la direction d'une petite salle d'attente, où il découvrit que Wolf, Edmunds et Maggie étaient arrivés avant lui. Seul Saunders n'était pas là – malgré ses protestations, Wolf avait insisté pour qu'il reste à New Scotland Yard afin de surveiller Joshua French.

Incapable de regarder le petit ami de Baxter en face, Wolf baissa la tête.

— Vous devez être Thomas, dit Maggie, qui se leva pour le prendre dans ses bras.

On voyait qu'elle avait pleuré. Puis ce fut au tour d'Edmunds d'étreindre maladroitement Thomas.

— Salut, toi, dit-il.

— Alex…, répondit Thomas d'un ton qui ressemblait plus à une question.

Ses yeux n'arrêtaient pas de se poser sur Wolf, assis dans un coin de la pièce. Instinctivement, il bomba le torse pour paraître plus imposant.

— Comme je te l'ai annoncé au téléphone, elle a eu un accident de voiture… un accident assez sérieux.

— Tu as dit que… qu'on l'avait repêchée dans le fleuve ?

— Oui, c'était un accident assez sérieux, répéta Edmunds. Elle ne s'est pas encore réveillée…

— Oh non !

— Mais c'est seulement parce qu'ils l'ont plongée dans un coma artificiel le temps de lui faire un scanner, s'empressa-t-il d'ajouter. C'est normal.

Thomas acquiesça et, n'ayant plus rien à dire, il s'assit pour attendre avec le reste de l'équipe.

*

— Comment elle va ? demanda Saunders au téléphone.

Il se tenait devant la porte de la salle d'interrogatoire où l'avocate de French venait de passer près d'une heure avec son client, avant de monter dans les étages avec Vanita.

— Rien de nouveau, répondit Wolf.

— Dans ce cas, j'ai peut-être quelque chose qui va te remonter le moral, annonça Saunders en s'éloignant pour trouver un coin plus tranquille sans pour autant quitter la porte du regard. French est prêt à tout balancer : apparemment, le *commissioner* lui a versé 2 500 livres pour localiser et détruire les boîtes de preuves, et 2 500 de plus pour entrer par effraction dans l'appartement de Baxter, ce qui risque d'ailleurs de se révéler un sacré sac de nœuds, avec cette histoire d'agent de la CIA…

Il hésita quelques instants, avant d'ajouter :

— Il a aussi avoué que c'était lui qui avait trafiqué la voiture de Baxter.

L'imprimante à côté de lui se mit soudain à ronfler, et Saunders repartit en direction de la salle d'interrogatoire.

— Qu'est-ce qu'il veut en échange ? demanda Wolf.

— Vanita est en train de voir ça avec son avocate en ce moment même. Mais bon, ça veut dire que tu devrais bientôt pouvoir passer les menottes au grand chef. C'est déjà ça, non ?

Wolf resta silencieux quelques secondes.

— Surtout, ne le perds pas de vue, dit-il enfin.

— T'en fais pas pour ça.

*

À 16 h 46, un médecin tout sourire fit son entrée dans la salle d'attente.

Par réflexe, Thomas et Edmunds se levèrent.

— Bonjour, messieurs dames, je suis le docteur Young, c'est moi qui m'occupe d'Emily… J'ai une bonne nouvelle à vous annoncer : le scanner n'a rien révélé d'anormal. Nous l'avons mise sous perfusion le temps que sa température corporelle remonte, et nous lui avons mis une minerve pour protéger ses cervicales, mais c'est uniquement par précaution.

— Est-ce qu'elle est réveillée ? demanda Thomas.

— Oui. Et je peux autoriser un seul ou une seule d'entre vous à la voir pendant quelques minutes, si vous voulez.

Wolf se leva aussitôt de son siège…

Thomas se tourna vers lui, furibond.

Edmunds regarda Wolf en secouant subrepticement la tête et Maggie lui prit le bras pour qu'il se rasseye.

— Désolé, dit Wolf. C'est vrai que c'est plutôt à vous d'y aller.

Thomas suivit le médecin jusqu'à une chambre où il découvrit Baxter allongée au milieu d'un assortiment de machines et d'écrans. C'était étrange de la voir vêtue d'une chemise d'hôpital trop grande pour elle. Elle avait l'air toute ratatinée… Toute fragile.

— Je vous laisse quelques instants, annonça le docteur en refermant la porte derrière lui.

Thomas s'assit à côté du lit et prit la main de Baxter.

— Coucou, toi !

Baxter poussa un grognement et lui serra doucement la main.

Après quelques minutes à l'écouter parler de tout et de rien, elle sombra de nouveau dans le sommeil, et Thomas se retrouva sans rien d'autre à faire qu'observer l'environnement déprimant dans lequel il se trouvait. Au bout d'un moment, ses yeux se posèrent sur le dossier médical accroché au montant du lit, et il ne put s'empêcher de le feuilleter…

*

Comme le docteur Young n'aimait pas séparer les patients de leurs proches, il avait accordé deux minutes d'intimité supplémentaires à Emily et Thomas. Mais quand il frappa à la porte et entra dans la chambre, il fut surpris de voir que le visiteur n'était plus là.

*

Thomas fit irruption dans la salle d'attente.

Alarmés, Wolf, Edmunds et Maggie se levèrent.

— Elle est enceinte ! hurla-t-il en regardant Wolf.

— Euh… oui, répondit ce dernier, mal à l'aise.

— Vous le saviez ? demanda Thomas, incrédule, avant de se tourner vers Edmunds et Maggie, qui semblaient tout aussi mal à l'aise que Wolf. Attendez, vous étiez tous au courant ?

Ce fut la goutte d'eau qui fit déborder le vase. Thomas poussa Wolf contre le mur et Edmunds se précipita pour intervenir.

— Crois-moi, Thomas, ce n'est vraiment pas une bonne idée, l'avertit Edmunds.

— Écoutez, Thomas…, commença Wolf, mais il n'eut pas le temps de terminer sa phrase, car le petit ami de Baxter, d'ordinaire si flegmatique, lui abattit de manière peu orthodoxe son poing sur l'oreille.

Wolf eut l'air momentanément surpris, puis il s'écroula au sol.

— Oh, mince ! s'exclama Thomas en considérant son poing encore tremblant. Je crois que je l'ai mis KO. Est-ce qu'il faut que j'appelle quelqu'un ?

— Allons plutôt faire un tour, suggéra Edmunds, et il l'entraîna vers la porte tandis que Maggie continuait de siroter tranquillement son thé.

— Tu ne penses pas qu'il faudrait le mettre en position latérale de sécurité ? insista Thomas.

— Maggie va s'en occuper.

Une fois Thomas dans le couloir, Edmunds passa la tête par la porte :

— C'est bon, Wolf, chuchota-t-il. Vous pouvez vous relever.

*

Si Baxter ne pouvait pas tourner la tête à cause de la minerve qui lui enserrait le cou, elle avait retrouvé assez de force pour se redresser. Elle tendit la main vers le verre d'eau posé sur la table de chevet, mais les effets de l'anesthésie ne s'étaient pas encore totalement dissipés et elle le renversa. Elle abandonna donc l'idée de boire et se prépara mentalement à l'épreuve qui l'attendait : l'évaluation des dégâts. Elle baissa la tête et fut aussitôt rassurée de constater qu'elle avait encore ses quatre membres, et qu'ils semblaient tous pointer dans la bonne direction. Mais ce soulagement céda bientôt le pas à une violente crise de panique.

Surprise par sa propre réaction, elle arracha la minerve, attrapa la télécommande du lit et appuya sur le bouton pour alerter le personnel soignant. Quelques secondes plus tard, une infirmière entra dans la chambre et découvrit Baxter qui se tenait le ventre à deux mains.

— Est-ce que le bébé va bien ? Enfin, je sais que c'est pas encore un bébé, mais…

— Je vais chercher le docteur, annonça l'infirmière, clairement dépassée par la situation.

*

Saunders regarda l'avocate de French marcher droit vers lui, l'air furieuse. Il se demanda s'il avait dit quelque chose d'injurieux qu'elle aurait pu entendre, mais il lui sembla que non. Finalement, elle s'arrêta à deux mètres de lui, récupéra son manteau et repartit sans avoir dit un mot.

— Qu'est-ce qui lui arrive ? demanda-t-il à Vanita, qui avait suivi à son rythme.

— Un de ses supérieurs l'a dessaisie de l'affaire, expliqua-t-elle en regardant partir la juriste.

— Vous pensez que c'est un coup du *commissioner* ?

— Elle m'a dit qu'au vu de la nature des allégations de son client et de la personnalité visée par ces allégations, son supérieur avait décidé de prendre le relais en personne. Je ne sais pas…

Vanita secoua la tête, inquiète.

Une demi-heure plus tard, le nouvel avocat de French fit son entrée à la direction du *Homicide and Serious Crime*. Une barbe impeccablement taillée, un rictus suffisant, une démarche de connard prétentieux – l'archétype du carriériste.

— Je déteste les avocats, grommela Saunders.

— Tout le monde déteste les avocats, lui répondit Vanita, avant de s'approcher du nouveau venu avec un grand sourire.

Ils l'escortèrent jusqu'à la salle d'interrogatoire.

— Monsieur French… ou dois-je vous appeler Joshua ? Luke Preston, pour vous servir.

Il fit un pas vers son client, mais Saunders se plaça entre les deux hommes.

— À cette distance, ça suffira, dit-il.

L'avocat ne protesta pas et ouvrit sa sacoche.

— C'est moi qui remplace Laura, annonça-t-il, mais ne vous en faites pas, elle m'a rapporté votre conversation dans ses moindres détails. Alors… j'ai quatre-vingt mille autres choses à faire aujourd'hui et je suis sûr que vous avez de votre côté quatre-vingt mille questions à me poser, dit-il en accrochant le regard de French.

Cette tournure de phrase alambiquée fit tiquer Saunders et Vanita. L'avocat, lui, poursuivit innocemment sa tirade :

— Du coup, si j'ai bien compris… vous avez décidé d'avouer que vous étiez le seul et unique responsable des faits qui vous sont reprochés, faits pour lesquels vous êtes passible d'une peine maximale de deux ans d'emprisonnement. C'est bien ça ?

Une fois de plus, il capta le regard de son client.

— Qu'est-ce que vous racontez ? intervint Saunders, mais l'avocat continua comme s'il n'était pas là.

— La relative clémence de cette peine étant bien sûr due à la légitimité des raisons qui vous ont poussé à commettre cette série de délits à l'encontre de représentants d'une institution dont vous avez été écarté de manière tout à fait injuste il y a de cela presque trente ans.

— Non ! s'écria Saunders en abattant son poing sur la table.

Mais c'était trop tard ; le mal était fait.

Tous se tournèrent vers French. On pouvait presque voir les rouages se mettre à tourner dans sa tête, alors qu'il passait en revue le peu de solutions qui s'offraient à lui. Après un moment de silence, il hocha la tête.

— C'est bien ça, dit-il. Je suis le seul et unique responsable des faits qui me sont reprochés.

★

Wolf raccrocha et se massa les tempes. Il resta planté au milieu du couloir aseptisé pendant une bonne minute, à regarder le sol. Christian avait acheté French sous leur nez, et ils ne pouvaient absolument pas le prouver. L'influence du *commissioner* était telle qu'il avait réussi à faire capoter toute l'enquête qui le mettait en cause sans même avoir à se lever de son fauteuil.

Wolf se força à sourire et entra dans la chambre de Baxter.

— Du nouveau ? demanda-t-elle, les yeux pleins d'espoir, sitôt qu'il eut franchi la porte.

Il n'eut pas le cœur de lui dire la vérité. Pas après tout ce qu'elle venait de traverser.

— Pas encore, non, répondit-il, alors qu'il savait très bien que c'était terminé.

Christian avait gagné.

9 jours plus tard…

38

Jeudi 28 janvier 2016,
11 h 58

LA BONNE NOUVELLE, c'est que Rouche était officiellement guéri ; la mauvaise, c'est qu'il était donc en état de comparaître devant le tribunal local de Highbury Corner. L'autre bonne nouvelle, c'est qu'il avait eu l'autorisation de voir Holly et Baxter ; l'autre mauvaise nouvelle, c'est qu'il y avait toutes les chances qu'il soit écroué avant la fin d'après-midi.

Somme toute, c'était une journée qui s'annonçait plutôt moyenne.

Après une semaine à se faire retirer des morceaux de chair nécrosée et à recevoir des transfusions sanguines et des perfusions d'antibiotiques, il avait certes repris des forces, mais ce n'était toujours pas la grande forme, si bien qu'il se présenta devant le juge vêtu d'un costume bleu marine désormais beaucoup trop grand pour lui (il avait perdu presque dix kilos depuis la dernière fois qu'il avait eu l'occasion de le mettre). Il avait ramené ses cheveux poivre et sel en arrière (Baxter lui avait dit qu'elle le préférait comme ça) et s'était même laissé pousser une barbe assortie pour l'occasion, une attention tout à fait inutile puisque le juge annonça ce que tous ceux qui étaient présents au tribunal savaient déjà.

— En raison de la gravité des faits reprochés à l'accusé et aux difficultés relatives à l'extradition d'un citoyen britannique ayant commis un crime sur le territoire britannique alors qu'il était en mission pour le gouvernement des États-Unis, cette affaire est déférée aux Crown Court Services qui se chargeront de fixer la date de la prochaine audience, annonça le magistrat d'une voix complètement neutre.

Assises au fond de la salle de tribunal presque déserte, Holly et Baxter ne voyaient que le dos de Rouche. Ce dernier, épuisé, s'était laissé distraire par une petite poussière qui volait et avait perdu le fil de ce que disait le juge.

— Par ailleurs, toujours en raison de la gravité des faits, j'ordonne que l'accusé soit placé en détention provisoire sans possibilité de libération sous caution.

— Votre honneur, intervint l'avocat de Rouche, je souhaiterais demander que mon client soit incarcéré à la prison de Woodhill pour la durée de sa détention provisoire.

— Pour quel motif ? demanda le magistrat d'un ton égal.

— Pour sa sécurité, votre honneur : nous souhaitons éviter que notre client ne se retrouve en contact avec des détenus dont il aurait directement causé l'incarcération.

— C'est une demande raisonnable, et la cour l'accepte, conclut le juge en se tournant vers Rouche, lequel le gratifia d'un grand sourire lorsqu'il vit la petite poussière se poser sur son crâne dégarni. La séance est levée.

Rouche se retourna et fit un petit salut de la main à Holly. Puis il adressa un hochement de tête à Baxter au moment où le policier du tribunal l'escortait hors de la salle d'audience.

*

Wolf avait accompagné Maggie jusqu'à une vieille demeure de Harley Street convertie en clinique privée. Il s'assit dans la salle d'attente à côté de la cheminée où un feu crépitait et commença à feuilleter un magazine de sport automobile qui ne l'intéressait pas franchement, trop perturbé qu'il était par l'importance de ce qui se jouait dans la pièce d'à côté.

Avec tout ce qui se passait, Maggie n'avait pas voulu embêter les gens avec son rendez-vous imminent : un scanner et une biopsie qui détermineraient si son cancer était en rémission ou si, au contraire, elle allait devoir de nouveau s'en remettre à la chimiothérapie pour survivre. Elle faisait bonne figure, mais il était évident que l'idée de devoir affronter ce mal récurrent sans Finlay à ses côtés la terrorisait. Finalement, elle s'était confiée à Wolf et lui avait fait promettre de n'en parler à personne, au moins tant que les résultats n'étaient pas connus.

Dans la salle d'attente, il se préparait au pire. Il imagina Maggie apprenant la mauvaise nouvelle : après avoir survécu au cancer juste assez longtemps pour voir l'amour de sa vie se faire assassiner par leur ami le plus fidèle, elle devait désormais accepter qu'elle avait perdu le combat contre la maladie.

La vie était tellement injuste.

Dans un accès de rage, Wolf jeta le magazine dans la cheminée et se leva pour faire les cent pas, tandis que les flammes dévoraient les pages en papier glacé.

*

Vanita frappa à la porte du bureau de Christian, le dossier qu'il lui avait demandé sous le bras. Il s'esclaffa au téléphone et lui fit signe d'entrer sans même la regarder.

Depuis le rétropédalage soudain de Joshua French, la vie avait repris son cours au New Scotland Yard, les relations publiques et les statistiques criminelles prenant le pas sur le fait que Vanita savait que son supérieur était un meurtrier sociopathe prêt à tout. Pour l'heure, faire comme si rien ne s'était passé semblait la stratégie la plus sûre. Elle déposa le dossier devant lui, examina son visage où seules quelques petites croûtes témoignaient encore de l'agression qu'il avait subie, et tourna les talons.

— Attends, Malcolm, je te rappelle, dit Christian en raccrochant. Geena !

Elle lui fit face, et il brandit le dossier.

— Merci.

— Il n'y a pas de quoi.

— Où en est-on sur l'affaire Finlay Shaw ?

Vanita se raidit. Elle ne savait pas s'il s'agissait d'un test, d'une provocation, ou de la preuve que l'homme assis devant elle était fou.

— Je vous demande pardon ?

— J'étais au téléphone avec notre futur maire, qui me demandait pourquoi William Fawkes était toujours libre de ses mouvements alors que l'enquête était au point mort.

— Il a toujours un couvre-feu à respecter, répondit Vanita en s'efforçant de ne pas hausser le ton. Et, n'en déplaise au futur maire, peut-être qu'il sera en droit de demander des explications une fois élu.

— C'est typiquement cet état d'esprit qui fait que vous n'avez pas été retenue pour le poste de *commissioner*, vous savez ?

Elle serra les poings jusqu'à se planter les ongles dans la paume.

— Mais faites-moi un point sur l'affaire, ajouta Christian. Où en est-on ?

Vanita eut envie de le provoquer, mais se ravisa et baissa la tête, vaincue.

— Aucune preuve concluante, répondit-elle, et les mots lui écorchèrent la bouche. Le refus de coopérer de Joshua French a entraîné un arrêt brutal de l'enquête.

— Est-ce qu'il y a toujours des gens qui travaillent activement dessus ?

— Non, à ce stade, il ne s'agit plus que de peaufiner les derniers détails.

— Dans ce cas, faites arrêter Fawkes. C'est un ordre.

Elle voulut contester mais, une fois de plus, l'instinct de préservation eut le dessus.

— Très bien, monsieur.

*

Baxter regrettait Blackie.

En quatre ans, elles avaient vécu beaucoup de choses ensemble – notamment une course-poursuite mémorable avec un enfoiré de gourou terroriste –, et Baxter estimait que sa petite Audi A1 aurait mérité des adieux plus solennels qu'un vulgaire plongeon dans la Tamise. En plus, elle avait laissé ses chaussures de jogging sur la banquette arrière…

Faute de voiture, elle avait dû se résoudre à prendre le bus pour rentrer à Wimbledon, ce qui, en plus de lui donner l'occasion de partager quarante minutes de sa vie avec tout un assortiment de tordus, lui avait permis de repenser à ses retrouvailles express avec Rouche. Quel soulagement ç'avait été de le revoir après neuf jours sans nouvelles, la faute au FBI et sa fichue politique du silence ! À un moment, elle avait même fini par se demander s'il était encore en vie. Fidèle à sa réputation, Rouche avait encaissé sans broncher le tsunami de mauvaises nouvelles qu'elle lui avait annoncées, avant de la supplier de lui faire le résumé des deux derniers épisodes de *The Walking Dead*.

— Donc, en gros, il ne s'est rien passé ?

— C'est exactement ça.

Après l'accident, Baxter était retournée vivre chez elle. Thomas lui avait assuré qu'elle n'y était pas obligée, ce qui n'était pas la même chose que s'il lui avait dit qu'il voulait qu'elle reste. En même temps, elle pouvait difficilement le lui reprocher. Elle avait fait remplacer la vitre cassée, rebouché comme elle avait pu les impacts de balles dans les murs et commencé à repeindre, pour effacer toute trace de Rouche. Ce n'était qu'une question de temps avant que quelqu'un ne se rende compte que l'agent de la CIA avait été retrouvé juste devant chez elle et ne décide de venir fouiner.

À 18 h 25, pour le quatrième soir d'affilée, elle était penchée au-dessus de la cuvette des toilettes, prise de haut-le-cœur mais sans réussir à vomir, quand quelqu'un sonna à la porte.

Elle se releva avec un grognement, avant de longer le couloir en s'appuyant contre le mur. Elle colla son œil au judas et fut surprise de voir Thomas, aussi mal à l'aise que jamais. Elle déverrouilla la porte.

— Salut, dit-elle d'un ton qui ressemblait plus à une question.

— Bonsoir. Je, euh… je me suis dit que tu voudrais peut-être dîner.

Un sourire timide aux lèvres, il lui tendit un sac bien rempli arborant le logo d'un restaurant indien.

— Oh, merde ! hoqueta Baxter avant de repartir en courant vers la salle de bains.

Cinq minutes plus tard, elle en sortit pour trouver Thomas inspectant un des impacts de balle mal bouchés, et elle le vit presque se mordre la langue pour ne pas faire de commentaire. Après s'être enlacés de manière peu naturelle, ils s'assirent sur la bâche qui recouvrait le sol pour manger.

— Tu sais, dit Thomas, il paraît que la nourriture indienne peut déclencher l'accouchement.

Baxter haussa les sourcils et se demanda pourquoi ils s'étaient donné la peine d'éluder le sujet pendant vingt minutes en parlant de la pluie et du beau temps.

— Oh, mince ! Je… je suis désolé ! bredouilla-t-il. Je ne sais pas pourquoi j'ai pensé à ça. Enfin… si, mais je ne sais pas ce qui m'a pris de faire cette réflexion à voix haute.

— Ne t'en fais pas pour ça, le rassura Baxter. De toute façon, je pense que j'ai encore le temps.

Thomas baissa les yeux vers le ventre de Baxter.

— Tu regardes mon ventre, lui fit-elle remarquer.

— Désolé, répéta-t-il sans pour autant détourner les yeux. C'est juste que… c'est quand même un peu bizarre, non ?

— On peut dire ça, effectivement.

— Désolé, répéta-t-il une troisième fois, je ne voulais pas que ça te coupe l'appétit.

Baxter fit la grimace.

— Que ça te coupe le peu d'appétit que tu avais, précisa-t-il. Mais tu te rends compte que ce n'est pas un curry qui veut dire « je te pardonne » ? C'est un curry qui veut dire « tu me manques ». Ça n'a rien à voir.

— C'est noté.

— Si c'était un curry qui voulait dire « je te pardonne », il y aurait des bhaji, des samoussas et… je parle trop, là, non ?

Baxter éclata de rire et l'embrassa sur la joue.

— Qu'est-ce qui me vaut ce baiser ?

— Toi aussi, tu me manques.

*

Après un peu plus d'une heure passée à l'infirmerie en compagnie du médecin de la prison, Rouche vit arriver un gardien – l'acclimatation était terminée, il était désormais temps de découvrir la vraie vie carcérale.

L'homme lui expliqua que dans un monde idéal, les détenus en attente de leur jugement seraient séparés de ceux qui avaient été condamnés et que, contrairement à ces derniers, ils ne seraient pas obligés de porter un uniforme ou d'obéir à un ensemble de règles aussi strictes.

Il lui expliqua ensuite qu'ils n'étaient pas dans un monde idéal.

Comme la plupart de ceux qu'on escortait pour la première fois dans ce dédale de couloirs synonyme de privation de liberté, Rouche décida de faire bonne figure et d'afficher un air calme. Blasé, même. Mais la vérité, c'est qu'il n'avait jamais eu aussi peur de sa vie, et que tout en lui l'incitait à prendre ses jambes à son cou, à supplier, à négocier un moyen de sortir. Il se demanda si c'était sa phobie des espaces clos qui parlait ou simplement de la lâcheté.

Le maton s'immobilisa devant une des innombrables portes beiges.

Même s'il savait ce qui se trouvait derrière, Rouche eut encore moins envie d'entrer après avoir jeté un coup d'œil par l'ouverture.

Le gardien le regarda sans rien dire.

Rouche franchit le seuil d'un pas timide et se retourna juste à temps pour voir la lourde porte se refermer derrière lui.

39

Jeudi 31 décembre 2015,
Réveillon du Nouvel An,
18 h 19

CHRISTIAN AVAIT PÂLI.

— C'est quoi, ces conneries ? demanda Finlay d'un ton qui n'était calme que parce que Maggie se trouvait en bas. Comment ça, « il y a pas d'argent » ?

Christian poussa un long soupir en secouant la tête.

— Je… je ne sais pas quoi te dire.

— Mais… je l'ai déjà dépensé, ce pognon ! murmura Finlay, très agité. J'ai des factures impayées planquées dans toute la maison !

— Et je te jure que je vais faire tout ce qui est en mon pouvoir pour t'aider.

Finlay était trop préoccupé pour accepter cette promesse de politicien de la part de Christian.

— Tu m'as dit que l'argent m'attendrait ! s'exclama-t-il.

Christian lui fit signe de parler moins fort, pour ne pas alerter Maggie.

— Tu as dit que le jour où je prendrais ma retraite, l'argent m'attendrait !

— Je sais bien. Et crois-moi, Fin, il y a tellement de fois où j'ai voulu te le dire, mais…

— Et cette grande baraque dans laquelle tu habites ?

— Elle n'est pas à moi !

Et il tira sur son costume sur mesure comme s'il était trop petit pour lui.

— Rien de tout ça n'est vraiment à moi, reprit-il avec amertume. Je suis autorisé à mener un certain train de vie tant que Killian Caine en retire un avantage. Mais à terme, la maison sera vendue, l'argent de la vente sera blanchi et le locataire à la réputation irréprochable sera envoyé sur un autre projet… Il m'a mis le grappin dessus il y a très, très longtemps. Il savait ce qu'on avait fait.

— Comment il l'a appris ?

— Je n'en ai aucune idée ! Mais on n'aurait jamais dû prendre l'argent, ce soir-là… Je suis vraiment désolé, Fin.

— Dans ce cas, on prévient les collègues, déclara Finlay. On supprime Caine de l'équation.

— Je ne peux pas faire ça.

— Alors, je reformule : je préviens les collègues.

— Et je ferai tout pour te protéger, mais ça ne changera rien au fait qu'il n'y a plus d'argent. Je finirai en prison, et Caine enverra quelqu'un pour t'assassiner.

Finlay donna un coup de pied dans une des lattes de plancher qu'il n'avait pas encore posées.

— Tout va bien, là-haut ? demanda Maggie depuis le rez-de-chaussée.

— Pourquoi ça n'irait pas ? répliqua Finlay, avant de se retourner vers Christian. Et qu'est-ce que je fais pour le traitement de Maggie, moi ?

— On va trouver une solution.

— « On va trouver une solution »… C'est tout ce que tu as à dire ? siffla Finlay, avant de prendre quelques secondes pour réfléchir. Attends-moi là, j'en ai pour une minute.

Il descendit l'escalier et complimenta Maggie sur sa robe. Sa femme savait qu'il était inutile d'essayer de le convaincre de l'accompagner à la soirée du réveillon, puisqu'il considérait le premier de l'an comme « une occasion pour les gens de boire et de se comporter comme des animaux » (une définition édulcorée destinée à lui éviter le pot à jurons) et qu'il boycottait l'événement depuis dix ans. Il disparut dans le garage et en ressortit quelques minutes plus tard avec un sac plastique poussiéreux. Prenant soin de le dissimuler à la vue de Maggie, il remonta l'escalier et rejoignit Christian.

Il hésita avant de lui demander :

— Tu sais ce que c'est, ça ?

Quelque chose dans son ton poussa Christian à s'approcher. Il tendit la main.

— Non, non, non ! dit Finlay en faisant un pas en arrière. On ne touche pas !

Christian scruta le plastique jauni, jusqu'à ce que la surprise lui fasse écarquiller les yeux.

— C'est un putain de flingue !

— Précisément. Et pas n'importe quel putain de flingue. Cette arme a servi à commettre un crime… et elle est recouverte de tes empreintes.

Christian semblait perdu.

— Tu as tué un homme, Christian. Ce pistolet en est la preuve.

— Tu… tu l'as gardé toutes ces années ? fit Christian, choqué par cette trahison.

— Qu'est-ce que tu veux que je te dise ? Au fond de moi, je savais que ça pourrait me servir un jour. Je ne suis pas vénal, Christian, seulement désespéré. Cent mille livres d'ici minuit...

— Mais comment veux-tu que... ?

— ... cent mille de plus dans une semaine, et le pistolet est à toi. C'est une toute petite partie de ce que tu me dois, mais je m'en contenterai.

— Fin, tu te rends compte que c'est le réveillon du Nouvel An ?

— Je sais. Et je m'en fous. Supplie, emprunte, vole... fais ce que tu veux, mais rapporte-moi mon argent.

Il baissa les yeux vers sa montre Casio.

— Il est 18 h 30... je serais toi, je me magnerais.

À 23 h 53, Christian se tenait devant la maison, dont une seule fenêtre était allumée. La nuit résonnait du bruit d'une dizaine de fêtes différentes, et plusieurs inconnus éméchés le saluèrent en riant. À l'intérieur, il pouvait voir Finlay qui bricolait à la lumière d'une ampoule nue, et il se demanda comment il allait lui annoncer la nouvelle, comment il allait lui dire qu'il n'avait pu rassembler qu'un peu plus d'un dixième de la somme demandée.

Alors que les premiers feux d'artifice impatients illuminaient déjà le ciel, Christian entra et referma la porte derrière lui.

— C'est moi ! s'annonça-t-il.

— Je suis toujours là-haut !

Christian gravit les marches, pénétra dans la pièce et constata qu'en quelques heures, les travaux avaient déjà bien avancé. Debout sur une chaise, Finlay était occupé à peindre le plafond. Quant au sac poussiéreux, il était posé sur le rebord de la fenêtre, sans surveillance.

Finlay suivit le regard de Christian et descendit de son perchoir.

— On boit un coup ? proposa-t-il en ramassant la bouteille de whisky par terre.

— Pourquoi pas ?

Christian déboutonna son manteau et sortit de sa poche intérieure quatre liasses de billets qu'il jeta sur le plancher, entre eux.

Finlay lui tendit un verre.

— Qu'est-ce que c'est ? demanda-t-il en désignant la petite pile d'argent.

— Huit mille livres en liquide. Et ça..., ajouta-t-il en lui tendant deux enveloppes, c'est deux cartes bancaires correspondant à deux comptes dont personne ne connaît l'existence. Tu pourras retirer cinq cents par jour sans attirer l'attention. En tout, avec les huit mille, ça fait treize mille deux cent cinquante livres...

Il retint sa respiration, se demandant comment Finlay allait réagir.

— C'est un début, dit l'Écossais. Tu peux en trouver davantage ?

— Oui. Mais ça va me prendre un peu de temps.

Finlay hocha la tête, apparemment satisfait, puis il se baissa pour ramasser l'argent et empila soigneusement les billets dans un compartiment dissimulé sous le plancher. L'opération terminée, il se redressa.

— À la tienne, alors !

Soulagé, Christian trinqua avant d'avaler une longue gorgée de whisky.

— Si tu savais ce que j'ai dû faire pour rassembler ce pognon ! s'esclaffa-t-il en faisant un pas vers la fenêtre, mais Finlay lui posa une main sur le torse pour lui bloquer le passage.

— J'ai dit : « C'est un début. »

Christian leva les yeux vers son plus vieil ami. Les quelques secondes de soulagement lui paraissaient déjà un lointain souvenir.

— Ce pistolet pourrait causer ma perte, Fin.

— C'est justement pour ça que je préfère le garder.

— Mais… je viens te donner de l'argent !

— Parce que j'ai le pistolet en ma possession. Je suis désolé, Christian, mais tu me forces à faire un choix entre toi et Maggie, et je choisis Maggie. L'arme reste ici.

Christian acquiesça et attendit que Finlay ait baissé la main pour se précipiter vers la fenêtre, mais il n'eut pas le temps d'atteindre son objectif : l'Écossais le rattrapa par la veste, le tira en arrière et se saisit du vieux sac en plastique, pendant que Christian trébuchait sur un pot de peinture. Mais Finlay n'eut pas le loisir de savourer sa victoire. Christian lui sauta dessus et lui fit une clé de bras pour le forcer à lâcher le précieux pistolet… qui tomba sur le parquet avec un bruit mat.

Finlay pivota alors et lui décocha un crochet du gauche. Christian esquiva juste à temps et profita de ce que l'Écossais était déséquilibré pour l'amener au sol. S'ensuivit alors une lutte acharnée pour atteindre le pistolet. Finalement, ce fut Christian qui attrapa le sac le premier – ses doigts se refermèrent sur la crosse enveloppée de plastique. Dans un geste désespéré, Finlay saisit le canon et, la main tremblante, il essaya d'arracher l'arme des mains de Christian. Le combat se poursuivit, chacun cherchant à prendre l'ascendant sur l'autre…

Il y eut un coup de feu.

La lutte cessa instantanément, et l'arme retomba au sol. De la fumée s'échappait par une petite déchirure dans le sac plastique.

— Fin ? appela Christian, écrasé sous le poids de son ami. Fin ?

Il fit rouler l'Écossais sur le côté et la panique s'empara de lui lorsqu'il vit le trou rouge qu'il avait au niveau de la tempe.

— Oh merde ! Fin ! Fin !

Christian prit le pouls de Finlay et se pencha pour voir s'il respirait encore, tandis que le filet de sang qui s'échappait de la blessure commençait déjà à pénétrer le plancher.

— Fin ! cria-t-il, et il posa une main tremblante sur le corps sans vie de son ami.

Christian avait du mal à respirer. Sans quitter Finlay des yeux, il se traîna jusqu'au mur et sortit son téléphone portable de sa poche. Il s'apprêta à composer le numéro des urgences mais se ravisa au dernier moment en voyant la scène qui s'offrait à ses yeux : un corps, des signes de lutte, l'arme du crime recouverte de ses empreintes…

L'espace d'un instant, il envisagea de partir en emportant le pistolet. Mais il était une des deux dernières personnes à avoir vu Finlay vivant et il n'avait pas d'alibi solide. Il se retrouverait fatalement soupçonné. Et si les enquêteurs commençaient à se pencher sur ses activités financières douteuses de la soirée… Il ferma les yeux pour se concentrer.

— Réfléchis ! Réfléchis !

Sa voiture était garée un peu plus loin dans la rue et, sur le trajet jusque chez Finlay, il avait croisé au moins trois personnes dans un état d'ébriété plus ou moins avancé. Quelqu'un se souviendrait forcément de lui. Mais à cet instant, la seule chose qui le préoccupait, c'était qu'il ne voulait surtout pas que Maggie rentre à la maison pour trouver son mari dans cet état.

— Fais un effort ! s'exclama-t-il.

Il était temps de réfléchir comme un flic.

Derrière la vitre, la nuit s'illumina soudain au son de plusieurs dizaines d'explosions de feux d'artifice, lui indiquant le début de la nouvelle année. C'est à cet instant qu'il comprit que la seule manière d'éviter les questions auxquelles il ne pourrait pas apporter de réponses satisfaisantes était de faire en sorte que ces questions ne se posent pas. Et pour cela, il ne voyait qu'une seule solution : que le décès de Finlay passe pour un suicide.

Christian évalua la situation. Son regard passa du pistolet enveloppé dans son sac plastique au compartiment sous le plancher, de la bouteille de whisky à moitié vide à la chaise solitaire, du pot d'enduit à la porte sans verrou.

À contrecœur, il rampa jusqu'au milieu de la pièce et récupéra le téléphone portable dans la poche de Finlay, avant de se dépêcher de regagner sa place auprès du mur. Et là, alors que les explosions continuaient d'embraser le ciel, il amorça la première étape de son plan.

☎ Appel...

Christian Bellamy

40

Vendredi 29 janvier 2016,
6 h 59

ROUCHE FIXAIT LE PLAFOND crasseux depuis plusieurs heures quand des bruits de voix accompagnés de claquements métalliques annoncèrent le début d'une nouvelle journée.

Il avait survécu à sa première nuit.

La veille, il avait d'abord été un peu déçu d'apprendre que son compagnon de cellule ne s'appelait ni Killing Joe, ni La Balafre, mais Nigel, un prénom des plus banals pour un homme des plus oubliables. Mais il s'était vite fait une raison : quitte à vivre en colocation dans une cellule de sept mètres carrés avec lits superposés et toilettes sans cloison, mieux valait que ce soit avec un binoclard inoffensif au ventre bedonnant et au crâne dégarni.

— C'est l'heure du bain, annonça Nigel avec un bâillement depuis la couchette du bas.

Il se leva et enfila son uniforme, légèrement différent de celui de Rouche.

Leur porte s'ouvrit automatiquement et ils rejoignirent la procession orange qui se dirigeait d'un pas lent vers les douches. Rouche en profita pour se familiariser avec les visages de ceux auprès de qui il allait devoir passer quelque temps.

— T'as besoin d'un truc ? demanda Nigel, nu comme un ver, en lui tendant une savonnette qui avait déjà bien servi.

— Non, merci, répondit Rouche avec un sourire, avant de regarder s'éloigner son compagnon de cellule aux fesses criblées de boutons.

Il attendit ensuite que tout le monde ait quitté l'espace vestiaire pour se déshabiller, gardant sa serviette sur les épaules jusqu'à la fin de l'opération afin de recouvrir son torse le plus possible. Enfin, incapable de repousser l'inévitable plus longtemps, il suivit le bruit d'eau jusqu'à la salle de douche proprement dite et choisit le pommeau le plus éloigné. Il accrocha sa serviette à la patère, appuya sur le bouton et s'avança sous l'eau chaude.

Il ferma les yeux.

Peu à peu, le jet noya les voix des autres détenus. Rouche s'imagina chez lui : le boum-boum d'une chanson pop faisait vibrer le mur mitoyen de la chambre d'Ellie, pendant que Sophie finissait de se maquiller devant le miroir de la salle de bains. Il pouvait voir sa silhouette déformée par le verre dépoli de la cabine et il poussa la porte, le cœur battant à l'idée de voir son visage…

— C'est quoi, ce délire ?

La salle de bains disparut, et Rouche fut ramené à la réalité. Tous les regards étaient braqués sur lui, sur son torse, sur les lettres gravées sur sa peau.

MARIONNETTE

Lorsque la douche s'arrêta, Rouche se retrouva plongé dans le silence, face à un auditoire hostile. Certains avaient l'air effrayés, d'autres furieux, d'autres encore dégoûtés. Du coin de l'œil, il aperçut Nigel qui s'éclipsait discrètement avant que quelqu'un ne se rappelle qu'ils partageaient la même cellule. Rouche avait l'impression de se trouver face à une meute de chiens qui épiait ses moindres gestes et n'attendait qu'une chose : qu'il se mette à courir. Sans geste brusque, il s'enroula dans sa serviette avant de s'éloigner vers l'espace vestiaire d'un pas assuré, ses pieds nus claquant sur le carrelage humide.

Enfin, il atteignit la porte.

Dès l'instant où il se retrouva hors de vue, il ramassa ses affaires sur le banc et partit en courant.

*

Tia tenait sa fille sur un bras. De sa main libre, elle appuyait sur les touches de son téléphone pour payer la facture de gaz et consulter le solde – négatif – du compte joint. Par la fenêtre de la cuisine, elle vit son fiancé jaillir du cabanon de jardin et refermer aussitôt la porte derrière lui pour bloquer le nuage de fumée qui menaçait de le suivre. Impassible, elle le regarda glisser sur l'herbe humide et tâcher désespérément de boucher avec ses doigts les trous qui criblaient la cloison.

— Qu'est-ce qu'il a encore fait, ton papa ? demanda-t-elle à Leila d'une voix chantante. Ce coup-ci, s'il a encore mis le feu, on ne va pas l'aider. Non, non, non, non !

Finalement, elle décida d'en avoir le cœur net et sortit dans la bruine d'un pas nonchalant.

— Je me débarrasse des frelons, annonça Edmunds avant de remarquer la fumée qui filtrait sous la porte. Euh…

peut-être qu'il vaut mieux ne pas trop s'approcher. C'est Thomas qui m'a recommandé ce produit…

Tia le regardait sans rien dire.

— Tu sais, les premiers mois, tous les entrepreneurs doivent faire face à des imprévus. Mais t'inquiète, je gère.

Tia fit passer Leila d'un bras à l'autre.

— Tu veux dire qu'il y a beaucoup d'entrepreneurs qui, en l'espace d'une semaine, découvrent un nid de frelons au-dessus de leur imprimante, fracassent un mur et se retrouvent avec un local plus penché que la tour de Pise ? demanda-t-elle d'un air détaché, pendant qu'Edmunds faisait barrage de son corps pour empêcher la fumée de s'échapper d'un autre trou.

— Pour ma défense, c'est uniquement parce que j'ai jeté une brique sur le nid de frelons que j'ai cassé une des planches. Et c'est uniquement parce que je n'avais pas vu que la brique faisait partie du mur porteur que mon local est un peu incliné.

— Emily t'a payé, ou toujours pas ? lui demanda-t-elle pour la énième fois.

Et pour la énième fois, Edmunds fit l'innocent.

— Hein ?

— Est-ce que Emily t'a versé l'argent qu'elle te doit ?

— Non. Pas encore. Mais ça va venir.

— Bon, je pars. J'emmène Leila.

Edmunds sentait qu'il avait de plus en plus de mal à respirer à cause de la fumée.

— Vous allez où ?

— Chez le médecin.

— Pourquoi ? hoqueta-t-il.

— Un imprévu : elle a les dents qui poussent.

— D'accord, alors à plus tard ! dit-il d'un ton enjoué en la regardant s'éloigner. Ne me quitte pas, s'il te plaît !

Vingt minutes plus tard, Edmunds était de retour dans son cabanon pour ranger dans leurs cartons les vieux dossiers de Finlay. Il n'y avait plus rien à en tirer, et il ne voyait pas comment il aurait pu faire avancer l'enquête.

Il s'interrompit pour examiner une photo d'identité judiciaire. La femme qui figurait dessus lui avait paru encore plus émaciée lorsqu'il l'avait vue en chair et en os – après toute une vie d'addiction et de mauvaises décisions, il ne restait de la personne qu'elle avait été qu'un fantôme squelettique. Il repensa à l'odeur infecte qui émanait d'elle, alors qu'elle grignotait du bout des dents la nourriture dont son corps aurait tant eu besoin. Et il se sentit de nouveau coupable de lui avoir donné les cinquante livres convenues, parce qu'il savait très bien que moins d'une heure après son départ, ces cinquante livres avaient terminé dans une seringue.

Il empila les cartons contre un mur pour faire de la place pour sa nouvelle mission : retrouver la trace d'un gentleman en survêtement qui ne payait plus les pensions alimentaires de deux des trois femmes avec qui il avait eu cinq de ses six enfants. Et comme si cela ne suffisait pas, ledit gentleman avait aussi « piqué la Xbox des gamins », preuve s'il en était qu'Edmunds avait affaire à un pur génie du crime.

Irrité par la façon dont s'était terminée l'affaire précédente et démotivé par la futilité de celle qui l'attendait, il se mit au travail.

*

Dans sa cellule inconfortable, Wolf regardait un vieil épisode de *Columbo* que rediffusait la BBC.

— C'est vrai que c'était digne de *Columbo*, cette histoire de poignée de porte ! s'exclama-t-il fièrement en plongeant la main dans un paquet de chips allégées.

Quelqu'un frappa à la porte. Wolf fit honneur à sa bonne éducation et épousseta les plus grosses miettes sur sa chemise avant de se redresser.

— Ouais ?

George entra, suivi de près par Vanita.

— Vous avez de la visite, annonça le gardien, terre à terre. Par contre, si vous pouviez éviter de nous faire une de vos fameuses scènes…

— Quelles fameuses scènes ?

— Eh bien, vous savez, quand…

— Je suis venue pour vous arrêter officiellement, lâcha Vanita. Ordre du *commissioner*.

George parut exaspéré par la franchise de la *commander*.

— Ça pue les pieds, ici, commenta Vanita en grimaçant.

— Ça doit être à cause de moi, répondit Wolf. Comment ça, m'arrêter ?

— Vous arrêter officiellement, reprécisa Vanita avant de se tourner vers George. Est-ce que vous pourriez nous apporter des chaises ? demanda-t-elle, peu enthousiaste à l'idée de s'asseoir sur le lit défait.

Quelques minutes plus tard, tous les trois remplissaient les documents administratifs relatifs à l'arrestation, afin que Vanita ait quelque chose à présenter à son supérieur hiérarchique. Quand George sortit de la cellule pour aller faire une photocopie, Vanita en profita pour avoir une petite discussion avec Wolf.

— Je vais faire en sorte de retarder ça le plus possible, annonça-t-elle, mais il faut vous attendre à être transféré d'ici une semaine au maximum. Bref, ce que je veux dire, c'est que si vous devez faire quelque chose, il vaudrait mieux vous y mettre tout de suite.

— Ça ne dépend plus de moi, fit remarquer Wolf avant de lécher ses doigts pleins de miettes, au grand dégoût de Vanita.

— Quoi qu'il en soit, vous avez une semaine. Et souvenez-vous, je vous ai fait arrêter, ajouta-t-elle en se levant. Ce qui veut dire que je ne pourrai plus vous protéger une fois que vous serez sorti de cette cellule. Alors, soyez prudent.

*

Les visites avaient lieu de 15 heures à 16 heures.

Rouche était surpris d'avoir été convoqué dans cette immense pièce où les détenus, prisonniers dans leur capsule temporelle, pouvaient côtoyer un instant le monde réel : les enfants qui n'en finissaient pas de grandir et dont la venue était toujours chargée d'émotion, les parents qui dressaient la liste des proches et des moins proches décédés au cours de l'année passée, les copines dont les visites se faisaient moins fréquentes, alors que la vraie vie les éloignait de ceux qui n'existaient désormais plus pour elles que comme un souvenir.

Rouche repéra Baxter dès l'instant où il pénétra dans la salle. Il la salua de la main et s'avança vers elle quand une épaule le heurta si violemment qu'il se retrouva par terre.

— Mon frère se trouvait dans ce métro, espèce de taré ! cracha l'homme au crâne rasé.

À l'exception de sa tête, chaque partie de son corps semblait recouverte de tatouages.

— Ça suffit ! aboya un des matons.

Le détenu leva les mains en signe d'apaisement, révélant une croix gammée sur sa paume gauche, puis il dévisagea Rouche avec un rictus mauvais et sortit. Rouche avait la poitrine en feu. Il se releva péniblement et rejoignit Baxter, qui sembla inquiète en le voyant s'effondrer sur la chaise en face d'elle.

— Je vois que tu te fais des amis, commenta-t-elle.

— Oui, ils croient que je suis un…

Rouche s'interrompit. Il ne voulait pas que Baxter se fasse du souci pour lui.

— Ils me trouvent bizarre, déclara-t-il.

— En même temps, ils n'ont pas tort. Ça te va bien, la barbe, ajouta-t-elle en guise de préambule, avant d'entrer dans le vif du sujet. Bon, on t'a trouvé un super avocat. Une vraie ordure, il est parfait. Pour ce qui est de ma version des faits, je compte la maintenir : je croyais que tu étais resté dans la station de métro, j'ai poursuivi Keaton jusqu'au parc, je l'ai perdu dans la tempête de neige et quand je l'ai retrouvé, il était déjà mort.

— Baxter, c'est gentil de vouloir m'aider, mais…

— Et maintenant, ta version : tu as fait ton boulot. Tu as pris en chasse notre suspect principal, tu as cru que l'objet qu'il tenait à la main était un détonateur et quand il a refusé de le lâcher, tu n'as pas eu d'autre choix que de l'abattre.

— Et ensuite, j'ai disparu pendant trois semaines parce que… ?

— Je ne connais pas un seul psy qui ne ferait pas le rapprochement entre l'explosion de la dernière bombe et l'attentat qui a coûté la vie à ta famille.

— Je ne veux pas me cacher derrière le souvenir de ma femme et de ma fille, protesta Rouche.

Baxter avait beau se sentir coupable, elle insista :

— Je me fiche de ce que tu veux et de ce que tu ne veux pas. J'ai besoin de toi, et il est hors de question que je te laisse moisir ici. Tu as pété les plombs. Tu n'avais pas les idées claires. Tu t'es terré quelque part et tu as fait un black-out.

— Si quelqu'un apprend la vérité, toi aussi, tu finiras en prison, prévint Rouche.

Baxter haussa les épaules.

— Alors tu as intérêt à bien mentir.

41

Vendredi 29 janvier 2016,
17 h 21

IL ÉTAIT RARE QUE quelqu'un rende visite à Steve, l'expert en nouvelles technologies. Encore plus rare que ce quelqu'un soit une femme. Et une femme du calibre de Baxter, cela n'arrivait quasiment jamais. Il fut donc surpris qu'elle débarque au service informatique et demande à le voir.

— Je cherche Steve.

— Qui ?

— Steve, le technicien.

— Ah oui ! Dans le coin, là-bas.

Alors qu'elle approchait de son bureau, Steve se leva et se dépêcha de rentrer sa chemise froissée dans son pantalon.

— Est-ce qu'on peut parler en privé ? demanda Baxter, consciente du nombre de paires de lunettes qui les observaient.

— Bien sûr.

Il l'escorta jusqu'à la salle de réunion déserte et ferma la porte derrière eux.

— Alors, dites-moi tout !

— Imaginons que quelqu'un soit à la recherche d'un élément de preuve de l'affaire des Marionnettes, mais un élément de preuve qui n'ait pas été mis sous scellés… Je pense par exemple à un de ces fameux téléphones portables modifiés…

Le visage de Steve s'illumina – il aurait été très mauvais au poker. Baxter poursuivit :

— Est-ce que, petit un, vous en auriez un à me prêter – en état de marche, bien sûr ? Et est-ce que, petit deux, vous seriez capable de garder cet arrangement pour vous ?

Steve prit quelques secondes pour réfléchir avant de répondre :

— Bien sûr… et peut-être.

Baxter fronça les sourcils.

— Attendez ! Non ! Je voulais dire : peut-être… et bien sûr. Bon, et qu'est-ce que j'y gagne, à part la possibilité non négligeable de me faire virer ?

— J'aurai une dette envers vous…

Il ne parvint pas à dissimuler sa déception.

— Et je vous promets qu'à partir de maintenant, j'utiliserai le terme « SMS suicidés » dans toutes mes interviews et conférences de presse, jusqu'à ce qu'il entre dans le dictionnaire, ajouta-t-elle.

Les yeux de Steve se mirent à briller à l'idée qu'il puisse être immortalisé grâce à sa découverte de ces messages à usage unique qui s'autodétruisent une fois lus, messages dont Lucas Keaton et Alexei Green s'étaient servis pour communiquer avec leurs disciples.

— Marché conclu !

*

Juste après son rendez-vous avec le médecin de la prison, Rouche fut escorté jusqu'à la cantine, où l'attendait un assortiment de bacs en inox remplis de mixtures plus ou moins brunes qui ne risquaient pas de lui rendre l'appétit. Il ajouta une louche de petits pois pour la couleur, puis récupéra son plateau et se dirigea vers les tables. Les détenus s'arrêtèrent de manger pour le regarder passer et secouèrent la tête chaque fois qu'il voulut s'asseoir à une des rares places restées libres. Il continua donc à avancer jusqu'au fond du réfectoire, où il repéra une table à laquelle étaient assis une poignée de prisonniers solitaires. Parmi eux, il en reconnut un qu'il avait aperçu aux douches le matin même.

Il prit une profonde inspiration et s'approcha.

— Bonjour ! Ça vous dérange si je m'assois ici ?

L'homme d'une cinquantaine d'années, assez baraqué, n'avait pas été épargné par la vie. Il avait les traits tirés et le visage marqué par les cicatrices.

— Ça dépend. T'es un de ces types de la secte des Marionnettes ? demanda-t-il avec un bel accent irlandais.

— Pas du tout, répondit joyeusement Rouche. D'ailleurs, c'est une sacrée histoire, ajouta-t-il en désignant la place libre.

Après un moment de réflexion, l'homme finit par lui faire signe de s'asseoir.

— Je m'appelle Damien Rouche, annonça Rouche, la main tendue.

— Le prends pas mal, mais je préfère pas te serrer la pince. C'est un coup à se faire planter.

— Pas de problème, répondit Rouche avec un sourire.

Il s'assit et prit une première cuillerée de nourriture. Avec une grimace, il repoussa le plateau.

— Et cette histoire de Marionnettes, alors ? demanda le détenu.

— Ah oui. Donc, comme je disais, je ne fais pas partie de cette espèce de secte. Je suis flic… enfin, j'étais. Je bossais pour la CIA.

L'homme jeta des regards nerveux en direction de leurs voisins, avant de se retourner vers Rouche.

— C'est encore pire, murmura-t-il.

— Ah bon ? demanda Rouche en reprenant une cuillerée de bouillie, pour se rappeler aussitôt que c'était immangeable.

— Si t'es flic, pourquoi t'as ces cicatrices sur le torse, et qu'est-ce que tu fous enfermé ici avec des ordures comme nous ?

— Je travaillais sur l'affaire des Marionnettes. Je voulais coincer ces types, mais la seule manière d'infiltrer leur groupe était de m'infliger ces blessures, expliqua Rouche. Si je suis là, c'est parce que j'ai pris en chasse l'homme qui était derrière tout ça…

— « J'aurais » pris en chasse. On t'a pas dit qu'il fallait toujours utiliser le conditionnel ici ?

— Ah oui, c'est vrai. Donc, je « l'aurais» pris en chasse depuis la station de métro Piccadilly Circus jusqu'à St James's Park, où je « l'aurais » mis hors d'état de nuire. Après quoi « j'aurais » exécuté cet enfoiré en lui vidant un chargeur dans la poitrine, ce qui m'a mené ici, à cette table, pour manger…

Il baissa les yeux vers la mixture brune dans son plateau.

— Du bœuf Wellington, révéla le détenu expérimenté.

— Pour manger ce qui « serait » du bœuf Wellington, conclut Rouche.

L'homme détailla Rouche avec méfiance.

— Ou alors, peut-être que t'es juste un flic pourri de plus.

— Peut-être, admit Rouche en buvant une gorgée de son jus d'orange coupé à l'eau. Dieu sait qu'il y en a un paquet !

Il s'interrompit le temps de laisser passer un petit groupe de détenus emmené par le néonazi du parloir.

— Mais tu veux que je te dise un truc, sur les flics pourris ? reprit-il. Ils finissent toujours par avoir ce qu'ils méritent.

— Tu crois ça, toi ? demanda l'homme, amusé.

— Oui.

Le détenu secoua la tête.

— Un optimiste ! Ça faisait un bail que j'en avais pas croisé… Tu vas pas faire long feu, ici.

— C'est pour ça que j'aurais bien besoin d'un ami. (Rouche tendit de nouveau la main et répéta :) Je m'appelle Damien Rouche.

Son compagnon de réfectoire hésita.

— Allez, faites un effort ! insista Rouche avec un grand sourire. Je vais finir par attraper une crampe !

L'homme poussa un long soupir et, convaincu qu'il allait le regretter, il serra la main de l'ancien agent de la CIA.

— Et moi, c'est Kelly… Kelly McLoughlin.

*

Baxter regrettait vraiment de ne pas pouvoir boire.

À 19 h 29, elle se leva du canapé pour aller ouvrir et se demanda ce qui avait bien pu lui passer par la tête.

— Bonsoir, Andrea.

— Emily.

La présentatrice vedette la suivit jusqu'au salon, où Baxter se laissa de nouveau tomber sur le canapé, les yeux fermés le temps de laisser passer un haut-le-cœur. Andrea s'assit à son tour, beaucoup plus élégamment, et se mit à vider le contenu de son sac sur la table basse.

— Comment te sens-tu ? s'enquit-elle.

— Comme une merde, répondit Baxter, toute pâle à côté de la pimpante journaliste.

— Je t'ai apporté ce que tu m'avais demandé, annonça Andrea.

Et elle sortit plusieurs tee-shirts estampillés « *Uncage the Wolf* » en prévision de la dernière ligne droite de la campagne.

— Merci, dit Baxter sans rouvrir les yeux. Vanita lui a laissé une semaine.

— Et si on réussit à lui éviter la prison..., commença prudemment Andrea. Tu penses que vous deux, vous allez...

— Qu'on va quoi ? grogna Baxter. Et puis, qu'est-ce que ça peut te faire, de toute façon ?

— Rien. Mais je pense me faire la porte-parole de tous ceux qui vous ont déjà vus dans la même pièce en disant que votre petit manège commence à être un peu lassant.

— Je suis avec Thomas ! aboya Baxter en roulant sur le côté, dans l'espoir de trouver la position miracle qui lui ferait passer la nausée.

— Je sais.

— C'est vraiment un mec bien.

— Tout le contraire de Will, confirma Andrea. Mais c'est justement ça, le problème, non ?

Baxter ne répondit pas.

— Est-ce que tu sais pourquoi ça s'est terminé, entre nous ? demanda Andrea. La vraie raison ? C'est parce qu'il avait beau m'aimer sincèrement, il avait beau prendre soin de moi, ça ne changeait rien au fait que c'était de toi qu'il était amoureux.

Baxter se cacha la tête sous un coussin et Andrea leva les mains en signe d'apaisement – un geste inutile, puisque la policière ne la voyait plus.

— Quoi qu'il en soit, ce ne sont pas mes affaires. Mais pourquoi est-ce que tu te torturerais comme ça si tu avais déjà pris ta décision ?

Lentement, Baxter baissa le coussin et se résigna à lui répondre :

— Le fait que je m'apprête à parler de ça avec toi prouve que la vie nous réserve parfois de drôles de surprises... Attends deux secondes, je vais te montrer un truc.

Elle se leva, récupéra le morceau de carte d'anniversaire dans la poche de sa veste et le tendit à Andrea avant de se rasseoir.

— J'ai trouvé ça dans les affaires de Finlay, expliqua-t-elle avant de laisser à la journaliste le temps de lire le petit mot. Au début, je le gardais sur moi au cas où ce soit un début de piste. Maintenant... je ne sais plus. C'est bien l'écriture de Fin, mais ce n'est pas à Maggie que ça s'adresse. Et pourtant, Dieu sait qu'il l'aimait...

Andrea replia la carte et la lui rendit.

— Le ton est un peu... possessif, commenta Andrea.

— Carrément. Et passionné. Énervé. Désespéré. Tu imagines aimer quelqu'un autant que ça, toi ? Tu imagines être aimée aussi férocement ? C'est cette foutue lettre qui me donne la migraine, pas ma relation avec Wolf.

— Finlay et Maggie étaient heureux, pourtant, fit remarquer Andrea.

— Je sais bien..., conclut Baxter, agacée. Merci du coup de main !

— À ton service, répliqua Andrea en déplaçant les tee-shirts sur la table basse. Et sinon, est-ce que tu as vu Rouche, aujourd'hui ?

— Oui.

— Parce que je te rappelle que c'est une histoire que tu ne m'as toujours pas racontée.

Baxter parut hésiter.

— Tu me promets que je peux te faire confiance ? demanda-t-elle.

— Je te le promets.

— Bon. Par où tu veux que je commence ?

Andrea réfléchit quelques instants.

— Le 21 décembre, dit-elle. C'est la nuit. Londres est balayée par une tempête de neige et Lucas Keaton franchit en courant les portes de St James's Park…

Baxter prit une profonde inspiration et commença à parler.

Derrière la pile de tee-shirts bon marché, une diode rouge clignotait, signe que le petit appareil numérique enregistrait tout ce qu'elle disait.

42

Vendredi 21 mai 2010,
Anniversaire de Finlay,
20 h 02

— TU ES TRÈS BELLE, dit Wolf en prenant la main d'Andrea, alors qu'ils étaient assis l'un à côté de l'autre dans le métro.

— Merci, tu n'es pas mal non plus.

Elle se pencha vers lui pour rajuster la cravate qu'elle l'avait forcé à mettre, puis posa la tête sur son épaule, sans prêter attention aux regards des autres usagers.

Avec le verdict du procès du Tueur Crématiste qui devait tomber juste après le week-end, elle avait dû batailler pour convaincre Wolf de sortir. Mais, si l'on exceptait la sortie par le jardin des voisins pour éviter les paparazzis, c'était un vendredi soir comme les autres, et elle estimait que son mari avait bien besoin de se vider la tête, après les controverses des dernières semaines.

— Fatiguée ? demanda Wolf en embrassant Andrea sur le sommet du crâne.

Elle acquiesça.

— Dans ce cas, on se contente d'un petit coucou et on rentre à la maison. À 22 heures au plus tard, tu seras au lit avec un thé à la menthe, devant un épisode de *Grey's Anatomy*.

— C'est promis ? demanda-t-elle, bercée par les vibrations du métro.

— C'est promis.

*

Ils suivirent les ballons jusqu'à la salle privée d'un restaurant luxueux en bord de Tamise, une extravagance qui ne ressemblait pas à l'ami de Wolf, réputé pour sa simplicité.

55 ans ! Joyeux anniversaire !

À l'entrée, Maggie les embrassa chaleureusement.

— Allez vous chercher un verre et sortez profiter des derniers rayons de soleil ! Vous trouverez Fin sur la terrasse… déjà soûl comme un Polonais, précisa-t-elle d'un ton mi-exaspéré, mi-affectueux. Je te débarrasse ? demanda-t-elle à Andrea, qui lui tendit la carte d'anniversaire et le cadeau.

— Qu'est-ce qu'on lui a pris, déjà ? chuchota Wolf alors qu'ils se dirigeaient vers le bar.

— Un flacon du parfum qu'il met tout le temps.

Wolf se tourna vers sa femme, perplexe.

— Ah oui… Cigarette-fumée-en-cachette de chez Kebab ?

Andrea éclata de rire.

— Tu es vraiment un monstre !

Sous le regard inquiet d'Andrea et Maggie, Finlay et Wolf s'étaient lancés dans un jeu à boire qui menaçait de dégénérer.

— Est-ce que ce ne serait pas le moment d'intervenir ? demanda Andrea.

— Peut-être, oui. Fin a complètement délaissé ses autres invités – je crois qu'il n'a même pas dit bonjour à Benjamin et Eve.

Les deux femmes s'avancèrent pour calmer leurs maris respectifs.

— Bon, les garçons, on n'a qu'à dire que ça fait match nul ! dit Andrea en prenant le shooter des mains de Wolf. Allez viens, Will, j'ai envie de danser.

Andrea le tirait vers la piste quand Baxter fit son entrée au bras d'un homme aux cheveux mal coiffés. Aussitôt, Wolf se dégagea et s'approcha d'eux en titubant.

— Baxter ! s'exclama-t-il.

Il l'attrapa pour un combo accolade-tape dans le dos-frôlement de sein.

— Emily, dit Andrea.

— Andrea, dit Baxter.

Totalement imperméable à l'atmosphère soudain glaciale, Wolf continua avec la délicatesse qui le caractérisait.

— Et tu dois être Gavin ! dit-il en concassant la main du cavalier de Baxter. Bon, alors, vous buvez un coup ?

— Je suis sûre qu'ils n'ont pas besoin de toi pour trouver le chemin du bar, observa Andrea avec un rire qui manquait de naturel. Allez, viens. Je t'ai dit que je voulais danser.

— Attends, attends, Baxter est sur une grosse affaire en ce moment !

— Interdiction de parler boulot, tenta Andrea, qui appréciait le fait que personne n'avait encore fait de remarque à Wolf sur sa récente notoriété.

— Ah mais oui, intervint Gavin en claquant des doigts, un geste aussi peu naturel que le rire d'Andrea. Les homosexuels qu'on repêche toutes les semaines dans la Tamise, c'est ça ?

— Tout pile, Gav ! D'ailleurs, mercredi soir, Baxter a rendez-vous avec Chambers et le Zodiac de la brigade fluviale. Ça promet d'être sympa ! Franchement, je suis jaloux.

Gavin se tourna vers Baxter.

— N'oublie pas que j'ai besoin de toi, jeudi matin.

— Pourquoi ? lâcha Wolf. Y a quoi jeudi ?

— Je crois que ça ne te regarde pas, mon chéri, intervint Andrea d'un ton cassant.

— Ce n'est rien, dit Gavin. J'ai perdu ma mère il y a quelques jours. Les obsèques ont lieu jeudi.

— Oh, fit Wolf.

— Toutes mes condoléances, dit Andrea en parvenant enfin à tirer Wolf vers la piste de danse.

Un peu plus d'une heure plus tard, Andrea avait réussi à convaincre Wolf de la ramener à la maison. Il avait mis une éternité à dire au revoir à tous ces gens qu'il allait pourtant retrouver le lendemain matin, et s'était éclipsé aux toilettes pour un « dernier pipi ».

— Will, c'est ça ? demanda l'homme à l'urinoir voisin. Je suis Christian, un vieil ami de Fin.

Il avait les cheveux poivre et sel et, au bruit, il avait l'air de mieux viser que Wolf.

— *Enchanté*[1], répondit ce dernier en titubant.

— Fin m'a beaucoup parlé de vous.

Wolf adressa à l'inconnu un sourire d'ivrogne.

— En tout cas, bonne chance pour lundi, ajouta Christian avant de s'éloigner.

Lorsque Wolf fit son retour dans la grande salle, son regard fut aussitôt attiré vers la terrasse, où Baxter et Gavin semblaient en pleine dispute. À l'image du reste des invités,

1. En français dans le texte.

Andrea faisait comme si elle n'avait rien remarqué, et elle essaya d'escorter son mari vers la sortie.

— Ce ne sont pas nos affaires, Will, dit-elle, mais il ne l'entendit pas, trop occupé qu'il était à surveiller Baxter qui s'éloignait d'un pas décidé de son petit ami falot. Will ! s'exclama Andrea en voyant qu'il l'avait abandonnée. Will !

Il franchit la porte de la terrasse au moment où Gavin attrapait Baxter par le bras. Sans réfléchir, il le poussa violemment et le jeune homme heurta la table derrière lui dans un bruit de verres cassés.

— Wolf, arrête ! cria Baxter alors que celui-ci avançait vers son petit ami. Wolf !

Une seconde plus tard, Gavin était par terre, le nez en sang.

Après cela, Wolf ne se souvenait que de bribes : Baxter furieuse contre lui, les collègues qui le viraient du restaurant, Andrea en larmes qui n'avait pas prononcé un mot de tout le trajet du retour.

Ce qu'il n'était pas près d'oublier, en revanche, c'est à quel point il avait été naïf de croire que la soirée était terminée lorsqu'il s'était écroulé sur le canapé élimé du salon…

43

Samedi 30 janvier 2016,
7 h 06

POUR LA DEUXIÈME NUIT CONSÉCUTIVE, Rouche n'avait pas dormi. C'était comme s'il sentait les murs autour de lui se rapprocher chaque fois qu'il fermait les yeux. Et, entre l'obscurité, le matelas minuscule et la proximité du plafond, il avait l'impression d'avoir été enfermé dans un cercueil. Son compagnon de cellule se leva et s'habilla en l'ignorant superbement – depuis qu'il avait vu les cicatrices sur sa poitrine, la veille, il ne lui adressait plus la parole. La porte s'ouvrit et, sans un mot, ils rejoignirent la file d'attente pour les douches.

Songeant qu'il était désormais inutile de vouloir dissimuler son torse, Rouche retira son haut d'uniforme en premier, comme pour mettre au défi les autres détenus de le regarder et de l'insulter.

— J'arrive pas à croire que tu te sois fait ça tout seul, dit Kelly, qui avait commencé à se dévêtir à côté de lui.

— À vrai dire, on m'a un peu aidé, reconnut Rouche en repensant aux toilettes pour hommes sordides où Baxter lui avait tailladé la peau à l'aide d'un couteau à steak. Mais j'ai l'impression que toi non plus, ta vie n'a pas été de tout repos.

Il désigna les marques qui recouvraient le corps de son compagnon : une longue cicatrice toute fine qui lui courait le long de l'intérieur du bras gauche, une ancienne brûlure qui lui décolorait une partie du bras droit, un cercle de peau dépigmenté juste au-dessus du cœur, ainsi que d'autres stigmates d'opérations chirurgicales bâclées.

— Comment ça se fait que tu sois encore en vie ? ajouta-t-il, et l'autre ne put s'empêcher de rire.

— La plupart du temps, j'avais quelqu'un qui veillait sur moi.

— Tu veux dire… Dieu ?

— Non. Un tireur d'élite.

— Oh.

— J'étais dans l'armée, expliqua Kelly. Mais je t'assure que la majorité de ces blessures sont beaucoup moins graves qu'elles n'y paraissent.

— C'est une balle qui a fait ça ?

— Bon, je reconnais que celle-ci était quand même assez sérieuse, dit-il en frottant le cercle dépigmenté.

Rouche enroula sa serviette autour de sa taille.

— Un jour, il faudra que tu me racontes toute l'histoire.

— Je crois pas, non, répliqua Kelly. Allez, vas-y, je te rejoins.

Rouche franchit la porte et eut le temps de faire deux pas dans la salle des douches avant d'être frappé par quelque chose de lourd. Il perdit l'équilibre, glissa sur le sol humide et chuta lourdement. À moitié assommé, il sentit des mains l'agripper, le traîner sur plusieurs mètres et le plaquer à un muret. C'est alors que la véritable agression commença, sous la forme d'une pluie de coups de poing et de coups de pied. À un moment, sa tête heurta le carrelage. Un bourdonnement sourd résonna dans ses oreilles, et la douleur disparut.

*

Quand Kelly pénétra dans la salle des douches, il n'eut pas besoin de très longtemps pour comprendre la situation. Un silence tendu, un groupe compact de cinq détenus, l'eau teintée de rouge qui tourbillonnait autour de la bonde… Il hésita, ne voulant pas se mêler de ce qui ne le regardait pas. En fin de compte, il jura dans sa barbe avant de hurler à pleins poumons :

— Gardien ! Gardien !

Les détenus se dispersèrent, mais l'un d'entre eux prit tout de même le temps de cracher sur le corps inanimé de Rouche.

Kelly s'approcha, au moment où deux matons faisaient irruption dans la pièce. Le premier rapporta l'incident par radio, le second fit évacuer la zone en attendant l'arrivée de l'assistance médicale.

*

Contre l'avis du médecin, Rouche avait refusé de rester en observation et, à 14 h 55, il descendit en titubant l'escalier de l'infirmerie pour se diriger vers le petit couloir qui menait au parloir. Handicapé par le fait qu'un seul de ses yeux tuméfiés était encore capable de voir, il se fraya un chemin parmi les détenus qui attendaient qu'on appelle leur nom.

— C'est bien fait pour ta gueule ! cracha l'un d'eux.

— T'as eu du bol ! cria un autre en lui lançant quelque chose.

Rouche les ignora et continua son chemin.

En le voyant arriver, Baxter blêmit. Elle mourait d'envie de le rejoindre, de l'aider, mais elle savait qu'elle ne pouvait rien faire.

— Bon sang, Rouche ! s'exclama-t-elle lorsqu'il se laissa tomber sur sa chaise. Qu'est-ce qui s'est passé ?

— Une bagarre… Je crois que j'ai perdu, plaisanta-t-il.

— Ça suffit comme ça, je vais demander que tu sois transféré ailleurs.

— Non.

— En attendant, on va te placer à l'isolement. Je vais parler au…

— Non ! tonna Rouche en tapant du poing sur la table.

Deux gardiens commencèrent à s'approcher, mais Baxter les congédia d'un geste de la main.

— Je peux gérer, affirma-t-il.

Elle aurait voulu pouvoir lui prendre la main.

— Je vais te faire sortir d'ici, promit-elle. Essaie de tenir bon.

*

Christian décrocha son téléphone.

— Oui ?

— Andrea Hall est arrivée, monsieur, l'informa une voix qu'il ne connaissait pas, sa secrétaire ne travaillant pas le week-end.

— Faites-la entrer, merci, dit-il en se levant pour accueillir son illustre visiteuse.

Contrairement à ses habitudes de la semaine, il était vêtu d'un pantalon léger et d'un simple polo.

— Ah, madame Hall. Je vous en prie, asseyez-vous, dit-il en lui serrant la main avant de fermer la porte au nez de sa subordonnée. Dites-moi, qu'y a-t-il de si important que vous ne puissiez attendre lundi ?

— Je voudrais que vous abandonniez les poursuites contre Will, répondit-elle le plus naturellement du monde.

Le *commissioner* éclata de rire et reprit place à son bureau.

— Rien que ça ! Et pourquoi ferais-je une chose pareille ?

— Parce que vous n'avez rien à lui reprocher. Vous avez assassiné un de ses meilleurs amis, vous ne pouvez tout de même pas lui en vouloir d'avoir essayé de vous faire tomber.

Christian se raidit.

— Ne vous en faites pas, je ne porte pas de micro, promit Andrea. Si je suis venue vous voir, c'est pour passer un accord. Will est fini. C'est terminé pour lui.

Son interlocuteur acquiesça, méfiant.

— Tapez suffisamment sur un chien, il finira par comprendre qu'il n'est pas le bienvenu, déclara-t-il, philosophe.

— Croyez-moi, c'est une leçon qu'il a retenue. Moi, toutes ces histoires de vengeance et de croisades émotionnelles, ça ne me parle pas. Ce qui me parle, en revanche, et ce que je respecte, c'est un homme qui fait ce qu'il a à faire pour protéger ses intérêts.

Si Christian appréciait le compliment, il n'en oubliait pas pour autant à qui il avait affaire.

— Voilà ce que je vous propose, poursuivit Andrea. Vous laissez Will s'en sortir avec une tape sur les doigts, et je vous promets de ne pas bloquer New Scotland Yard avec une nouvelle manifestation. En supplément, je vous offre Emily Baxter et Damien Rouche sur un plateau. Deux prises beaucoup plus intéressantes, vous en conviendrez.

La journaliste sortit un téléphone portable de son sac à main et Christian se pencha au-dessus de son bureau, soudain très intéressé.

— J'ai ici un enregistrement d'une conversation privée entre Emily Baxter et moi-même, où elle relate les événements ayant mené à la mort de Lucas Keaton. Elle reconnaît qu'elle était présente à St James's Park en compagnie de Rouche, qu'elle a vu l'agent de la CIA exécuter leur prisonnier pourtant hors d'état de nuire, et qu'elle l'a ensuite hébergé et soigné dans son appartement de Wimbledon alors qu'elle savait qu'il était recherché pour meurtre.

— J'admets que ça a l'air très compromettant, dit Christian, désormais convaincu que cette discussion resterait strictement confidentielle. Trop beau pour être vrai, peut-être ?

— Tout ce qui m'intéresse, c'est Will. Emily Baxter a détruit mon mariage. Quant à Damien Rouche, je ne le vois que comme un très beau scoop.

— Je sens que vous allez me demander autre chose, devina Christian.

— Une interview exclusive avec Rouche.

— Pas de problème.

— Avant le procès.

— Plus compliqué, déjà.

— Ce soir.

— Ça, par contre, c'est impossible.

Andrea appuya sur un des boutons de son téléphone ; la voix de Baxter s'éleva du petit haut-parleur.

« Rouche était devant moi… Il neigeait tellement. Je n'arrivais pas à le suivre. J'ai entendu le premier coup de feu… Quand je suis arrivée auprès de Keaton, il était blessé, mais vivant. J'ai voulu arrêter l'hémorragie, mais… »

Andrea appuya de nouveau sur le bouton pour interrompre les terribles aveux de Baxter, puis elle brandit le téléphone en direction du *commissioner* et l'agita de droite à gauche.

— Une interview avec Damien Rouche dans les quarante-huit heures et Will libéré sans aucune charge retenue contre lui. C'est à prendre ou à laisser.

Le sourire aux lèvres, Christian considéra la femme déterminée assise en face de lui. Il tendit la main et prit le téléphone.

— Il est verrouillé, observa-t-il.

— Vous avez l'enregistrement. Vous aurez le mot de passe quand vous aurez honoré votre part du contrat.

— J'aime beaucoup votre style, madame Hall.

— Ça m'est complètement égal. Alors, marché conclu ? demanda-t-elle.

— Marché conclu.

*

Rouche venait de faire tomber son plateau, et le ragoût filandreux (à moins que ce ne fût une soupe anormalement épaisse) s'était répandu sur le sol du réfectoire. Il se mit à quatre pattes au milieu des ricanements moqueurs et ramassa le bol en plastique ébréché.

— Laisse ça et retourne faire la queue ! aboya un gardien depuis l'autre côté de la pièce.

Rouche s'exécuta. Un peu plus tard, il s'apprêtait à aller s'asseoir avec son nouveau plateau quand quelqu'un derrière lui l'interpella – le directeur de la prison en personne.

Déjà attablé, Kelly observa avec attention l'échange discret entre les deux hommes. La conversation dura à peine plus d'une minute, puis le directeur repartit aussi rapidement qu'il était arrivé, et Rouche fut enfin libre d'aller dîner.

— Qu'est-ce qu'il voulait ? demanda Kelly en grimaçant devant le visage tuméfié de son nouvel ami. Te poser des questions sur l'agression ?

Rouche s'assit.

— Entre autres, oui, répondit-il. Il m'a aussi dit que je devais donner une interview.

— Une interview ? répéta Kelly, interloqué.

— Apparemment, éluda Rouche.

— Bon..., et sinon, qu'est-ce que le médecin a dit ?

— Que j'avais pris des coups au visage... beaucoup de coups. D'ailleurs, je voulais te remercier. Je t'ai entendu appeler les gardiens.

Kelly balaya la gratitude de Rouche d'un geste de la main.

— Même si je détestais pas ces enfoirés de nazis – et crois-moi, je peux vraiment pas les encadrer –, il n'y a rien qui me foute plus en rogne qu'un combat inégal.

— N'empêche... je te remercie, répéta Rouche, incapable d'avaler la moindre bouchée.

— Va falloir que tu te venges, tu sais ? fit remarquer Kelly en désignant du menton le groupe de clones au crâne rasé quelques tables plus loin. Tu peux pas te permettre de laisser passer ça.

— Je sais, opina Rouche.

Il posa sur la table un gros morceau de plastique pointu recouvert de soupe.

L'air dubitatif, Kelly considéra le poignard de fortune, avant de réciter la devise qu'il avait toujours suivie, pour le meilleur et pour le pire :

— Si tu ne peux pas gagner, autant tout brûler.

Rouche acquiesça et posa sa serviette sur le morceau de plastique, avant de se pencher vers Kelly avec un air de conspirateur.

— Écoute, je n'ai pas beaucoup de temps... Il y a quelque chose dont il faut qu'on discute.

44

Dimanche 31 janvier 2016,
8 h 37

— C'EST BON POUR L'INTERVIEW ! s'exclama Andrea à l'intention de tous ceux qui se trouvaient dans le studio. J'ai besoin de Rory, d'un perchiste et d'un technicien lumière à 6 heures demain matin à la prison de Woodhill, pour une prise d'antenne à 7 heures. Et je veux un créneau pour une rediffusion toutes les heures pendant toute la journée !

— Damien Rouche, c'est déjà de l'histoire ancienne, fit remarquer son rédacteur en chef en sortant de son bureau, un café à la main.

— Fais-moi confiance ! lui lança Andrea avec un grand sourire. Tu me remercieras plus tard !

— Oh, oh ! Je le connais bien, ce sourire ! Qui as-tu entubé, ce coup-ci ?

— Quelqu'un qui le mérite…

*

— Gardien ! À l'aide ! Vite ! s'écria Rouche, alors que la tache écarlate se répandait sur la dalle en béton.

Il pressa les deux mains sur le ventre de Kelly, sous le regard des détenus qui avaient commencé à former un cercle autour d'eux.

— Gardien !

Un surveillant traversa la cour bondée au pas de course.

— Reculez ! Reculez ! ordonna-t-il aux badauds de plus en plus nombreux, avant de se tourner vers Rouche, le seul qui essayait d'aider. Pas toi ! Toi, tu restes !

Après quoi il actionna sa radio.

— J'ai besoin d'une évacuation de la cour en urgence et d'un médecin. Il y a beaucoup de sang. À première vue, on dirait une blessure à l'arme blanche.

Puis, se tournant vers Rouche :

— Qu'est-ce qui s'est passé ?

— Je n'ai rien vu, répondit Rouche, dont les manches étaient déjà trempées de sang.

Avec toutes les oreilles qui traînaient, il n'avait d'autre choix que de respecter les usages de la prison.

— Ça va aller, ça va aller, promit-il à Kelly, qui se tordait de douleur.

Les renforts finirent par arriver, les prisonniers furent évacués, et le médecin put approcher de son patient.

— Il faut l'emmener tout de suite à l'infirmerie, ordonna-t-il.

Rouche s'essuya les mains sur le haut de son uniforme, puis il rejoignit le reste des détenus à l'autre bout de la cour et regarda, impuissant, les gardiens hisser son seul allié sur une civière.

*

Baxter était dans son bain.

Pour faire une surprise à Rouche, elle avait laissé Holly prendre sa place au parloir et avait donc pu passer la journée entière en compagnie de Thomas, qui avait frappé à sa porte vêtu d'un tee-shirt *I Love London*.

Si Baxter avait bien évidemment refusé de porter celui qu'il lui avait acheté, elle avait en revanche accepté de participer à son projet consistant à visiter toutes les attractions touristiques que les Londoniens cherchaient en général à fuir comme la peste. L'idée était de se rappeler que malgré le terrible drame qui avait récemment ébranlé la capitale, Londres resterait toujours Londres, une ville fascinante capable de résister à toutes les épreuves.

Ils avaient ainsi fait plus d'une heure de queue dans le froid pour visiter la tour de Londres, pris un selfie devant Buckingham Palace, déjeuné au Hard Rock Café, et arpenté les jardins de Kensington avec un gobelet de café à la main pour se réchauffer.

C'était la plus belle journée qu'elle avait passée depuis très longtemps, et ce avant même de découvrir la petite boîte noire que Thomas avait laissée sur son oreiller avant de partir. Lorsqu'elle avait essayé la bague de fiançailles, elle s'était aussitôt sentie libérée d'un énorme poids.

Elle ferma les yeux et plongea la tête sous l'eau : elle avait pris sa décision.

*

Rouche se sentit très seul quand il s'assit pour le repas du soir. Il avait volontairement traîné les pieds pour se rendre au réfectoire, afin de limiter au maximum le temps qu'il devrait y passer. Installés à leur table habituelle, les nazis l'observaient, mais leur attention se reporta bientôt sur un détenu noir qui avait eu la mauvaise idée de trop s'approcher, et qui écopa d'une bordée d'insultes plus haineuses les unes que les autres.

Rouche profita de ce bref répit pour se forcer à avaler quelque chose. Pourtant, il avait rarement eu aussi peu d'appétit – cette fois, ce n'était pas sa mâchoire endolorie qui était en cause, mais le sentiment de culpabilité. À 15 heures, il s'était rendu au parloir, s'attendant à y trouver Baxter, mais lorsqu'il avait aperçu Holly, il avait aussitôt tourné les talons. Il n'avait pas pu se résoudre à ce qu'elle le voie dans un tel état. À présent, il regrettait sa décision. Il repoussa son plateau et resta assis en silence, à regarder le réfectoire se vider peu à peu.

Les nazis furent parmi les derniers à se lever de table, les suiveurs jouant violemment des coudes pour être le plus proche possible du chef de meute.

Calmement, Rouche retira le gant de toilette qu'il avait coincé dans l'élastique de son pantalon et récupéra le morceau de plastique ensanglanté qui se trouvait à l'intérieur. Il ramassa alors son plateau, se leva et, alors qu'il passait entre deux tables vides, il s'arrêta un instant pour déposer l'arme qui avait blessé Kelly sur le banc des néonazis.

L'opération terminée, il quitta le réfectoire en sifflotant.

*

Christian était d'excellente humeur en arrivant chez lui.

Il verrouilla la porte derrière lui et s'interrompit au moment de relever la poignée, songeant que c'était là une habitude qu'il serait bon de perdre. Une fois l'alarme désactivée, il entra dans son immense salon baigné par le clair de lune, se servit un grand verre de scotch et prit place dans son fauteuil préféré. Seule la pluie glaciale qui crépitait contre les vitres perturbait le silence.

Même si le week-end ne s'était pas du tout déroulé comme prévu, il avait réussi à exaucer les demandes d'Andrea Hall : il avait rendu possible l'interview à la prison et déposé la demande de libération pour William Fawkes. Il avait également fait placer au local des scellés le portable contenant les aveux de Baxter et avait pris rendez-vous avec le service d'inspection de la Metropolitan Police pour discuter de l'avenir de l'inspecteur principal. Enfin, il avait pris contact avec Devon Sinclair, le malheureux agent du FBI en charge de l'affaire Lucas Keaton, à la fois pour lui annoncer la bonne nouvelle et pour lui dire qu'il tenait à se voir associé publiquement à la résolution de l'enquête.

Quant à Rouche, peu importait ce qu'il dirait le lendemain à la redoutable journaliste, son sort était scellé.

Christian but une autre gorgée de whisky et considéra l'échiquier posé sur la table basse, attribuant mentalement un pion à chacun de ses ennemis et positionnant ses propres pièces tout autour. Seul un pion restait isolé.

Eoghan Kendrick. Killian Caine et ses hommes étaient toujours à la recherche de celui qui était probablement déjà mort et qui, en plus de trente ans, n'avait jamais raconté à personne son incroyable histoire de policiers véreux et de millions manquants.

Kendrick était insignifiant.

Soulagé de pouvoir à nouveau respirer, Christian leva son verre.

— Échec et mat.

45

Lundi 1er février 2016,
6 h 26

Même Andrea avait l'air épuisée. Quant à son équipe, c'était encore pire – Rory semblait vouloir qu'on l'achève, alors qu'un surveillant de la prison particulièrement zélé, pour ne pas dire psychorigide, dévissait un cache de la caméra.

— Y a plus qu'à dire au revoir à la garantie, commenta Rory entre deux bâillements imprégnés de café.

L'homme ignora la remarque et souleva la plaque métallique pour vérifier que rien d'illégal n'avait été dissimulé à l'intérieur de l'appareil hors de prix.

Ils s'étaient tous levés à des heures impossibles pour arriver à la prison de Woodhill à 6 heures et, depuis, ils avaient progressé d'environ trois mètres en vingt-six minutes, la faute aux normes de sécurité draconiennes qui voulaient que chaque objet apporté de l'extérieur soit minutieusement inspecté.

— Est-ce qu'il va y en avoir encore pour longtemps ? demanda Andrea, consciente qu'elle était censée prendre l'antenne dans un peu plus d'une demi-heure.

Le surveillant leva les yeux vers elle, haussa les épaules, puis entreprit de dévisser un autre cache.

*

L'épuisement avait fini par avoir raison de Rouche, qui était parvenu à glaner presque cinq heures de sommeil. Néanmoins, il était parfaitement réveillé quand il entendit des pas s'approcher de sa cellule à 6 h 53, sept minutes avant le réveil officiel.

Désireux d'atteindre sa destination avant la cohue matinale, il descendit du lit et se plaça debout au centre de la petite cellule avant même que le gardien n'ouvre la porte.

Alors qu'il arpentait le bloc cellulaire désert accompagné du surveillant, il se fit la réflexion que son uniforme bleu était la seule touche de couleur dans un océan de beige. Au rythme des portes qui s'ouvraient et se refermaient dans un fracas métallique, ils finirent par atteindre le couloir qui menait au parloir. Rouche leva les yeux vers l'infirmerie plongée dans le noir et repensa au regard que lui avait lancé Kelly lorsqu'il lui avait enfoncé l'éclat de plastique dans le flanc, juste sous la cage thoracique.

— Hé oh ! l'appela le gardien, qui lui tenait la porte.

— Désolé, dit Rouche, soulagé d'avoir été ramené à la réalité.

— Mur ! ordonna le maton en manque de caféine lorsqu'ils atteignirent la dernière porte.

Docile, Rouche se tourna vers le mur, le temps que le gardien entre le code à cinq chiffres et glisse sa carte magnétique dans le lecteur. Enfin, ils pénétrèrent dans le parloir où l'équipe de télévision était toujours en train d'installer le matériel, tandis qu'Andrea finissait de se maquiller en s'aidant d'un petit miroir de poche.

— Votre invité ! annonça le garde, visiblement impressionné de se retrouver face à une telle vedette du petit écran.

Andrea se leva et salua d'un hochement de tête l'homme qu'elle avait vendu à leur ennemi commun. Égal à lui-même, Rouche lui fit un grand sourire et agita la main.

*

À 6 h 59, la quatrième garde de nuit consécutive du docteur Yuán touchait à sa fin, et il était tout excité à l'idée de profiter enfin de deux jours de repos. De la même manière que les week-ends semblaient réveiller quelque chose chez ceux qui se trouvaient du bon côté du mur – l'illusion de responsabilités moindres, le besoin d'assouvir tous les petits plaisirs dont ils se sentaient privés le reste de la semaine –, les vendredis et samedis soir à l'intérieur de la prison étaient invariablement riches en événements : sept bagarres, un traumatisme crânien qui avait nécessité un transfert à l'hôpital, une tentative de suicide au rasoir, et une agression à l'arme blanche.

Il était lessivé.

Après avoir tout rangé avant l'arrivée de son collègue (et croisé les doigts pour que personne ne se blesse d'ici là), le docteur Yuán passa voir ses trois patients et les trouva tous profondément endormis, ce qui ne l'aida pas à oublier sa propre fatigue. Entre la lueur tamisée des écrans et le vrombissement régulier des machines, il finit lui aussi par piquer du nez, assis à son bureau. Quand il se redressa brusquement quelques secondes plus tard, réveillé par ses propres ronflements, il remarqua tout de suite que quelque chose avait changé…

Il se frotta les yeux, se leva et entra dans la pièce où dormaient les trois détenus. Lorsqu'il constata que la couchette du milieu était vide, sa fatigue disparut instantanément.

Il tourna les talons pour aller donner l'alerte, sans se rendre compte qu'une silhouette s'était matérialisée dans l'encadrement de la porte.

Kelly s'avança, un énorme scalpel à la main.

— N'y pensez même pas, docteur, dit-il d'un ton calme en voyant le regard du médecin tomber sur le bouton rouge au mur. Rassurez-vous, je n'ai aucune intention de vous faire du mal. Tant que vous ferez exactement ce que je vous dis, il ne vous arrivera rien.

Le docteur leva les mains.

— Très bien, continua Kelly en récupérant ses effets personnels sur le plateau qui se trouvait dans son dos. Est-ce que vous avez votre badge magnétique à disposition ?

— Oui, mais il ne vous servira à rien. Je n'ai qu'un accès limité.

— C'est vrai ? demanda Kelly, indifférent.

— Oui. Justement dans ce genre d'éventualité.

— Vous fumez ?

— Pardon ?

— Est-ce que vous fumez ?

Le médecin secoua la tête.

— Des allumettes ? Un briquet ?

— Deuxième tiroir, indiqua-t-il en désignant le bureau.

Kelly recula jusqu'au meuble puis, sans quitter le docteur des yeux, il fouilla à l'aveugle jusqu'à mettre la main sur la boîte d'allumettes. Il en craqua alors une dizaine en même temps et approcha la flamme du détecteur de fumée qui se trouvait juste au-dessus de sa tête.

— Vous n'arriverez jamais à sortir, prévint Yuán en regardant le blessé grimacer – il peinait à garder la main levée.

L'alarme assourdissante se déclencha rapidement, bientôt imitée par une autre, puis une troisième. Une poignée de secondes plus tard, le rugissement terrifiant de plusieurs centaines de détenus répondit à l'appel.

— Ça tombe bien, répondit Kelly en attrapant fermement le bras du médecin. Je n'ai aucune intention de m'évader. C'est même tout le contraire.

*

— Détecteurs de fumée, secteur est ! informa par radio le surveillant affecté à la salle de contrôle en bondissant de son siège.

Sur les écrans de vidéosurveillance, on voyait dans les couloirs des détenus de plus en plus agités, tandis que les gardiens dépassés tentaient de maintenir le calme.

— On a besoin de renforts au bloc cellulaire ! annonça un autre garde sur le canal fermé.

Le premier surveillant jeta un coup d'œil à l'écran montrant Rouche assis face à Andrea et son équipe, avant de reporter toute son attention sur le bloc en ébullition.

— Merde ! jura-t-il dans sa barbe avant de cliquer sur le bouton de sa radio. Avis à l'ensemble du personnel, rendez-vous immédiatement au bloc cellulaire !

*

Le grondement sourd qui agitait la prison comme un tremblement de terre avait atteint le parloir, ravivant le souvenir d'une des pires épreuves que Rouche avait eu à traverser. La différence, c'est que cette fois, le vacarme était une bonne nouvelle. Il regarda le surveillant qui l'accompagnait débattre intérieurement de la marche à suivre, alors que les échanges radio reflétaient de plus en plus l'angoisse et la panique de ses collègues.

— Ne bouge pas d'ici, finit-il par ordonner en s'élançant vers la porte. Je reviens tout de suite.

Andrea et son équipe avaient l'air nerveux – on l'aurait été à moins. Ils se tenaient prêts à tourner alors que, dans leur oreillette, les producteurs restés au studio manifestaient leur impatience à grand renfort de hurlements.

Lentement, Rouche se leva.

— Je crois que le moment est venu, annonça-t-il.

⋆

Kelly et le médecin avaient descendu l'escalier de l'infirmerie, puis ils avaient franchi la première porte sur leur gauche, qui s'était ouverte automatiquement avec le badge. Ils remontèrent le couloir, passèrent en grimaçant sous l'alarme qui hurlait au plafond, et atteignirent enfin la dernière porte sécurisée, équipée d'un pavé numérique.

— À vous de jouer, docteur, cria Kelly pour couvrir le bruit.

⋆

La diode rouge passa au vert et la porte s'ouvrit en grand. Rouche vit d'abord apparaître le visage du médecin terrorisé, puis, derrière, celui buriné de son ravisseur.

— Je n'étais pas sûr que tu viendrais, avoua-t-il.

Kelly lui tendit le scalpel et les deux hommes échangèrent leurs places. Rouche s'excusa platement et approcha la lame de la gorge du docteur, avant de faire les présentations.

— Kelly McLoughlin, je te présente Andrea Hall. Tu peux lui faire confiance, elle est des nôtres. Andrea Hall, je vous présente Kelly McLoughlin, aussi connu sous le nom d'Eoghan Kendrick. Je pense que vous avez beaucoup de choses à vous dire et peu de temps pour le faire.

— Nous sommes prêts, monsieur Kendrick, annonça Andrea.

Kelly se tourna vers Rouche.

— Tu me promets que c'est pas un piège, hein ?

— Je te le jure. C'est le *commissioner* de la Metropolitan Police en personne qui a autorisé cette interview. Nous avons conscience que tu prends un risque en nous aidant à faire tomber un meurtrier, et nous saurons nous en souvenir.

Kelly hocha la tête, puis il suivit Andrea jusqu'au plateau de télévision improvisé.

— Kelly ? appela Rouche.

Le vieux prisonnier se retourna.

— C'est le moment de tout brûler !

46

Lundi 1er février 2016,
7 h 11

UNE FOIS DE PLUS, la température était descendue au-dessous de zéro. Le jour ne s'était pas encore levé. Entre l'obscurité extérieure et les trop nombreux verres de scotch qu'il avait ingurgités la veille, Christian avait déjà repoussé son réveil à deux reprises. Quand son portable se remit à vibrer sur la table de nuit, il poussa un grognement et attrapa l'appareil pour constater qu'il s'agissait cette fois d'un appel. Lorsqu'il lut le nom qui s'affichait à l'écran, il décrocha aussitôt, soudain parfaitement alerte.

— Killian ! Qu'est-ce qui me vaut le plaisir ? dit-il en allumant la lampe de chevet sans parvenir à contenir son inquiétude – il n'était pas dans les habitudes de Caine de l'appeler à une heure aussi matinale.

— Est-ce que je vous réveille ?

— Non, non ! Enfin, si. Mais ne vous en faites pas pour ça, j'étais sur le point de me lever.

— Je ne m'en fais pas.

Ne sachant comment réagir à cette dernière remarque, Christian attendit que son interlocuteur reprenne la parole. Après un long soupir qui ne fit que décupler son anxiété, Killian poursuivit :

— Le type dont on a parlé… Eoghan Kendrick. Je me suis dit que ça vous intéresserait de savoir qu'on l'a retrouvé.

— Mais c'est une excellente nouvelle, ça, non ? demanda Christian, un peu surpris par le manque d'enthousiasme de Caine.

— Vous trouvez ?

Une fois de plus, il attendit que Caine développe.

— Il est en ce moment même à la télévision, en direct depuis la prison de Woodhill, et il est en train de tout balancer sur mon opération, sur vous et votre collègue, et sur l'argent volé.

Christian eut l'impression d'avoir été percuté par un train. Il eut en même temps envie de vomir, de pleurer et de hurler.

— La… la prison de Woodhill ? bredouilla-t-il.

Il commençait à rassembler les pièces du puzzle et à comprendre qu'il avait lui-même joué un rôle crucial dans le plan de ses ennemis visant à le faire tomber.

— Mais, comment est-ce possible ? reprit-il, feignant l'ignorance.

— C'est la première question que je me suis posée, répondit Caine d'un ton égal. Alors je me suis renseigné, et j'ai appris que c'était vous qui aviez rendu cette interview possible. Vous qui aviez permis à la journaliste la plus célèbre du pays d'accéder à la prison et, par conséquent, de parler à la seule personne au monde qui pouvait nous détruire tous les deux. En fin de compte, monsieur le *commissioner*, vous êtes le seul responsable.

— Killian, je…

— Vous aurez bientôt de mes nouvelles.

— Attendez ! Je peux encore rattraper le coup !

Caine mit fin à la communication.

Sous le choc, Christian resta un long moment à regarder son téléphone comme s'il s'agissait d'une bombe à retardement. Enfin, il se leva et enfila sa robe de chambre par-dessus son pyjama. Il dévala l'escalier jusqu'au salon. Derrière l'immense baie vitrée, le ciel avait viré au bleu foncé et les arbres parfaitement immobiles faisaient penser au décor d'une pièce de théâtre. Christian se saisit de la télécommande et alluma l'énorme télévision. Le visage baigné par la lumière artificielle, il se mit à zapper…

Malgré les trente années qui s'étaient écoulées depuis la dernière fois qu'il l'avait vu, Christian n'eut aucun mal à le reconnaître. Les souvenirs se mirent à se bousculer dans sa tête : la chaleur de l'incendie, les grincements sinistres de l'entrepôt sur le point de s'effondrer, le poids du pistolet dans sa main, le regard de l'homme qui répondait à présent aux questions d'Andrea Hall, au moment où, par appât du gain, il l'avait abandonné au sort le plus cruel qui soit.

À l'écran, Kelly souleva le haut de son uniforme pour révéler la cicatrice d'une blessure par balle. Christian se prit la tête à deux mains et se mit à rire amèrement – il comprenait enfin comment Killian Caine avait su, pour l'argent.

— C'est terminé, annonça une voix grave, quelque part dans la pénombre de la pièce.

Christian ne se retourna pas. Il baissa la tête, vaincu.

— Comment l'avez-vous retrouvé ? demanda-t-il.

— Personnellement, je n'y suis pour rien, reconnut Wolf, sa voix plus proche, à présent. C'est Edmunds qui l'a localisé… il y a plusieurs semaines de ça.

Christian se frotta le visage.

— Avec tout son réseau, même Caine n'a pas réussi à lui mettre la main dessus.

— Sûrement parce que c'était du côté de la petite amie qu'il fallait chercher.

— Et comment l'avez-vous convaincu de parler ?

— Encore une fois, je n'y suis pour rien. C'est Rouche qui a tout orchestré. Vous croyez que c'est un hasard s'il s'est retrouvé emprisonné à Woodhill ?

Christian acquiesça et éteignit la télévision.

— Madame Hall ? demanda-t-il.

— Il faut croire que la garce avait un cœur, finalement.

— Et l'enregistrement ?

— Une mise en scène. Il s'est effacé à l'instant où vous l'avez écouté.

Il n'entra pas dans les détails, car lui-même n'avait pas compris grand-chose au plan sophistiqué que Baxter et Andrea avaient élaboré, à base de « SMS suicidés », de portables pucés et de textos clonés.

— Je constate que vous êtes venu seul, observa Christian.

— Effectivement, confirma Wolf.

Il sortit enfin de l'ombre.

Dehors, la luminosité augmentait à vue d'œil.

Christian se retourna.

— Chassez le naturel…, commenta-t-il.

— Si j'avais voulu m'en prendre physiquement à vous, il y a longtemps que je l'aurais fait.

Il jeta une paire de menottes sur le canapé.

— Vous savez, je n'ai jamais voulu ça, dit Christian, sans même un regard pour les menottes. J'aurais préféré mourir que faire du mal à Fin et Maggie.

— Je m'en fous, répliqua Wolf en faisant un pas de plus vers le *commissioner*.

Christian tourna la tête vers le jardin paisible.

— Ne me forcez pas à vous courir après, prévint Wolf.

Christian eut un sourire fatigué.

— Vous êtes pourtant le mieux placé pour le savoir, Will… Personne ne se rend de son plein gré.

D'un bond, Christian enjamba la table basse, renversant l'échiquier au passage, puis il fonça jusqu'à la porte vitrée. Wolf le regarda glisser sur la terrasse verglacée, traverser la pelouse blanchie par le givre et disparaître derrière la palissade au bout du jardin. Sans se presser, il sortit son téléphone portable de sa poche.

— Il arrive vers vous, annonça-t-il.

*

Alors qu'il courait pieds nus sur un tapis de feuilles mortes, Christian se demanda s'il n'était pas en train de rêver. Le paysage, en tout cas, était onirique – des arbres figés par l'hiver, entre lesquels les premiers rayons du soleil cherchaient à se frayer un passage.

En l'espace de cinq minutes, sa vie avait basculé.

À présent, il n'avait plus le choix, il devait fuir, abandonner tout et tout le monde pour repartir de zéro et, si on lui laissait une deuxième chance, bien sûr qu'il s'y prendrait différemment… L'illusion du nouveau départ. La peur alimentant les négociations absurdes d'un homme désespéré.

Il chuta lourdement et ses mains plongèrent dans la terre humide recouverte des débris d'une forêt au lendemain de sa mue.

Il y eut un bruissement à proximité…

Tétanisé, Christian observa les arbres alentour.

… Un craquement un peu plus loin.

Il était tellement désorienté qu'il ne savait même plus par où il était arrivé. Il se força à respirer de manière régulière et tendit l'oreille : un bruit de pas dans le silence, une silhouette sombre entre les arbres. Il se releva, mais la terreur s'empara un peu plus de lui lorsqu'il aperçut une deuxième forme qui s'approchait par l'autre côté, et il s'élança à l'aveugle pour un sprint du désespoir. Autour de lui, le bruit de ses poursuivants s'intensifia, alors qu'une troisième personne semblait s'être jointe à la traque.

Hélas, la fatigue et la panique perturbaient sa coordination, et il tomba de nouveau. Il ne lui restait plus qu'une possibilité : il se mit à ramper et trouva refuge sous un tronc d'arbre abattu. Deux ombres furtives passèrent à côté de lui sans le voir avant de disparaître. La troisième, en revanche, semblait moins pressée. Impuissant, Christian ferma les yeux et écouta le bruit des feuilles mortes s'amplifier peu à peu. Il se recroquevilla…

Le bruissement était plus proche que jamais – de l'autre côté du tronc d'arbre.

Il retint sa respiration, alors que de petites brindilles commençaient à dégringoler autour de lui…

Soudain, il bondit hors de sa cachette et fonça au hasard en direction d'une clairière.

L'impact le souleva du sol et il atterrit lourdement, écrasé sous le poids de son poursuivant.

— Par ici ! appela Wolf, une lueur féroce dans le regard.

Christian vit alors apparaître Edmunds et Saunders. L'un arriva par la gauche, l'autre par la droite. Quelques instants plus tard, Baxter les rejoignit en boitillant. Tous le dévisageaient avec le même regard froid, et il se mit à ricaner.

— L'objectif n'a jamais été de m'arrêter, pas vrai ? demanda-t-il, ses cheveux gris maculés de terre et de feuilles. Vous vouliez m'avoir pour vous tout seuls, ici, dans cette forêt…

Il essaya de se débattre mais Wolf resserra son étreinte.

— Pas de témoins, hein ? s'écria Christian. Eh bien finissons-en, alors ! Allez-y, tuez-moi !

— Si vous croyez qu'on va vous faire ce cadeau ! lâcha Saunders au moment où un bruit de sirènes de police déchirait l'air glacial.

Résigné, Christian regarda ses ennemis s'éloigner un par un dans le vacarme grandissant des sirènes, le laissant seul avec Wolf au milieu de la clairière. L'ex-policier fit rouler le *commissioner* sur le ventre et lui passa les menottes. Puis, savourant chaque mot, il lui lut ses droits :

— Christian Bellamy, je vous arrête pour le meurtre du *sergeant* Finlay Shaw. Vous avez le droit de garder le silence, mais sachez que si vous omettez un élément lors de votre interrogatoire et que vous en parlez ensuite au procès, cela pourrait nuire à votre défense. Si vous renoncez à ce droit, sachez que tout ce que vous direz pourra être retenu contre vous. Est-ce que c'est compris ?

Submergé par l'émotion, Wolf releva son prisonnier et, les yeux humides, l'escorta vers la lumière lointaine des gyrophares.

47

Lundi 1er février 2016,
14 h 34

EDMUNDS ÉTAIT EN RETARD.

Avec le reste de l'équipe, ils avaient passé la plus grande partie de la journée à accomplir les tâches fastidieuses qui faisaient malheureusement partie du quotidien d'un policier : ils avaient consigné les éléments de preuve, ils avaient rédigé des déclarations détaillées, et ils avaient même eu droit de la part de l'odieux service des relations publiques à une formation basée sur la « limitation des dommages », formation qui aurait aussi bien pu s'appeler « de l'art de nettoyer les dégâts d'une catastrophe nucléaire avec un seau et une serpillière ».

Edmunds se glissa par la porte entrouverte. Derrière le pupitre, une Vanita radieuse animait la conférence de presse improvisée à la hâte. Il repéra Wolf adossé à un mur et le rejoignit discrètement.

— … et s'il est évident que nous ne pouvons à l'heure actuelle donner aucun détail sur l'enquête en cours, annonça fermement Vanita, il serait naïf de ma part de prétendre que vous ignorez tout des accusations qui pèsent contre Christian Bellamy. Aussi, je tiens à vous annoncer que monsieur Bellamy a été suspendu de son poste de *commissioner* à titre conservatoire, et que c'est moi qui assurerai l'intérim.

Quelques journalistes hurlèrent des questions auxquelles Vanita n'aurait pas eu le droit de répondre, même si elle les avait entendues.

— Salut, murmura Edmunds en se serrant contre Wolf.

— Salut.

— Où sont les autres ?

— Ils ne viennent pas.

Edmunds fronça les sourcils, puisque Wolf lui-même lui avait expressément demandé d'être là.

— … et en tant que *commissioner* par intérim, poursuivit Vanita, je tiens à saluer le courage et la ténacité de l'équipe qui a mené cette enquête, une équipe composée à la fois de civils et de membres de la Metropolitan Police.

Elle se tourna alors vers Wolf et Edmunds avec un sourire répété à l'avance et se mit à lire la liste de noms qu'elle avait préparée :

— L'inspecteur principal Emily Baxter, l'inspecteur Jake Saunders, l'ancien inspecteur Alex Edmunds, l'ancien *sergeant* William Layton-Fawkes…

Wolf se raidit.

— … l'ancien agent de la CIA Damien Rouche et, enfin, la journaliste et grande alliée des forces de l'ordre, Andrea Hall.

Vanita marqua une pause pour laisser à la salle le temps d'applaudir.

— Alors, qu'est-ce que ça fait de passer les menottes au *commissioner* de la Metropolitan Police ? demanda Edmunds en tapant dans ses mains de concert avec les journalistes.

— J'ai versé une petite larme, reconnut Wolf.

— Compréhensible, commenta Edmunds avec un léger hochement de tête.

— Il fallait que je l'arrête, ajouta Wolf en baissant la voix, alors que les applaudissements se tarissaient. C'était à moi de le faire. Tout le reste, je m'en fous.

Vanita reprit la parole.

— Je vais maintenant laisser un membre de l'équipe répondre aux questions concernant l'enquête. Par ailleurs, je vous demanderai de bien vouloir vous limiter aux questions qui ont été validées en amont.

Wolf fit mine de s'avancer vers ce feu des projecteurs qu'il connaissait si bien, mais au dernier moment, il se retourna vers Edmunds et lui donna une tape affectueuse dans le dos.

— Je te laisse gérer, d'accord ? lui lança-t-il avant de sortir tranquillement de la salle.

Vanita eut l'air aussi désemparée qu'Edmunds, mais elle savait retomber sur ses pieds.

— ... Euh, mesdames et messieurs, Alex Edmunds, détective privé et ancien inspecteur de la Metropolitan Police !

Sous un crépitement de flashs et un torrent de questions inintelligibles, Edmunds s'avança vers l'estrade, manquant de renverser une caméra de télévision en chemin. Il serra chaleureusement la main de Vanita, s'approcha du micro, et devint en un instant le visage de l'équipe qui avait révélé le plus gros scandale policier de ces dernières années.

Après s'être éclairci la gorge, il se lança :

— Bonjour... Est-ce que vous avez des questions ?

48

Mercredi 3 février 2016,
16 h 49

SI L'ARRESTATION DE CHRISTIAN constituait un point d'orgue, les obsèques de Finlay allaient encore devoir attendre, puisque son corps ne serait remis à la famille qu'après le procès. Néanmoins, Maggie avait tenu à organiser une petite cérémonie informelle dans son jardin avec les amis les plus proches de son mari, l'occasion d'un dernier au revoir au cours d'une célébration joyeuse – elle avait insisté sur ce dernier point. Au crépuscule, Wolf, Baxter, Edmunds, Saunders et Andrea rejoignirent donc une poignée d'autres intimes de Finlay autour d'un grand feu pour partager leurs meilleurs souvenirs à la lueur des bougies.

Quand les enceintes du tourne-disque diffusèrent les premières notes de « Stand by me » de Ben E. King, Wolf tendit la main à Maggie pour la faire danser sur la chanson préférée de Finlay.

*

Vendredi 21 mai 2010,
Anniversaire de Finlay,
23 h 58

Évanoui sur le canapé de la minuscule maison de Stoke Newington qu'il avait achetée avec Andrea, Wolf n'avait plus conscience d'avoir complètement gâché la fête d'anniversaire de Finlay. Il avait provoqué les larmes de Maggie, il avait cassé le nez du petit ami de Baxter et il s'était attiré les foudres de cette dernière. Mais le plus grave, c'est qu'il n'était toujours pas monté voir sa femme, qui s'était enfermée dans leur chambre et qui pleurait sans discontinuer depuis une demi-heure.

Soudain, il y eut un bruit sourd dans l'entrée.

Wolf tomba du canapé, se releva péniblement et, toujours vêtu de sa chemise froissée et de sa cravate, il se dirigea vers l'escalier en titubant.

— Aïe ! gémit-il lorsqu'il reçut une chaussure sur la tête.

Il se frotta le front et constata que les marches étaient jonchées d'affaires à lui.

— Qu'est-ce que c'est que ce bordel ? balbutia-t-il en levant la tête pour découvrir Andrea, debout derrière la rambarde, les bras chargés de vêtements.

— Tu déménages, lui annonça-t-elle, le visage barbouillé de maquillage. Ce soir.

— Euh, si tu veux, mais d'abord, je retourne dormir.

La deuxième chaussure lui fit encore plus mal que la première.

— Tu veux bien… arrêter… de me jeter des trucs ?

— Sors d'ici !

— Non.

Andrea disparut dans la chambre. Wolf se demanda si c'était une bonne ou une mauvaise chose – son instinct penchait plutôt pour la deuxième option.

Quand elle reparut en haut de l'escalier, elle tenait à la main la Fender Telecaster de son époux.

— Sors d'ici ! répéta-t-elle.

— Ce n'est pas le moment de faire quelque chose que tu regretteras plus tard ! dit-il, un sourire aux lèvres.

— Dégage !

Elle se mit à agiter le précieux instrument au-dessus du vide.

— Putain, je t'interdis de...

Elle ouvrit la main, et la belle guitare bleue s'écrasa au bas des marches.

— Mais c'est quoi, ton problème ? hurla-t-il.

— C'est toi ! C'est toi, mon problème ! J'en ai marre de toi ! J'en ai marre d'elle ! J'en ai marre de cette situation pourrie ! Je veux que ça s'arrête !

— Je suis encore chez moi ! cria Wolf.

Il se mit à ramasser les vêtements et à les lui lancer, mais il s'interrompit lorsqu'il la vit descendre les marches vers lui.

— Dégage ! hurla-t-elle.

— Andrea !

Elle ouvrit la porte et le poussa à l'extérieur, alors qu'une voiture de police s'arrêtait devant la maison dans un crissement de pneus, son gyrophare illuminant la nuit.

— Qu'est-ce que vous voulez, vous ? aboya Wolf à l'intention des deux policiers qui se précipitaient vers lui.

— Monsieur, je vais vous demander de vous calmer et de vous éloigner de madame, déclara un des deux agents.

— C'est chez moi ! cracha Wolf en écartant la main du policier pour rentrer.

— Monsieur !

Le policier lui attrapa l'épaule. Par réflexe, Wolf pivota et le frappa au visage. Il comprit tout de suite qu'il avait fait une grosse erreur.

— Je n'en peux plus ! sanglota Andrea, et elle courut se réfugier à l'intérieur.

— Andrea !

La porte claqua, la pression retomba aussitôt. Enfin calmé, Wolf se tourna vers l'agent de police à la lèvre ouverte.

— Je suis désolé…, bredouilla-t-il. J'imagine que ça va être compliqué de vous convaincre de ne pas m'arrêter ?

— Très compliqué.

— Super.

*

Mercredi 3 février 2016,
17 h 20

Un autre couple plus âgé s'était joint à Wolf et Maggie pour danser sur la chanson. Baxter récupéra son chocolat chaud et se dirigea vers Andrea, qui faisait le tour des photos exposées dans le jardin.

— Emily, dit Andrea.

— Andrea, dit Baxter.

— C'était une bonne idée, cette cérémonie.

— Oui, vraiment.

Elles restèrent un long moment plantées devant un cliché pris aux cinquante-cinq ans de Finlay, où on voyait le vieil Écossais jouer à un jeu à boire avec Wolf, une heure avant que les choses ne dégénèrent.

— Tu sais qu'il s'est fait arrêter, ce soir-là ? demanda Andrea.

— Oui, on m'a dit.

— Quel imbécile..., soupira la journaliste en regardant Wolf faire tourner Maggie un peu trop près du couple de personnes âgées qui ne semblaient tenir debout que parce que chacun servait de déambulateur à l'autre. C'est moi qui lui ai appris cet enchaînement, ajouta-t-elle d'un ton fier. Et sinon, tu as des nouvelles de Rouche ?

Baxter s'assombrit.

— Aucune. Depuis qu'il a organisé une mini-évasion et qu'il a pris en otage le médecin de la prison, on ne veut plus me laisser le voir.

— Tu n'as qu'à t'en tenir à ta version des faits, la rassura Andrea. Ils n'ont rien contre lui et ils le savent. C'est ta parole contre la leur.

Baxter acquiesça.

— Et Will ? demanda Andrea.

— Il va aller en prison. Mais une prison sympa. Et pas pour très longtemps. Apparemment, ce coup-ci, Vanita a l'air de vouloir tenir ses engagements.

Malgré les blancs, c'était une conversation qui se passait de manière remarquable, étant donné le passif entre les deux jeunes femmes.

— Et..., commença Andrea avant de s'interrompre, consciente qu'elle s'aventurait en terrain miné. Est-ce qu'il y a du neuf pour... pour l'autre truc ?

Baxter vérifia que personne ne pouvait les entendre.

— Thomas m'a redonné la bague de fiançailles, déclara-t-elle.

— Et donc ?

— Et donc quoi ?

— Est-ce que tu as dit oui ?

— Pas encore. Mais je vais le faire.

— C'est vrai ?

— C'est vrai.

Andrea prit Baxter dans ses bras pour une étreinte maladroite.

— Félicitations ! Je suis vraiment contente pour toi. Et… (elle jeta un regard vers Wolf, qui venait de lâcher une remarque qui avait fait éclater de rire Maggie) tu fais le bon choix. Alors, quand est-ce que tu vas annoncer la bonne nouvelle à Thomas ?

— Ce soir. Il y a juste un truc que je dois faire avant.

*

Samedi 22 mai 2010,
1 h 42

Vautré sur le matelas de la cellule de garde à vue, Wolf aurait voulu pouvoir débrancher son cerveau, ne serait-ce qu'une minute, afin d'interrompre le flot de pensées qui déferlait à l'intérieur.

Il était encore sous le choc de ce qui venait de se passer, la férocité d'Andrea, sa prise de conscience du fait qu'elle était malheureuse – du ressentiment qui fermentait depuis des années. Ils s'étaient déjà disputés par le passé, évidemment. Cependant, jamais cela n'avait atteint de telles extrémités. Ces derniers temps, il avait l'impression de toujours faire les choses de travers avec Andrea, mais cette fois, il y avait quelque chose de définitif, et il se sentait partagé entre le chagrin et le soulagement.

Il n'était même pas sûr de savoir dans quel hôtel de police il avait échoué, mais un des agents, qui l'avait reconnu, avait eu la gentillesse de lui fournir une cellule privative et lui avait même proposé de prévenir un proche s'il le souhaitait.

Une porte claqua et il perçut des pas traînants.

— Espèce de gros abruti ! tonna une voix rocailleuse.

Finlay tira une chaise et s'assit de l'autre côté des barreaux.

— Je sais, soupira Wolf en se redressant sur sa paillasse. Je sais. Qu'est-ce que tu fais là ?

— Figure-toi qu'un connard s'est tellement engueulé avec sa femme que les voisins ont fini par appeler les flics. Comme si ça ne suffisait pas, le connard en question les a ensuite accueillis à coups de poing, avant de demander qu'on me contacte, le jour de mon anniversaire, quelques heures à peine après avoir saccagé le restaurant où je le fêtais.

Wolf se leva.

— Petit un, je ne pensais pas qu'ils t'appelleraient dès ce soir. Petit deux, merci d'être venu. Et petit trois, il fallait que j'intervienne, à ta fête. Tu as vu comment ce type a agrippé Baxter ?

Finlay avait l'air un peu ivre et très fatigué. Il réprima un bâillement.

— Ce que j'ai vu, c'est un brave type qui retenait sa petite amie par le bras parce qu'il ne voulait pas qu'elle parte.

— Eh ben c'est que tu dois être trop vieux. Tu n'y vois plus très clair.

— Arrête de te mentir, Will ! Si ça n'avait pas été le bras, tu aurais trouvé une autre excuse. Dès l'instant où Emily a débarqué accompagnée, c'était sûr que son malheureux cavalier allait s'en prendre une.

Wolf balaya la théorie de son ami d'un geste de la main.

— Écoute, poursuivit Finlay, qui n'était pas d'humeur à débattre. J'ai arrangé les choses avec l'inspecteur en charge des gardes à vue et il n'y aura pas de poursuites : le collègue que tu as frappé a eu la courtoisie de ne pas porter plainte… Il n'y a pas de quoi, Will.

— Alors, allons-y, dans ce cas-là !

— Ah non ! Toi, tu passes quand même la nuit ici. C'est moi qui l'ai suggéré. Je pense que ça te fera le plus grand bien.

Wolf se laissa retomber lourdement sur le matelas.

— De toute façon, c'est pas comme si j'avais quelque part où aller. Andrea et moi, c'est fini.

— Il n'est jamais trop tard pour réparer les choses.

Wolf secoua la tête.

— Je crois que j'en ai pas envie, admit-il.

— Will, c'est ta femme !

— Peut-être, mais ce sera jamais comme Maggie et toi ! Vous deux, vous êtes faits l'un pour l'autre. Andrea et moi… je suis pas sûr.

Finlay se frotta le visage.

— Emily et toi, ce serait une catastrophe. Tout le monde le pense. Tu as une femme. Tu lui dois d'essayer de sauver votre mariage.

— C'est qui, « tout le monde » ? demanda Wolf.

— C'est tout le monde, sans exception ! s'emporta Finlay. Avec Emily, vous passez vos journées à vous chamailler. Si vous croyez que c'est subtil ! Et pendant ce temps-là, la pauvre Andrea est aux premières loges.

— Si je suis un tel enfoiré, qu'est-ce que tu fais encore ici ?

— Tu veux que je te dise ? Je commence sérieusement à me poser la question !

Et sur ces mots, il se leva et repartit par où il était arrivé.

*

Mercredi 3 février 2016,
17 h 23

Baxter posa sa tasse en équilibre sur un piquet de clôture et s'avança vers Maggie et Wolf.

— Ça te dérange pas si je te l'emprunte ? demanda-t-elle à Maggie.

— Au contraire ! Je crois que je me suis assez fait marcher sur les pieds pour ce soir.

Baxter emmena Wolf jusqu'à l'autre bout du jardin, avant de s'asseoir sur le muret entre deux bougies à la flamme vacillante.

— Il faut que je te dise..., commença-t-elle, avant de changer de sujet pour gagner un peu de temps. Maggie a l'air heureuse. Enfin, c'est pas le bon mot, mais...

— Je crois qu'elle l'est. Autant qu'on peut l'être dans sa situation.

Il vérifia qu'ils étaient seuls avant d'ajouter :

— Hier, elle a eu les résultats de son scanner, et le médecin a dit que ça y est, elle est en rémission. Elle n'en a parlé à personne parce qu'elle voulait que cette soirée soit entièrement consacrée à Finlay.

— C'est une très bonne nouvelle, commenta Baxter d'un ton qui manquait d'enthousiasme.

— Il y a un problème ? demanda-t-il avant de prendre une gorgée de bière.

— Non, non. C'est juste... Fin n'est plus là pour le voir. Et dans les médias, ils racontent toutes ces choses sur lui...

Wolf hocha la tête.

— Ça n'a pas d'importance. Tu crois vraiment qu'il en aurait quelque chose à foutre, de se faire insulter ? Si Maggie est tirée d'affaire, ce n'est ni de la chance, ni parce que le destin ou Dieu en a voulu ainsi. C'est uniquement grâce à Finlay, parce qu'il a toujours voulu le top du top pour elle, et qu'il a compromis tout ce qu'il était pour la sauver.

Baxter eut un sourire triste.

— Tu as toujours été très fort pour déformer les choses afin qu'elles correspondent à ce que tu veux qu'elles soient.

— Et toi, tu n'as jamais su le faire.

— Je crois seulement que, parfois, il faut savoir reconnaître qu'on a fait une erreur… Comme moi, ce fameux soir, dans la chapelle.

Wolf fronça les sourcils, pendant que Baxter prenait une inspiration pour poursuivre :

— Thomas m'a redemandée en mariage.

— Oh.

— Et je vais accepter. J'ai eu un moment de doute, à cause de tout ce qui s'est passé, à cause de ce mot débile que j'ai trouvé, mais maintenant je sais ce que je veux.

— Quel mot ? demanda Wolf.

Il grelottait de froid et la lueur du feu à l'autre bout du jardin lui faisait l'effet d'une provocation.

— Ça n'a plus d'importance.

— De toute évidence, ça en a eu, insista-t-il.

Baxter soupira.

— Dans les affaires de Finlay, je suis tombée sur un mot qu'il avait écrit… Une espèce de lettre d'amour, sauf qu'elle n'était pas adressée à Maggie. Et ça m'a bouleversée, de l'imaginer éprouver ça pour une autre femme, alors qu'il avait Maggie, et…

Elle s'interrompit au milieu de sa phrase lorsqu'elle remarqua l'air coupable de Wolf.

— Attends ! Ne me dis pas que tu sais à qui ce mot était destiné ! s'exclama-t-elle.

— Je ne vois pas de quoi tu veux parler.

— Menteur !

— Je crois que certaines choses doivent rester à leur place, dans le passé.

Refusant de s'avouer vaincue, Baxter sortit le morceau de carte d'anniversaire de sa poche et la déplia.

— Alors ? Tu n'as toujours pas de nom à me donner ?

Wolf garda le silence.

— Dans ce cas, je vais te la lire, peut-être que ça te rafraîchira la mémoire…

*

Samedi 22 mai 2010,
1 h 46

— Finlay, attends ! s'écria Wolf en se précipitant vers les barreaux.

Après l'avoir laissé mariner quelques secondes, Finlay fit demi-tour.

— Je suis désolé, Fin.

— C'est rien, répondit l'Écossais, que les tête-à-tête à cœur ouvert mettaient mal à l'aise.

— Avant que tu arrives, j'étais allongé sur cette paillasse…, commença Wolf.

Il se passa la main dans les cheveux et se mit à faire les cent pas dans sa cellule pour essayer de verbaliser ce qu'il avait dans la tête.

— Je pensais à tout ça, poursuivit-il, à tout ce que j'aurais dû dire depuis longtemps… et je me suis dit que le moment était peut-être enfin venu. Tu as raison. Baxter et moi, c'est le bordel. Andrea et moi, c'est le bordel. Toute cette situation est un bordel sans nom, et il faut que ça change… Alors est-ce que tu voudrais bien lui faire passer un message pour moi ?

— À qui ? À Andrea ?

— Non, à Baxter.

Finlay leva les yeux au ciel.

— Est-ce que tu as retenu un mot de ce que je t'ai dit ? soupira-t-il.

— Juste un message. Et si elle n'est pas intéressée, au moins, je le saurai et je pourrai passer à autre chose.

— Pourquoi moi ? grogna Finlay.

— Tu crois qu'elle est prête à m'écouter après ce qui s'est passé ce soir ?

— Vu comme ça…

Finlay récupéra le stylo du registre des visites, puis il sortit une carte d'anniversaire de sa poche revolver et la déchira en deux. Alors que Wolf continuait à arpenter sa cellule en récitant dans sa tête les mots qu'il avait répétés pendant plusieurs heures, Finlay s'assit, prêt à écrire.

— Alors ? demanda-t-il. C'est quoi, ton message ?

⋆

Mercredi 3 février 2016,
17 h 27

À la lueur des bougies, Baxter commença à lire, pour se rendre compte que les mots étaient déjà imprimés à jamais dans sa mémoire.

— « T'as toujours pas compris, putain ? »

— Baxter, je…

— « C'est beaucoup plus que de l'amour, ce que j'ai pour toi. C'est une adoration sans réserve, sans limite, sans égal. Tu es à moi. »

— Baxter, il faut que je te dise quelque chose.

— « Et ni tous ces connards, ni toute cette merde qui s'est passée entre nous, ni même ces putains de barreaux ne parviendront jamais à nous séparer. »

— Baxter ! s'exclama Wolf en lui arrachant la carte des mains pour la jeter par terre.

Après un instant d'hésitation, il se pencha vers elle, lui attrapa timidement la main et récita de mémoire la dernière phrase.

— « Parce que personne ne t'arrachera à moi. Personne. »

Dans le regard de Baxter, la colère se transforma en confusion, avant de laisser place au choc.

— Il ne te l'a jamais donnée ? demanda Wolf.

Sans voix, Baxter secoua la tête.

Wolf hocha la tête. Il n'était pas surpris.

— Finlay a toujours été un connard, conclut-il.

ÉPILOGUE

Jeudi 15 décembre 2016,
19 h 34

— ET LE TÉMOIN, qu'est-ce qu'il a dit ? demanda Baxter, le téléphone coincé entre l'oreille et l'épaule, alors qu'elle fouillait son sac à la recherche de ses clés. Noooon ! Et le légiste ?... Nooon !

Elle était rentrée le plus vite possible du travail. Dès l'instant où elle franchit la porte, elle s'écria :

— Elle est encore réveillée ?

— Oui, mais plus pour longtemps !

Elle jeta son sac en direction du sapin de Noël, se déchaussa à la hâte et se précipita dans l'escalier en retirant son chemisier comme un tee-shirt plutôt que de perdre du temps avec les boutons. Elle remit son téléphone à l'oreille.

— ... Qui ça ? Me dis pas que c'est les empreintes du macchabée ! ... Nooon ! ... Quoi ? Oui, ça existe encore... Je sais pas, chez Tesco ? Je t'en achèterai un. Écoute, je suis rentrée, là. Il faut que je te laisse. ... D'accord... d'accord ! Il faut vraiment que je te laisse... Ça marche, à plus tard !

— Elle est en train de s'endormir ! annonça la voix alors qu'elle retirait son pantalon et sautait sous la douche.

— Pince-la, alors ! répondit-elle.

Quelques secondes plus tard, elle enfilait son pyjama à motif écossais et s'engouffrait dans la chambre.

— Juste à temps ! dit Wolf, assis à côté du berceau, un livre pour enfants entre les mains.

— Bouge ton cul ! Tu l'as eue pour toi tout seul toute la journée !

Ils échangèrent leurs places et Baxter plongea les mains dans le berceau, où Finlay Elliot Baxter venait de fermer les yeux, son petit poing fermé sur l'aile élimée de Frankie le Pingouin.

— Les empreintes de quel macchabée ? murmura Wolf, curieux.

Baxter fronça les sourcils et désigna le bébé.

— On en parle plus tard ?

— C'était Rouche, au téléphone ?

— Oui. Apparemment, Edmunds et lui ont récupéré une affaire pas possible ! Mais comme je disais, on en parle plus tard.

— Attends, c'est quoi, leur théorie ? Le type s'est fait passer pour mort, ou alors c'est quelqu'un qui a récupéré les doigts sur le cadavre ?

— Wolf ! Plus tard !

Baxter attrapa délicatement la main de sa fille, mais son sourire s'évanouit quand elle vit le papier peint.

— Euh… Wolf ? dit-elle du ton qu'elle aurait employé si elle avait dû prononcer les mots « pauvre con ». C'est quoi, ça ?

— Sympa, hein ? répondit-il fièrement. Ça m'a pris la journée !

Le bébé dans les bras, Baxter s'approcha d'un endroit du mur où un morceau de crocodile semblait avoir été assemblé avec l'arrière d'une girafe. Elle se retourna vers Wolf et le fusilla du regard.

— C'est pas censé s'aligner parfaitement, tu sais ! se défendit-il.

— Et la tête de l'éléphant, là, elle est où ?

Il contempla son œuvre. Il devait reconnaître que de nuit, le résultat était assez terrifiant.

— Là, répondit-il en désignant un lé au-dessus de la porte.

— C'est... de la merde, murmura-t-elle. Recommence.

— Si t'es pas contente, t'as qu'à t'en occuper !

— On dirait un film d'horreur avec un taxidermiste psychopathe !

— Pfff ! Je vois pas où était le problème avec les anges qui étaient là avant.

— Les anges... je peux pas. Combien de fois je vais devoir te le dire ?

La petite Finlay se mit à pleurer. Baxter la berça tendrement jusqu'à ce qu'elle se rendorme, puis elle la remit dans son berceau.

— Tu peux dire ce que tu veux, je recommencerai pas, marmonna Wolf en croisant les bras.

— Le zèbre, là, il a une tête de serpent et des griffes de lion. On dirait que c'est fait exprès.

Wolf s'approcha pour observer le monstre dont il était responsable, et il décroisa lentement les bras.

— Ça ne te rappelle rien ? demanda Baxter.

Il poussa un long soupir.

— D'accord, je vais recommencer.

— Merci. Et sinon, vous vous êtes arrêtés où ? demanda-t-elle en ramassant le livre.

— Parce que tu crois qu'elle s'en souvient ?

Baxter le fusilla du regard.

— Au moment où le chevalier vient de terrasser le gros costaud avec son épée, répondit-il avant de sortir de la pièce. Je vais préparer le dîner.

— Canard à l'orange ? demanda-t-elle, pleine d'espoir.

— Spaghettis au beurre et pain de mie.

— Je te déteste ! lui lança-t-elle, un sourire aux lèvres.

— Je te déteste encore plus !

Elle tourna les pages du livre et plissa les yeux pour distinguer les mots à la lueur de la veilleuse qui projetait des formes colorées contre les murs.

— « Les portes en bois se fissurèrent avec un grand crac, lut-elle. Les soldats du roi étaient entrés ! “Cours ! lança la princesse au chevalier, alors que le fracas des armures emplissait l'escalier. Je t'en supplie, enfuis-toi !” Le brave chevalier ne voulait pas fuir devant l'ennemi, mais il le fit, parce que sa belle le lui avait demandé. Il monta jusqu'en haut de la tour et s'échappa par la fenêtre, avec la ferme intention de revenir chercher sa princesse… Alors elle l'attendit, et elle l'attendit encore. Pendant des mois et des mois. Et un jour, enfin, il revint. »

Baxter tourna la dernière page.

— « Et ils vécurent heureux et eurent beaucoup d'enfants. »

PARUS DANS

LA BÊTE NOIRE

Tu tueras le Père
(Finaliste du prix Le Point du polar européen 2016)
Sandrone Dazieri

Les Fauves
Ingrid Desjours

Tout le monde te haïra
Alexis Aubenque

Cœur de lapin
Annette Wieners

Serre-moi fort
(Prix Griffe noire du meilleur polar français 2016)
Claire Favan

Maestra
L. S. Hilton

Baad
(Prix du Meilleur Polar des lecteurs de Points 2017)
Cédric Bannel

Les Adeptes
Ingar Johnsrud

L'Affaire Léon Sadorski
(Prix Libr'à Nous 2017, catégorie polar)
Romain Slocombe

Une forêt obscure
Fabio M. Mitchelli

La Prunelle de ses yeux
Ingrid Desjours

Chacun sa vérité
(Grand Prix de littérature policière 2017,
domaine étranger
Prix Nouvelles voix du polar 2018,
roman étranger)
Sara Lövestam

Aurore de sang
Alexis Aubenque

Brutale
Jacques-Olivier Bosco

Les Filles des autres
Amy Gentry

Dompteur d'anges
Claire Favan

Ragdoll
(Prix Griffe noire du polar de l'année 2017)
Daniel Cole

Kaboul Express
Cédric Bannel

Domina
L. S. Hilton

Tu tueras l'ange
Sandrone Dazieri

Les Survivants
Ingar Johnsrud

L'Étoile jaune de l'inspecteur Sadorski
Romain Slocombe

Le Zoo
(Prix Transfuge du meilleur polar étranger 2017)
Gin Phillips

Le Tueur au miroir
Fabio M. Mitchelli

Sous son toit
Nicole Neubauer

La Griffe du diable
Lara Dearman

Ça ne coûte rien de demander
Sara Lövestam

Toute la vérité
Karen Cleveland

Coupable
Jacques-Olivier Bosco

Là où rien ne meurt
Franck Calderon, Hervé de Moras

L'Appât
Ragdoll, tome 2
(Prix Bête noire des libraires 2018)
Daniel Cole

Rendez-vous avec le crime
Les Détectives du Yorkshire, tome 1
Julia Chapman

Ultima
L. S. Hilton

L'Échange
Rebecca Fleet

Rendez-vous avec le mal
Les Détectives du Yorkshire, tome 2
Julia Chapman

Sadorski et l'ange du péché
Romain Slocombe

Sur le toit de l'enfer
Ilaria Tuti

Inexorable
Claire Favan

L'Île au ciel noir
Lara Dearman

Rendez-vous avec le mystère
Les Détectives du Yorkshire, tome 3
Julia Chapman

L'Empathie
Antoine Renand

Blood Orange
Harriet Tyce

Libre comme l'air
Sara Lövestam

De si bonnes amies
Amy Gentry

Rendez-vous avec le poison
Les Détectives du Yorkshire, tome 4
Julia Chapman

Le Bûcher de Moorea
Patrice Guirao

Tu tueras le roi
Sandrone Dazieri

Son Espionne royale mène l'enquête
Son Espionne royale, tome 1
Rhys Bowen

Son Espionne royale et le mystère bavarois
Son Espionne royale, tome 2
Rhys Bowen

Coups de vieux
Dominique Forma

Grand Prix des enquêteurs 2019

À PARAÎTRE DANS

LA BÊTE NOIRE

La Nymphe endormie
Ilaria Tuti
(octobre 2019)

Rendez-vous avec le danger
Les Détectives du Yorkshire, tome 5
Julia Chapman
(novembre 2019)

Retrouvez

LA BÊTE NOIRE

sur Facebook, Twitter et Instagram

Cet ouvrage a été composé et mis en pages
par ÉTIANNE COMPOSITION
à Montrouge.

MIXTE
Papier issu de
sources responsables
FSC® C003309

L'Éditeur de cet ouvrage s'engage
pour la préservation de l'environnement
et utilise du papier issu de forêts gérées de manière responsable.

CET OUVRAGE
A ÉTÉ ACHEVÉ D'IMPRIMER
SUR ROTO-PAGE
PAR L'IMPRIMERIE FLOCH
À MAYENNE EN SEPTEMBRE 2019

Dépôt légal : octobre 2019
N° d'édition : 59295/01 – N° d'impression : 94957
Imprimé en France